黄永玉

作品

无愁河的浪荡汉子

朱雀城 ｜ 上

黄永玉 ——

—— 著

作家出版社

朱雀城·主要人物表

序 子	小名狗狗。出场时两岁多。
太 婆	序子的曾祖母，邓氏。才学了得，当年若让女的考试，怕不能中进士！
张镜民	太婆的长子。序子的祖父。跟随秉三先生做事。
婆	序子的祖母，邓氏，太婆的侄女。不识字。
张幼麟	张镜民的三儿子。序子的父亲，朱雀城北门考棚学堂校长。
柳 惠	序子的母亲。朱雀城文庙女学堂校长。
张紫和	张镜民的四儿子。序子的四叔，在蛮寨蚕业学堂做事。
田 氏	四婶娘，紫和的妻子。
张子厚	序子的二弟。
张子光	序子的四弟。
张子谦	序子的五弟。
张子福	序子的六弟。
家 婆	序子的外婆。曾是宁波知府夫人，闻名的美人。家公去世后带子女回老家得胜营居住，离朱雀城四十五里路。
二 舅	小时生病有后遗症，整日吟诗读书，不能出门，碰到家婆心烦会挨打挨骂。
二舅娘	相貌平常，一心服侍家婆，从无额外企盼。
柳 臣	序子的四舅。朱雀城盐局局长。
柳 鉴	序子的么舅。军人，行动奇特。脸上身上挨过枪弹，不破相也不残废，倒特别显得精神。
滕 妹	幺舅娘。本来应该说，朱雀城不出这种女人的。其实好像哪儿也不出这种女人。既然这样那样了，她应该泼辣，倒是反而轻言细语；那么有仪态教养，却是个乡里妹崽一字不识。

孙姑婆	太婆的大女儿，张镜民的大妹。年轻时跟着哥哥见过大世面，开过照相馆。
孙姑公	太婆的大女婿。曾参与刺杀袁世凯，在外亡命多年。
孙云路	孙家大儿子。人机架难缠，会一手画炭像绝技。
孙茂林	在北京当文学家的孙家二儿子。
孙得豫	孙家三儿子。小时吃的苗娘的奶，从小自重、老成，仪表非凡。后进了黄埔军校，四期学员。
九 孃	孙家小女儿。
倪姑婆	太婆的二女儿。
倪简堂	太婆的二女婿。翰林，"老王"的老师。
倪 端	倪姑婆的儿子，外号倪胖子。喜欢照相。
长 荣	倪姑婆的大孙子。
长 盛	倪姑婆的二孙子。
长 禄	倪姑婆的三孙子。
徐姑婆	太婆的三女儿。
大伯娘	高氏，张镜民的大儿媳。寡妇。弟弟"高卷子"在道门口开京广杂货铺。
喜 喜	大伯娘的独子。
茂 新	喜喜的儿子。先天失明。
倪同仁	同仁堂药铺老板。张镜民的女婿，幼麟的姐夫，狗狗的姑爷。
倪姑姑	张紫湘，张镜民的女儿，幼麟的姐姐。
柏 茂	倪家老大，序子的表哥。
矮 子	倪家老二，序子的表哥。

保 大	倪家老四，序子的表哥。
毛 毛	倪家老五，序子的表哥。
沅 沅	倪家老六，序子的表姐，常带序子玩耍。
秉三先生	熊希龄，中华民国第一任内阁总理，朱雀人。
玉 公	"湘西王"陈渠珍，字玉鬈。朱雀人都称他"老王""老师长"。
萧县长	萧敬轩，字选青，朱雀县长。跟康梁交往不浅，跟黄兴也是朋友。对秦汉魏晋南北朝诸子学问很有点名堂。
田三爷	田琴轩。人称田三杆子，喂了十二匹白马。沅水直到洞庭湖几百里的龙头大哥。认识他的人，连想介绍一下他的胆量都没有。
滕甲铉	滕躲孥，年轻时打仗转战多省，有不小勋业。一边打仗一边文雅，是朱雀自来的古风。
刘三老	刘璩斋，留学东洋和西洋，周游列国。曾与章炳麟、蔡锷等人交游。
龙 飞	苗族人，住朱雀城七十多里外总兵营山里头。在正规军里当团长。
田将军	（应该就是朱雀人叫三胡子的——编者。）将军分内做足了无愧于一位将军应做的事业之外，像尧舜让贤一模一样，把位置和权力爽朗地移交给部下，即现在被称为"玉公"的"老师长"。自己呢，玩去了。
田星庐	幼麟的老师。跟孙中山、黄兴是熟人，又是柳亚子集团南社的诗人。
田名瑜	字个石。幼麟的"老庚"。朱雀城有名的书法家。是位不停地在外头当县长的寒士。
高素儒	幼麟的同事。在日本早稻田大学留过学，住岩脑坡。在考棚学堂教算术。
胡藉春	幼麟的同事。住正街，在考棚学堂教美术。二胡高手。经营点心铺"丰庆轩"。
段一罕	幼麟的同事。住洪公井，在考棚学堂教常识。
韩 山	幼麟的同事。住东门井，在考棚学堂教常识。

黎雪卿	幼麟的同事。住岩脑坡，高度近视，在考棚学堂教国语，因感染瘟疫早逝。
方 吉	外号方麻子，幼麟的朋友。住楠木坪，大肥坨。人缘好，遇事随缘。想不到在部队还是个军法官，鼎鼎大名的严厉。
印沅兄	外号印瞎子，幼麟的朋友。曾跟毛润之一起搞湖南农民调查，后跟随"老王"。
滕文晴	滕甲铉长子。从高等学校学文的回来，儒雅可敬。朱雀城如果有年轻人的雅集，大家都会掂掂斤两，有"人杂了，文晴兄会不会来"的考虑。
陈之光	玉公的侄儿子。是位摩登人物，时常在上海、南京、北京、广州、汉口大地方打转。戴金丝边眼镜、博士帽，拿文明棍，像个洋人。念过北洋大学，顺口来两句英文，一下又来两句京剧道白，非常非常之自得其乐。
刘文蛟	刘三老的儿子，北京大学学制革专业。黄埔军校炮科毕业。在朱雀三十四师。
戈 平	黄埔军校毕业。军官。
黄竞青	黄埔军校毕业。军官。
魏 城	黄埔军校毕业。军官。
魏 云	黄埔军校毕业。军官。
冼敬节	黄埔军校毕业。军官。
舒庆云	黄埔军校毕业。军队文官。
贺怀山	黄埔军校毕业。军官。
胃先生	胃敬乡，与玉公同学。教"读经"课说四书五经没有用，只教学生文言文。后来在乡里场上卖烟叶。
俞先生	永顺人，来朱雀走半年玩的。本来是会变成中国算术大名人的。教书从来不带课本，信口讲，和课本一样。
陈 丹	从上海、汉口回来当先生，教常识课跟讲《江湖奇侠传》一样好。

滕风北	体育先生。操场上体育课，像个韦驮菩萨，双手叉腰，双脚并拢。倜傥风神很影响几代学生。
左唯一	实验小学校长，以体罚、羞侮学生为乐。
季亚士	朱雀县教育局局长。说是湖南大文士黎锦熙先生的同班。世界上很难找到这么一小粒合式合度的领导了。他太不像个领导了，可是没有他还不行。
滕启烟	朱雀县教育局"议事"。曾在溆浦当县政府"录事"。
包敬哉	朱雀县教育局"议事"。独立团的书记官位置上下来的。
唐凯然	朱雀县教育局科长。
陈家善	朱雀县教育局科长。
田俊卿	朱雀县教育局科长。
胡正侯	朱雀县教育局科员。
李研然	乡村师范毕业，在朱雀县教育局从小秘书当到老秘书。结婚第二年起不换气一连生了八个嫩白嫣秀的女儿。
曾茂行	朱雀县教育局文书。
费 申	朱雀县教育局杂工。
郭鼎堂	朱雀县教育局厨师，诨名"锅铲"。他做菜的路数如李贺、贾岛，天人思路，仿出偶然。
萧二孃	萧若娴。萧舅公（萧县长）的二妹崽。女学堂教国语的。浓眉毛大手大脚大嘴巴，粗嗓子。
吴二姐	吴晓晴。得胜营人。登瀛街女学堂教务主任。后接替柳惠当了校长。她是个初看平平，越想越漂亮的那一类人。
楚太太	楚玉英。玉公的大太太。柳惠桃源省二师范同班同学。讲话带点点子鼻音，一对小小眼角朝上飞，像是京戏里"娘娘""头面"打扮。

柳嬢	柳慧芝。住在沙湾礼仁巷。幼麟的表妹，原先是许给幼麟的，没想到幼麟在外头搞自由结婚，这姻缘就断了。后嫁送大户人家吕家。容止端正，有点像多少年后人们印象中的宋庆龄。丈夫阵亡守寡，差点让玉公竖了石牌坊。
王伯	序子的保姆，寡妇。人都讲这婆娘如何忠义，如何厉辣。
隆庆	苗汉子，打猎的；也不光打猎，还编竹篮、竹夏、鱼篓，种苞谷、红苕、麦子、地萝卜、花生、草药，也种花。自小就跟王伯玩，长大了，两人也算是"好"；不过"好"得有限，有点城里人"神交"的意思。
曾宪文	序子的同学，陪序子一起逃学。父母开米粉作坊。
滕代浩	序子的同学，喜欢信口编一本世界上根本没有的书。对古迹雕塑感兴趣。
王学轩	序子的同学，从祖父到他三代屠夫，体格健硕。
陈良存	序子的同学，母贤子孝。
田应生	序子的同学。小学毕业没跟同学告别便出去闯世界，传言他当红军去了。
侯哑子	朱雀城的"朝神"。做的风筝是全城最好的，他在上面画人物，是永乐宫壁画的那类。稍微懂点画的伢崽去买他的风筝，见到他，会尊敬得发抖。
萧朝婆	朱雀城的"朝神"。年轻时是个大美人，著名的醋坛子。
唐二相	朱雀城的"朝神"。更夫。
老祥	朱雀城的"朝神"。喂一只大老鼠在棉衣里。
罗师爷	朱雀城的"朝神"。传说中著名的三件半大衣那半件就是他的。
羝怀子	朱雀城的"朝神"。皮肤白皙，眼珠子有点黄，像是西域过来的遗子。
谢蛮婆	朱雀城的街坊，身高体胖，敢在赤塘坪给"共匪"收尸。

苏儒臣	小学没念完，染坊生意倒发达得很。后来还当了镇长。费了好多时光和钱财想插身到朱雀城名流活动里去，不成功。本来就不爱笑的，这番就更不笑了。
赵广森	点心铺"稻香村"的老板，诨名"灶蛐蛐"。长沙兑泽中学毕业回乡继承祖业。老婆从不露脸，躲在后头屋子怄气，为的是四十的人没为他生个一男半女。
冉裁缝	一个人靠秋冬两季帮人缝几件衣服怎么混得上一年的饭口？何况他还喜欢上"曹津山"喝两杯。他应该破衣烂衫，应该面黄肌瘦形容枯槁。都没有。他婉约之至。

他两岁多，坐在窗台上。

爷爷在他两个月大的时候从北京回来，见到这个长孙，当着全家人说，这孩子"近乎丑"！

不是随便谁敢说这句话的。妈妈是本县最高学府女子小学校长，爸爸是男子小学校长。

晚上，妈妈把爷爷的话告诉爸爸。"嗳！无所谓。"爸爸说。

孩子肿眼泡，扁鼻子，嘴大，凸脑门，扇风耳，幸好长得胖，一胖遮百丑。

他坐在窗台上。

前房九十五岁的瞎眼太婆，爸爸的祖母，坐在火炉膛边的矮靠椅上。

"狗狗！"

没有回答。

"狗狗！狗狗你在吗？"

"在。"

"在，为哪样不答应我？"

"我怕跌，我下不来。"

"下不来，也好答应嘛。"

孩子肿眼泡，扁鼻子，嘴大，凸脑门，

扇风耳，幸好长得胖，一胖遮百丑。

這孩子近乎醜！

华君武
08.

“喔！”

“那你在做哪样？”

“我没做哪样，我坐着。”

“嗳！你乖，等响午炮爸妈就放学了——你想屙尿吗？想就叫婆，婆在灶房。”

“我没想屙尿。”

“那好！想讲话吗？想，就和我讲……”

“讲过了。”

太婆笑了。

一个太婆，一个婆，和狗狗。屋里就剩下他们三人。

太婆自己跟自己说：“都讲过，喜喜和沅沅要来……”喜喜是她大孙子的儿子，十二岁；沅沅是她嫁到南门上倪家药铺的孙女的第六个孩子，七岁。“讲来又不来……唔，也该快了……”

狗狗有很多表姐表哥、堂姐堂哥，还有年轻的表叔堂叔，都轮着陪他玩。

他们不来，狗狗不能乱动。

窗台木头又厚又老，好多代孩子把它磨得滑溜滑溜了。一道雕花栏杆围着，像个阳台。三四个孩子在上头也不挤。窗台后面是张大写字台，两头各放着一张靠背椅。孩子玩腻了，便一层一层下到地上。

写字台上有口放桃源石的玻璃缸子，一个小自鸣钟，一个插鸡毛掸子的瓷筒，婆的铜水烟袋。孩子玩得尽兴，却是从不碰倒摆设。

楼上楼下八间房带前后堂屋，只有楼下四间房装有栏杆供观赏的大窗子。万字、寿字格窗门内开，糊着素净的白"夹帘纸"。夏

窗台木头又厚又老，好多代孩子把它磨得滑溜滑溜了。一道雕花栏杆围着，像个阳台。三四个孩子在上头也不挤。

他两藏多，坐立窗台上　芳元艾·8·

天冬天都显得宁馨。

四扇窗子，以太婆的后房、婆房间的窗子最招孩子喜欢。大清早就有太阳。长到鼻子跟前的树丛直漫到城墙那头。过了城墙，绿草坡一层又一层，由绿渐渐变成的灰蓝，跟云和天混在一起。

多少多少代的孩子都爱上这里来坐，像候鸟一样。

狗狗坐在窗台上。眼前的那些红、绿、香味、声音、雨点、太阳，只是母体内子宫生活的延续。他什么也分辨不出。他吃饱了，他安全……他还需要一些时间才能"醒悟"，他没想过要从窗台上下来自己各处走走。即使想也不可能。要爬越后堂屋的门槛，绕过上楼大梯的梯脚，再翻更高的门槛才进入堂屋。堂屋两边各有四张太师椅和一张茶几，当中还有一个大方桌，底下藏着一张吃家常饭的小方桌。靠墙一口大神柜。处处埋伏的尖角很容易在脑门碰肿一个包。他小，他真的没有想过。像出壳小鸟根本不晓得蛋壳对它曾经有过什么贡献和限制。

两只鸡娘在厨房后头吵起来。鸡娘特别像不高明的作家，稍微出两本书就大喊大叫，弄得左邻右舍心烦。不过鸡蛋比那些大作要实际得多。

婆进房了。她和太婆都是趿脚，地方熟，"定！定！定！"走得一点也不困难。

"狗狗！快！婆抱你，捡蛋去！捡蛋给太看！"

"噢！"狗狗让婆抱下地，再抱过两重门槛，来到厨房。

鸡窝是用几个旧箩筐抹上黄泥谷糠做的，土砖砌的平台，各挖一个洞，里头垫上厚厚的稻草，夜间顶上一块板子防黄鼠狼，样子十分之大方。"岂止大方！简直是庄严嘛！像个北京的天安门！"客人见了不免夸谈。

这是孩子们的手笔。他们还计划修一座长城咧！

"狗狗摸这里，啊！一个，是一个吧！狗狗别拿，热！婆给你拿，热蛋伢崽拿多了会脸红——再摸这边，进一点，啊！呸！呸！小手手一手鸡屎，啊！不怕不怕！婆给狗狗洗——来来，过来这边，哪！看看狗狗手手没有鸡屎了吧！还不行，还有臭臭，看婆给狗狗抹点皂荚水，搓！搓！搓！搓！搓！搓！好，狗狗不动，等婆舀水来冲手手，狗狗搓手手啦！好，抹干净手手，闻闻！不臭了！不是臭狗狗了！——歪尾巴鸡娘不乖，屙屎不屙蛋，骗狗狗，等哪天婆宰了它，让狗狗吃霸腿。"

婆婆捏着蛋，抱狗狗跨过两道门槛进了堂屋。右首边就是太婆的房门，还没进房，太婆就说话了："狗狗告诉太，捡了几个蛋？"

"蛋！太！太！蛋！"狗狗让太婆拉近身边。

婆把蛋递给太婆："就一个，那只歪尾巴陪着吵，没有蛋！"

"臭，臭，太，臭，臭！"狗狗叫着。

"唔！太哪里臭臭？太婆不臭臭！哦！妹崽，你把窗子关上算了，外头花熏得我头昏，你看，房里进来十只蜂子也不止，嗡里嗡咙在耳边闹，莫叮着我狗狗。"

"等伢崽们来，你躲进帐子里，让他们给扑了。"婆说。

"扑也莫扑，赶出去就是，做个蜂子也不容易，让它们回窝吧！"

婆是太婆娘家的侄女，所以都姓邓。婆没念过书，太婆书读得多，记性又好，后来嫁到张家，太公是个"拔贡"，县志的主编，出版过诗集，所以濡染了一些冷隽的气质，至老年守寡瞎了眼睛，性情脾气就更是十分之通达。

婆不爱讲话，爷爷回来也没有几句话好说。有了狗狗这个孙子，有了伴；孙子没生的时候，鸡公、鸡娘、鸡崽，泡菜坛、酸菜坛、霉豆腐坛，就是她的伴。有时跟人去"赶场"，上山摘做粑粑的蒿菜、做"社饭"的社菜、煮蛋的"地地菜"、凉拌的荠菜、炒来吃的蕨菜，腌腊八豆豉，晒菜干；过年的时候指挥杀猪，招呼帮忙打粑粑的苗族汉子喝米酒。留辫子做妹崽家的时候，正逢"长毛"作乱，杀人放火抢东西。热天的晚上，坐在院坝里，兴致来了，给孩子们讲"长毛"故事；她不喜欢民国。她说她小时，一个"通眼钱"可以下一碗牛肉面。她也不喜欢孩子们买书，买玩意儿，让她见了，就会轻声地表示不满："一点用也没有，买个东西吃在肚里实在！"

她已经六十多岁了，太婆还叫她"妹崽"，做了婆，还伸不起腰。

关窗时她伸头看了一下院子，"姑！今年花开得也实在放肆，连墙都贴上了。"

太婆没笑，"都是镜民做的好事，你看你那个镜民！"镜民是爷爷的名字，婆的丈夫。

爷爷年轻时候外出多年，偶然回家逢到春天兴致好，便约了一帮朋友城外踏青。一路出东门，过大桥，下沙湾，左边是"诸葛亮"，右边是"回龙阁"，正对的"万寿宫"，沿河吊脚楼前后左右、高低上下伸出许多花树，忍不住见一棵爱一棵；加上大桥二十八间玲珑剔透小屋子窗格里伸出的竹竿晾着五彩衣物，一齐影在太阳下，映在水面上，荡漾出条条彩色亮光。

岩鹰在天上打团团嘤嘤叫，铁匠弄得周围回声叮当，卖"叶子粑粑"老太太的女中音，"霉——豆腐"和"盐——豆腐——干咧！"

的男低音，以及呼狗吃伢崽屎的高亢女高音，都引出远游还乡人的特殊情绪。便认为那样好看。便学着人家一棵棵树苗买回来栽在院子里。院子说大也大，七分地容得下三四十棵树苗，桃、李、梨、杏、橘、柚一应俱全，年年次第开花。爷爷开初按着李笠翁的经验这边一剪刀，那边一斧子，享受了三两回田园之乐，后来人在北京做事，儿子们也北京、奉天、上海、杭州、武汉、长沙四处跑，剩下两位老太婆媳俩，何况其中一个还是瞎子，李笠翁兴趣变成龚定庵的"病梅馆"，只好放手那些花木爱怎么长就怎么长了。院子已经不成其为院子，树混在一起也分不出树名，当中一条碎石板铺成二尺多宽通向大门的路之外，不见一尺空地。

满院子十来种果子杂花交垒一起，加上千千万万蜜蜂轰成一团。亲戚晚辈时不时来看太婆，太婆就会说："男人不在家，看这些花好欺侮人。"

"妹崽！有人敲门！"太婆说。

"门！"狗狗也说。

婆出去不久，院子接着"噔！噔！"响起了急促的脚步声，冲过两个小强人和一个女孩。

"保大，你怎么也来了？"太婆听出三个中有一个是倪家十岁的老四。她熟悉他鼻子的吸气。

"喜喜讲……"保大跑得接不上气。

"等我自己讲！"喜喜抹开保大，"登瀛街那条陈麻子、陈麻子团长的勤务兵刚才在正街上碰到我，有骑兵报信，讲爷爷的轿子从辰溪往高村走，赶紧告诉屋里……定更炮以前到家……"

"不是定更炮，是二炮。"

"定更炮！"

"你麻个皮，二炮！"

"保大！又骂粗话！你看你，一脸都是鼻泥——哪！哪！又是用袖子擦！——快！先到南门上你们店里，叫你柏茂大哥马上去蛮寨喊你四舅转来，再上北门考棚学堂报你三舅，叫转来的时候顺便带两个人打扫院坝……"

"不要了！我们自家扫。外头人会打落花瓣……"喜喜想得远。

"嗯！也是，那就不带人转来了。你呢，喜喜去文庙女学堂报你三婶娘。都赶紧转来收拾廊场¹。听清楚了快走！"

保大边跑边喊："也报送我妈，舅公转来了！"

"那我也去看看房里头！"婆走了，"狗狗！你跟沅姐在院坝走玩，我房里灰尘大，别来！"

"晓得！"沅沅说，"狗狗，表姐背。"

太婆嘘了一口长气，慢慢靠上椅背，心情舒展之极，"……也不先报个信，讲到就到，七十来岁的人……唔！也怕是秉三有什么急事要他回来吧！……狗狗呀！狗狗，厉辣王²来了，你怕不怕？"

堂屋门口宽阔敞亮，左边展延到通往坡下的小旁门，右边接住隔壁的风火墙根，三四丈长，五六尺宽，都用青光岩和红砂岩石板铺成。这场合要荫有荫，要太阳有太阳。再过去才是那块非凡的花树院坝。

1　地方、场所。
2　最厉害的角色。

白天，大人晒菜干，晾衣服；过年杀猪，打粑粑；孩子在这儿"办家家娘"，下"打三棋"。晚上数星星，看月亮，捉萤火虫。有时长板凳上睡着了，染一身露水才被拖进屋里上床睡觉。孩子们在这里享受一生中最甜蜜最心痛的回忆。

回忆的甜蜜与深重痛苦都是无可弥补的……

沅沅兄弟姐妹多，又小，家里照顾不来，满脑壳又黑又多的头发，嫌麻烦，给她梳成一个短粗的"刷把"辫子，其余的地方蓬蓬松松，一堆云。

脾气好，耐烦，总是笑。笑的时候，长长的眼睛眯成一条缝，红嘴唇露出两排白牙齿。

她也时不时流两条鼻泥，流得快也擦得快；她是妹崽家，左胸扣麻线绑着条小手巾。上衣窄窄地长到膝盖，有两三块手工精致的补丁。

她是狗狗的小妈妈。没有她，狗狗这两三年不知怎么才长得大。

"狗狗！你看蚂蚁仔回洞了，等我抓个'金蚊子'[1]来引它！你蹲着莫动！听到吗？"

狗狗点头。

两姐弟把一只又肥又大的红头苍蝇放在离洞口起码五百里远的地方。蚂蚁排成一大队人马，有兵、排长、连长和营长，还有团长和师长，抬着猎物浩浩荡荡地收兵回朝。

"蚂蚁仔，快报信，报你家公家婆[2]抬板凳。家公冇来家婆来，

---

1 苍蝇。
2 外公外婆。

脾气好，耐烦，总是笑。笑的时候，

长长的眼睛眯成一条缝，红嘴唇露出

两排白牙齿。

她是狗狗的小妈妈 08. 芬奇王。

吹吹打打一路来。走到半路上，碰到'嘎嘎'[1]香，又着胡椒又着姜！……"

狗狗听了几十回这个歌子。听惯了，到老都一定不会忘记。

狗狗的爸爸回来的时候一阵风，碰落院坝好多花瓣。孩子见了一声不敢出。跨进太婆房门，婆也坐在里头。

婆看见儿子就说："幼麟！一点消息没有就来了。你听到怎么讲的？几时动的身？天没亮还是清早晨？辰溪到高村四十多里，哪个地方碰到你爹的？真糟蹋人等。"

"来，总是这半天前后吧！急不到哪里去的。"太婆说。

"幼麟跟紫和你两兄弟到'接官亭'那边去等等吧！"婆心里着急。

"'接官亭'冷风秋烟，'凉水洞'河边那一排饭铺找张板凳坐坐就可以了。还可以泡壶茶喝——咦？柏茂你转来了怎么不出声？你四舅呢？不是要你去蛮寨蚕业学堂报他转来吗？"

"报了。"

"报了？报了怎样呢？"

"报了没怎样，他们几个先生在喝酒。"

"喝酒？那他说什么？"

"什么也没说，他们唱歌。走廊栏杆外头开哪样花，他们唱哪样花——开了好多'吊金钟'。"

婆怕了，有点埋怨，"你该搀他回来……"

---

1 小孩子对肉的叫法。

“我搀有动！”柏茂也怕了。

“一路上小孩搀个醉人也不好看！醒了自然有人告诉他的。我看幼麟就自己去吧！”太婆说。

出大门的时候，碰见狗狗的妈，“你想想老人家走远路回来吃什么。”

“先问了妈再说——咦？紫和不跟你去？”

“醉在蛮寨学堂回不来，听说在唱歌。”

“那爹回来晓得了怎么办？”

“‘天意怜幽草，君当恕醉人’！喝酒的事，紫和是老人家的真传，没有哪样好责备的吧！”

凉水洞是个地名，靠河的路边山旁。真有一个洞穴，夏天一股股凉风从里头往外冒；若进洞口站一站，身上冷得不自在，可能回去还会害病。一口井挨在旁边，有块碑，刻着赞美的字。泡茶好，不起衣，隔夜不馊。

岩板铺的路，小是小，比羊肠小道略宽一点，却是本乡子弟到世界哪个地方去迈出门槛的第一步。

这一边疏疏落落几间临河吊脚楼，门面上摆着三两张小饭桌，桌上筷子筒、盐辣罐和另一张庄重的桌子上陈列的辣子炒酸菜干、干辣子豆豉油烹小鱼干、辣子炒酸萝卜丝、青辣子炒牛肉丝、腌萝卜、腌辣子，这些大盘子盛着的东西都盖着纱布，跟两口青花瓷酒坛，路过的人都要瞥上两眼。

饭铺后面隔扇和栏杆外头河水嫩绿，流动安详。对岸开着几株杏花、山桃花，两个女人洗完青菜正起身上坡回家，后面跟着一只小黄狗。

紫和喝醉了，幼麟也不会是一个人来。他拉了学校的好朋友，教算术的高素儒、马欣安，教美术的胡藉春，教常识的段一罕、韩山，教国语的黎雪卿，楠木坪方麻子方吉的弟弟方若，顺手还带来喜喜。

"廖老板！下午你这个生意我包了……"幼麟说。

"请都请不来。难得你们学堂先生赏脸，我这个生意爱不爱做都是它了，无所谓的事情；山水好，图个清静。我把茶桌子摆到后头栏杆边上，你看好不好？"

"辰溪到这里，轿子再快也要放二炮过后，要是高村歇久点，怕还要晚。要不要给准备晚饭，讲一声就行，东西都是现成的……"

韩山马上搭腔："要，要，怎么不要？不要，来这么多人做哪样？来来！我们先商量商量，怎么个吃法？"

廖老板屋顶上原来挂着好多竹躺椅，取下八张，擦刷干净围矮方桌摆定。一边回答问题："各位晓得，乡里端不出好东西的。我不晓得学堂先生的口味，我这里养的有鸭子、鸡……"

忽然厨房里冒出内老板的声音："城外是城外，哪算乡里？鸡不行！鸡娘屙蛋孵鸡崽，鸡公报天亮！——有两斤多烟熏斋猪肉。要鱼，我到秦家船上问，鸡不行！"

廖老板不好意思，手指头戳一戳厨房，"麻个皮！鸡是这狗日婆娘的！——好！我看，子姜爆炒鸭片算一个，斋猪肉算一个，有鱼没鱼等下看，先算一个干烧鱼吧！现成的腊肉要不要，要，就来个腊肉炒蒜苗，喏！这是四个，鸭血汆个酸辣汤，总共就这样，够不够？"

"数目我看足够了，就不晓得你们手艺——"方若话刚出头，厨房里内老板出来了："我们城外没有手艺的事！斋猪肉就是斋猪肉——"伸出两只手扳屈着指头算，"哪！辣子、花椒、大蒜、姜、橘子叶、红糖、绍酒、酱油、盐，殷勤点再放两块霉豆腐，几大勺油，一齐丢下去一炒一焖，天下都一样，跟你们城里不一样的就是我们灶好！火足，锅子大，翻铲起来痛快！"说完进厨房了。

茶泡上。茶壶跟茶叶都粗，冲上开水一碗绿。高素儒已经靠进躺椅忙又坐起来端详，神乎其神地指指凉水井那边的山，"新家伙！"

大家安顿下来，一边喝茶一边感动。

胡藉春跟廖老板开始对付一盘象棋。

厨房里鸭子叫了。

方若问廖老板，摆在铺板上那些盘菜，卖不完，第二天还卖，馊不馊？

专神下棋的廖老板回答："不馊！"

"那么，这就是一个问题了：是过路人吃完不晓得馊，还是顾到赶路馊也不要紧呢？根据常识，在一定的温度下，三两天的炒菜是不可能不馊的……"方若是个近视眼，他没有发现内老板已经闪到面前。

"不会馊的。"廖老板低着头耐心地回答。

"你这个先生！你想赌什么？"内老板对方若说，"我们讲不馊，你看呢是一定馊，我们不赌命，不赌钱，你点哪盘我端哪盘，众先生一人一筷子吃吃看，馊了，我从栏杆上跳下河去；不馊呢，你从栏杆上跳下河去。大家都会泅水，死不了人，你来不来？"

方若傻了。

内老板"嗳！"轻笑了一声转回厨房。

大家都屏气注视那个背影。婆娘原来这么好腰身！细眉毛，大眼睛。早先一点也没想到。

廖老板轻声骂着婆娘，一边认真地吃胡藊春棋子。

"这狗日婆娘，人来疯！男人来多了，他妈就不晓得哪里找这么多话讲？也不管你是挑谷子的，抬轿、算命的，还是你们这些学堂先生！"

"嗓子小一点，让她听到打包袱跑了……"韩山打趣地说。

"跑？跑了我就过年了。我们这一带地方不晓得是风水还是水土，凶虽凶，嫁来的婆娘死咬住男人一辈子不跑，这日子一点意思都没有，无聊得很——来！吃象！"

"酒哩？"高素儒在躺椅上翻着白眼讲朝天话。

廖老板一手护住棋子，"要好酒让人去城里打。我这里只有苞谷烧、高粱烧、绿豆烧……"

"城内有哪样好酒？城里有苞谷烧？高粱烧？绿豆烧？我看高粱烧就好！"高素儒讲话冷。

"晓得了！等下吧。我以为你们城里先生都爱吃绍酒、五加皮……"廖老板没抬头。

"嘿！"高素儒总算笑了一下，"五加皮像药，绍酒像尿！"

韩山跳起来，"素儒怎么能这么说呢？你店里就卖五加皮、绍酒……"

"卖给别人吃的！老弟！你见我自己吃过啦？"

"讲冇定你店里的绍酒就真掺尿！"

"酒厂里掺哪样没有？死老鼠、鼻泥痂痂、脚豆豉，你吃得出？

世界上的事，一认真，日子就不好过……我就佩服幼麟这人，不认真得恰到好处，认真的地方也恰到好处。"幼麟正和段一罕对着河面，听到他名字回过头，"讲我哪样？"

"讲你今夜间请大家吃酒！"韩山说。

"我一辈子不会喝酒，倒是喜欢打酒请各位喝，看人热闹自己高兴。"

"自己喝不喝不要紧，紫和跟着镜民先生两崽爷代你喝够！咦？紫和仁弟呢？"

"柏茂到蛮寨叫过，跟一帮人在那里喝醉了！一时怕醒不过来。"幼麟说，"到时候看看，来不及的时候再想别的办法……一罕你看，河对面野鸭子里是不是有对鸳鸯？杏花那边……"

"看不清，没戴眼镜。那不怪，南北这两年仗打得多，洞庭湖也忙起来了，飞禽走兽都往我们这里躲。万寿宫柏树上来那么多灰鹤，连西门上李家屋背后、常平仓前头那一小块池塘，居然挤了十几只丹顶鹤，引来教育局那帮趣人去摇头摆尾吟诗填词……老师长还贴了告示，是祥瑞，不准人碰！"段一罕接着说，"……至于南华山有人遇见麒麟，那就未免太渲染了……"

"科学家说，麒麟就是现在非洲的长颈鹿……"

"不会的！张华《博物志》上说麒麟身有斑纹，颈长九尺，就附会到长颈鹿身上，可以想象嘛！九尺长的颈项，还有麒麟样子没有？古人知识见闻有限，牵强附会在所难免……"

"那是！"

"摆碗！"厨房内老板一声炸雷，廖老板猛地从棋桌边蹦起来，"这狗日婆娘！"起身把门口的铺板上了，只留一扇店门开着，匆匆进了厨房。

两张矮方桌合并，一伙人顿时集拢找妥位置，杯盘碗筷乱了一阵，清嗓咳嗽就绪。

高素儒明知廖老板坐不住，却要客套一下，"怎么？不一起来？"

廖老板连忙摇手，"我还忙，我还忙，你们请！"

还真是忙，出出进进。灶房里的热闹看得出内老板的高昂兴致。

第一筷子菜进口，大家几乎同时瞪亮眼睛。

方若原想狠狠对厨房叫几声好，却是转过身来向着廖老板，手指头戳了戳那个方向，"这婆娘算你捡到了！"

幼麟不会喝酒，装碗饭陪着吃。他一边吃一边想，几样菜都弄得潇洒、利索，不拖泥带水。细听厨房锣鼓点意思的锅铲声，这婆娘一定来头不小。腊肉薄得像片片明瓦，金黄脆嫩，厚薄得宜，跟油绿绿的蒜苗拌在一起卷进口里，稍加嚼动，简直是一嘴的融洽。

不对，理会得简单了，怎么能光是腊肉和蒜苗的作用呢？

名分上是腊肉炒蒜苗，实际文章做在一大把干辣子和刚下树的、嫩嫣嫣的花椒珠子上。

干辣子下锅，最忌大火，猛不留神辣椒变成焦黑，与炭为伍，全局玩完。要的是那股扑鼻酥香，而这点颜色火候却来之不易。

刚摘下的花椒，油锅里氽过，齿缝里一扣，"啵"的一声纷纷流出小滴小滴喷香的花椒油来。

一匙糯米甜酒能提高腌类的醇馥神秘感，且中和腊肉中偶尔出现的"哈"味。

若要炒菜疏落有致可用酱油；增加凝聚力就非黄酱不可。回锅肉、炒腊肉片宜用黄酱。

要诀在于懂得分而治之的方法。小火温油，进蒜蓉，进辣椒干、鲜花椒。蒜蓉见黄，起锅。

另小火温油，进腊肉片，进蒜苗同炒；加大火，翻炒一分钟，进干辣椒、鲜花椒、黄酱、糯米甜酒，倒在一起翻三两下起锅。

细细揣摸，婆娘一定明白这个路数，三十来岁，锅铲火候玩得算可以了。

幼麟不很留神周围一帮酒人的浑语，他一个菜一个菜地轮着研究其中节奏变化，他觉得很像自己本行的音乐关系。

黎雪卿是个胖子近视眼，几杯下肚之后，鼻子、喉咙都响动起来，"定更炮放了没有？"

"定更炮？二炮也快了，不看看，月亮过八角楼了——嗯，幼麟哪！我看叫人到东门城楼子上打个招呼，老先生要回来，慢点关城门……"

"那是。喜喜，喜喜！你饭吃饱了吗？"

"早饱了，你看，我还帮老板娘在厨房里烧火。"

"不是叫你到门口放哨把风吗？怎么进厨房烧火？"

"你没有喊我到门口放哨！"喜喜说。

方若、韩山都帮着说没有！没有！

"好了！好了！你赶紧去东门城楼子上跟满家爷爷报个信，讲我们都在接官亭等爷爷，请他慢点关城门。快去快来，不要跑，免得绊跤子！"

"晓得！"喜喜高高兴兴地走进黑咕隆咚的夜路里头去了。

廖老板加了几次酒，内老板也在斋猪肉炖锅子火炉里添了几回炭，看看大伙兴致正浓，觉得这是很难得的，心里高兴，"还有点鲜笋子和椿木芽，给你们凉拌了要不要？"

"要，要，要，怎么不要？还有你们卖给过路客人，说是打赌不馊的红辣子炒牛肉丝，也可以端过来嘛！"

"你们真不怕馊？"

"馊了你还卖？"

廖老板把一大盘用纱布盖好的红辣子炒牛肉丝端端正正地摆在正当中，"要不要热一热？"

韩山顺手一摸，吓了一大跳，"那么凉快，像冰凌子一样！怎么搞的？"

这么一说，大家都伸手过来试一试。

"喔！怪不得内老板口气那么大，几天的老菜还敢卖给客人，我看廖老板怕是讨了个七仙女吧？"

幼麟这才想起一个道理，"北京城的人家家有冰箱，周围是冰，中间放吃货，整月不臭不坏，怪不得你们两口子这么好的手艺不肯进城，原来是这口洞！……"

酒饭之后又泡了茶，点了洋油灯，茶味照旧，可惜荫绿看不见了，真夜了。

"二炮该响了吧！"段一罕话没说完，"咚咚！"果然响了两下，"你看，我的话叫得应了！咦，照道理高村来这里，轿子早该过了……"

"怕不是熟人在哪里留住了？老人家也是爱这么三两盅……"胡藉春说。

"家父行旅上从来不沾杯。二十多年前在黑龙江办事，幸好半路上禁酒才没中了'胡子'的埋伏，他是一直在说话里提到的……"

廖老板插了句嘴："听人家讲，镜民先生在北京跟谭嗣同他们是知交，很侠义的人格。经营过他们的埋葬……"

"只尽了点绵薄的力气，出头的是另外几位义士。"幼麟说。

"镜民先生酒是好的！自律很严，一旦喝起来可是江河奔腾！潇洒风流之至。秉三先生很信得过他。香山慈幼院就是他按照秉三先生的意思一手经办起来的，很费了精神。"胡藉春说，"现在他老人家还住在那里吧，幼麟？"

"是的。年纪大了，秉三先生一直要他休息，还剩点花木收尾，办完了，我看真也该回家了。"幼麟说。

"听说他老人家年轻时在沅陵当过警察局长？"韩山自问自答，"有一年一个人过河抓赌，十几亩大枫树底下，秋林灿烂，一字排开几十张赌桌，给人捆住在肚子上来了一刀，扔进河里还能泅水过河调兵遣将，把那帮人擒了……"

幼麟笑起来，"我也是听说的，纵然有这事未必真这么神。洗澡时我看过，右边肚子上真横着半尺长的刀口。问，我们是不敢的……"

黎雪卿说："听说老先生从来没见笑容，幼麟，你见过吗？一个人呱呱坠地直到老来从来不笑，这也是难能可贵……"

韩山觉得这话有点无聊，不高兴了，"嗳！嗳！雪卿哪！喝多了吧？你见过老先生几次？眼睛又近视，老先生纵然笑，你也看不见哪！"

"家父倒是很少笑的，怕是与他过去的严峻境遇有点关系，不过回到家里跟家祖母聊起外头的事，总是拣有趣的事讲，那是笑的。"

这时，胡藉春叫起来："看，半夜三更大黑鸬鹚还呷鱼。"

吊脚楼底下正游弋三只鸬鹚船，丈二长船头上悬伸出个铁丝笼圈成的松明火把，火光荡漾在水面，摇着一道道光闪。

"喂！有吗？——"黎雪卿问，"……喔！没听见。"

"鸬鹚船上不喜欢和人搭腔。半夜三更约两个朋友出来，要的就是这点安静；这点有活动、有颜色、有距离的相聚。你掉进去干什么？和你有哪样关系呢？他们认得你吗？他们根本就不喜欢人偷看，你公然告诉他，'我们看你！'已经不耐烦了……"胡藕春说。

鸬鹚不得开交地忙，好不容易伸出脖子在水面喘一口气，忽地又钻进水里。这一点也不像工作；是一种责任感和自尊心很强的游戏。

时不时，"鸬鹚客"的竹篙轻轻在水面上拍一拍，做出种种轻微的讯号：停，行，团。于是，水面上出现更加灿烂和热闹的无声光彩。

三只鸬鹚船，人和他们的鸬鹚逐渐远去，直到在黢黑的山影夹缝中剩下三粒暗暗小光点……

门忽然打开，喜喜满头冒汗进屋来！

"看到城楼子上满家爷爷了吧！你告诉他留城门的话了没有？"

"报了！"

"他怎么讲？"

"他讲呀！不要留了，叫你们快回家，轿子定更炮放过没好久就进去了！"喜喜说。

"嗬！了不得！"酒筵登时完蛋。

幼麟赶到家，屋门口摆满轿杠和行李，透过花树那头还是一片灯光，轿夫和脚夫们刚吃完饭，有的正在冲脚，孩子正围着他们看热闹，顺便也盯住轿夫莫碰到花。

进了堂屋，众人见到他，轻轻指了指左后屋。幼麟的心直往下沉。

爷爷坐在床沿抽"金堂"雪茄。一房特别的烟味。看样子饭是吃过了。美孚灯今晚特别之亮。婆坐在靠窗椅子上。妈抱着狗狗站着。大家都一声不响。是说了一阵话之后才一声不响的呢，还是从开始这么一直不响到现在？

"爹回来了！"幼麟进门侧身站着。

爷爷从眼镜框上头瞥了他一眼，"唔！……你们两兄弟真有意思啊！"

幼麟出房门见到矮子老二跟紫会。他们刚送走脚夫和轿夫。

矮子老二是嫁到南门上倪家药铺的姐姐紫湘的二儿子。紫会是远房的弟弟。都是跟爷爷从北京回来的。

在北京，紫会帮爷爷招呼外面走动的事；矮子老二照顾爷爷饮食。往年爷爷回家总是一个人；这回连他们也带来了。

矮子老二叫幼麟作三舅，紫会叫三哥。

"我和学堂的先生在接官亭的凉水洞饭铺等了你们整半天，怎么没见你们就过山了？"幼麟问。

矮子老二说："轿子过山，在凉水井的时候我认得三舅跟学堂的先生的嗓子，报送家公，要不要喊一声？家公讲：'不要扫兴！'我们就进城了。"

"到家之后，我讲我去凉水井报你们一声，大伯说我'你这人仍然没趣'！"紫会说。

幼麟听完进了太婆房。

"是幼麟吧！"

"嗯！"

"你爹进来时我问他在接官亭可遇到你？他笑了。他说你跟朋友饮宴正欢，我说：'讲这话也是苛刻了，是好朋友陪他去接你的。'他不再说什么了吧？"

"没有。"

"那好，你回屋去吧！放好蚊帐，免得蜂子叮了狗狗。"

第二天天麻麻亮，醒炮还没放，爷爷一个人起床了。他原想悄悄打开堂屋大门，这明知是办不到的，可以试试，把门闩使劲往上提住慢悠悠朝里拉，他笑了，这偷偷摸摸的声音比公然的声音难听十倍。

天黑得还很可以，周围都是毫无想象力的暗影，开眼闭眼完全一样。他摸出装"金堂"雪茄的皮盒和洋火盒，顿了一顿，手又收回来。这时候一切都那么单纯，蒸腾的花香，哄咙的蜜蜂，周围城内城外的鸡叫，预知的黎明逐渐出现……他不想"金堂"烟味打扰这点气氛，二十多年回了几趟家呢？六趟？不，五趟或是四趟。这么平安的家其实是最合适过日子了，不用操心，哪里都是青石板上一坐，凉水一喝……当然不行，我一回来就不平安了，谁来维持这个合适日子呢？幼麟、紫和不行，别看他们热热闹闹，出出进进，事情一来全瘫；年轻，少锻炼……这世界还要我，没我，这个家会慌——

醒炮"咚"的一声，天真的亮了。嗬，这么乱的花！好家伙！

醒炮"咚"的一声，天真的亮了。

嚄，这么乱的花！好家伙！

"镜民，一个人在院坝？"太婆问。

"是呀，妈！把你吵醒了！——我在想这些树——"

"你出门了，没人管它们！"

"不管更好，长得抻抖舒展！"

"原先你想过龚璱人的意思？"

"我看龚原来也不一定有这个意思。写出文章，自己顺着文章走起来。人格，有时候是自己的文章培养出来的——喔！妈，我要离开北京了——秉三要我去沅州，讲北方可能要大乱，他也拿不准局势，万一回家，也有个落脚地方。"

"——也只是讲讲吧！他舍得北京？牵扯多，包袱重，留条后路也是应该的。要你回沅州管那个老摊子，我看怜惜你居多。儿子呀儿子，你七十四了晓得吗？他不想再要你那么辛苦。过两天你看三妹的时候跟简堂谈谈——"

"妈！这花真开得闹热，我看，约一些人来吃顿饭吧！"

"那是有意思的！约哪些人呢？你记得几个老朋友、老熟人——"

"记得记得，意思不大。俗的俗了，猛的猛了，阔的阔了！相见也无颜色。要是真请了来，他们各位会把简单的意思弄复杂，想入非非。我喜欢跟不相干的人喝喝酒，看看花……"

"你这花有什么好看，乱七八糟的……"太婆在笑。

"不喜欢的莫来嘛！"

屋前后开始有人的响动。幼麟照习惯为老爸用打汽煤油炉弄早餐，火焰呼呼响。狗狗跟着妈妈梳头洗脸，洗完脸要到对门房见太婆。

"嗯！——那个——紫和怎么啦？"

这"嗯"的意思是一个对晚辈讲话的"预令"。

"在蛮寨蚕业学堂的回家路上吧？"幼麟在堂屋回答。

"是就是，不是就不是，不要'吧'！"

"噢！晓得了！"幼麟答应着。

"那田氏妹呢？"

"到蛮寨去了，想跟四叔一起回来见爹。她胆小。"狗狗的妈柳氏妹隔着房说。她胆子大，知道爹喜欢她。

"唔！见我还要胆子？有什么好怕？好学不学，学乡里妹崽——紫和转来，叫他到我房里来……"

"噢！晓得了！"幼麟答应着，"爹，早点弄好了，摆在房里。"

早餐是爷爷的老规矩。在北京由矮子老二做，回家由幼麟做。白肉煮熟切片，铺在一小碗碱水面上。加酱油、葱花。汤底子也只是五六粒虾仁。

清早晨，一般不吃浓东西。

面下两碗，一碗给太。面到了太婆房里，狗狗就过去了。把太婆汤面上的白肉片一片一片吃光。有时候面上还有一两片白肉太婆夹不着时，狗狗就会抓着太婆捏筷子的手到有肉的地方说："还有！还有！"

爷爷不光吃面，还有酒和下酒菜。

酒，从北京到家乡，人在哪里酒在哪里。白酒、黄酒、药酒，甚至难得遇到的洋酒，只要精彩，成见是说不上的。独酌定量约莫四两。早、午、晚三顿。在北京，外孙矮子老二站立旁边侍候；在家乡，幼麟、紫和两个儿子站立旁边侍候。所谓侍候就是挨骂。自己挨骂或听骂别人都要随时应答唯诺。

菜，小碟子上好酱油干辣子粉调理的曹津山卤肉、鹅掌、鸭脚板、牛肉巴子、猪拱锤[1]、猪耳朵，或者自己家里的腊肉、腊鱼，新鲜凉拌小笋子。其中有三两样就行。婆做的霉豆腐和水豆豉。

这些东西当然比汤面上那几片白肉高明得多，狗狗倒是想也没想过凑到他跟前弄块什么吃吃。

爷爷不喝酒说话少时，谁都应该提神小心，那是一句算一句的。喝酒后的话不特别亲，再凶再狠，一点实际威吓也没有。特别肿大的泪囊，不正视人的小眼睛，浓浓的鼻音，神风虽不如何宜人，滔滔不绝的掌故却是动听。

"……请人来吃饭的事你听说到了吗？"他偏着脑壳问幼麟。

"是的。您老人家看，是哪些客人，我好安排单子……"

"不叫作'客'！找些有意思的人——你那些朋友同事就合适。"

"他们？"幼麟慌了，他没想到——"您，他们，我……"

"都请来。还有方吉、黄玺堂你那些同学……"

"黄玺堂病了；方吉我知道他还在长沙……"

"回来了，我在高村碰到他的轿子，四个人抬着往这里蹿……"

"喔！那是回来了……"

"你们办去就是。顺便通知蓝师傅，本地菜，实实在在的东西，土就土一点，不要打算鱼翅燕窝……席后要有甜点心，你婆喜欢……"

"晓得了。"

—

1　猪鼻子。

"还站着做哪样？"

四叔和四婶赶回家蹑手蹑脚进了堂屋。狗狗妈说爷爷刚吃早点，喝了酒，现在床上靠着，不用惊动老人家了。

四叔喘口大气拍了拍胸脯。

太婆把两人叫进房去，"你两父子都是'杨柳岸晓风残月'啊！你参要请客，快去帮你三哥计划计划去吧！"

名单上，在接官亭凉水洞陪着接爷爷的那帮学堂先生全都写了，还加上个真回来了的大肥坨子方麻子方吉，黄玺堂听说老人家请客，也说"病早就好了"。西门倪家三姑婆的儿子、爸爸的表弟倪胖子倪端，其实一点也不胖，大概是小时候胖过，也写在单子上。

南门内大街上倪同仁，爸爸的姐夫没有请，请，他也不敢来。前两年爸爸从外头跟妈回来时，就听说倪同仁对姐姐（狗狗的姑姑）不好，酒后要疯罚姑姑跪，吃剩的饺子捏了香灰要姑姑趴在地上吃。外头回来的年轻先生跟日本士官生一样，左腰上都挂了把铁壳指挥刀。大清早爸爸由同学黄玺堂保镖到南门上，店门都没有开，叫出倪同仁，劈头给了他一刀，砍在左膀子上，"你妈！再有这种事，我就不这么文明了！"

倪同仁一声不响，人家问起，便说："关店门让铺板撞的。"

黄玺堂在回来的路上埋怨说："砍人就砍人，自己的姐夫，怎么兴骂娘？"

幸好那种刀一向不"开口"。从此倪同仁左膀再也抬不起来。想想，他还敢来喝酒？

姑姑给他生了好多孩子，柏茂老大，矮子老二，凤凤三姐，保大老四，毛大老五，沅姐老六，倪龙老七。这帮虾兵蟹将没有一天不来。在这里吃，在这里玩，也有好多事情做。

还请了北门上的印瞎子印沅兄。听说不久前他陪一个名叫毛润之的人走遍大半个湖南省，做了个什么调查报告回来。印瞎子只是个大近视眼，诨名叫"瞎子"，其实非常雄辩精明。

最不能忘记请的是嫁到道门口孙家的姑婆的大儿子孙云路，三天两头无事也上这儿打几回转，要是听说他的大舅请表哥同辈人，平时人就"机架"[1]，忘了他，起码记恨五百年！

狗狗有三个舅舅，两个住四十五里外得胜营，跟家婆一起。二舅从不出门只看家，跟二舅娘服侍家婆。幺舅是个军人，行动奇特，有时穿军装挂刀带在外头做事，一下又回来养马养狗带乡里人上山打猎。不爱进城，不恶言恶语，可见谁也冷风秋烟没给好脸看。右边太阳穴上半寸左右跟左肩膀锁骨各挨过一枪，不破相也不残废。左鼻子眼底下牙床中了迫击炮弹片，有个曲曲扭扭印子，讲话时候绷着点嘴，特别显得精神。

只有四舅在当盐局局长住在城里。这里人都吃川盐。一坨坨灰白岩头似的东西，有大有小，随便扔在商号高柜台底下，排成乱乱的一列。买回去放进擂钵里擂，是边城人的家常动作；擂细了还在干锅子里炒一阵。海离这里远，没有海盐吃的。所以油盐杂货铺顺便还卖海带。很多很多的海带，用草席包捆住，扔在盐的旁边。伢崽跟大人进店买东西，故意在海带包上踩来踩去，得到一种值钱东西踩在脚底下的快乐。

1　难缠加敏感。

川盐吃久了，有人会长个大颈包，经常吃点海带，就少犯这种毛病。

盐局挨着东门内城门洞拐角街上，有铁栅栏维持进出，批发供应城里、乡下所有店铺里的食盐。银钱进出很大，是个阔气的廊场。强盗土匪有时要在这里打主意下手，动不动响几枪。四舅所以是个很值价的人。腰里别着勃朗宁，以便随时动手。

要是听见他三姐夫家不请他吃酒，他不会在乎；请，也好。他的世界大得很，有许多去处。

"可不可以叫倪胖子把照相机带来，这多有意思！"紫和说。

"做不得，大凡照相人脾气都乖张，都自命不凡，味道足得很。你越请他越不干。不请他，说不定就带了来了。倪胖子这人喜欢天下主意应由他一个想出来，别人先想，变成跟随，意思就淡了……"

放定更炮不久，包席的蓝师傅抱了个小儿子来了。

蓝师傅不是苗族人，脑壳上偏爱绑条绉纱黑头巾，穿黑大襟直贡短袄，腰上捆条腰带。

小儿子走到哪里抱到哪里。这孩子浓黑头发大眼睛，一对长眉毛，秀气之极的幽褐色皮肤，乖极了，谁见了都要称赞几句。蓝师傅个子大，小儿子特别之小，亲之痛之之余，给人一种提来捏去像口肩膀上挂着的褡裢的印象。

见过爷爷，问候了寒暖，接过一支"金堂"雪茄，捏在手上，想了想，掩护着揣进袋包里。

幼麟心想："雪茄这下子完蛋了……"

"哪！你先摆摆看，是哪类客？田三胡子陈玉公这一派，苏儒臣染匠铺老板、王屠夫这一派，孙生发、裴山多店老板这一派，还是北京、武汉、长沙、沅陵来了参观团、考察队？讲明了，我好量体裁衣……"

"都不是。很普通而又有点意思的客。是家父指明的，请我学堂同事和好朋友跟一帮亲戚。"

"哎哟！这可就难！你那帮朋友同事我简直惹不起，个个像判官，单一位都不好对付，算得是全城精华……嘴巴子那种刁法！这让我很、很有点子困难……"

"不会的，你放心做吧！你想，家父在场，大家要客气的——我看先来摆摆菜单子吧！"

四桌。筵席内外打点全堂满包不留手脚，每桌"袁大头"两块五；共十块，先付采购定洋四块。明天下午进屋，所有杯盘碗盏诸般行头家伙由后门城墙出入灶房，铺盖被窝后堂屋安顿。

下手二人，标营刘卷子跟兵房子的滕咬咬，老实，脚前手后干净，算是信过了。

柏茂负责打点联络跑动。

菜单：

六小拼盘：腌萝卜、云南大头菜片、五香油炸花生、皮蛋、脆薄云腿片、咸蛋。

烧腊大拼盘

鱿鱼海参烩干丝

凉拌腰花肚尖双脆

八宝鸭

四喜丸子

干烧鲤鱼

软炸椒盐鸭四宝

小米粉蒸肉

鸭血酸辣汤

冰糖富油包、鸡油蛋糕、莲子羹、八宝饭。

"就这样，你看怎样？"蓝师傅问。

"我看行，通俗易懂，老少咸宜，我去请老人家看看……"

一会儿就出来了。

"老蓝，老人家才瞟了一眼就说：'扣肉呢？蓝师傅的扣肉大江南北数第一！把小米粉蒸肉圈了！'你看！"

"啊嗬！他老人家还记得！改！改！改扣肉！"蓝师傅兴奋地圈掉了小米粉蒸肉——"那就这样了。"小心包好定洋，提起小孩就走。

孙瞎子孙云路自从接到通知之后，第二天早、中、晚一共来过三次。下午那次就想直去灶房，刚走进堂屋，被太婆叫住了：

"是云路吧？不要踮起脚走，我知道是你。进来！明天才摆席，你一天进进出出三次做哪样？"

"我看看蓝师傅。"

太婆早晓得有这一手，"你个搅架精蓝师傅不要你看，记得叫你妈明天早点来和我讲话。你和得豫两个人要把扶好了，她们姐妹脚小，这时候就不方便了……"

"家婆！你看，我们早是早到，来吃早饭还是来吃中饭？"

太婆和婆跟四婶娘都笑了。太婆说："讲你懵懂，脑壳用到这高头偏生聪明。那就告诉你妈，爱哪时来就哪时来，要早不要迟……"

云路就这样下山了。

为什么说是下山呢？

朱雀城从汉朝就有的。那时候人主意怪，好端端一座城安排在四百多尺的斜坡上，不管有山没山，一股脑儿都圈进城里。让大街小巷顺着山势上上下下，虽说是都铺青石板、红石板；这下好了，城里人每天上坡下坡，两千多年累得只尽出瘦子。

云路家婆的院坝就在老西门城墙内一个僻静的小山顶上。出门下几百级石坎子，转来转去，穿过高树和矮树跟一些杂花乱草，抄近路回家，必定要经过偶尔憩歇着几只白鹤、灰鹤的常平仓门口的野池塘，从李家后墙出弄子口右走，到有四眼狗的尤五合杂货铺转左，直下西门大街，过关押犯人的班房门口，过县衙门，快到道门口时不过广场，只沿着右首边葫芦眼矮花墙，左首是谢蛮婆小木屋，右首是高卷子京广杂货店，顺着右首进了中营街，金匾上写着"万家生佛"的张家公馆对门，才算是到了自己家门。算算单程要一里多。

孙云路孙瞎子跟印瞎子一样也只是因为戴眼镜被人叫作瞎子的。

孙瞎子看起来像个病人，其实一点病也没有。大近视，鼻子呼里呼噜喷气，一年到头热气腾腾满身汗水。样子长得怪，大脑门当中一道深深的沟直抵眉梁；大悬胆鼻子，下嘴唇长过上嘴唇；腮帮到下巴长满修剪得十分整脚的连鬓胡髭根。矮而瘦，上半身单薄，下半身萧条，一对大脚板，走在石板路上啪啦啪啦响。

街上的生人见他都怕，不知他的来头；熟人也怕，知道他来头不小。

二十岁以前，去过北京、上海、吉林、奉天。父亲跟朋友结伙谋刺袁世凯未遂，只身逃亡东北匿藏一十二年，他十几岁单身万里寻父，远赴边荒，终于认回父亲。是个顶天立地的大孝子。

大舅父张镜民在北京米市大街灯市口拐角为他找到一位炭像高手叩头拜师，学了两年，把一手绝技带回老家。家乡亲戚熟人没有几个，自己又不善于说话交际，加上脾气与常人不同，显得处处对人生分。日子疏落，便三天两头往家婆舅娘家跑。

家里有五姐弟：大姐嫁了，他，二弟在外头混，三弟得豫和九妹。

妈年轻时跟大舅去过长沙、汉口、北京、奉天、上海、杭州。回朱雀城之后，大舅开过一家照相馆，由她负责照相。那时候的人胆子小，怕元神一旦让机器照进去回不转来，一年没有几趟生意，药水都旧沉了，照相底片也过期了，那十几件给人照相穿的花衣花裙也都罩了灰，天棚顶上的玻璃落满树叶残枝，风景背景片子屙了许多鸡屎，这很出乎大舅的意外，便把生意歇了。她出嫁之后，不再提起这件事，只剩老屋书房大床底下一沓沓有人影的玻璃片。

那些一块块玻璃底片上的人脸都涂了浅浅的红颜色。

哥哥带妹妹出门打天下的事，那时候也够新鲜，所以妈妈是个见过世面的人，在姐妹中自然显得出众，谈吐也都很不一样。

通宵热闹，四更时，蓝师傅跟两个伙计靠在椅背上稍微眯了眯眼鸡就叫了，起来看了看几样东西的火候，扣肉皮宜皱忌厚，颜色要接近推光生漆不见出焦黑。垫底材料他最是讲究，用的是小棵黄芽白嫩心。润着扣肉的油底子，让鲜味只在肉上浮动，扣肉吃完，碗底一片嫩黄，稍一搅和，鲜味糁入白菜。这东西和别人的菜干底子不同，特别令人难忘。蓝师傅得意就在这个上头。菜牌子说起来大致跟流行菜式没有两样，安排穿插也没见出特别动作。他有时蹲在碗柜边一张椅子上，眯着眼，手上托着支细竹马鞭做成的、油润之极的旱烟杆，挂在嘴边爱抽不抽。他在迷神[1]，在构思，在盘算时间、火候、味道、刀法、配料之间的平仄关系。从容的脸庞上有时现出些微的风云变幻，反映出某件作品的收放得失。他细细品味几个火炉上炖锅发出的咕噜、咕噜的声音，掉过耳朵再听听蒸笼运行。偶尔"嗯"的一声，下手滕咬咬和刘卷子其中一个便会猛地蹦起来，看着他手上做出个茶壶倒水样子再指指蒸笼，就连忙提壶凉水，一眼看着蓝师傅一边向蒸笼边细倒，老蓝手指朝下一点，马上抽手放回水壶回到灶门口蹲着看火，或是继续想别的事情。

隔着房子，你时不时听见，"嗯！那个，加五筷子火！""嗯！慢，还慢，还要慢，嗯！"

好，天亮了！总算天亮了。

幼麟走进厨房，"蓝师傅，爹请你们过去吃早点，要你陪他喝几杯！看看我的手艺。"

蓝师傅一听急得跳起来，"不行！不行！这哪能行？我，我，我……讲直话，张先生，我心里，我心里，我不惯和老先生谈话，啊！还有，我要守菜，走不开，你看，我怎么走得开？是不是？"

1　陶醉，陷入某种思绪、意境之中时的样子。

"菜只剩下炒和焖的了，差不多了，你走得的。我告诉你，老人家脾气你晓得。他喜欢，你就去。我想请，也不敢是不是？走吧！东西让两位看严点就行。"

"嘿，嘿！那好！你们守好！有事喊我。"

早餐摆在堂屋小方桌上，爷爷坐好了，没有动手。他指了指另一方的位子，"坐！"

蓝师傅客气地弯了弯腰坐下。

"你也坐下！"

幼麟也坐下，给两位倒上酒。爷爷抿了一口顺手指了指蓝师傅，蓝师傅连忙双手捧杯也抿了一口。

"请用菜！"爷爷夹了块北京带回来的油浸罐头带鱼。

蓝师傅也夹了块带鱼送进嘴里。幼麟陪着。

"……做菜这个东西，像一堂丝弦锣鼓。齐整，灵活，轻重得宜……"

"……是呀！……得宜……"

"吃面吧！这面清淡！"爷爷说。

"嗯！汤醇，瑶柱底子……"蓝师傅说。

"做菜办席的，熏腻了，只想吃点清淡的……在家，未必讲究口味吧？"

"酸菜、萝卜丝、豆腐渣这些名堂，将就着吃！难得用心思。"蓝师傅胆子大了一些。

"对的！要用心思并不是所有做席的都懂。我有时也炒三两个菜，都不行，咸了、淡了，手上没有轻重。"

"惯了就行！"

"听说前几年蓝师傅替南门坨刘家办席，天气把东西热坏了，大家都说过得去，算了！蓝师傅硬是第二天补了一桌席……"幼麟说。

爷爷横了一眼，放下酒杯。

"不补我会病！"蓝师傅说。

早点吃完，爷爷又敬了蓝师傅一根"金堂"雪茄。这回，他夹在耳后，"你老人家慢慢用，我回灶房看看。"

蓝师傅一走，爷爷说了幼麟："莫拿人的闪失笑谈……"

幼麟说："晓得了，爹！"

刚撤了碗盘，云路和得豫跟狗狗的九孃已经挽着他妈进了堂屋，见了爷爷，各叫声"大哥"和"大舅"。

"嗯！你来了，雾大，石坎子滑。等会二妹、三妹都要来吧！沙湾、大桥头、老西门怕都不好走！"

"徐家修吊脚楼，请了木匠换柱子，跛子做不了主，三妹要招呼，怕来不得！"

"妈在等你！"爷说。

"是的。"孙家姑婆进太婆房叫了一声，"妈，我来了！"

"好笑不好笑，你那个云路三天上九次坡，等的就是今天这顿席。"太婆说。

"怪不得几天不在家，还以为他哪里去了！"

婆和四婶娘田氏也在房里，孙姑婆没见到狗狗妈，"柳妹呢？"

"她呀！"太婆说，"要不是在学堂就是在党部，原先国民党，后来又共产党，没想到共产党比国民党还忙，讲的是，也从来没听说妹崽家忙得比男伢崽厉害的。"

便一起这么说起闲话来。

灶房这边，滕咬咬在打蛋，刘卷子切葱，蓝师傅和面。锅炉齐鸣之际，来了个孙瞎子。背着手在他们背后左看右看，像一个老谋深算的阴谋家。偏着头，钵子、盘子、盖碗边四处嗅嗅，狞笑着，"嗳，错了吧！鸡蛋糕怎么这门做法呢？光是蛋白，没见过，怎么能光用蛋白呢？又没有加灰面，咬咬，听我讲，没有灰面，蛋糕发不起来！……你这个打法也不对，打鸡蛋要在中间搅，哪能歪着钵子在旁边打，哎！人家用筷子，你用竹刷把，简直笑话……蓝师傅你看你这个下手！"

蓝师傅早就一字一字地听进耳朵，他认识孙瞎子的。仍然一声不响地和面。

"嗳！蓝师傅。"孙瞎子低头闻一闻面团，"是吧，碱下快了吧！时候不到，你自己闻闻……"

蓝师傅昂起头，越揉越起劲。

孙瞎子转过身刚想去揭蒸笼——

"孙瞎子！"蓝师傅大吼一声，"你来！我不干了！"

孙瞎子住了手，"耶？耶？耶？才讲两三句嘛！"

"你要好多句？我不干了！"双手搓完面渣就解围裙。滕咬咬和刘卷子也吓得放下手上的活。

这一哄，引来了抱狗狗的沅沅、矮子老二、保大、毛大、喜喜和得豫，蓝师傅发了大火，孙瞎子目瞪口呆都是大家亲眼见到。矮子老二首先往回便跑，来到爷爷房里，"家公！蓝师傅发大火，不做了！是孙大表叔气的！"又讲了孙瞎子和蓝师傅这样那样。

"啊！有这个事？叫他来！"

孩子们簇拥着孙瞎子送进爷爷房门之后只躲在门外偷听。

"听说你在教蓝师傅做菜是吗？他忙，你教我算了！摆摆你的功夫让我听听！"

只有孙瞎子鼻子出气的声音。

"不摆吧？好！现在听清楚，这里是两吊钱，放进荷包不要打落。这是四封信，给我到邮政局发了；再到东门内稻香村给我买半斤'寸金糖'、半斤'酥糖'、半斤'猫儿屎'、半斤'兰花根'、半斤'云片糕'，一、二、三、四、五，总共五种，记好！先拿回来。再到沙湾请柳表姐；到了之后，再去老西门挽倪姨妈和请胖子表哥，来了之后，再到道门口曹津山给我买五斤橘子。再到天王庙给我打一壶凉水泡茶。所有事情做完，赶得上吃饭就赶，赶不上算抵一顿板子！重说一遍！"爷爷讲完，孙瞎子讲得一字不漏。

"好！开步！"爷爷喊了一声口令。

云路世界上最害怕他大舅，说一句算一句，不讲价钱。

爷爷来到厨房对蓝师傅说："做下去吧！解决了！"

午时炮放过一句钟上下，客人陆续来了。个个一进院子，都会叫一两声"好花！好花！"或是"吓！开成这副样子！"。

孩子们比客人紧张，这是无可奈何的事。来三十多人，亲戚长辈之外更多不懂事的莽子，哈哈喝喝地挺着身子往前走，尤其是那个刚由长沙回来的大肥坨子方吉方麻子，跨一步起码碰掉二十朵花。一意奔向那顿吃喝，碰落什么根本不管。要晓得，一朵花就是一颗桃子、杏子、李子和梨子，你吃完喝完拍拍"信而号"[1]走了，到夏天秋天我们吃卵！

从大门口到堂屋前石院坝，花树底下一路都蹲着孩子，见亲戚长辈老娘子这些人，便轻言细语关照。

"走好走好，小心脑壳眼睛碰着树权权啊！弯腰好走，弯腰好走！"

老太太、伯娘听到就称赞孩子："你看这伢崽，大几个月就不一样，难得这么懂事！乖得很咧！"

要是是些不认识的大人，也不管来头，"你好！弯起腰杆走，不要碰老子的花！听见没有？叫蜂子叮你个狗日的！"

大家看在这顿酒饭面子上，一个个真的弯腰走起来，老实得像个苟且偷生的汉奸。有人也会稍微做些反抗，"耶？耶？怎样骂起客人来啦？"装成很欣赏这种屈辱的趣味。

席桌是这么摆法，堂屋一桌，院坝三桌。眼前众人都在寒暄。见过了太婆和婆又去见爷爷，男的就跟爷爷聚在一起了。还没开席，顺席坐下来喝茶。

爷爷瞥了一眼坐在另张桌子的云路，晓得这个人若是没有把事办完一定没胆子坐在那里的。他也瞥爷爷一眼。爷爷点了点头，让他觉得中间的纠葛算了结了。云路理会得到。

堂屋那桌多是女眷，太婆主席。院坝东边的是孩子，中间是爷爷跟学堂先生、方麻子、印瞎子与黄玺堂、幼麟、紫和与四舅，末

头那桌倪胖子、得豫、云路、柏茂这些亲表舅表。算是都坐齐了。

印瞎子和段一罕说起一个长沙姓费的人，留日的，玉公请他来协理枪工厂的事："来是来了，却硬是跟一个姓吴的湘潭外号叫'棒槌'的工程师不对劲，查一查，原来还是姑表。你死我活，都六十几了还到我这里搬是非，饭也没吃；一起吃饭，吃完又搬，彼此都指摘是省里派来的暗探，置对方于死地。要我去报告玉公，何必呢？何必呢？"

倪胖子插嘴说："听人讲那吴棒槌是个'来复线'专家？"

"什么叫'来复线'？"黎雪卿问。

黄玺堂白了他一眼，"讲，你也不懂！"

"不懂才问。"黎雪卿说。

"懂了也没用！"韩山说，"当不得酒喝。"

段一罕接着问印瞎子："那么后来怎样？"

"有什么怎么样？我对他两个都讲同样一句话。'你们两个都互相指是上头派到我们湘西的探子，要都信了，一齐都剁掉！'老实了。还是吵，找一些小皮绊吵！"

"年纪大了，恩怨还留在心里头，这应该也算是一种有趣的人！"方麻子方吉说到这里，看到胡藕春正眯起眼睛看花，一只手抵着下巴寻思，"藕春，花这样子长法，没见过吧？"

"是这样的，这种情趣看得见，画不出；中国画的画法有个限底。诗，前人倒写过，比如'花怒如潮''香雪海''春意闹'之类的描写。画呢？西洋画也不多。至少我没见过……"胡藕春说。

段一罕说："日本画倒是有。樱花开的时候，画家们画过不少，有绢底子的有油的。"

"也弱！"爷爷插了话，"少了点中土气派。比如我们乡里的粗碗，他们喜欢得很，学着做出来精致有余，洒脱不足。日本人比我们用功。勤奋，也讲究步骤套数，就是气质跟我们两样——讲究过头。过犹不及，成另外面目……去年秉三转送我一套酒具，漆盒子画着一把酒壶和两个酒杯影子一样的樱花瓣，不耐细看，我仍然用我的老粗酒杯舒服！"

"都带回来了吧？"韩山问。

"这么远路，怕不打烂？"黎雪卿忙着填锤。

"我送人了！"爷爷说。

几个人听了都不说话，只有黎雪卿摇头，大概觉得送人可惜。

这时咬咬端来六小碟下酒小盘子，跟着酒也来了。今天是绍酒，大家起身向爷爷敬酒道谢时，都叫起好来，说朱雀城哪家有这好酒卖？只有方吉说："我不信是本城买的！"

幼麟看爹一眼，爷爷没有动静。紫和也微微笑着，一口一口细抿，像个刚学喝酒的人。

接着菜一盘一盘上来。

前后三张桌子的响动都比爷爷这张桌子大。孩子那边还有轻轻拿筷子打脑壳和骂娘的，只是让热烈气氛中和了。先生们开始谈论起蓝师傅做的这些菜来，说老蓝这人到底还是留了几手今天才露！

"原先还以为是伯伯从北京带回的厨子。"黄竞青说，"老蓝你可不应该啊！你想你去年在我家里打扮了些什么给我们吃？"

老蓝晓得这是换一种方式称赞，便笑着接应：

"先生们忍两句吧！我的本事各位又不是不晓得，就那两下子。讲老实话给各位听，菜里头手指娘大的虾米、酒杯大的瑶柱，鱿鱼、海参，都是老伯伯从北京带回来的，各位家里要是存得有这些东西，这样的席回回我都做得出……"

这番话扯上了爷爷，别人接不下去了。

嘭！嘭！嘭！有人敲门。

"咦？这场合有人敲门！"紫和说着便站起身，不想喜喜先跑了一步。

听到大门口跟人嗡里嗡咙了几句，关上门，手里提了只大金华火腿走到爷爷跟前，"送你的！"

"人呢？"爷爷问。

"走了！"

幼麟着急地站起来，"也不问问是哪个送来的？有信吗？"

"我问过——"喜喜说，"他只讲'老先生晓得'。"

大家都回过身来看爷爷，爷爷酒上了头，也在品味这句话，"'老先生晓得'？'老先生'晓得哪样？喔！喔！是他——"往椅背一靠，"——那就多谢了。"顺手朝堂屋一指，"交送婆！"

喜喜退下。

大家都在纳闷，这个"他"是谁呢？

方若坐在幼麟旁边想这个"他"，扬起眉毛。

幼麟歪起头，却装着不在乎的神气。

黎雪卿开怀起来，"我说啊！老伯！世界上也真有这样的人啊！名字都不留。"

"人情中间，不留痕迹最好！"爷爷举杯一饮而尽，"这酒是我北京带回来的。本想多带几坛，北方打仗，路上不清吉，只带了两坛。这一坛，先说好！不见底是不让大家回家的。"

"啊！"原来如此。

"你看！"方若说，"是不是？"

喝到莲子羹，看看也差不多了。黎雪卿、方吉和紫和三个的脑壳已搭到胸脯上。茶上来之后，幼麟跟方若把爷爷搀扶进房。大家好像松了绑，其实爷爷也不是那么局促的人……

"你看，月亮都出来了！——老伯伯在的时候我不好意思讲，你摸摸，这边，还有这边，这边，这边，麻个皮！蜂子叮了我一脑壳包！"黄玺堂说。

"看我脸上，耳后根……"胡藕春说。

"我这里，哪！哪！哪！手背哪里都是！"高素儒说。

韩山指指不能动弹的黎雪卿和方吉，"看他们颈根周围叮得像个癞头鼋！"

"什么蜂啊？那么凶火！"韩山感叹着。

幼麟一个包也没有，"什么蜂都有，蜜蜂、王腊渣 [1]、'鸳鸯'、熊蜂、牛蜂……"

"怪不得包有大小！"胡藕春说，"好像你们喂的，就不叮你……"

他们不晓得蜂子们也是乘着酒兴来的。

说着说着大家要起身告辞，堂屋里听到了。太婆叫沅沅出来说，不让走！等月亮高点，要出来跟大家喝茶摆龙门阵。

撤了席，蓝师傅出来亮相，大家又称赞一番，弄得蓝师傅今夜间面子简直足极了。

1　马蜂。

院坝重新安排，摆了三四张小方桌，二三十张小板凳和小靠椅，茶杯茶壶也都来齐，重新泡上爷爷带回来的香片茶。朱雀城的人很少喝这种带香味的茶，爷爷自己只喝普洱，带回来为了助兴添新鲜。

高素儒是个冷隽的人，样子长得像个判官，心地却是十分之诗人气，他说："这顿酒饭，连花香一齐进肚里，味道硬是不同！有月亮，又有蜜蜂嗡嗡之声，这景致，一辈子怕也难碰到几回……"

胡藕春是个二胡高手，大家原想请他来一段什么什么曲子，可惜没有把二胡带来。有人想叫谁到家里去拿一拿。胡藕春说："这情形拉二胡并不合适，有琵琶、月琴才配。"

"那么洞箫和笛子呢？"方若问。

"嗳！倒是可以，不过我不敢，听说这家的太婆年轻时吹得一口好洞箫，音乐上最忌班门弄斧，有内行在，手指头僵。"

"是在说我吧！"柳孃和倪家孃孃扶着太婆出堂屋了，"幼麟哪！今天请了哪些客人？"说着说着，被扶到一张预备好的矮太师椅上。

"啊！婆，是熟人，学堂的先生，我小时的同学和好朋友马欣安，这是楠木坪的方吉和弟弟方若，黄玺堂和弟弟黄竞青，正街上的胡藕春，岩脑坡的黎雪卿和高素儒，东门井的韩山，洪公井的段一罕……"幼麟回答。

"啊！啊！方吉也来了，令尊的词赋可真是了得，也算是个有棱角的人，从来不热衷功名——你小时候跟令尊一样，胖得了不得，都说你长大会像他。"

"婆呀！你可猜对了。方吉城里人给他起了个诨名'方大坨'，你想这雅号对不对得起他的身份？"韩山说。

方吉这时酒已醒了三分，知道韩山在削他，似乎是无可奈何，瘫在椅子上傻笑。

"'三十年无改于父之道'！"黎雪卿说。

"哪个说话？"太婆笑着问。

"黎雪卿！是我！婆。"他酒醒了。

"啊！你小时也是个胖子！"太婆说。

胡藕春赶忙补充，"现在也还是。婆，我们朱雀有'三坨'，岩脑坡的黎雪卿，北门街开染坊的苏儒臣，还有方吉。说他们三个人有回一起坐船到沙湾赏月，人家第二天给起了个名字，'三坨印月'，朱雀城八景添了一景。"

"没有这回事，婆别信他，我根本不认识苏儒臣，怎么会跟他一起赏月……"黎雪卿急了。

"哎呀你这个人！看我，瘦成一把骨头，哪一辈子才修到你这种福分？朱雀城两万多人，才出三个胖子，你轮到一个，还冤？"黄玺堂说。

黎雪卿眼睛看不见人，觉得不陪着大家笑也可以。

"婆的记性还真要得！几十年的事那么清楚。"胡藕春说。

"要得哪样啊！瞎眼婆一个，不像你们。想到哪里走玩、看看都行，一个人坐在房里东想想，西想想，年复一年三更半夜的日子。"太婆说。

孙姑婆笑着说："要是你们各位天天来陪妈摆摆龙门阵，妈就快活了！"

倪胖子好久不见说话，这时忽然冒出一句："你看！你看！这样好的机会，我竟然没有把照相机带来！真是！"

紫和扫了幼麟一眼，这人脑子没有醉。

"嗬呀！你看月亮出来了！停在花树顶上！"有人叫。

"是呀！是呀！这景致想起来都美。"太婆说。

高素儒问："婆呀！你以前填的词，诵两阕让大家听听好不好？"

太婆笑了，"哪的话？快百年的事了，忘光了！"

"婆客气，婆记性好，一个字也不会忘！"狗狗妈也在帮腔。

"柳妹不对啊！帮起客人来了。真的，记不起来了！是不是，狗狗？我狗狗乖，帮太！"

"哎呀！婆，你想，大家好不容易来一趟，千载难逢，盛会于兹，皓月当空，星斗满天，花事芳菲，良夜何其？你随便吟诵一两阕吧！"黎雪卿一口气抖出好多东西来。

太婆收住笑，"孩子们！真是不行的，年纪大了，经不起诗兴了。你们体会不到，诗词这东西，老年人激越不得的——这样吧！我考考你们一个问题算了！……"

"考我们？"黎雪卿问。

"嗯！你们都是书生，问你们一个题，答对了，我念一首外子的诗好吧！答不出，不念，如何？"

大家照了一下面，无可奈何地说："试试看吧！"

太婆说："我们这块院坝很宽，长了好多花树，来的客人都从花树底下经过，请问从门口到堂前的这条花树下石板小路古时候叫作什么？"

"有特别名字吗？不就是石板路吗？要不叫作'花径'？'小径'……哎呀！这会是什么呢？"

"往诗里头去想吧！"太婆提点了一下。

大伙慢慢认真起来，脑子把魏晋唐宋翻腾了一遍，傻了！

"想出来了吗？"太婆从容之极。只听见移挪板凳椅子的声音。

……

"婆，不行了，请讲讲是个什么名词？"

"陈！"

"什么？长城的'城'？成功的'成'？沉冤的'沉'？程咬金的'程'？耳东'陈'？"

"对了！耳东陈的'陈'。"太婆说。

"不会吧！这是个姓嘛！"

"《小雅·何人斯》里，'胡逝我陈'，说的就是这个意思。《尔雅》也说，'堂途谓之陈'，'堂下至门径也'，陈列、陈列，就是从门口至堂前这条路上的欢迎仪式——唉！好啦，诗念不成啦！你们各位赏月吧！我进去洗把脸休息了。各位少陪……"众女儿扶着太婆笑着走了。

大家又继续惭愧地坐着喝茶，抽水烟袋和旱烟，看看意兴阑珊，该走了。喜喜和保大、毛大各人点燃马灯送客人回家。

黎雪卿近视眼特别造孽，高一脚低一脚下坡总算是辛苦之极。酒醒了抢着说话，说到太婆九十五岁年纪脑壳这么清楚，要是当年让女的考试，怕不也是个进士、翰林。

方麻子方吉说："翰林？烂便宜！三女婿倪简堂就是个不买光绪账的翰林！"

花季过了。

光是落在树底下的花瓣，孩子们就扫了好几天。

大门口左右两边墙根丛丛平时不起眼的杂根子，一下子冒出

太婆九十五岁年纪脑壳这么清楚，要是当年让女的考试，怕不也是个进士、翰林。

千百支丈多长的嫩绿枝条来，过不几天长满成簇的金黄花映着好太阳的蓝天朝墙外直喷。

坡底下赶场过路人抬头一望，远远地指着说："看那么多荼蘼，都漫出来了！"

爷爷一直等着骂紫和，总是机会难得。要不是紫和醉了，就是自己醉了；骂人的与挨骂的总有一个醉，轮着来，令人有参商之隔的感觉。

爷爷大清早兴致好，说是要炒个长沙李合盛的干炒牛肚丝吃早饭。爷爷卷起袖子动手，周围几个人侍候，好像清明节陈玉公老师长植树的架势。

果然是热腾腾一大盘油亮之极的高级炒货。

"来！来！快趁热吃！"爷爷亲自端到方桌上，摆在众菜中间。

爷爷在太婆旁边，殷勤地夹了两筷子在太婆碗里，"妈！哪！这边！你夹好吃吃看。李合盛这家菜馆在长沙歪棚斜瓦，破桌烂凳，做出的牛东西，全长沙闻名。这我只是捡得一点皮毛功夫……"

"啊！皮毛……"太婆快快地嚼着牛肚下饭。

周围的人也赶忙夹干炒牛肚丝让爷爷高兴。

"爷爷！"狗狗吃着沉沉姐喂来的饭，"爷爷！"

"唔！狗狗好好吃饭，叫我做什么？"爷爷品着酒懒洋洋地说。

"爷爷你炒菜咸妥[1]咸妥了！"

全场一怔。

"咸妥了，不要吃！"爷爷很扫兴。

----

1 很、极的意思。

太婆难得这么大笑，"我原想忍住，狗狗帮我讲了，镜民呀，对你说老实话，你这个菜味道嘛，不错！可惜你半路上杀了盐客！"

太婆说完，只有狗狗糊里糊涂陪着笑。其余的人都闷吃饭。

过一会，爷爷脸上也显出点笑的影子。

爷爷在家住了二十多天，找了几个亲戚熟人，办妥几件紧要的事，带着紫会和矮子老二上沅州去了。那边有人来说，秉三先生已经派人把爷爷留在北京的那批酒运到沅州。"没有多少，叠搭起来，只够一面墙壁。"

西门坡家里生活恢复旧颜。狗狗妈爸大清早各上各的学堂，四叔跟四婶娘去蛮寨蚕业学堂，屋里仍然是太婆、婆和沅沅姐带着狗狗打发日子。

爷爷离家前几天说到狗狗："这孩子才两岁多颇能自持，可以！——儿童教育这东西，讲穿了也简单。孩子跌倒，只要不流血受伤，都要让他自己爬起来。有些人家孩子一绊跤，回头看看父母才决定哭不哭，这是上天给他的狡猾；做父母的千万不要上当，拖累了自己，也害了子女终身。妈也讲过，'若要小儿安，须带三分饥和寒。'这都是教育子弟留有余地的道理。"

什么叫作"颇能自持"？做孩子的明知现状如此，撒赖有什么用？

沉沉姐这个好人，有时夜间睡在太婆脚跟头，有时回南门；总是大清早就带着狗狗。她是小女儿，哥哥们大，不是欺侮她就是懒理她；倒过来说有个狗狗陪她，这比在自己家里舒展得多。

她口袋里揣着许多好东西。大人不要的纸头纸尾或是一小团棉绒残线。在院坝青石板上教狗狗折叠兔子、猴、燕子、雁鹅和能装"亮火把把"[1]有两对小耳朵的盒子。又让狗狗看着她拿小钩针挑出许多花眼眼的小棉线荷包。

有时学新娘出嫁舍不得爹妈哭着唱的歌。缠绵哀伤，手背一下一下在青石板上轻轻拂着拍着，一把鼻涕一把眼泪，引得狗狗莫名其妙地也想跟着哭。这时沉沉姐赶忙笑着抱他在怀里，哄着他说："沉沉姐不嫁了，不嫁了！沉沉姐舍不得狗狗啊……"

"你讲！你舍不舍得沉沉姐？"

"舍不得！"

"你讲，疼不疼沉沉姐？"

"疼！"

"那好！沉沉姐长长久久带狗狗，等狗狗长大养沉沉姐。你讲！长大养不养沉沉姐？"

1　萤火虫。

"养！"

"哪里养？"

狗狗使用手搔搔脸，搔搔手。

"这里痒！这里痒！"

两人笑成一团。

厨房有个后门，大约二十来步便到城墙根。有些石坎子通到城墙上。搬运大件东西便顺着城墙从那里上来。挑水的"水客"，也是走的这条路径。不过老西门这样偏僻的地方是没有几家人走动的。

后门屋檐边有棵一年只结几十粒樱桃的老樱桃树，屋檐底下放着两口半过年打粑粑用的大石臼。破了的那半口，到秋天孩子用来斗蛐蛐。

厨房到城根是个斜坡，好多树。棕、乌桕、皂荚、"狗屎柑"[1]，还有棵一到春天就被孩子摧残得不像样子的香椿和几棵吃不得的臭椿。有孩子说左边远处还有几棵让人长漆疮的漆树，未必真，可能是板栗树。说得怕人，免得别个秋天抢先捡了。

树底下一律青草。

幺舅曾经叫马夫来放马。他的马凶，不单踢人，急了还咬，婆不让来了。幺舅一直称赞这种草好，马吃了爱长膘。没有马吃之后，草越长越长，细嫣嫣的跟头发一样软，厚厚的一层又一层，上头一躺，比被窝还舒服。太阳透过树荫照得油绿，亮光晃来晃去。

沅沅有时候带狗狗上这里来。

"家婆！出去玩玩可不可以？"

―

1 酸极了的又大又好看的柑子。

家婆正厨房做事，"有什么可以不可以？看看早晨的露水收了没有？"

有时也不可以。昨天下午打了一条蛇——乌桕树上有一大朵"王腊渣"窠——刚下过阵头雨……平常是可以的。不过要小心，免得滑到坡底下去。其实滑下去也不关事，草软不伤人，只让人好笑。

沅沅在草上做个窝，把狗狗安顿在里头。

"这么好的窝，哪个'古'¹里头都没有讲过，我扯谎不是人！"沅沅姐对狗狗说。

树底下长满了地菫。细细的小茎一根根贴着地面从带柄的鸽蛋形叶子中间长出来，顶上开着朵鲜紫小花。沅沅采了一把编成个花环，自己戴着给狗狗看，又小心脱下来套在狗狗脖子上，说狗狗是新嫁娘。

草真香。沅沅叫狗狗听城外山上"阳雀"²叫。

狗狗不懂。狗狗耳朵里什么声音都有。

"你耐烦听嘛！听见没有！'鬼贵阳！鬼贵阳！'，有钱莫讨后来娘；前娘杀鸡留鸡腿，后娘杀鸡留鸡肠……你看你都不懂！"

"我不要懂！我要转屋里去！"狗狗说。

"你乖，你不要转去，过几天我上山帮你采'毛毛针'³，采

1　故事。

2　杜鹃。

3　可吃的一种白茸毛的嫩草。

树底下长满了地堇。细细的小茎一根根贴着地面从带柄的鸽蛋形叶子中间长出来，顶上开着朵鲜紫小花。

泡仓栗子一起编成个花环

056

茶苞[1]，挖又香又甜的'地枇杷'[2]，摘'洋桃子'[3]和'羊奶子'[4]，还有甜蜜的'大桐苞'和'三月苞'[5]，都送狗狗吃好不好？"

"好！"

"那还转不转屋里？"

"我要转屋里！"

"你都讲好了，还要转屋里？你个'搅架精'！好！转就转！那狗狗告诉沅沅姐，是不是'搅架精'？"

"是！"

沅沅好容易背起狗狗。

"狗狗呀！你长大了，重了，像个秤砣！狗狗是秤砣！讲！"

"狗狗是秤砣！"

"狗狗是'搅架精'，讲！"

"狗狗是'搅架精'！"

院坝左首旁门出去下两三级石坎子有块小土坪，绕过土墙便一直通到坡下。

小坪有棵枣子树，木里木哒！不甜，孩子们懒理它。

坡底下住着些当兵的。伙夫、号兵、喂马的，有的有家眷，有的单身。还有些砍柴、挑水卖的闲人。

---

1 油茶树上结的薄肉果实。
2 地里蔓生的浆果。
3 猕猴桃。
4 一种肉红色的蔓藤酸果。
5 野草莓。

一间澡堂子，三两家门口挂小方纸灯笼的鸦片烟馆，自然还有些半开门的婊子婆娘。

天没亮，五六个号兵在城墙上"校音"。你"嘟"一声，他"嘟"一声，直到把全城人吵醒为止。全城人都骂他们祖宗八代，可惜听不见。

一个星期天上午，爸爸、妈妈、四叔、四婶都在家。孩子们也都上了坡，院子一片绿。

来了幺舅娘、柳家孃孃、倪家姑姑，她们带了新鲜"洋藿"[1]、海青白[2]和新鲜毛豆荚来。

爸爸很兴奋，要炒个子姜鸭子，说完就要动身下坡去市场。

"那好！"太婆想起爷爷炒牛肚子那件事来，"老三其实炒得比你爸强十倍，那天一声不敢出，还是你儿子大胆有出息！"

"我们不在，要在，听狗狗一讲，怕不也吓掉魂？"柳孃说。

婆说："那天吃完饭回房里，他还一个人坐在床沿上笑，不晓得是醉了还是想到狗狗的话……"

"狗狗！你讲讲，你怕不怕爷爷？"幺舅娘问。

"唔！爷爷炒菜咸妥了！"狗狗说。

"嗳！问你怕不怕爷爷？讲啦！"柳孃说。

"爷爷乖！"狗狗说。

太婆笑了，"狗狗'王顾左右'啊！等我报送爷爷，说你讲他

---

1 大概是一种长在地面下的植物嫩苗，像火焰的样子，炒来吃辛香醇酸，极有味道。
2 一种青菜。

'乖'，好不好？"

"爷爷炒菜咸妥了！"狗狗说。

"嗳！不要总是讲老话！没意思！"婆说，"狗狗让妈抱，沅沅跟我到厨房摘豆荚！"

姑姑跟幺舅娘、柳孃都说要去，让太婆留住了，"一点豆荚，用得着那么多人弄？"

讲着讲着，喜喜、毛大、保大闯进来说："我们带狗狗走玩去！"说完抢了狗狗就走。

"小心点，不要跌了！"妈说。

"不会！不会！"孩子们回答。

出了房门，来到小坪。

"狗狗，我们让你看一样东西！"喜喜讲完，自己先扒到土墙洞眼里看了一下；保大把狗狗交给毛大，也扒到洞口看了一下。毛大问保大："完了没有？"保大一动不动地回答："早得很咧！——喂！让狗狗看，合不合适？"

"这算什么呢？"毛大说完轮到狗狗看。

"狗狗，狗狗，你看到哪样？"喜喜高兴地问。

"屋屋，鸡，鸡！"

"不看鸡，不看屋，你还看到哪样？"保大抱住狗狗问。

"嗒嗒嘀！嗒嗒嘀！嗒嗒嘀'打啵'[1]！"狗狗说。

毛大问喜喜，什么叫"嗒嗒嘀"？

"'打啵'对！狗狗，你讲哪样'嗒嗒嘀'？"

1　接吻。

狗狗回过头，很认真地又说了一遍。

"啊！对了！跟那个婆娘'打啵'的是个号兵！屁股后头挂了把号，不信你看。"喜喜说完接过狗狗。毛大又抢着看。"日他妈，屁股后头真有把号。那婆娘不像婊子，年纪大些。我看是那个洗衣大奶奶婆娘吧？"毛大说，"好！他们'打'完了！收兵回朝！"

回到堂屋，婶娘、孃孃、姑姑和妈都在摆龙门阵，见狗狗回来便问："上哪儿走玩了，看你一头汗水。"

"我们带狗狗看岩鹰打团团抓人家鸡崽。"喜喜说。

"抓走了没有？狗狗看到岩鹰抓鸡崽了吧！狗狗，讲来听听！"四婶娘说。

狗狗狮子大摇头，"嗒嗒嘀！嗒嗒嘀'打啵'。"

孩子一听狗狗泄露天机，撒腿往院子就跑。

"什么'嗒嗒嘀打啵'？你们鬼崽崽带狗狗看哪样去了？狗狗慢慢讲清楚……"

狗狗认真地摇着头说："嗒嗒嘀'打啵'，嗒嗒嘀！嗒嗒嘀！嗒嗒嘀打啵……"看着大人们不懂，狗狗十分着急。

"准有事，要不然不会跑！你们都给我回来！"太婆叫。

孩子们影子都不见了。

中秋节前几天，爸爸和城隍庙照相馆讲定了日期来屋里照相。秋高气爽，是个适宜照相的天气。

讲是这么讲，就有好多人不肯来。讲自己样子长得不好看，不上相；又说做身新衣服怕来不及；又说有孕的是"四眼人"，最忌做这类的"险事"；又说没出嫁的女儿家让生人照相会乱了"八字"。

太婆这个家族，总是难召得齐人。儿女子孙多，像螃蟹眼睛一样，这个闭那个起，没有过齐整的时候。

愿意来的，其实心里也怕。听到"照个相大家作纪念"就毛骨悚然。有什么好"纪念"的呢？若是某人"不在"了，坟前打块碑，"家先"[1]上加块灵牌子就是，一旦照出相来，天天看到死人睁着眼睛跟活人一起，甚至有的还咧开嘴巴笑眯眯的，挂在墙上白天都怕，夜间那还了得？

有个远房二爷爷，听到风声，以为一定也会通知他两口子；要是去了，照出相来，以后怎么活？

他们家在北门街上，面对城墙。开了门算是店，里头顺着一张双人板床。无儿无女，赶场弄了点时新水果门口摆个摊子，本钱少，人局面也小，做些竹圈圈，圈着七八粒李子、荸荠什么的，没人买，每天擦了又擦，弄得东西油亮油亮，像上了层光漆。

"我是这么想啊！照相这事情，跟留声机一样，都是洋人勾魂摄魄的手段。眼前一些人，去了趟长沙汉口，就以为自己像个洋人了，动不动抽洋烟，喝洋水。听到讲，一根洋烟几块'大脑壳'[2]。眼看一亩地几个时辰抽完。"二爷说。

"听人讲，留声机里头唱戏的人，都是'拍花'人拐了人家伢崽用药水泡小了，装在里头弄的？"二婆问。

"那信不得！我亲眼见过里头的发条机器。声音都是北京城名角汪笑侬、谭鑫培、杨小楼、孙菊仙……这些人的原腔原调。麻烦

---

1 祖先供奉所在。
2 袁世凯像的银圆叫大脑壳，孙中山像的银圆叫小脑壳。

就在这里，这些人拿到钱，怎样就舍得让洋人把嗓子吸去了呢？人的元神包括声音笑貌，用一次少一次，看看好不上算！"

"光听，要不要紧？"

"这我还不清楚，总是以少为宜！"

"那照相呢？"

"你自家想吧！照相的人躲在机器后头瞄准，叫你莫动。人做哪样事才莫动呢？挨砍脑壳嘛！挨枪毙嘛！然后忽然一下打开前头的盖子，猛地又关上，这就把所有人的元神都摄进去了。听到讲，以后的事情一定要躲在暗无天日、一点光亮也见不到的地方才做得出相片来，怕是在吟点什么咒语，你想，要是光明正大，何必这么偷偷摸摸见不得人？

"不讲你不信，有人亲眼见到同一人照出两个人影；也还有个个清楚只有一人模糊的，这都是魂魄要出不出、阴阳难舍难分的意思……"二爷说着说着，自己也害怕起来。

二婆坐着矮板凳，吓得背脊紧紧顶着板壁，"你看啊！有没有解药解得了？"

"事情来了，吃药有什么用？"

两口子正愁到这份上，恰巧孙瞎子从门口经过。

"云路你慢点走！问你打听一件事。听人讲坡上正拉人照相？"

"有这个事呀！怎么啦？"

"嗯！像这种还不太清楚利害的举动，其实是可以等等看的……"

"你想讲什么呀？"

"我是说，照相这事情，搞多了怕对人体质不好，伤元神。"

"这跟身体元神有什么关系？又不是抽血拔火罐！喔！你们愁这件事……"

"不是愁，是小心。可不可以我托你顺口到坡上讲一声，照相的事我两口子可免就免了？……"二爷说。

孙云路好久才明白原来如此，"二舅！你放心！坡上搞绝不会拉你们下手，这种危险事。"忍住笑走了。

周围亲戚六眷对照相怎么想法，坡上知道得不算太多，倒是认真地准备起来。以前原是自己也开过照相馆的。

婆悄悄对太婆说："你看，这两天，是不是叫老三、老四他们两口子分分床？"

"吓！你管得这么多？传宗接代的事菩萨都不管，你管？"太婆说。

"那也是！"婆咚咚蹬着小脚洗头发去了。她让她南门上妹崽来帮忙，皂荚水、洋碱胰子油、梧桐刨花，足足弄了半天。"刮不刮脸？"妹崽问。"嗬！六十几七十老娘子还刮脸，怕不让人笑死？"

太婆就隆重了。前一天下午弄起，擦身，洗脚洗头，准备好明早用的新裹脚布，里外新裤新衣，绉纱新头巾，新鞋，玉手镯，玉耳环，玉簪子。由嫁到倪家和孙家的两个亲女儿和儿媳妇全盘料理。

夜间睡不着，两个女儿陪她摆龙门阵直到四更，又一齐起来梳头、洗脸、漱口。

天亮之后，狗狗走过来叫太，看太一身新，就说："太，太是新嫁娘！太是新嫁娘！"

太打趣地问："狗狗！太好不好看？"

"太好看，婆不好看！"狗狗说。

"呸！不准说婆不好看！"妈连忙解劝。

"太有牙齿，婆没有牙齿！"狗狗说。大家笑了一个早上。

九十五岁的太一颗牙齿都没掉，怪不得她胃口这么好；婆呢？不到七十，门牙和几颗锉牙都没有了。

"照相馆的先生几时来呀？中午要不要招呼点心？"太婆信口问着。

"大概不用。没见城里头别家这么做过。"爸爸回答。

"唔！"太婆又问，"约了哪些人来？"

"倪家不来，徐家不来，南门上除了姐夫和大妹崽也都来。人不少，怕要挤一点！"爸爸说。

"不要挤！多照几张嘛！"

"是了！这样好！"

太婆对她的大女儿说："想起你大哥跟你开照相馆的时候，来照相的人那种蠢法你是见多了。有回记得吗，南门上姓哪样的秀才，吓得一下子昏死过去，传出去是照相勾魂，害我们十几天没有生意。"

孙姑婆笑出来，"那是轻的了，有个人照完相回家病了，告到衙门上要我们赔人……"

"哎！人啊！"太婆颇有感慨地说。

不久孩子们在门口叫喊着："到了！到了！狗日的来了三坨！"

"吓！嘴巴干净点！哪里学的脏话？快拿黄草纸擦擦嘴巴！"倪姑婆骂起来！

"请坐，请坐！坡太高，背了重东西不好走路！"爸爸忙着倒茶。

照相师傅姓米，在城隍庙门口还兼做精裱字画生意，跟爸爸是个熟人，"不算，不算，我们还上腊耳山赶场咧！"放下箱子，端了杯茶在院坝斟酌场面。

"够吧！"爸爸问。

"有多，有多！"米先生说。

接着就是安排椅子凳子。

中间摆张茶几，放架自鸣座钟。底下摆个高筒痰盂。两边各放四张太师椅。太婆一张，婆坐一张，倪家和孙家两姊妹一边坐一张。大孩子站后头，小孩子盘腿坐老人家脚底下地上。

"好！现在开始站位置！"米先生说。

姑婆扶着太婆出来坐定。

爸爸扶婆坐到茶几左首边，还给她理抻抖头上的帕子和衣角。

孙家姑婆和倪家姑婆是个里手，自自然然找定了自己的位置坐好。

柳孃、爸爸、四叔、四婶娘、孙云路和得豫、伯茂、保大，都站在后头。

喜喜、毛大、沅沅，坐在地上。妈妈站在左首尽头位置，弄了张茶几，把换了条荷叶裙的狗狗放在上头顺手扶着。

"柳妹崽！可惜你妈早我先走；三妹大桥头屋里人乱七八糟，要不然，我们娘儿们就齐整了……"这是对柳孃说的。太婆每逢大日子，总要见景生情。

"请不要讲话了。我等下打开这个盖子的时候大家不要动。我叫一、二、三、四、五、六！关上这个盖子之后，就算是照完了，那时候才好动！

"我讲的'不要动',是连眼睛、嘴巴在内,一动,照出来的相就模糊。

"现在来一盘假的试试。"

……

"好!做得对!等会来真的时候,就照这办法办!"

相一共照了三次,三种款式。除了孙瞎子不停地眨动眼睛显得眼睛模糊之外,其余都十分精彩。

得豫骂他哥:"你看就你一个人不清楚,想想!紧要关头眨眼睛做什么?要眨,不会照完相眨?你看你个蠢卵!遗臭万年!"

枇杷完了吃李子,李子完了吃桃子,桃子完了吃枣子,枣子完了吃荸梨。孩子一树一树地啃,看看还剩下橘子和柚子没熟透,一院子的果子,连树尖尖最顶上的一颗也没漏下。在孩子眼中,没什么好吃的应该留到明天。

要是有人问,都有没有摘几斤送给亲戚朋友的?当然有。一大笸、一小笸完全按大人交代:

"他们人少,儿子才一岁多,男人又胃气痛,少送点!"

"这家人多,嘴粗,笸筐大点,拣小的多装些,香的臭的不会挑口。"

"星庐六爷爷家,有学问的人,选十个大的,盖上红纸,图个欢喜!"

"满福庆他爹妈都在辰溪教书,只有他和四个弟弟,等下你到门口叫出来,一人送四五个吃吃行了。"

"男女学堂,一边送一大筐。底下放小的,上头放大的,满点,进门朝办公室冲，拉大嗓子喊，搞闹热点！"

……

这帮鬼孩子能干，不消半天工夫事情完全办妥。

眼看中秋节快到了。

保大舒舒服服躺在草窝里。

"哪个到家婆房里打开抽屉给我取根家公的雪茄烟来？"

"有数目的，偷爷爷雪茄烟，看他回来不剥你的皮！"喜喜说。

"那味道，你一点燃全城人都闻到了！"毛大说。

"唉！好！没办法，只好戒烟了。嗯！中秋节将临也！不喜欢吃月饼的人举手。"保大故意坐起身来点算人数，"喔！都喜欢？——既然人人喜欢，那就应该弄几块来尝尝！"

"弄我个卵！你就会吹牛皮！"喜喜其实是信得过保大的。知道他像个奸臣，阴着肚子打好算盘，喜欢弄几句话难一难人家，"问我，我卵办法都没有！"

"你这种人天生没出息，一天到夜卵！卵！卵！眼前是个小卵人！长大是个大卵人——什么主意都想不出来，累我，辛苦我，连吃月饼这种小事都要我费神！也不想想，我这是为哪个……"说到这里，保大忽然跳起来，"坏了！有东西钻进我裤裆里了！蚂蚁子！蜈蚣！蜂子！土扒狗崽[1]！快快！快来帮忙……"

毛大和喜喜赶紧从草地蹦起帮他解裤带。

裤带打死结，凑着嘴巴好不容易咬开，脱光裤子一看！

1　蝼蛄。

"妈个卖麻皮！蛐蛐，狗日的！还是只三尾子[1]！你钻我裤裆做哪样？呀！你讲！"捉着三尾子远远一丢，"饶你一条狗命！"一边绑裤带，"哎呀！刚才我讲到哪段啦？你们——"

"不要再拖了，快吃中午点心了，太家婆马上就要叫人，要讲快讲！"毛大十分不耐烦。

保大坐在草坡上，拉开两腿，像个旅长，不——起码像个连长派头，"刚才我到正街上南门、东门、大桥头视察了一下，今年的月饼特别'歹毒'[2]，看着心都融了。簸箕大的，饭碗大的，贴的画一辈子也没见过，孙猴子大闹天宫、吕布戏貂蝉、三战吕布、赵子龙长坂坡救主……后头粘的芝麻，手指娘那么厚！"保大说完，奄拉着眼皮。

"真的呀！"毛大惊喜万分。

"未必！"喜喜说。

"未必？你怎么说未必，未必是人随便说得的吗？不信我就是不信月饼！不信月饼也就是不信月饼上的芝麻！芝麻那么小的东西你都不信，你还信我吗？老子开除你！搞来月饼没份吃！一口都没有！"

"你搞得来？"喜喜看不起他。

"不搞十个八个都不算本事——你讲讲！我搞来了，你赌咒一辈子当我马弁！"

"麻个皮！吃块月饼当人家一辈子马弁？"

"那好，当一年，行吗？——那一个月——好！一星期！你妈的！这么便宜都不干？算了……"

"一天！"喜喜说。

保大歪着脑壳端详着喜喜，"我都怪咧！一夜不见，长进得那么厉害！好！算便宜你，两天！"

"一天！"喜喜狠得很。

"唉！人心软真没办法，一天就一天！马弁！起来，办正经事！"

三个人站起来。

"咦？你起来做什么？"保大问毛大。

"我起不起来关你什么事？"

"你又不是我马弁！"

"哪个要做你马弁？"

"那我不给你吃月饼！"

"月饼在哪里？"

"是呀！你麻个皮月饼在哪里？要老子做你马弁？"喜喜也清醒了。

"是呀！"保大说。

保大三个人来到左边旁门向沉沉招手。

沉沉带狗狗正忙着用绳子捆一只"篷篷王"[1]的脚。

保大打着手势叫沉沉过去。沉沉过去了。

"把狗狗借我用一用！"保大轻轻对沉沉说。

1　金龟子。

"你讲什么？"沅沅不相信耳朵。

"我们带他大桥头看月饼去！"

沅沅害怕起来，话都说不出，只摇头。

"死丫头！你怕哪样？我们一起去，把你放在南门上；大桥头看完月饼，我们到南门上接你，再一起回来。等回来，让你看我们有好多月饼！中秋节也分送你吃！懂吗？"

沅沅还是怕，"三舅娘要是晓得了……"

"就是要让她晓得，也要先报送婆和太婆，大摇大摆地去嘛！"

"那为什么也不带我去大桥头看看？"沅沅问。

"做不得！做不得！妹崽家不让看，卖月饼的老板都有这脾气，怪得很！"保大说。

"那，妹崽家买月饼他不卖？他专卖男的？"沅沅弄不清楚为什么月饼店老板重男轻女，"我远远地站着看闹热都不行？"

喜喜连忙帮腔："我们原是想带你去，大桥头今天人特别多，怕踩了你。还不如等我们回来吃月饼。"

"嗯！"沅沅想想也对。

"太呀太，我们带狗狗去大桥头看闹热好不好？"

"大桥头有哪样闹热好看？"

"中秋节卖的东西全摆出来了，人山人海！我们看一下就回来！"

"小心点人挤，看了赶紧转来！"

"晓得！"

大桥头还真不是扯谎，闹热得很。讲的是回龙阁这头；那头仍然是摆些杂碎摊子，打豆腐卖腌萝卜的。

这头开店的江西佬会做生意，逢年过节，都弄些引人货出来，水果洋糖，七巧板，走马灯，纸烟，上海机器洋娃娃，香喷喷的洋碱，蚌壳油，花露水，牙粉，皮球洋鼓洋号，远远就听见伢崽家哭着要买。价钱吓人，不买不要紧，光看也行。店老板高高个子，站在柜台里头笑脸迎人。铺子里喷出汉口、上海才有的一股股引人的味道。

三个小家伙背出狗狗往里挤，好不容易来到柜台前，踩在一包一包海带上。

"喂！喂！徐老板！徐老板！"

"啊！倪伢崽，你们来了，看闹热还是买东西？这小伢崽是哪家的呀，这么肥！"

"我三舅的！"

"啊！张校长、柳校长的少爷！吃糖，吃糖！"玻璃罐取出一粒亮炸亮炸的红色颗颗送给狗狗，"吃呀！吃呀！甜东西！"

狗狗怕，喜喜帮着接过来，一下就丢进嘴里。

"是这样，徐老板，我三舅要我来问问，你们这种月饼，有没有人帮着送到西门坡屋里去？要得急，有外头客来，想让他们中秋节看看我们朱雀城月饼，尝尝……"

"有！怎么没有？"

"那好！大大小小送十个，选好看的画，价钱报送我，明天送来，行不行？当着客人面，不要说买，图个欢喜，要讲是你过节送的，大家体面！"

"这怎么好意思？帮我告诉张校长、柳校长，多谢他照顾生意了！我马上送！"徐老板匆忙地写上账单塞给保大。

"马上送，要得！我们就转去等着！"

走到人少的地方，三个人互相看了看。从边街转到南门接了沉沉，沿城墙进老西门上坡回到家里。

院坝里真的闹哄哄，爸爸妈妈真请了些党部的同志吃夜饭过节。见到他们回来，大家接过狗狗，这个亲那个抱，快活得了不得。

前脚一到，后脚马上有人拍门，说是大桥头瑞兴福洋广杂货铺送月饼来了！

"我们徐老板向张校长、柳校长拜节，小意思，请笑纳！"

爸爸正在厨房炒菜走出来听到这客气话，望着那一大篮子月饼莫名其妙看着妈妈，妈妈也睁大眼睛，面子上赶紧多谢，送了两百铜圆茶水钱给伙计。多谢走了。爸爸说："我从来不认识卖月饼的徐老板，怎么一回事？"

"我也不认识！或者他有儿女在学堂读书？"妈说。

"那不合适吧！不应该随便送节礼的，素无往来！等我明天叫人问问，成了风气那还得了！是不是，明天叫人送回去，道一声谢吧！"

保大看了一眼喜喜。毛大吓得蹲在树底下一声不出。

"菜齐了，菜齐了，倒酒倒酒！"客人在院坝一桌。太婆、婆、妈、四婶娘，带着虾兵蟹将在堂屋一桌。

炖猪脚，曹津山烧腊全套来齐，爸爸的拿手炒鹌鹑，猪肚子汤，冲菜，红烧牛肉丸子，干辣子炒酸萝卜丝。这几味东西让客人不停地叫好。

汾酒是临时叫柏茂到沙湾跟熟人商量来的，醇馥得很。四叔一喝指了指酒杯，"怕有些年头！"扬起了嗓子，"柏茂，你打酒那

送月饼

瑞兴福洋广杂货铺送月饼来了！

前脚一到，后脚马上有人拍门，说是大桥头

家人姓什么？"

柏茂在堂屋吃得热火没有听见。

熊先生是个酒人，嘴巴留了一撮黑胡子，三杯之后豪兴来了，不停要跟四叔干杯；省里头的刘先生不喝酒，微微地笑着吃菜，讲的几句株洲官话，让人听得半懂半不懂；韩先生因为是本地人，见萝卜丝里头的干辣子炒得好，一撮一撮往嘴里送……

孩子们这顿饭吃得比谁都快，放下筷子就奔到厨房后头扛出一根带叶子的丈多长新鲜竹子，神柜里拿出一把拜菩萨用的香，几对蜡烛和香炉、烛台和一沓纸钱，搬来两张茶几，将竹子绑在茶几右边脚上，把香尾一寸地方折了一段弄成个钩分别挂在竹子上下四处。安顿之后，大声地喊"婆"和"家婆"："供品你等下摆一摆！柚子在神龛底下，叫柏茂大[1]剥一剥，我们道门口去了！马上回来！"

喝酒的伯伯叔叔看了奇怪，孩子饭没吃饱往外跑是什么意思，明白就里的人笑着回答："道门口'摸狮子'去了！我们小时候都玩过，应节气的风俗行动。"

"啊？啊？"客人哪里能一下明白。

"这事情一下说不清楚，等明年中秋我们早点吃饭，到那里去看看。也不知哪一代传下来的，就独朱雀城有。放定更炮后人山人海四处苗乡山里都来了人，男女老少，又虔诚又热闹，为了道门口那一对红砂岩打成的狮子，香纸蜡烛旺盛之极！"幼麟好不容易说出一点头尾。

"啊！啊！"外头客人恐怕仍然不会清楚。

1　哥。

孩子从西门下来刚到田家门前栅子口，老远就听到沸腾人声，闻到一股热热的人气。爆竹响声跟着火光映得一街看热闹人的脸孔一闪一闪。

这三个孩子很快就让人群挤散了，没想挤到左边公狮子面前又碰了头。眼见到另一些男孩子已经爬到狮子身上，带着一种表演的性质，摸摸自己脑壳，又摸摸狮子脑壳，又故意地摸摸自己的"鸡公"[1]，又爬下来摸摸狮子"鸡公"，引起一阵阵哄笑。一个人做完了另一个又接着来，香纸蜡烛的烟雾和爆竹轰响，令这个场面更加腾越凶火。

狂欢的事情继续发生。母狮子在衙门的右边，原是女性膜拜的场所，没想到一帮淘气撒泼的男孩子又蹿到那边，重复刚才公狮子那边的动作之外，又加上摸摸自己的"奶奶"，再摸摸母狮子"奶奶"的动作。妇女们哇哇叫着表示抗议，也引起看热闹的人更大的哄笑，叫好！连妇女们自己也笑弯了腰。惊讶而无可奈何的是苗族妇女，她们从几十里外赶来母狮子面前的虔诚让这种胡闹搅浑了。不过她们默认某种灵验力量是包括城里调皮孩子的淘气行为在内的。

没有人怀疑狮子抵抗疾病的能力比人类强大，尤其是天神豢养的狮子。谁发现朱雀城道门口这一对石狮子甘心情愿过继市民一切疾病的能力的呢？但你必须承认历来生活中的严峻礼数总是跟笑谑混合一起，在不断营养着一个怀有希望的民族的。

试问一个没有快乐节日的国家和一个不懂玩笑的民族，她能长大吗？

---

1 生殖器。

孩子们乐陶之后想找口凉水喝都没有。你看，北门、东门、南门，城里城外街上路边到处都是井，就是西门没有。

街头巷尾有一种大石头板粘焊的太平井，救火用的，里头的水乌黢巴黑、黏黏稠稠，蚊子出出进进，想起它忍不住都要吐把口水。

回西门城的路上他们一路骂娘；保大忽然想起狗狗的四舅住在常平仓，他屋里掀开岩板底下就是凉水，想叫喜喜带进去喝两口。

"这哪行？这人怪脾气，说不定给我两耳巴子铲出来！"

"过节不会打人吧？"

"中秋节？年初一都打。我不去，要去你走头先。"

毛大觉得无聊，"都快到了，哎呀！回坡上再喝吧！"

进了院坝，客人都走了。

"来来来，正好帮忙摆供品！"柏茂说。

太婆、婆、四叔、四婶娘、狗狗、沅沅、狗狗妈、爸，孙瞎子、得豫都坐在院坝等月亮出来。

保大看到月饼齐齐整整摆在方桌子当中，心里好笑。

爸爸忽然想到："喔！对了！保大，大桥头那个老板你原来认得的？"

"哪里啊？我怎么认得他？怕是他见了狗狗点醒了他的……"

"那好！明天把这些月饼退送给他，多说两句好话，听清了没有？"

孙瞎子抢着说："我去！"

太婆笑起来了，"老三你也算是个大人了！想都不想，过了中秋节，退给人家月饼，叫人家卖给哪个？人家一番好意，不要扫人家兴致！"

大家一听，老的少的全笑起来了。

爸爸自己也觉得鲁莽，"哈哈！我这人……那么这样吧！保大，明天上午你拿这块花边¹去，务必要那位什么老板把月饼钱算清，讲两句好话多谢，懂不懂？记得把剩钱拿回来，不要打落！"

"哎！这还算圆圆满满，懂事的做法！"太婆说。

毛大和沅沅嚷起来："太家婆，太家婆！你看，月亮从八角楼²上来了！好大好大的月亮！"

"姑！"婆附在太婆耳边轻轻地说，"今年月亮好大，金黄金黄，像口大簸箕。"

竹子树上挂满点燃的香，点燃了蜡烛，烧过了纸钱。

太婆说："拿蒲团了没有？各人都向月亮拜一拜，狗狗，好好地跟月亮公公拜拜，保佑你快快长大！"

于是沅沅和妈妈搀着狗狗磕了三个头。有人合十，有人鞠躬。

大家吃起瓜子、葵花子，剥起花生来，一边看着月亮。

爸爸对妈妈也说，今年的月亮和前几年中秋在桃源、桃源洞山上看的月亮一样的感人，那么亮，那么雍容华贵……

"姜白石还是林逋有个'听月'的说法，对我倒是合适了，瞎子婆只能'听'了，是不是，狗狗？——狗狗到我这边来，让太婆抱抱你，唉！要是太婆能多和你过几次中秋就好了……"

爸爸发觉伤感的苗头，便说："来来，我来吹段箫好不好？"

大家说好。

---

1 银圆。
2 山名。

爸爸从房里取出箫来，解开锦套子，吹完一首《春江花月夜》。

太婆说："老三吹得太脂粉气，太香！箫这个东西要从容，平实舒缓，最忌花巧；指头上要添点'揉'的功夫。看起来你没有心思在上头下苦功了；凡俗太多，心不静，箫和七弦琴一样，旁边多一个人，味道都是不一样的……我还是爱听你按风琴，好听，我也不懂，对不懂的事情容易爱惜……"

"好呀！好呀！三舅按风琴！"

于是得豫、柏茂、保大、喜喜从屋里搬出风琴来。

大家肃静下来。月亮渐渐升到东岭上。

爸爸先来一段前奏，和弦温暖得像蜜在流淌——妈妈站在琴边，轻轻地唱起来——

"眉月一弯夜三更，画屏深处宝鸭篆烟青，唧唧唧唧，唧唧唧唧，秋虫绕砌鸣，小簟凉多睡味清。"

曲子完了，月光底下，大家没有出声，好一会儿才舒了口气——

"嗯！歌词清雅，可惜有的字眼混在歌里不容易听清，知道是哪个作的吗？"太婆问。

"听说是李叔同先生的。"

"哦！怪不得，他是个雅人啊！听星庐说在日本见过他，一表人才的咧！"太婆说。

"好啦！到哪个啦？狗狗来一段怎样？"婆高兴地说。

沅沅凑到狗狗跟前，"狗狗来一段，狗狗会好多歌，狗狗乖，狗狗来！"

狗狗躲在太婆怀里，笑着猛摇头。

"锣鼓还不够，狗狗的劲头还没足，哪个先来？搞热火点狗狗才出台。"得豫说。

"那沉沉！"四婶娘爱惜沉沉。

沉沉坐在小板凳上吓得把脑壳埋在膝盖里。

"起来！"保大猛地一声。

"哎！保大，叫妹妹怎么这种叫法？高高兴兴的事嘛！沉沉乖，沉沉一天到黑照拂狗狗，狗狗叫沉沉姐唱一段哩！狗狗叫哩！"四叔说。

"沉姐唱！"狗狗走去拉沉沉。

沉沉笑眯眯站起来，不好意思，又不敢不唱，低着脑壳匆匆看起草里头的"亮火把把"一闪一闪，就说："我和狗狗一起唱'亮火把把'！"

"好呀！好呀！"孙瞎子擂边鼓。

沉沉唱，狗狗跟着：

> 亮火、亮火把把，
>
> 来我门口吃腊渣。
>
> 你上天，
>
> 雷打你，
>
> 下地来，
>
> 我救你；
>
> 救你牛，
>
> 犁大丘；
>
> 救你马，
>
> 过沅州；

沅州路上有朵花，

摇摇摆摆到谢家；

谢家门口有堰塘，

两只鲤鱼扁担长；

大哥大哥莫打死，

留到二哥讨老娘[1]；

讨得老娘大又大，

一把椅子坐不下；

讨得老娘小又小，

灯盏碗碗洗个澡。

唱完，沅沅赶紧抱狗狗，坐回到小板凳上。

"这回轮到狗狗了！狗狗，狗狗，你敢不敢出来？"喜喜、毛大嚷起来。

"敢！"狗狗的胆子吓了大家一跳。

狗狗站在沅沅身边：

打倒列强，打倒列强！

除军阀！除军阀！

国民革命成功！国民革命成功！

齐欢唱！齐欢唱！

———

1 讨老婆。

"好呀！好呀！狗狗你这么乖呀！真值价！真值价！"保大一伙人大叫起来！

"好啦！到你们啦！"四叔指的就是叫好的这一帮人。

这帮人马上哑了！

"你看你们！死没用！平时杀仗打通街，这一盘'溜头'[1]了吧！"柏茂骂起来。

"我来一盘！"毛大让人真没料到，"……叫呀！叫四宝哎哎！莫呀莫想她耶咳！若呀若想她呀唉！就呀就是几扇把呀咳……

"天高皇帝远，屋矮王八多！

"清明时节雨纷纷，八月中秋月光明！

"天亮放醒炮，屙痢打标枪！

"狗扯把，鸡踩雄[2]，猪公猪娘闹王龙[3]。"

毛大还要唱下去，扪着肚子哭笑不得的爸爸嚷起来："吓！吓！哪里学来的野话！岂有此理！"

大家都说太不成话，毛大简直是个痞子！

毛大像喝醉了酒，一动不动站在月亮底下。

没想到高高兴兴的中秋节，落得这个收场……

爸爸难得到南门上倪同仁药店里。这是彼此都清楚的事。

坐下来的时候，倪同仁出来了，见到爸爸，打了声招呼："喔！

1　打败了的公鸡的称呼。
2　指交配。
3　胡来的意思。

来了，刚泡的茶。"

"好嘛！"爸爸坐下来，"我来找姐！"

"是呀！她就出来。"倪同仁说。这两年，他对姑姑好多了。心里明白，亏得爸爸给他那一指挥刀。这种事已经过去，大家没什么好说的。

"你刚到呀！要不叫碗米豆腐来？"姑姑出来对爸爸说。

"刚吃过点心，下午我没课，顺便来跟他们说说，保大是大了，毛大和沆沆是不是让他们上上学堂？"

"上学，嗯……"倪同仁刚要开口反对，爸爸眼睛一横，"那也好嘛！横顺你们两个都在学堂……"

"姐，你看呢？"爸问。

"你看好就好嘛！"姑姑说。

"那我走了！"爸爸到倪家，从来都是这副样子，冷冷的神气，他只可怜贤惠的姐姐。

晚上又跟妈说通了，明天各自带毛大和沆沆到学堂去。

毛大跟在他三舅背后到北门考棚学堂去，脸吓得死白。进了办公室，办好手续，带去二年级跟级任先生吴庆如见面，第二天早晨，该上学的时候人不见了。

沆沆呢？坐在一年级课桌旁一直低着脑壳，下课也不走，换个先生还是低着脑壳。放学了，到夜里家里不见人，以为在西门坡，西门坡也说没有。提了马灯找到学校，见她一个人坐在黑课堂里，像中了蛊。牵回来还是不说话。第二天清早晨带上西门坡，见到狗狗，抱起狗狗就走，"狗狗，我们玩去！"

又好了！

"十月十日武昌城，满城一片枪炮声……"

这五六天女学堂全体师生忙的就是课本上讲的这两句话。五色旗红、黄、蓝、白、黑是按照汉、满、蒙、回、藏设计的。后来晓得不够周到，添了苗、瑶、黎三个进去，也不晓得插在哪个颜色里头，含含糊糊。其实这五个颜色得罪了好多人，全国几十个民族都不满意。

把"五族共和"的意思变成"青天白日"时间不短了，传到朱雀城还是最近的事。考棚小学堂教体操的蔡先生就一直没转过弯来；这几天麻阳乡里婆娘搭信屋里老猪娘生了十二只猪崽，跟"青天白日"上的十二个尖尖吻合，虽然中间的道理一时还想不通，算一家人的意思是再清楚不过的，也就缓和过来了。

万先生这几天做了祝双十国庆节搭牌坊布置礼堂的总管，亲身带人上对门河喜鹊坡搞了很多松柏枝杉木杆来，棕绳、铁丝忙了一阵，节牌、标语、大小灯笼一挂，俨然得很咧！

女子小学堂听到信很不以为是。狗狗妈柳惠校长就问她外甥总务柏茂："看人家'男小'布置的！"

"看过了！"柏茂懒洋洋地说，"教育局、商会、县政府我都看了啊！等大家搞得差不多我才搞！诸葛亮草船借箭，三天为限，立下军令状！"

"柏茂！时间不多了！这一回我可是只信你的！"柳惠说。

"三舅妈！做，要做多少时间我有把握。现在我是在想，想好才做，比做到一半再改要好。这一回，比人好多少我不敢说，总不能比人坏，坏，是不可能的。"柏茂怕他三舅妈不了解他。

柳惠说："什么事一做，'可能'都有两个！"

柳惠又去找来教务主任吴晓晴。她是个让人初看平平，越想越漂亮的那一类人，"你代我维持着他，要人帮忙给他调人。"

"可以！"吴晓晴说。

柏茂运来几部分材料。做大小绣球早经裁好的颜色纸。国旗、党旗，红、蓝、白三沓薄布……交给吴晓晴，"吴二姐，你召集六七个高年级同学打糨子粘一粘这些绣球，今天要！"

"人，到底是几个？六个？七个？'今天要'是上午？下午？晚上？"

"那么，十个人！放学以前吧！"

"可以！"

柏茂带了两个木匠师傅在校门口钉了一边一个扁扁的木架子，上头搭了两条木条。没几下工夫就弄完走了。

这里吴晓晴领着十个五年级的能干学生，连教算术的田桂珍、教常识的李岳、教国语的陈芳玲都来帮忙，围着临时卸下两张门板搭成的桌子，难得有空大家这么有说有笑地坐在一起，这时候来了柳臣盐局局长找柳惠他三姐。

柳臣吴二姐是熟的，都是得胜营人。

"你找她有什么事？"

"有什么事，能讲给你听？"

"不讲，我就不帮你找！"

"不帮，我自己找！"

"好！你打锣喊吧！"

"是不是出去了？"

做手工的先生学生都偷偷地笑，吴二姐也装着没听见。

"吴晓晴！你哑了！"

"啊！叫我呀！你找不到回来哪？"吴二姐刚说到这里，放午时炮了！"你看，放午时炮了，该吃点心了，局长今天请吃面还是米豆腐？"

"你看你莫要惹我生气！我有急事找三姐！"

"有急事更值得请了……"

"好，好！你莫闹！以后我一定请，好不好！"

"做什么以后请？你听，外头'竹梆梆'响，不是'沙嗓子'就是'老肥'的米豆腐担子，来早不如来巧——周瑞英你快跑！叫担子挑进来！"

担子挑进来了，是老肥。

老肥的面和米豆腐进过北京，是熊希龄总理邀去的，住了大半年，十分之有地位的名人。

这时，柳惠校长大概是从文庙那边走出来了。

"哈！局长的三姐来啦！"吴二姐说。

"咦？你怎么来啦？"

"你自己看看，你学堂的这帮人！我来找你，这吴晓晴大丫头硬是不帮我找，还把老肥叫进来要我请客！"

"哎呀正好，刚放午炮，肥大！肥大！帮我也来一碗！"柳惠笑得要死。十个女学生不好意思站起来想走，也让命令留下了。

柳臣自己居然狠狠吃了一碗米豆腐又加一碗面，"老肥老肥！这笔账你到楠木坪找吴晓晴她屋里老人家吴敬川先生算，说他妹崽欠你这笔烂账，要他老人家还钱！没有见钱的话，朝她嫁妆钱里头扣！"

"去呀！去呀！肥大！你挑担子上沅陵找他吧！他在那头等你咧！"晓晴端着空碗扬着筷子说。

柳臣转身对几个女学生说："你们各位的这位教务主任是个山大王变的，有朝一日会把各位带到对门河喜鹊坡堡子上，画个花脸，插了野鸡毛，骑着马，见过路的行商旅客，来一个捆一个，叫他们屋里人拿几百几千'花边'来赎'肥羊'，那比在学堂读书、教书好！——老肥！我告诉你，你不要笑，要不然吴晓晴连你都绑上去，他们一天到夜吃米豆腐，吃面，吃饺儿，连伙夫都省了！"一边笑，一边掏荷包算钱。

闹了一阵，跟他三姐走出校门，远远听到吴二姐她们恋恋不舍的声音："局长，欢迎常来啊！慢走啊！"

"三姐，我刚从上海带回来一部简易电影机，点洋油灯的，夜间到坡上放给大家看！"柳臣说。

"就为了讲这句话，让人绑了'肥羊'？"

"这死苗丫头，报她将来的男人狠狠克她！狗日的仗她人多！"

外公在宁波当知府时，外婆带着妈妈姐弟们一直住在宁波城。柳臣算是在那里长大的。后来外公死在任上，外婆好不容易把灵柩老远从宁波盘回来。妈妈行三，桃源省二师范毕业后在常德一位开通的蒋姓老太太办的女子学校做教务主任，得到薪水帮助她的妹妹念北京大学农科，考试用的都是妈妈的毕业文凭。

四舅柳臣和幺舅柳鉴那时都小。人家都说四舅相貌好，脑壳圆圆的像个袁世凯，一定有后福。当盐局局长本也不错，只是哪够袁世凯的水平？长大至今剩下身段和脑壳像袁世凯之外，已没有别的指望了。

这个人一直很自得其乐，有点钱但绝不扰人。佩服中国一切文化传统。诗词歌赋之外，麻衣神相、风水打卦、神农本草、苗药偏方……无不兴趣盎然，用也用得上，谈也谈得拢。偶有心得，便要运用；如果恰好这时有人上门求医，病人算是十分运气，贴上药钱还会奉送盘缠晚饭。

好人不常做，做起来彻底。

一生只有一个见笑的毛病，喜欢讨小老婆。

他的"讨小"不论相貌，也不管身份，只要是合乎麻衣神相里的规格，都能忍住抬进屋来。

原来舅娘姓陈，是个大户人家出身，贤惠，温顺，生了几个男女孩子，算是四舅的老营盘。其他都各有自己的住处，生活虽然过得去，有不同的情调趣味，比起来究竟还差好几段。尤其是正经熟人亲戚办事，都到常平仓老营盘找四舅，避免往明知的别处图方便。

最近这盘找的是个瘦高、蓬松着黄黄头发的女子，说："这女子相好。眼前平常人，平常人摸不到出息，多少多少年后大家就会明白怎么一回事。"

给这女人王家弄买了块带上下层楼的橘子园，百十来棵绿油油的橘树，到冬天有二三十担橘子好收。生了个六斤多重的头胎男孩，三个多月后死了。一查相书，清清楚楚是橘子害的。招来几个工人，两天工夫铲平了橘子园，片甲不留。

要卖没有橘子树的橘子园，谁要？自己也不住，让它荒在那里。就在橘子园隔一条小路的岩坎上看中了一座也是两层木楼。窄多了，风水好；上次就是看错半厘不到的方位。现在好了。

他弟弟么舅是个打猎专家，喜欢马和狗，花了好多精力时间在上头。四舅觉得养狗也许有点味道！也牵了一只没甚讲究的黄狗兴高采烈地去街上散步。

街上熟人见了都觉得意思不大，甚至在背后估计，"'一黄、二黑、三花、四白'，这狗不错，够六个人的！"

他朋友少，有时梦里作首诗，记紧了，大清早走来找他三姐，站在院坝当中，隔着窗子朗诵给她听，没等回答，静悄悄开门走了。

说的是今晚上四舅要来放电影。妈回家一讲，大人们一阵恐慌，不又是上回照相那种怕人的事？孩子们当然喜欢得了不得。"放雷公爆竹都不怕，还怕看电影？这麻个皮的大人！"他们想。

人越来越多，又说怕，又想看，院坝都坐满了。

"太也来吧！"柳嬢说。

"来哪样啊？看都看不见……"太婆说着说着，也让人搀出来坐在当中最好的位置上。

定更炮早打过，还不见人到，"要不，黄了！"

"四舅这人不会！他不是为你，是为自己！他要抖新鲜东西让人看。算是自己亲手发明那么兴奋威风！"喜喜悄悄讲给自己听——

"好像亮手电筒。你两节，老子偏偏四节，你四节老子找根六节来降你！大白天互相对着照眼睛；夜间照城楼子顶上的葫芦。看哪个照得远？这都是他妈的'祖坟通气'，出了报应，白白花了电油[1]钱！"

讲到这里，四舅来了。前头走着打马灯的柏茂。

---

1 电池。

四舅手里提个绳子捆着的洋油桶大小的纸盒子。就这点东西？

四舅说天黑得不够，要漆黑才看得分明。搬出两张茶几，各绑一根竹竿，左右两边牵绳固定，中间挂块新斜纹白床单。大家将信将疑把事做妥。

婆随时附在太耳朵边讲这些情形。

四舅揭开盒子，提出打汽灯差不多的机器，前头伸出一根炮筒，里头有玻璃镜子。旁边一扇合叶门，一个摇把。连在一起的真有一盏灯。尺多长的烟囱，背后安着一面浅锅子似的亮闪闪的镜子。又打开另一个扁圆的铁盒，取出一饼东西塞进合叶门里头，上紧螺丝。点燃了后头的灯。

这灯移动好一会才瞄准那块床单，射出一道四方形的白光在床单上。好！四舅熄了灯跟爸爸说起话来。

"怎么？这就算演完了？"保大问喜喜。

"不会吧！我眼睛都没眨！"喜喜说。

"好啦！人来齐了，现在开始！等下大家看到的东西，都是假的。我先给大家打个招呼，不要怕，不要动——"四舅点燃里头的灯。

"哦！还不准动？万一跑出来怎么办？老人家这么多……"倪家姑姑着起急来。

保大嚷起来："莫吵莫吵！有什么好怕？出事有我嘛！"

这时，白床单亮得晃眼睛。四舅抓住摇把不停地摇，接着一格一格的黑白杠杠，眼都花了，忽然出现一副大脸，可没有想到，哪来这么大的脸？眼睛、鼻子和上头长着小胡子的嘴巴。眼睛一眨一眨，还对你笑。没有天灵盖，没有颈根，没有肩膀、手脚、身体，光一张脸。比鬼还骇人！幸好越来越小，小得像真人一般大，全身什么都有了，手啦！脚啦！戴帽子的脑顶啦！

这人像个叫花子讨饭的，衣服裤子小的小、大的大，都不合身。一对完全不合脚又大又破的皮鞋，捏着根"自由棍"[1]，左边走几步，右边走几步，一下背过去，瘸着拐着，越走越远，不见了。

"这人有点'朝'[2]，起码不是个正经人！"四婶娘说，"要是真人站在面前，怕不给吓死！"

"哎！你天天见老祥和觖怀子[3]，也不见你死？"四叔紫和说。

接着远远一颗黑点，近处几个戴高帽的男洋人和屁股又大又翘的穿裙女洋人等在旁边。那黑点越来越近，冒着黑烟，喘着白气，直向看电影的院坝冲过来。

全院的男女老少同时"哇"的一声，像是挨了炮弹。

"哎哟！哎哟！你熄了吧！熄了吧！我魂都掉了！"

四舅左手捏着右膀子，吹熄了火，瘫在椅子上，累得满身大汗。

"哎呀！观音菩萨保佑！柳臣你也不想想，这种东西也有胆子弄了来！"

狗狗妈抱起狗狗，"都讲过了，这都跟照的相片一样，其实就是会动的相片！又不是真东西，有什么好怕？"

"要在上海、北京，电影里头还有开枪砍脑壳的！"爸爸说，"就像看戏杀仗一样！你忍不住笑，忍不住哭，是那场戏演得好哟！电影也一样，都是人扮的戏。这东西能留下来，十年几十年后的人

—

1 手杖。
2 指人精神不正常。
3 本城有名的精神病者。

也看得到，不像唱戏，唱完了就没有了……"

"还看不看？"四舅站起来问。

"看！看！"孩子们大声地叫。

"哎呀！哎呀！底下还有哪样呢？怕是怕，要是讲明白了，都还是看一下好！"妇女们说。

接着是翘胡子洋人骑车子。一个小轮子，一个大轮子，翘胡子一跳就上了大轮高头的板凳坐着，抽着洋烟袋在街上走。街两边都是洋房子……

再下来是洋人请客。好多好多穿大裙子翘屁股的女人，上身只穿薄薄的花衣，奶奶差点露出来了。男人穿的衣服一层又一层。看起来女的不怕冷，男的特别怕冷。

围着一张两三丈的桌子，上面铺了通眼花布。金子银子架子上满是亮亮堂堂的蜡烛。摆满高脚矮脚玻璃杯和盘子碟子。要喝酒就一齐喝酒，喝汤就一齐喝汤。一人一块肉，造孽得连一双筷子都没有，要用刀子现切现弄，拿一把叉叉送进嘴里去。

搞了好久好久，像是吃不到哪样东西，连饭都没有。男男女女不停地喝酒，喝完浅颜色又喝深颜色的。吃完东西散了席还舍不得放下酒杯，也不好好端坐一个地方，走来走去，和这个笑笑跟那个笑笑。

大厅有两排整整齐齐的人坐在旁边，衣服、袖口上镶着好几排扣子和花边，身边手上都靠着、捏着洋鼓洋号，大琴小琴，唉！洋人就是洋人，打鼓吹号的小事情，都还要一个人拿着根棍子吓着，狠狠地指来指去才肯动手。

这边呢！喝酒的那帮男女，也有放下酒杯的。洋鼓洋号一响，一男抱一女，大庭广众之下身子贴身子团团转动起来。一圈又一圈，像上了发条。尤其把自己的婆娘让别个男的搂着转，自己又去搂别的婆娘，彼此都不脸红生气。

简直是鸦雀无声，院坝的人都看僵了。演完了……

大家默默地收拾桌椅板凳，该走的已悄悄出门。十月了，夜间的坡上雾蒙蒙的，个个身上都冷。

婆有天见到柳臣，"以后有什么外头东西不要拿到坡上来了，免得我几个月没脸见人！"

柳臣告诉他三姐柳惠，柳惠告诉幼麟，幼麟说："啊！啊！啊……"

国庆节清早，柳惠赶到校门口一看，全城没见过这么好的门面。红、白、蓝三色竹布从牌坊中间分左右两边直垂到地，象征青天、白日、满地红三种颜色。门额上四个大立体金字"双十国庆"，底下一个特大灯笼，左右各两个小灯笼，都是红绸子绷的，大灯笼底下一个五彩大绣球，两边小灯笼上也各有一个小五彩绣球。

牌坊两边除了三色布条之外原是空空如也，不晓得哪里弄来两大缸盛开着鲜红花的高藤凌霄；中段两缸喷香的金桂花、银桂花衬托着；再低一点的部分各绕着三盆长满果实的红石榴。

进到校门，两边一路挂着小五彩灯笼，绕着绉纸彩带。上坎子葫芦花墙中间拱门上挂着四盏灯笼上贴着四个大字"万众腾欢"。左拐一路也都是小灯笼。进入校本部，楼额上大红纸隶书四字"天下为公"，周围也粘满小彩纸绣球，就这么一路上热闹进去。

派人把柏茂喊来了。睡眼惺忪。

"你哪里弄来这些凌霄、桂花、石榴和纸灯笼？"

"凌霄是白羊岭陈家借的，桂花是李子园借的，石榴沙湾柳孃、大桥头徐姑婆家借的，不花一个钱。"

"大小那么多灯笼呢？"

"叫毛毛、保大、喜喜和得豫兄弟、柳家布店的躬川、躬川在南门铺子糊的。"

"喔！怪不得这两天不见人到坡上来，等下我到县衙门开会，大家一定会讲到你。快回家好好休息去！把你吵醒了……"

柳惠一进县里，会议厅坐满人，萧县长和县里的每人正论到双十节县城这次的彩牌坊门楼的布置，果然都数"女小"的别致，设计独到。等下开大会县长还要当众表示一番。

到了夜间，全城人都到各处参观。"女小"所有灯里都点亮了蜡烛，也一致称赞"女小"门口的布置夺目，像元宵节一样。好笑的是拐弯过去头一家门面教育局门口牌坊点蜡烛不小心烧了架子，也有人说是里头庆祝国庆喝醉酒自己弄的，不管怎样，反正是荒烟残迹让人很看不起。

倪胖子特别叫柏茂站在牌坊底下给他照了个相。可惜没有退后的地方，景子照不全。洗出来的相片只见柏茂站在桂花和石榴旁边。这是哪个时候都照得到的。每次让人看相片，都费很大力气才说得清楚周围和上头还有什么什么……

国庆节过了不久，狗狗的孙家三表叔得豫又要出门找事去了。做哪样也没有把握，家乡人总是出去闯了再说。到坡上来辞行。天天上坡的人一旦出门说声舍不得都来不及。

他仪表非凡。大表叔云路从小病，发过几次大烧，翻白眼搁在地上装"匣子"[1]了，看到扯出几口气又重新捡回桌子上来。他的命怪，以后虽然少犯病痛，器官上倒是留下时刻引人谅解的麻烦。

二表叔到了北京。狗狗两岁生日那天，姑婆来坡上讲到他在卖文，已经受到老辈人的看重。太婆听了高兴，说像他"家公"。

三表叔进了太婆的房，跪在太婆身边，太婆摸摸他的头发和肩膀，"你是长得好的。小时你妈缺奶，吃的苗娘的奶，现在成人离窝，家婆舍不得也不能留你一辈子。男人家嘛，是不是？你从小自重，老成，少跟人油皮涎脸；不过这好的上头也是个毛病，这世界要人家理你，你也要理人才过得日子。要是你出去一时回不来，下次回来到我坟上告诉一声就是。懂吗？……"

得豫点点头，站起来，又跟太婆和婆磕了个头，叫声："家婆，舅娘，我走了！我妈会常到坡上来！"

太婆和婆跟孙姑婆和九孃都哭起来，他没哭，背起包袱一声不响昂头下坡而去。

"这孩子，一颗眼泪水都不滴，自小就没见哭过。跟人打架，脑壳、眼眶子肿了几个包，满嘴巴血，没喊着一声痛。从来也没挨过打，不像老大老二，打的算是不少。他，不用人烦心，什么事都自己来。衣服自己洗，走玩回来没饭剩，不声不响就饿一顿。最省心就是他。"孙姑婆说，"前几天在杨明臣那边当勤务兵，人都爱惜他，叫他不要走，涨他的钱，一声不响背了把胡琴就回来了。杨明臣还一直抱歉，怕哪里亏了他；哪里都没亏，就是他讲走就走。

----

1 简陋的小孩棺材。

其实我明白他心思，二哥在外头无头绪，大哥、九妹又是这番情形，他是想拼命养我们三娘崽……"说着又流下眼泪。

婆跟着说："鬼崽崽们天天坡上来，追前赶后吵得要死，就他没见声音……"

"这孩子会成器。就是一样，不随和怕难招人喜欢。要说光凭上进，以后几个老表最有看头的该算是他了！"太婆说。

"妈，看你这话说的……"姑婆说，"有出息还看我们张家。其实幼麟最是聪明绝顶，摆着十几二十个表亲兄妹，哪个比得上他？"

太婆说："原是这样。可惜太恋窝，翅膀难硬。紫和呢？糯。醒在酒里，一半日子在醉中。又是个好好先生。人脾气是天生的，不是爹妈给的。一妈生几个孩子，个个不同——讲到哭不哭我心里就好笑。我们张家怕就有这脉种；柳妹讲她生狗狗，落地打他屁股也不哭，一双眼睛东瞧西望，都怕是个哑巴儿，便使劲拧他屁股，你想怎样？他哈哈笑了两声，吓得接生婆差点子失手把他摔在地上。"

婆笑着说："算是少有！你看他两岁多了，几时哭过？"

"狗狗呀！狗狗！你怎么不哭？"太婆问。

"狗狗跟三舅和舅妈到正街上党部去了。"沅沅说。

"我还想咧！狗狗好久没出声……"太婆说。

狗狗跟他爸妈在正街上县党部开会。

会开完了，大家把狗狗放到讲台上让他讲演。

"狗狗！狗狗！来一盘！来一盘！"

"我们要打倒土豪劣绅，贪官污吏！"讲完一鞠躬再一抬头，脑壳碰到黑板底边，后脑撞了个大包。

"嗬！核桃那么大！"熊伯伯抱起他，"崽崽！痛不痛？"

"痛！"狗狗说。

"我狗狗乖，狗狗不哭！"妈妈接过来抱着。

"屙尿！"狗狗说。

这时候，柏茂说文仲来了。

"三舅妈，刚收到，这捆信，吴二还要去送孙三满，他怕是已经出东门了。"

幼麟问他："是得豫吗？他哪里去？怎么不报我一声？呀！他走了！他怎么能走？哪里来的盘缠？这、这……"连忙掏口袋，有两块光洋，不够，转过身来问柳惠，"你那里……"

"都是些零钱……"柳惠说。

"我这里有两块。"熊先生说。

"我这里也有一块。"田叔叔说。

"那好！"幼麟说，"五块，看能不能混到汉口。我去追他一追……"出门顺正街往东门便跑。

出东门，横过大桥头沿回龙阁直下，凉水洞饭铺廖老板眼见一阵风地过去，连问一声"又是接哪个"都来不及。

幼麟赶到接官亭老远看到石牌坊边有个人影子在晃——

"得豫！得豫！"照理，幼麟是学音乐的，嗓子不能说比别人差，这一喊才明白了高低。喉咙呛得厉害。

再追了十几步，动不得了。

站在坎子上远望，喘气，秋风萧瑟，长袍子、头发、眼皮上粘了不少刮来的树枝子，看着那颗黑点越走越远。他茫然之极。

"好吧！你到石羊哨不喝水，我追你到高村，高村不见辰溪见。走也不打招呼，我晓得！我晓得！你不要你这个三表哥了……"

刚要开步——

"表哥，你一个人上哪里去？"回头一看，正是背着包袱的得豫。

"怎么你往后头来了？我追你呀！我以为前头那个影子是你。你自己看看我这一身汗水！——就这么走了？——是不是哪里扯了皮绊？你跟那个滕家妹崽有事？一定要忍一点，她都许了人，这年月羣不过她爹的，怕不是为这件事……"

得豫顿了一下，"怎么扯皮绊？不会，不会的。三哥，你看我都二十了，再不走哪年走？田三大刚才送我出东门时还讲到你，可惜你这份才情，要是在北京上海……"

"几时你认得三杆子的？"

"我天天大清早在箭道坪跟他学打靶！"

"好久的事？"

"怕不有半年多了！"

"哪来的子弹？"

"一天二十发驳壳，他送的。"

"他怎么那样看得起你？你给他点蜡烛磕头了？"

"哪里啊！他爱唱戏，要我天天吃完夜饭到标营他屋里帮他吊嗓子。"

"啊！是这个事……那么，是他劝你走的？其实，你该把滕家妹崽的事报送他，有他讲话，还不行？"

"我不讲他也知道，他敲过边鼓说，'男儿志在四方，莫为小儿女事断肠'，我心里就明白了。这种事，不能仗势力的……"

"唔！"

"给了我五块光洋，一封信带到汉口姓刘的先生那里，要他帮我报考黄埔军校。"

"倒是做了件积德的事——这里也有五块光洋，我这身汗水就是为了这五块光洋跑出来的，仓促间还怕不够，三杆子添了五块，那就好了！到了那边，经常写信回来，让你妈安心，晓得吗？"

"是这样的。三哥，那我就走了。我也不懂你眼前的日子是好是坏，讲不出有益的话劝你。不过田三大说，朱雀城里的任何大爷，包括他自己，都是'阉鸡'，这是逃不了的'命'。朱雀城就是个阉鸡坊。再有，再漂亮也完。不走就挨阉！"

两人抓了抓手，得豫头也不回地走了。

幼麟看着他逐渐远去，想起老杜的两句诗：

"凉风起天末，君子意如何？"

心里荒凉得很。

快到腊月还差些日子的有一天，太婆房里挤满了人，说是叫狗狗去，沅姐抱他进了人丛，太婆在帐子里没有声音。妈说："太呀太！你看你狗狗来了——狗狗喊太哪！喊哪！"

"太！太！我叫你！太——太没答应我！"狗狗仰头望着他妈。

"太睡觉了，狗狗让太睡觉觉吧！"妈说完又让沅沅姐抱出狗狗到院子。

等一会，滕孃来了，妈和婆跟她说好久的话，又来了个叫作吴老满的男人挑来一对箩筐，前头放满狗狗睡觉的被窝枕头之类的东西，后头垫了棉絮毯子，把狗狗放箩筐里。

"狗狗跟滕嬢、吴老满看家婆去好不好？玩几天就回来。家婆家有二舅，二舅娘，幺舅，还有真狗狗，好多真狗狗喜欢狗狗，跟狗狗玩，家婆家还有板栗、核桃、橘子、柚子，家婆喜欢狗狗……"

"沅沅姐去不去看家婆？"

"沅沅姐自己有家婆，沅沅的家婆就是狗狗的婆；沅沅姐不去看狗狗的家婆——这包东西里头有绒帽，有头绳围巾，是狗狗送家婆的，要记得讲啊！"

"我要沅沅姐，不要家婆！"狗狗说。

沅沅姐跟狗狗说："沅沅姐最想吃板栗核桃了，还想吃橘子柚子，狗狗不去，沅沅姐哪样都吃不到。狗狗呀狗狗，你去不去？你要记得带好多好多板栗、核桃、柚子、橘子转来给沅沅姐啊。"

"喔！"

狗狗装进箩筐里让吴老满挑走了。滕嬢夹了把桐油伞跟在后面。

外婆家叫得胜营，离朱雀城四十五里路。

狗狗坐在箩筐里头有点怕，尤其是出北门城过"跳岩"[1]，人简直悬在天上。

　　大清早，一河的雾。

　　河岸热闹得很。洗衣妇女嗓音噪聒。椰槌[2]起伏地响着过去又响着回来，像是在放排炮。人都说妇女害羞，不骂粗话；你到这儿听听，骂起来比男人还男人。

　　狗狗脑壳都昏了。两岁多的人，社会、地理、天气，一切他都奈何不了，悉随别人决定。

　　担子"惹杠、惹杠"地响，草鞋踏着路上的岩板也响。挑担子的熟人擦身而过，"去哪儿浪？"

　　"得胜营送伢崽！"

　　"哪家的？"

　　"柳校长屋的！"

　　这类邂逅嗓子很大，越远越大，像喊口令：

　　"今天赶哪儿浪[3]？"

1　用许多大石条竖在河里，顺延两排直到对岸，人踏着露在水面的石头上过河。
2　捶衣用的扁木棒。
3　赶哪个场。

"廖家桥！"

"你婆娘又生了？男的女的？"

"女的！"

"伙家！你匀到点来嘛！"

擦身而过的对话既须扼要，又要简短，半点马虎不得。

又比如：

"听到讲你又打了一场？"

"所里姓雷的。"

"输赢怎样？"

"咬了他半边脑壳，一条腿！"

讲的是打蛐蛐。

……

担子上坡下坡，尽是竹林子和穷树¹，一年到头绿荫荫子；走时冒出燃火似的大枫林、乌桕林，映眼的红光朝天上直冲，走进这种场合，脚底下一片亮，十分之爽脆提神。

过了齐良桥离长坪不远的一块坳上，忽然吴老满放下担子往矮灌木里直滚，吓得滕孃赶紧掌住了箩筐，还没定神，吴老满全身是泥尘又滚回来了。

"让它跑了，一只'帕猫'²。"

"你看你，这哪像做事人的样子？"滕孃骂起来，"让柳校长晓得了，以后还放不放得你这种人的心？人家把独子交给你！"

1　马尾松。

2　果子狸。

狗狗蜷在箩筐里原就说不出的不自在，经这么一闹，振奋起来了，便说要"起起"，一定要"起起"。

"怎么放不得心？你问狗狗，你问柳校长，他们灶房后头的金不换、土鹦哥是哪个抓的？我也是为了狗狗才扑这只帕猫的，你懂什么？你攀柳校长哪样亲？"

"我呀！哼！你倒是真要问下狗狗，狗狗常德回来，没有奶吃，吃哪个的？"

"啊！原来如此！所以哟！我没有奶喂狗狗，才扑帕猫嘛！"

"吴老满！我告诉你，你不要讲伤话，回去，我们原原本本讲送柳校长听……"

"讲就讲，到时候我还让你先讲！"

滕嬢差点哭出来，从箩筐里抱出狗狗背起就走。吴老满傻在路上。

担子一头重一头空，他怎么挑呀？里头的东西按规矩又不能随便移动。

"滕大姐！滕大姐！你一个人同孩子往前走，万一路上碰到什么怕不清吉吧！等我们一起好不好？"

滕嬢只剩个影子了。

吴老满捡了坨石头压在后挑晃悠悠地唱起山歌沿路跟了上来：

> 天上庚子排对排，
> 地上蜡烛配灯台，
> 红漆板凳配桌子，
> 官家小姐配秀才。

好不容易来到"油菜田"，看到滕孃去饭铺门口长板凳上喂狗狗饭。滕孃早就看见他，故意别过脸去。

吴老满一步一步挑到滕孃面前，把压着二十多斤石头的箩筐那头亮在滕孃面前。

滕孃原先一肚子气，见到那坨石头，笑了。

"哪！你就会笑，狠心人见人倒霉才笑！"

"是狗狗不想坐箩筐！"

"我晓得！我晓得！狗狗不想，你也不想，是石头想！"

"吃饭吧！要哪样菜自家拣，吃完一起算！"

"嗬！一起算。不一起算，你想想看，我有福气来吗？"

"唉！少讲两句吧！大家都是好心好意。其实，你的脾气也要改一改，时时刻刻抓野物，都会碰到误事的时候……"

"唏！你这人吓！我婆娘不劝的言语从你口里蹦出来！我平白无故挑了三十几里岩头，我脾气改了，有人不改怎么办？"

"哎呀你这人！我背的孩子本是你那头担子上的，我帮你忙，怎么你忘记了！"

"吓！你看你这人好不好笑？担子上的岩头不是你送给我的吗？"

听到这里，滕孃忍不住大笑起来，"我讲句公道话，人家都说你们苗族人老实。我看你除外；你不是老实，是狡猾……"

"是，是，是！是狡猾，要不然，五千年前怎么会让轩辕黄帝把我们从黄河赶到这里来呢？"

"看起来，你还是个读书人……"

"我们苗族人，读不读书一个样，都还是要帮人挑脚！"

路上这么吵吵闹闹，反而赚了好多路程。下一泡[1]把里路，两个人倒是客气起来。滕孃继续背着狗狗，还帮着吴老满把行李杂物平分两挑。石头偷偷留给饭铺老板做了纪念。

吴老满一路都觉得滕孃这人其实也都过得去，纵使再不向她献殷勤讲好话，她也不会将追帕猫的事讲给人听。

快到去都良田那条叉叉路时，狗狗要下来。下来做什么？

"我不喜欢这样走法！"狗狗说。

"那还是坐在箩筐里让我挑你吧！看你滕孃背你也背累了！"

"我要转去！"狗狗说。

"狗狗呀！听滕孃讲，我们走了半天，今天转不去了。午炮放了好久，等下城里放定更炮了，走到半路天就黑，老满也看不见，滕孃也看不见，豺狗来怎么办？还是往前走，一下子就到家婆屋，家婆、二舅、二舅娘、幺舅、幺舅娘都在等你咧！"滕孃晓得狗狗犟脾气，麻烦来了。

"我要转去屙屎！"狗狗说。

"啊！你早讲要屙屎嘛！"老满说，"屙就屙嘛！这还不容易？"

滕孃给狗狗解开裤子，端起他走进刺莓丛里。

老远听到马蹄声，近了，三个人骑马来到跟前，带头的是幺舅。见到吴老满，兜住了马，"人呢？"

"伢崽在里头解手……"吴老满说。

"妈个卖麻皮！都哪个时候了，你们还在路上摆！摆！摆！一个伢崽，两个大人都招呼不了！让老人家坐在屋里急死！"幺舅骑

---

1 十为一泡。

在马上说。马打着呼哧，转来转去。

吴老满认得后头的苗崽二龙。正想招呼，二龙背后向他摇头眨眼。

滕孃抱着狗狗出来，见到幺舅，是认得的，叫了声："幺少爷！"

"给我！"幺舅打着手势要狗狗。

幺舅把狗狗放在他的前胯，嗯哨一声对他们两个人说："快点赶上来！"

三匹马一下子飞了。

狗狗在马背上一声不出。他不是怕幺舅，也不懂怕骑马。他傻了。幺舅一只大手掳在他胸前，感觉到权威的安全。

"狗狗！太死了，是吗？"

"太。"狗狗说。

"问你，太是不是死了？"

"我要沅沅姐。"

"你叫太了没有？"

"她不应！她总总不应！嗯！太！"狗狗说。

"你想幺舅，想家婆吗？"

"嗯！我叫太，她总总不应！叫几句，她总总不应！……噢！太！"

"你这叫废话！"幺舅看到城门洞了，"狗狗到家婆屋了！家婆等你咧！"

进城门洞就上石坎子，然后右首又上好多石坎子，三匹马都系在大门对面的照壁拴马桩上。

狗狗被幺舅夹进大门。一群狗跃了上来，大大小小七八只。

"不要怕！不要怕！"幺舅一边用脚把狗扒开，"让！让！让！"

二舅娘走出来，二舅跟在后头，"来了哇！狗狗来了哇！狗儿舍得妈呀！家婆在等你咧！快进屋！"二舅娘从幺舅手上接过狗狗，抱着进房门，"娘！你看哪个来了，狗狗真来看家婆了！"

家婆说："让我看看！狗狗长大了，唔！狗狗呀！你怎么越长越好笑！叫我哩！会不会叫我？"

"我晓得你是家婆，你是妈的妈！"狗狗站在家婆面前。

听到狗狗讲的话，周围都笑起来。

"你看你好肮脏，二舅娘快给他洗把脸。"二舅娘赶紧端了一盆热水回来。

"咦！那两个人呢？"家婆问。

"他们吵场合！"狗狗说。

大家听了又笑，问狗狗他们吵什么场合？

"吴老满挑岩头，跟滕孃吵场合……"

谁也不明白是怎么回事。

幺舅补充说："这两个人慢太讨嫌！把狗狗放在我的马上先带回来的！他两个还在路上。"

"吴小小，以前住二龙隔壁那个。和滕家那个叫什么英的……"

"喔！我晓得，做过一段狗狗奶娘那个徐三坨的婆娘吧！好笑也算好笑！五十多岁的人还有奶！"家婆说。

"哼！足得很咧！要不然管两个伢崽吃足喝饱？一天几餐猪脚、鸡娘汤，喂得她那满儿比狗狗还肥……"二舅娘接到说，"古时候就有人讲，老娘奶比嫩娘奶养人；我看也是，要不然怎么老鸡娘炖起汤来一定要比嫩鸡娘浓……来！狗狗，跟二舅娘洗澡去！看你看你一身泥粉粉……"

"火炉膛多加点炭，莫冷了他！"家婆关照着。

"晓得，旺得很！"从家婆房厅出来下了几级石坎子，穿过天井，正厅左厢房便是二舅娘的卧室。

澡盆老早摆好，房里头暖和极了。二舅娘叫出那一群看热闹的小狗和两个小丫头，自己调匀了水，把狗狗抱在红板凳上站好，罩衣、夹衣和汗衣一件件脱下来，脱到裤子便说："狗狗，狗狗！你自己闻闻，一股尿臊！"还真的让狗狗闻了一下，"你屋里都没人管你，老的老，忙的忙，小的小……"

"我不喜欢你总总讲话！"狗狗说。

二舅娘笑得好厉害，"你不喜欢二舅娘也要讲。狗狗不来，二舅娘没有人讲话。狗狗来了，二舅娘要讲好多好多话……"

二舅是个读书人，自小害过一种什么病，把脑筋烧坏了，四十多岁的人才是一个十一二岁的人的心态。温和，简单，人云亦云，出不了主意。诗词歌赋朗朗上口，滚瓜烂熟，却是难见趣味。家公在世的时候给他讨来这位不识字的贤淑的二舅娘，打发一天又一天的二十多年平常日子。

生活停止不动，曾经有过悲哀，有过寂寞，有过牵挂……都过去了。屋子深而大，地下是石板，周围是高墙，房里塞满柜、台、桌、椅和箱子笼屉，厚厚的木地板……隔绝了她从来不懂的外界的消息和文化。二舅一早起来魏晋唐宋地吟哦，较之公鸡报晓对她更失意义。生活一切中规中矩成为习惯，无欲求，无企盼，无认命意义。她相貌平常，谁人见过都容易忘记。她跟家婆简直是天渊之别。

家公在宁波当知府的时候，家婆已是全城闻名的美人。现在七十多岁还见出极微的痕迹。白皮肤白牙，高展的眉毛，明亮的眼神，舒挺的鼻梁，薄嘴角上翘显得时时在向人微笑。

丫头打碎她往年从宁波带回来的玻璃金鱼缸，她定了定神：

"——以后搬这类东西，膀子莫撑得太宽，稍微欠起点腰，路中间慢慢走，看准几步走几步，东西就少打得碎了——像我，不搬东西，不做事，就不打烂东西；要做，还不是常常打烂；难过没有用，以后用心点就是……"

丫头走了，她才对二舅娘说："真可惜，几十年了，是我做新娘时人家送的……"

她常把以后的方案代替谴责。

狗狗洗完澡，换上衣服，二舅和二舅娘抱他回家婆房里，看到滕嬢、吴老满正跟幺舅和家婆说话。

"要不要我在这里照拂狗狗？要，我就留下来跟狗狗一齐回城里。你老人家看……"滕嬢说。

"这里有人料理的。你跟老满明早晨就转走，教狗狗妈放心，十天半月我这里派人送狗狗回城。老满挑一担核桃、板栗回去。这里十吊钱，各人拿五吊——灶房里饭预备好了，吃完饭早点洗脚休息。被窝现成的，到时候问秋菊琼枝就是。"看了看老满，"你呢？谷仓旁边有现成的床……"

"免了！免了！我街上有熟人，还要和他们摆摆龙门阵，吃完饭我就走……"吴老满说。

"那你明天大清早就得过来。"

"那是，那是，误不了的。"

屋里大大小小八只狗，名字是一、二、三、四、五、六、七、八。叫谁谁到。要是叫声"都来！"便都一齐拥上。眼前够格上山的一半也不到。数目越少，年纪越大。打野猪，打熊娘，狗只耗损得厉害，所以要常常补充。狗这种东西，在家嫌吵，上山嫌少，是没有办法的事。它们都挤在家婆房里屋角睡，不放过一丝响动；夜间老鼠、飞蛾，见什么都抓。前几年，一只已不在人世的狗娘在房里咬过条响尾蛇。所以家婆从不嫌它们，只是谁放屁谁自己出去。门是不关的。人说狗屁不臭，绝对不是！臭极了！一点点都闻得出来。

　　"狗狗！"家婆叫他，"你过来，我问你，在你屋里自己会吃饭？"

　　"唔！"狗狗猛摇头，意思是不要人喂，自己会吃；家婆看到狗狗摇头，以为不同意她的说法，还是要人喂，便说："那，开饭的时候让二舅娘喂！"

　　狗狗摇头。

　　"那么我喂？"

　　狗狗又摇头。

　　"这个崽崽！又不会自己吃饭，又不让人喂，看你怎么吃？"家婆说。

　　狗狗猛点头，意思是"我会吃！我会！"，家婆更糊涂了。

　　要是沅姐在，她会明白的，被摆布到得胜营来，狗狗常用的肯定和否定的简单信号不通用了。双方还缺乏沟通基础。生，只是由于不熟。

　　"三姐在学校忙，顾不到自己的孩子。蠢不蠢，怕是有点怪！"幺舅说。

　　"哪里怪？是认生！不清楚我们是什么人。亲情这东西教不出

屋里大大小小八只狗，名字是一、二、三、四、五、六、七、八。叫谁谁到。要是叫声『都来！』便都一齐拥上。

家坡世屋裡的狗

的，要慢慢浸润。"家婆说。

摆饭了，帮厨的姓许，叫作巧珍，是个胖婆娘。煮饭炒菜之外还管挑水、破柴、种菜、喂猪狗鸡鸭。大脸、大嘴、大手、大脚、大奶奶。外婆和她商量过，要笑就在厨房笑，别一路笑进来，响得耳朵聋。所以她端饭菜进屋时，只咧开大嘴，眯着眼像一段无声电影。

问她有没有男人和孩子，她说："麻个皮！都死绝了！哈哈哈！"

才四十来岁，跟家婆娘家那边好像有点远亲。

狗狗其实饭吃得很好，用一把铜匙大口大口舀着吃。幺舅夹了几筷子烧腊猪脚和猪耳朵，又是蒸肉饼，又是炖蛋，把个碗盖得满满的，还吃光小碗里的"君踏菜"。

外婆见他直咕嘟咕嘟吃饭不说话，也不挑食，便望了幺舅一眼，幺舅问狗狗："还要哪样菜，报幺舅给你夹！"

狗狗摇摇头，只顾低头捡拾碗边剩下那几颗饭。

二舅原也是静悄悄地吃饭，感到周围的空气十分融洽，不免诗意涌上心头："嗯，嗯，二十四孝第二孝，'周剡子，性至孝'。父母年老，俱患双眼，思食鹿乳。剡子乃衣鹿皮，去深山，入鹿群之中，取鹿乳供亲。猎者见而欲射之，剡子具以情告，乃免……亲老思鹿乳，身穿褐毛衣，若不高声语，山中带箭归……"

幺舅说："你看你比狗狗不如，狗狗吃饭不说话，你一大串一大串没有关系的话！"

"二哥说的是二十四孝剡子故事，他是想到些什么好事了……"家婆说。

二舅娘看二舅一眼，低头吃饭。

"是好事，娘说的是好事。'窦燕山，有义方，教五子，名俱扬'……"二舅一脸温馨地看着狗狗，"……教五子，名俱扬……娘！我讲有义方，窦燕山是个古人，他有义方……我也疼狗狗，我把狗狗当儿，不是真的当儿，我心里把他当儿……"

"好啦！你把饭放下。你要回屋了，夜了！"

家婆把狗狗抱在怀里，接过二舅娘递来的热毛巾帮狗狗擦了擦，顺手在床柜里取出了蚌壳油给狗狗擦了。

幺舅坐在火炉膛边，不经心地用火钳子夹着火炭垒来垒去。巧珍收走碗筷，桌子擦过，吆喝狗跟她去吃饭。二舅娘带二舅回房，跟着转来，端来一脚盆热水。

夜了，真的夜了。狗静悄悄一只一只地回到房里墙角。

家婆解开裹脚布。那么长的裹脚布里藏着一只棕子般的小脚，狗狗睁大眼看着又解开另一只。二舅娘坐在矮板凳上帮家婆细心地洗脚。狗狗弯腰瞧了瞧自己的脚，暗地里试着动了动脚趾。

家婆仔细擦干两只小脚，显得舒服得意，"狗狗今天跟家婆困。"

"你看，狗狗跟家婆困了。明早晨起来，二舅娘给狗狗煮糟酒汤圆吃，好！让二舅娘帮狗狗解衣。"二舅娘转过脸问家婆，"娘，狗狗困哪头？"

"困哪头？不就只有一头吗？喔！对了，这被窝窄，我还扯小小的鼾，那让他睡脚底下吧！——狗狗，你掀不掀被窝？"

狗狗不明白家婆的话，只好摇头。

"那好！"

二舅娘摆好枕头，帮狗狗盖严实被窝，摸摸他的头发，"娘，狗狗头发真不像我们柳家人，又细又软……"

"你还挂牵我们的硬头发？我都愁了一辈子！"家婆的头发又粗又鬈，梳起头来费十倍力气。狗狗妈也有一头柳家鬈头发，人背后说她是洋婆子，很让人生气。

一老一小安排妥当，放下帐子盖好炉膛的燃炭，端起洗脚盆，轻轻出去了。

狗狗睁大眼睛在黑夜里，体会着一种新的经验。墙角有群睡着的狗；陌生的亲人和陌生的房子；用不同的方式说话……忽然他紧张起来，想到不太远的某个地方有一对不像脚的脚。

人竟会有这样的脚。他从没亲眼见过解开裹脚布的赤裸裸的躴脚。

太和婆裹脚布包着的一定也是这种躴脚，但是，它是一对穿着花鞋，掩饰得很正常的，不引人注意的躴脚，何况，这对躴脚跟他这么接近，说不定就在眼睛旁边或鼻子跟前。

要是它稍微像一点脚就好了。狗狗看到骨头被压缩在一起，毫不分明的两根皮包着的带尖的骨头无论如何不该是一对脚。

厌恶，恐怖，连带着失望……

半夜，家婆意识到脚底下有个外孙，使用双脚轻轻探索了一下，会不会掀了被窝？怕的是小孩子夜半受凉。

脚底一片空白。

她吓得坐起来，床柜抽屉摸出了洋火点燃美孚灯，挂起半边帐子一看，狗狗没有了。

幺舅、二舅和二舅娘听到声音从下房披着衣服跑进屋，见家婆呆坐在床上。外婆手指空着的脚那头。

幺舅是个机警人，稍一环顾，就发现狗狗憩睡在墙角的狗群缝里。

"这他麻个皮倒是狗狗真变作狗了！狗狗！狗狗，起来起来——你怎么人不做要做狗？"

二舅娘抱起狗狗，醒了，还要往回躺，大人都笑起来。二舅娘扶他站好，"狗狗乖！狗狗回床上跟家婆睡……"

"我不要家婆躲躲脚！我不喜欢家婆的躲躲脚……"

幺舅豪爽大半辈了，没碰过这种大胆的犟人，顿时憋得说不出话。

家婆笑不可抑，"好，好，好，换一头睡！家婆的躲躲脚才不赏你的脸咧！快进被窝来，家婆抱着狗狗睡！"

怪不？这下狗狗一觉睡到大天光。

第二天大清早，家婆决定提前搬到后院染翠园去住。

什么染翠园不染翠园，自从家公过世之后，花木都荒废了。挑选当中地点盖起一座单层结实的矮瓦房。严冬腊月，搬到这里求个暖和，也就近个厨房，饭菜不凉。屋前院子一棵结得不很成功的苹果树，一棵腊梅花。屋后横着再直着上二三十级阶到菜园。菜倒绿油油的什么都有，想到什么拔什么采什么，一年四季吃不完的，让巧珍有空挑上街卖，给她和两个丫头赚点头绳、花布和生发油钱。园子矮墙尽头是猪圈、鸡鸭窝。也有几棵桃李树、梨树，不成气候，到秋天勉强千中挑一地选出十个八个像样子点的，送到家婆面前讨她高兴，其实都让琼枝、秋菊和巧珍东一口、西一口地打发掉了。

家公在三潭书院念的书。三潭书院在本地是个非常森穆的地方。莫看这小小的得胜营，就因为有了这三潭书院出的许多文人学士，才在朱雀城占有特殊的地位。

家公在宁波做官之后，家乡这里就盖起了大屋。

大青光岩的门柱门梁和齐整的门口场面，两扇大门上画着秦叔宝和尉迟恭二位神采飞扬的把门神。进二门一块青石长方天井，右边三级台阶是客厅，两边安放太师椅，尽头是神柜，上列祖先牌位和烛台、香炉、神灯。客厅两边是厢房，家婆夏天住右厢房。左边已经没人住，还是齐整地陈设家具、床铺，以便招待亲戚熟人。

天井左边的偏厅，又是太师椅和茶几，墙上满挂几十年前贺喜屋落成的红对联。厅左是二舅和二舅娘卧室。右边一条通道，靠厅口左首一间房是幺舅和幺舅娘的卧室。幺舅娘回娘家去了几天没回来。

通道尽头有个大场所，安顿着舂米臼、风箱、磨和一座大谷仓。上了木头楼梯右走，才来到染翠园。这一段路不算短，家婆上来一次不容易，要明年天热才回大屋了。

大屋原先做得讲究，石头、砖瓦、木料很实在，髹漆一层又一层，还鬃麻打底，其实是不必这么认真的；你看孩子长大星散开去，三几个人住这么高大的屋，轻轻讲话都有"杠、杠"的回声。年份令油漆郁沉，越来越像个放了假的学堂书院。

染翠园矮围墙边还有旁门，幺舅对这个所在看得最紧，墙上插满玻璃碴和碎碗片，夜间横两根门杠；有一点响动，跟幺舅娘各人抓支二十发驳壳往这边跑。狗跟着一齐拥上。

墙外是片广场，一头是照壁，五六十米那一头是营房。平常营房是空的。广场一个月有两天用来"赶场"，之外，来往的人不多……

既然是专门为了家婆过冬住的地方，所以特别之大。一大，就显得矮。矮一点好，暖和紧凑。靠院子一排木格回纹窗，房中间青石打就的大火炉膛，窗子另一头是挂了绣花帐的硬木带转子雕花床，靠里一排花抽屉，床外有床头柜，底下有踏凳。

"狗狗，说！今夜间睡哪里？"家婆问。

狗狗茫然地看着家婆。

"喜不喜欢这张床？"

狗狗晃着脑袋。

"不喜欢？"

狗狗仍然狮子大摇头。

"看你！看你这人！"家婆似乎无可奈何。

其实狗狗无所谓喜不喜欢，他摇头只是不懂，没有特别意思……

家婆以为狗狗是跟昨夜间逃亡行动一起表示的，"那怎么办？"

幺舅叫了五个苗族长工抬进一具新做好的喂马料的马槽，靠窗摆定，又搬来两捆冒香味的新鲜稻草铺在底下，让二舅娘抱来一床厚厚的棕垫子、棉垫子和枕头被窝。"这个怎么样？"笑着问狗狗，"我想了通宵，晓得这设备最配你……是不是？"

家婆见到这架粗笨的"床"，也觉得很是有趣。

"我倒没有往这边想。困一只犀牛都可以了。高头这根系马缰的横梁还晾得狗狗衣服。狗狗，你喜欢这床吗？"

狗狗猛点头，马上就要试一试。二舅娘抱他上到槽里，又深又软的垫子谁看了都觉得舒服，不过，那么规矩的大房子里放一具马槽，得不得体就难说了。

二舅娘特别之不安心，"怕三姐晓得了，让狗狗困马槽，会不会见怪？外头人见了，也不好看相。"

"不会不会！她是读书人，懂得这种趣味！"家婆说。

二舅忙不迭地插嘴："要是妈让我来睡，我也愿！"

"你少讲话！"幺舅呵斥他。

这马槽也着实可爱。两大块三寸多厚的木板斜钉成了一个斗，两头封住口，足足三尺深四尺多宽六尺长，两头底下各架了十字叉形木头柱。打磨得滑洁光亮，这原是为幺舅的马过冬预备的，现在马还放在山上苗寨里，做好的马槽暂时派了新用场。幺舅坐在椅子上跷起二郎腿一晃一晃看着得意。

二舅带着狗狗坐在大门口石头门槛上。石方铺就十八席大的院坝，对面一堵讲究照壁，四角砌着四条展翅的蝙蝠，中间一个大福字。面对面顶着人的眼睛，挡半边天，哪儿都见不着。

歪一下脑袋往右倒是见到石坎子下一点城楼门顶。

"哪天，哪天，喔！哪天二舅带狗狗出城门洞口去玩……"

其实二舅从来没有下过坎子到城外去过。他哪儿都不能去。去了回来要挨家婆打。不管他是多大的人，不管他讨了嫁娘[1]好多年，都要打。怕他认不得路回来，怕他让"绑肥羊"[2]绑了，没那么多钱赎，撕票。

所以二舅长得衰弱，走得慢，八字脚，微微笑着默念古人的诗和他自己作过的诗。

"狗狗，你喜不喜到城外去？"

狗狗摇头。他不是不喜欢，只是不懂二舅的意思。

---

1 新娘。
2 绑架。

"喔！你不喜欢我喜欢！我就喜欢城外，我长大要到城外去！"

"你已经长大了！"狗狗说。

"不算，不算，要很大很大才算。我长大，妈就不打我了。狗狗你听我作了一联，'朝夕闻叱语，百年见秋风'，对仗是勉强可以的。贾岛、孟郊诗都是脆有脆，糯有糯，脆糯相宜……"

二舅房里有好多书。是家公留下来的，也有他自己以前在宁波没害病时读的，都带回来了。曾经有过笔墨纸砚，笔，好多年没用，大都蠹蚀了，其他东西早就丢在脑后不再重要。

家婆不看书，幺舅不看书，二舅娘、幺舅娘都不看书，一屋书就他一个人看，跟家婆一家一点关系都没有。有时，二舅的吟吟哦哦碰上家婆心烦还会挨骂甚至挨打。

二舅挨家婆打从来不哭，他说："伯俞泣杖还不到时候，家婆手底还重得很！"

二舅娘嫁给二舅好多好多年了，像照拂小孩一样。二舅有时发大气，只要二舅娘说声"看我不报娘去！"就老实了。所以二舅没给二舅娘带来很多麻烦，也容易管；饭吃饱了，自己会去找书看。这下狗狗来了，全家最高兴的莫过于他。通城都晓得二舅娘贤惠，贤惠有什么用？

"狗狗，我再给你来一联，'更能消家山好月，最难做故里文章'，你看嗬！这里头有稼轩余味！"

狗狗睁大眼睛，看着那只飞进屋里的燕子。

"料糖！料糖！"卖糖的老满上了石坎子——"二老爷，你吃糖，新鲜的，早晨刚做的。"

二舅瞟狗狗一眼，搂紧狗狗不搭腔。

"二老爷，这小少爷是你哪个？你给他买料糖吃呀！"

"我三妹的儿子，我是他二舅。我们在看景吟诗，你莫打搅烦人，我们不吃料糖，料糖不好吃……"

"这哪里话？你二老爷说料糖不好吃！料糖不好吃，哪样好吃？"

料糖这东西的确好吃之极。糖熬好拉丝摊皮做壳，里头卷好多白糖花生、芝麻、核桃碎，趁热切成三寸长胡萝卜粗的段子，芝麻簸箕里一滚，你说好不好吃？这东西只得胜营西门口满家一家做，交通再不方便，也卖到宁波、北京去过。

那卖料糖的吆喝着走远了。

二舅悄悄对狗狗说："料糖其实好吃得很。我没钱，我说料糖不好吃骗他，他就信了。过年，人家送好多料糖，我娘就送我吃，送好多好多料糖我吃。我娘骂我光吃料糖吃不下饭。嗯，好多料糖……青山遮不住，毕竟东流去，江晚正愁予，山深闻鹧鸪……"

二舅摇头摆尾陶醉得了不得的时候，听到坎子底下城门口有响动。

"莫吵！莫吵！狗狗，有人进城！你看，是你幺舅娘！你幺舅娘！你幺舅娘！"二舅抱起狗狗，"你幺舅娘回来了！"

五六个苗族男人簇拥着一个大脚女人进了城门洞直上坎子，再上右转的坎子来到门口。

"你是狗狗！"一把接过狗狗平平地举着，"你是乖狗狗！"

这女人背着一根金钩步枪，腰间斜拉着旧帆布子弹带。高大，白，浓黑的头发和眉毛，翘鼻子，短人中，翘嘴唇，低着脑壳，一对黑眼睛盯住狗狗，"叫我！"

"叫你做哪样？"狗狗像是自言自语。

"幺舅娘！我是你幺舅娘！"

"幺舅娘，你真好看！"

幺舅娘"哈"的一声把狗狗拥在怀里，"我就晓得我喜欢你！"一边说，一边走进屋里。

跟着的这帮人都没有表情。各人挂着带红穗子的驳壳枪。脑壳上包着黑绉纱丝巾，脚上黑绑脚，草鞋。

登时引来一群狗，幺舅娘低头稍微瞟了一眼就直上染翠园。她把狗狗夹在腰间，就像刚打来的一只麂子。

"娘，我回来了！"说完这句话，放下狗狗。

"唔！——报巧珍烧水做饭给那些人用。"

"晓得了！"幺舅娘顺手带走步枪。

幺舅坐在火炉膛边小板凳上，一动不动。老婆进来出去，头也不抬，只抽着他那根细细的旱烟杆，忽然对着窗外喊了一声：

"鹦哥坳去了吗？"

窗外幺舅娘的声音："去了！"

"子弹呢？"

"还了！"

"好多？"

"五百六十发，不够，一时拿不出，补了四十发驳壳的；问，要是你不喜欢，下个'场'他自己来补给你……"

"唔！麻个皮！做人总是这么不抻抖——让那些人吃饭、洗脚完了回家！后天吃完夜饭带家伙来这里集合，听到讲板栗坡有群野猪——报送他们不要带夹子、铁锁……听清楚了吗？"

"清楚了！……我们狗行吗？"

"狗？三、七不行，'毛鼻'[1]叮了眼睛。"

"那我报他们带狗。"

吃过夜饭，天黑的时候，来了许多黑影子，还有狗。那些狗跟家里的狗都熟，可能自度主人的身份，虽然显得高兴，低声呼唤着都局促地夹着尾巴在主人膝下打圈。

没有人大声说话，幺舅夹在人丛里乌声乌气地招呼着，黑压压一群从后门走了。

一晚上清清静静，鸡刚叫过头遍，就有人来拍后门。幺舅娘提着支驳壳枪顶上膛，肩贴着门墙，轻声地问："哪个？"

"头胎！"

"喔！"幺舅娘边开门边问，"手气怎么样？"

"大的跑了，两只中猪，每一只担多一点……要我赶转来报人烧水烫猪……"

"野猪烫哪样？"野猪原是连毛带皮砍开。

"幺老爷讲的猪鬃做刷把……"

"猪那样小，要几根鬃拉鞋底怕做不到了。"

"原是都埋伏好的，猪公猪娘殿后没走到垛场，那两只中猪已经遭手，要是大猪，怕哪样都有了。"

"人，到哪里了？"

"说小，也一担多一只，走得快，换着人抬，怕也要到早饭前。"

---

1 一种吸血虫。

121

头胎说完，坐到花台子边，打响火镰抽起烟袋来。

幺舅娘正要去报人招呼早饭烧水，听到屋里头家婆声音，"狗狗，狗狗！快醒快醒！你幺舅打野猪回来了。"便又转身进家婆屋里，"娘，猪不大，没有好鬃。"

"是了，是了，这是埋伏得不得法，放得太浅。想想好笑！才是鸣锣开道你就响枪，你不把官老爷吓走？这么大的人了……"

"这，他应还是晓得的；怕有别的原因……"

"老太，那边黄茅草多，只前头一块十张床的苕[1]地，转不来弯，也不敢追！"头胎远远地搭腔。

"那，还都肥吧？"家婆问。

"快腊月了，哪能不肥？"

灶房里热闹得像过年。家婆和幺舅的脾气，屋里头有时静得一点声音没有不好，有时吵也不好。家婆有时将就幺舅，幺舅有时将就家婆。归根结底，幺舅总是将就家婆的多。幺舅娘掌握着火候，该闹热时就掀动起来，像个音乐指挥。

幺舅娘那么年轻，那么红艳，本来应该说，朱雀城不出这种女人的。其实好像哪儿也不出这种女人。既然这样那样了，她应该泼辣，倒是反而轻言细语；那么有仪态教养，却是个乡里妹崽一字不识。生不出子女自己不歉然，幺舅也不在乎。

家婆和幺舅娘之间从无纠纷，不龃龉，像是谁也不想试探彼此的火脾气盖子。

—

1 番薯。

家婆叫她"滕妹"，她叫幺舅作"吓"，幺舅叫她时轻轻咳声嗽："嗯哼！你把那个……"

狗狗看到幺舅娘两鬓边搭下的黑头发，要不要手就撩一下，时不时脑壳甩一甩，心里想："幺舅娘好像匹马狼。"

从来没人提起，幺舅娘应该有个名字。

得胜营是朱雀城的"乡里"，幺舅娘家在"板坳"，"板坳"在山里头，不提，谁也想不起这地方。家婆说过，"滕妹的家，'山得很'。"所以"板坳"又是乡里的乡里。

你说幺舅娘的家这样、那样，"山得很"也好，什么都好，她自己也帮着说，提供你没说到的地方。

那地方也实在偏，连社会价值、情感层次、道德分野都十分迷茫。喝水、吃饭、吃菜、穿衣、走路、点灯、住屋，天经地义都不花钱；听说城里人买花戴，买水喝，不走路只坐车子……觉得做城里人真造孽可怜。

只有几年一两次外来的杀戮才须要认真对付。于是厚墙、小窗眼、碉堡、躲藏的山洞、洋枪洋炮、战略进攻和防守意识才开始讲究起来。

幺舅娘是在这种特殊的好山、好水、好太阳、好空气里头养大的。论天分，就是这种天分。正面迎接生死命运之外，与挑水种菜一样，还须得弄枪。不是闹玩，不是爱好，是习惯和家教。

厨房好闹热，幺舅娘和巧珍抬出两口大腰子形木盆，又提来两块搁板。几张长条凳、矮板凳，两把杀猪快刀，各安排在良好顺手位置。

太阳刚露在照壁顶上，人马就回来了，八个人抬两只野猪重重地撞进院坝。幺舅娘将各人随身的步枪、驳壳、马枪和子弹带都收进屋里。端出两大沓苗碗，两个"铜官"窑大壶热茶。

碗就碗，为什么要说"苗碗"？

苗族长年住在山上，占尽了大自然的便宜，锻炼得好身架，一锄头下去尺把深，一镰刀一根柴，跳岩抓山羊，爬坡追兔子，四五十里赶场去买半斤盐，一两百斤的小牛背着过河……这都是大碗吃饭，大块吃肉，大瓢喝水弄出来的。谁耐烦用小杯小碗，挖耳匙、牙签挑东西吃？

所以，苗锄头、苗钉钯、苗犁耙、苗粪桶、苗镰刀，甚至苗"夏"[1]，城里人都用不动。

用不动就用不动，苗族人从不强迫你非用不可，也没有嘲笑你是个漏气的猪尿泡。

城里头和乡下，常常把文明差别代替生活道德差别。你用洋油美孚灯他用桐油茶油灯；你用纺绸、华丝葛他用麻布、家织布；你听留声机他听雀儿叫。以后科学发达了，你坐车、坐飞机他走路、骑马；你有电风扇、空调机他坐在树荫底下乘凉。这种差别有什么值得骄傲的？

你婆娘穿旗袍花裙，屁股扭来扭去他看了难为情；你吃西餐，炒也不炒的生菜，酸不酸、咸不咸的汤，咬带血的牛肉，他听了就想呕；你有钱存银行，他有"花边"放进罐子埋进土里；你能说得上哪个文明？

嗟来之文明就值得那么傲慢？左边叩完头，换个方向再叩右边，

1 竹背篓。

124

怪不得在洋人面前永远直不起腰。

从古到今，苗族人从不打孩子；讨老婆，唱山歌，赶场自由恋爱凭本事；夫妻之间从来经济独立；老人到处受尊敬；崇尚信义，严守节仪；注意公道是非；忍辱负重，牢守纪律；但是你别惹翻了他，眼睛一红，看那掀起的漫天风雷！

"苗碗"也好！"苗老淮"[1]也好，当面是讲不得的。他们的反应会让你切身体验到一个民族尊严到什么程度。

野猪其实不算小，摊在地上，足足占满一张晒谷席子。

人们这才开始活动起来。洗脚，喝茶，抽烟，轻轻地说话。四个人分成两组，各把野猪抱到木盆的搁板上，再进厨房提来四五桶热开水动手起来。刮毛、剖肚。幺舅夹在大伙里坐着，抽着他的"吹吹棒"[2]，闲适得像没出过门。

二舅娘牵着狗狗的手，"莫走近，莫走近，你闻猪肚子里那股臊！"

幺舅娘双手叉在腰上，正等着新鲜野猪肉下锅。这顿早饭看来论不得时候了。

一股股热锅、热茶油、辣子、大蒜、葱、姜、花椒、料酒、面酱涌起的闹热、香味，直扑到院坝，直朝所有人的鼻子里、眼睛里、耳朵里、嘴巴里钻。

在这块土地的人看，是整体享受的前奏。外头人，尤其是太太小姐们，都会说受不了。先生们有点头脑的便会苦着脸，"哈哈！

1　淮（huài），对苗族人的鄙称。
2　竹烟袋竿。一般苗族男子常在大竹根上镶满铜和银，可做武器。

真有意思！简直像一场交响乐！"外头的文人动不动就说这个、那个像交响乐。

你懂个卵！交响乐比得上它？

"分碗！分筷子！"幺舅娘叫起来。

差不多半只猪的里里外外，经过熏、焖、炖、炸、蒸、炒之后快要出场了。

已经响过午炮了。性子再急、脾气再暴的人也不能不安下心来。大家简直在准备一场你死我活的厮杀。

矮板凳在地上围三个圈。酒坛、碗放在地上，筷子、调羹放在碗上。人已经坐定，碗里倒满酒。

这时候狗们除一、二、三、四、五、六、七、八之外，一个贴一个凑到主人身边助兴。似乎是没有人觉得讨嫌。讲句良心话，野猪一大半是它们出的力气。

这些狗乖，不像一般家狗四处嗅闻，哄抢骨头，尾巴掸到酒碗里。它们自知这是种"入席"的场合，要有品位和深度，优雅地坐着，咧嘴微笑，尾巴根轻微地晃动，懂得耐心、从容地迎接酒筵开始。

幺舅把一、二、三、四、五、六、七、八圈起来就为的是让这些"狗客"入席。狗这个东西从来以为自己是地盘主人，对客人缺乏涵养。

脸盆大的砂钵子炖货底下照例垫了个火炉子热着，旁边一砂罐清炖肠、肝、肺。其他炒货、炖货、焖货以及青菜、萝卜、酸辣子、酸豆荚、盐水红辣子放在四周。

这帮人，昨天白天不晓得有没有困过。要是没有，昨天一整天、一整夜翻山越岭，今天又一个白天，看他们吃成汹涌澎湃的阵势，不免令人觉得这世界的确有意思。

二舅娘带狗狗坐在门槛上，端碗饭，满是肉。狗狗看着院坝地上三圈人，也想去。

"去不得，他们会踩着你！"二舅娘说。

酒喝到快定更炮时才开始吃饭。这时幺舅娘也端了碗酒来跟大家喝了。众人舔干酒碗各自装饭。妹崽在砂钵子里添了第一千回菜……

月亮上到屋顶，满天星。以为这帮人都快死了，没料到还爬得起来，背上枪，带着狗，提着十来斤肉，摸得到自己屋门回家。

太阳照到窗子上，幺舅娘叫醒狗狗。

"起来，起来，看乡里挑哪样来了？"

狗狗被幺舅娘夹到谷仓底下楼板上一看，一地的新核桃，两排箩筐里都是新板栗。墙上挂着一扑扑的地萝卜。还有一个小篮子阵阵喷出没闻过的香味，"地枇杷，没吃过吗？"

幺舅娘塞了一颗到狗狗嘴里，狗狗说："糖！"

"哪里？哪里？糖什么东西？有地枇杷香？"幺舅娘自己也来了一颗，"你好高兴吗，是不是？家婆屋里好吧！"看看狗狗，"你这伢崽没有喜乐！"

三岁大点的孩子懂得什么高兴，什么喜乐？安全满足是了。再大点的时候你给他买件木宝剑、木关刀，他在戏里头见过杀人了，或许他会模仿一阵；就像你给妹崽家买个布娃娃学做妈一样。也谈不上什么高兴和喜欢。

不像后来的人入党，做劳动模范；年轻和尚还俗结婚；政客砍碎了政敌脑壳篡位；讨饭的叫花子戏场门口捡了一大包钱……

狗狗见这些东西，天理就该如此，像吃奶一样，再多也只能感觉到"合适"。

幺舅娘说："狗狗转城里，幺舅娘送好多好多板栗、核桃和地萝卜给狗狗，让狗狗天天吃，想着幺舅娘……"

狗狗蹲在地板上忙匆匆地捡起四五颗核桃，又捡起十来颗板栗往荷包里塞。

"你捡做哪样？先前讲好要送你好多好多……"

"我给沅沅姐，沅沅姐要我带转去……"

"洗脸！狗狗！滕妹，你带狗狗上哪里？"家婆叫着。

"来了！来了！在这里，在这里！"幺舅娘马上夹起狗狗转到屋里。

"狗狗脸都不洗，你看你，这么喜欢他，报他妈送你算了！"家婆说。

"三姐要肯就好！"幺舅娘放下狗狗，"狗狗，你送我做崽好不好？"

狗狗看着幺舅娘，"我带桃子板栗送沅沅姐吃。"

洗脸的时候，幺舅娘问家婆："娘！你在宁波，见过洋人喂伢崽吗？听到讲自己不喂自己奶，喂牛的奶，那怎么长得大？牛那种的奶喂人，伢崽经得住吗？……"

"事情是有的，"家婆说，"把牛奶灌在瓶瓶里，尖尖上安一个橡皮奶嘴，就让伢崽这么吮。是呀是，要不是讲，洋人身上有股臊气，重得很——我在福音堂亲眼见过。洋婆子心狠——"

"要不人总说洋人牛脾气、牛脾气，怕是从小牛奶吃多了……"幺舅娘还想发挥下去。

"不晓得的事，宣讲多了不好！"幺舅横了她一眼。

"你这个人总是这么没趣！"幺舅娘说。

幺舅瞪起眼，"讲蠢话有什么趣？不懂得的事要多听！少讲！听，不会把人听蠢……话多的人一定蠢！"

"有时，也要让人讲着好玩……世界上也不能光是聪明人讲话……你这人，整天不讲话，也不让人讲，也难像正经日子……"家婆眼看要帮幺舅娘了。

"是呀！娘。"幺舅起身，"我看看院坝，花好久没水了……"掀开门帘，出房去了。

"真好笑！院坝有哪样花？要走，好不容易挤出这两句……"家婆说。

幺舅娘笑起来，"狗狗呀狗狗，幺舅好不好笑？"

狗狗不明就里，"幺舅不笑……"猛摇头。

忽然门外远远地有人打锣。

"娘，你听！"

"卖棒棒糖的吧？"

"不像！卖棒棒糖没这么响！……"幺舅娘话没说完，夹起狗狗就走，来到腰门边站定。

锣声远远地来了。一群浩荡队伍，前头两个背驳壳枪的兵，两面大锣开道，四五个人拿着竹板子，后头两人押着张家"地鼓牛"的婆娘，反剪着手，五花大绑，白麻布单衣底下一身汗，奶奶都看见了。她低着脑壳一声不作。背后一个捏着从竹扫把里扯出的竹刷子，一下下地抽她的背脊，狠得像跟这婆娘有世仇，抽一刷子问一声："讲！你是不是野婆娘？……"

杨把总在队伍末尾压阵，像个花脸盖苏文，恶得吓人。两边几百跟着看热闹的人都死寡着脸，脚板铲起股阴风和灰尘。上了坎，人群跟着锣声走远了。

幺舅娘抱起狗狗往回走。

"幺舅娘！你做哪样？"狗狗问她。

她没答应，她不想讲话，连气也不想出。

进了房，放狗狗在矮板凳上，自己靠进门的屋角站着。

"你怎么啦？"家婆问。

"是南门上那个望郎媳妇妹崽花出事了……押着游街……"

"还听到哪样？"

"大队过去一阵风……媳妇边走边挨抽……很糟蹋人，一件单底衣，胸脯差点露出来了……算是值价，一声不哼……"

"讲这个做哪样呢？我问你是怎么个原委？"

"不晓得！我在腰门里……"

"去问问哪个看……门口你还见到哪个了？也不晓得问问周围看闹热的……"

"是了……盛家喂鸭子那个疤子随喜在给人摆事，我去叫他来问问……"幺舅娘跨出房门，"巧珍！巧珍！咦？人呢？琼枝！"琼枝来了。

"巧珍去哪浪了？"

"怕是在门口看闹热……"

"那你喊一声喂鸭子的盛疤子来，告诉他婆要问他话。要叫随喜哥，不可跟人叫盛疤子。快去快来，婆等着。"

"晓得！"琼枝应一声走了。

随喜外号虽然叫作盛疤子，只有下河洗澡的时候人才有福气见到疤子长在哪块地方。平常，有人叫他"盛疤子"，客气点的叫声"疤大"，他都会有气，会打起官话问你："是、是哪位见到本帅的疤子啦？是令堂告诉你的吧？"

除了隐秘的那点遗憾之外，随喜中等身材，茶褐色皮肤，五官清爽，头发梳了个长沙流行的分头，在街上走动，是个很过得去的人。尤其是年年都喂得七八百只鸭子，端午节前雇人挑到朱雀城里，哪一家吃子姜鸭子的时候不想到得胜营？"得胜营不就是我随喜！"

"婆，你叫我？"随喜进了房，自己找张板凳坐下。

"外头游街了？"家婆问，"这办法多年不兴了……"

"是呀！婆——口都讲干，等我去厨房呷瓢水——"厨房他从小是熟的。咕咚咕咚，又回到房里，"南门上前几年蒸碗儿糕卖的那个张合权不是死了吗！他婆娘是个肥坨子，儿子叫'地鼓牛'，才四岁大。前年腊月间说麻阳县乡里四块'花边'给'地鼓牛'讨来个十八岁大的嫁娘，算是个'望郎媳'，道是照拂'地鼓牛'好腾出手来卖她的碗儿糕。这肥坨子婆娘信菩萨，爱做好事，善堂、尼姑庵堂、庙，哪里都去。菩萨名字，一尊尊论起来，比我都熟。要是哪几天不下铺板，换句话说，不卖碗儿糕了，就定是在庵堂念经许愿去了。儿子、儿媳妇有时跟着去，不过去得少，也无聊，总是在南门上多。

"给媳妇取了个怪名字，'比尼'，肥婆娘不懂事，听到尼姑一句半句经文上的话就捡转来给媳妇随便安上，这要不得的！这名字街上的人哪里懂？混叫成难听到家的'鼻泥'，哪里有把一个十八九岁的儿媳妇叫成'鼻泥'的呢？岂有此理之至，混账东西！

"肥婆娘自己也觉得不好听，过些日子顺口就叫她妹崽，又想到妹崽名字普通，加上个'花'字，叫作'妹崽花'。这名字也没见叫起来。

"几十年后，那媳妇迟早会叫作'地鼓牛婆'。她姓陈，街上人见她和气耐烦，人也好看，便叫她'陈氏妹'。我看'陈氏妹'这名字中规中矩，好多了……

"不是说，肥婆娘时常进庵堂吗？

"陈氏妹背着她的小男人'地鼓牛'也不跟她婆婆打个招呼便上麻阳走玩去了。

"上麻阳做什么？怕是想找找亲爹娘吧？

"找爹娘就找爹娘吧！你抱着小丈夫上人家家里看傩愿戏，做哪样呢？快二十的姑娘家了，跟着嚷，跟着笑，百把里路远的地方……"

"那也算不上犯法游街……"么舅娘说。

"哪个把她抓回来的？"家婆问。

"……讲是那么讲，巴坳的吴宣宣派人押回来交送杨秋生把总办理的……"随喜说。

"那是个什么人？"家婆问，"没听人讲过。"

"刚从贵州回来，听说在周矮子那里当过团长。在巴坳盖了新屋院坝……"

"卵！"没想到么舅这时走进来，在抽屉取了支曲尺手枪别在裤腰里——"卵团长！搞什么名堂？"

随喜吓得站起来，"是婆让我来的……"

幺舅没理随喜，正要往外走。

"你刚才上哪儿去了？"家婆问。

"那个狗日的杨秋生让一个年纪轻轻女人站'站笼'，好大狗胆！我当时有枪，早把他毙了。"

"那现在呢？"幺舅娘问。

"叫人送她回去，我打了招呼，叫杨秋生不要惹我！"幺舅走了。

幺舅骑马停在巴坳坡上，山窝底下一圈新瓦屋。幺舅让马顺石板路慢慢点着下去。一排新篱笆，两只不成品类的"毛弄狗"，叫着冲出来，马理也不理地喷着响鼻。

"人呢？"幺舅下马大声叫着，推开栏栅直进院坝。

四个顶着连枪的男人包围上来。

"嗬！骑马咧！"一个人说。

"我找吴宣宣！"幺舅拴好马往大门直进，坐进堂屋火炉膛边板凳上，"吴宣宣呢？"

"你是哪个？"

"我？"幺舅取出烟荷包、小"吹吹棒"，就着火炉膛抽起烟来。

几个人也散开坐下，一个嬉皮笑脸的人过来猛地抢起幺舅的烟荷包。

"麂子皮的，吓！两颗纹银坨坨！"掏出烟丝塞进自己的小烟锅里，"'金堂'烟叶，嗬！"把烟荷包挂在腰带上。

这时又进来两个背连枪的人，其中一个见到幺舅，猛地迎过来说：

"幺老爷你有空来这里！"

幺舅懒洋洋地站起来，"我来找吴宣宣。"

"啊！团长赶场去了，怕夜饭前才回得来……"

"嗯！"幺舅往外走，经过抢烟袋的人面前，顺手给了他颈侧一掌，那人无声无息地溜在地上。

旁边的人晓得幺舅是个有来头的，没敢响动。

幺舅吃过晚饭，一个人坐在院坝里，横着举起他那根"吹吹棒"，对着他那群狗叫声："一！"

一猛地从烟竿上跳过去。

"二！"

二也跳过了。

"三、四、五、六、七、八，都跟着来！"一只跟着一只都跳了一次。

"好！停！四、五出来，你看我，后脚，要有弹力，光使蛮劲就蠢！"幺舅双腿一弹一弹用劲。

四、五晓得是在讲它们，低着头，不太好意思。

"懂了？好，回去！"幺舅一喝，都往灶房走了。

二舅上院坝来："弟呀！有客。"

"好！请客人上来。"

来了一个客人，也是大襟衣服扎腰带，包着黑绉纱帕子，年纪和幺舅不差三两岁。

"鉴大！我是吴宣，吴宣宣，还认得我吗？时务学堂丙班的同学……"

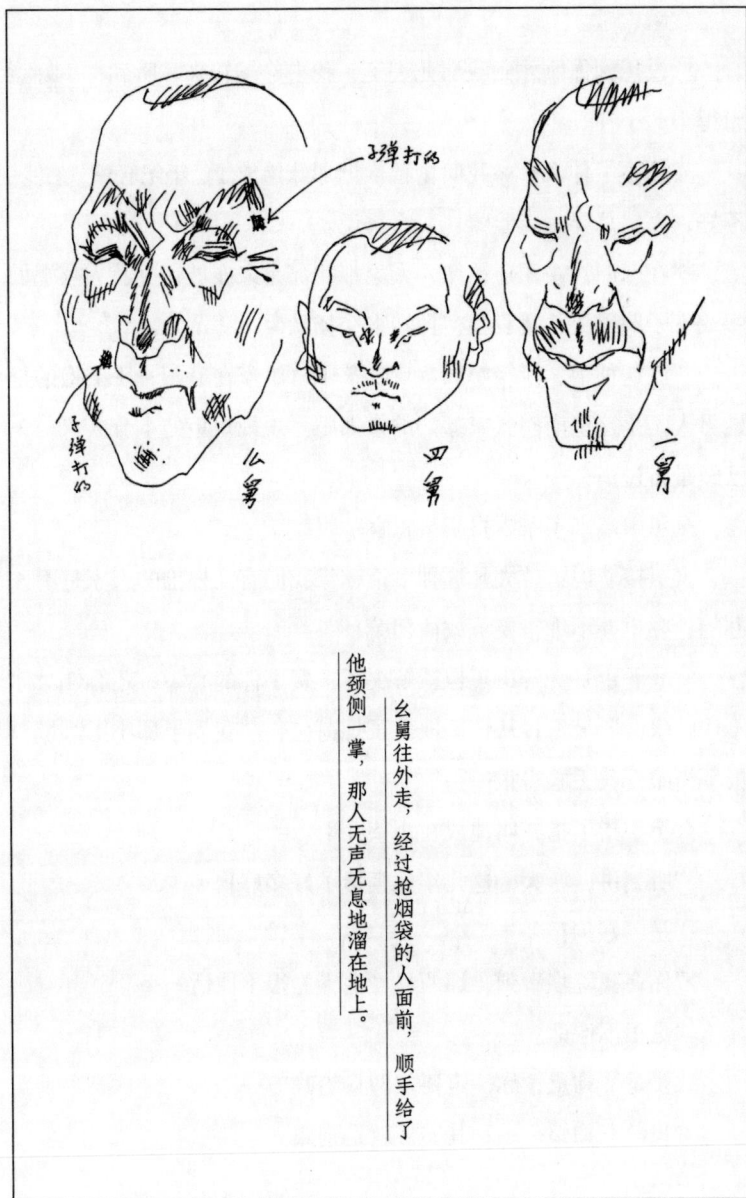

子弹打的

子弹打的

幺舅

四舅

二舅

幺舅往外走，经过抢烟袋的人面前，顺手给了他颈侧一掌，那人无声无息地溜在地上。

"哦，哦。"

"没想到你刚才到我那儿去了，我去赶场转来才听到，不好意思得很……"

"算不了什么……我叫杨秋生把那妹崽放了，年纪轻站'站笼'不好，人，总要一点脸嘛！"幺舅说。

"在麻阳，左家还傩愿，人家报我那是朱雀城得胜营人家媳妇跟戏班子跑码头，我没脸，押转来交杨秋生……"

"没这种事，年轻媳妇贪玩哄孩子，娘家在麻阳；手上抱的是她男人，是这里南门张家寡妇的望郎媳。规规矩矩的本分人家……已经是游过街……"

幺舅娘端来了茶，报了吴宣宣一眼。

幺舅接着说："大凡这种事情，像我们有几根枪的人家是不该办的，办也办不细，要下放衙门嘛！"

"我看也是。解决了也就解决了，费了你的心……还有件对你不住的事，"吴宣宣从怀里取出了烟荷包，"我剁了那小王八蛋一根手指娘！我丢脸得很……"

幺舅手指了指，叫他放在小茶几上。

"听到讲，鉴大，这几年你扳拾了好多好狗……"

"是，好狗！"

"你在我院坝看到，那两只'毛弄'很不像话……"

"是很不像话。"

"要是下狗崽，你一定要匀两只给我……"

"我没有狗娘……"其实五就是狗娘。

……

"你困过她？"幺舅问。

"哪个？"吴宣宣问。

"那妹崽！"幺舅说。

"绝对没有！鉴大，这点你要信我！"吴宣宣嗓子大，心里虚得很。

"你那帮人呢？"

"更没这副胆！"

幺舅站起来，仍然是懒懒地说："那好！吴宣宣，这地方小，要清吉，做老百姓不容易！是不是？"幺舅先往底下走，吴宣宣晓得要送客了，跟在幺舅后头。

"几时我们去'傍'一次山，梨亭坳有一帮野猪。"

"那好！"吴宣宣说。

客人送走之后，那个烟荷包，幺舅叫幺舅娘拿去丢进粪坑里不要了。

第四天大清早，锣又响了，全得胜营的人都惊动起来。

盛疤子随喜后头带着一群人，自己打着锣，一边骂娘，一边号啕大哭，满城上上下下四围走遍。

"我日你妈！我日你妈……你有王法吗？老天瞎了眼！我日你妈！哪个王八蛋的有本事站出来！你个狼心狗肺、丧尽天良的狗日的！你好歹毒！把人家妹崽和伢崽害得这么惨……这么惨！……天理啊！……公道啊！……你让我们怎么过日子呀？……我日你妈的青板娘！……"

陈氏妹和"地鼓牛"让人泡死在城门外荷塘里，衣服给剥得精光。肥婆娘也吓"朝"了。

到午炮时朱雀城衙门里也赶来官员。县长萧敬轩，是得胜营人，下命令一定要严查。

全得胜营的伤心是少见的。

杨秋生把总老爷缩成一条虫，几十个不认识的婆娘媳妇搬来板凳砧板对着他门口用菜刀剁稻草。

"你断子绝孙的没有好下场！"

"伤天害理，迟早牵去赤塘坪砍脑壳，挨刀剁！"

"背时的！你死了进阎王殿上刀山，下油锅！"

又有人传说陈氏妹带了"地鼓牛"，自己自杀跳的池塘——

随喜便站在石坎子高台上嚷："这种讲法难叫人信，哪个有胆子站出来再讲一声？日你妈！荷花池塘那么浅，你淹给老子看看！"

衙门的人又是验尸，又是观测，闹不出什么所以然，由大家凑钱买了一大一小两副白木匣子把陈氏妹和她小丈夫"地鼓牛"在山上埋了。请来道士办法事念经超度亡魂……

伤心的还在伤心，日子还要过下去，这事情冤屈太深，有时大家想起来仍然心痛万分……

杨秋生到腊尔山赶场，有人亲眼见他在场上喝酒吃狗肉的，半个月后发现他死在断山悬崖底下，让豹子、豺狗吃剩半个脑壳。

吴宣宣也巧，连人带屋，兵丁马弁一齐死在一场大火里。一个十六岁儿子在乾州读书，吊死在学堂大礼堂后。脱卵精光！

这都是在狗狗回朱雀城不久的时间内发生的事。狗狗懵懵懂懂，哪样都不懂，只晓得家婆屋里有家婆，有二舅和二舅娘，有么舅和么舅娘，有琼枝、巧珍和秋菊，还有好多狗，有板栗核桃和地萝卜，甜蜜甜蜜的地枇杷……

这回，是幺舅亲自送狗狗回城。另外三个苗族朋友，都挂着子弹带和驳壳枪跟到一起。

幺舅的马灰麻麻的，从头顶、脊梁到尾巴一道乌黑。好大的胸脯，细腰，一对蛇眼，动不动咧开嘴巴笑，老远看像只斗鸡，不像马。

幺舅有好几匹马都放在邻近山上，那里有马房，有马夫管平时吃草，喂苞谷子。

这麻毛马长筋不长肉，脾气不好，咬过几个马夫，只服幺舅。不乖，就用马棒打它。

马棒是根两尺多长、鸡蛋粗的硬木棍。别的马用马鞭，这匹马用马鞭不过瘾。

狗狗要走了。

"过来！我看看！"

狗狗站到家婆面前，"戴了这个——"

一个银项圈，短短的银链，挂着如意形的银牌，雕的"长命百岁"四个字。

"莫打落了！"

二舅娘端来一个小布包。

"报你娘过年才让你穿，二舅和二舅娘送狗狗的长袍马褂——"

"也不穿穿看，晓得合不合身？"家婆说。

二舅娘笑着说："试过几回了，娘！"

"狗狗儿，你莫忘记'床前明月光'和'少小离家老大回'，回到朱雀城，背诵你娘听，讲是二舅教的……"

幺舅娘一下举起狗狗！

"让老子详详细细看看你这只狗狗儿。幺舅乱讲我狗狗哑，我狗狗是个正经人，不喜欢多话。回去问你妈，就讲把狗狗送我做儿好不好？狗狗呀狗狗，趁你没上学，多点来看家婆和舅舅、舅娘晓得吗？……好！走吧！"

"你都讲，要送我好多好多板栗、核桃。"

"有了！有了！都在马上！"大家笑起来。

幺舅肩膀斜挂着一根头号二十发驳壳之外，马鞍右边还插了根德国克虏伯马枪。

出了城门洞，左首绕过荷塘上坡到了官道马就精神地跑起来。

狗狗坐在幺舅马鞍前紧紧抓着鞍颈。

"狗狗，你回头看看家婆的屋！"

"……"

"我和你讲话，听见没有？"

"我不想讲话……"

过了好一会。

"唔！明白了……你不喜欢骑马，是吗？"

"……"

"讲清楚了，不讲话可以，不准打瞌睡，不准屙屎，懂不懂？"

"……我不喜欢你喜欢管人！"

幺舅笑了，少人见幺舅这样笑过。

"狗杂种！我几时管你？"

三匹马上的人跟着笑起来，"外甥种舅！"

到都良田路口下马吃饭。

饭馆掌柜见了幺舅，"幺老爷进城。昨天刚打来的野鸡。"

"不要！随便吃点走路……"

"那好！"

萝卜、酸菜、辣子、牛肉巴子，茶水泡饭几下子搞完。

幺舅从牛皮公文包里取出一个叶子粑粑剥了交给狗狗，"哪！"

"小少爷不吃饭？下点牛肉粉好不好？你骑马霸腿酸不酸？"

"……"

"莫理他，这孩子话少！"幺舅说。

三个人吃完饭，一个人到对面坡上换放哨的下来吃，大家在门口喝茶等他。狗狗就地屙了一盘尿。

走过一大半山山石石，再翻过前头两三千石坎子，一路都是下坡路，沿河一派松树竹林好走多了。

冷天，除了灰蓝、长尾、红嘴巴"蛇赶鹊"、岩鹰、老鸦、喜鹊之外，都到南边去了。舀鹌鹑的时候已过，野鸡还有点肥……这些话幺舅原想讲给狗狗听，后来觉得这人木脑壳，什么事都懒洋洋，不一定懂。长大会不会变得有意思？难讲。这人不太像个孩子。自然，太像孩子也讨嫌，黏巴巴，动不动又哭又叫，耍赖……

"狗狗！你看河！"幺舅兴奋起来。

"嗯！河。"

"你看，鸬鹚呷鱼！"

"做哪样它要呷鱼？"难得狗狗回了话。

太复杂，幺舅也不想说了。

远远看到万寿宫和大桥，走近了看到北门城楼子，看到跳岩。

幺舅吩咐后头马上三个人："我们过跳岩吧！"

老营哨下坡来到跳岩小码头。一势过去几十个岩磴子底下，水流得很快活，水面上五颜六色的太阳晃人眼睛。

人都下了鞍。幺舅右手夹狗狗，左手牵马，人在跳岩上走，马在河里走，水浅，漫不到膝盖。马蹄铁踩着鹅卵石、青光岩，像是十几里外的天上打闷雷。

跳岩那头北门河岸边，天天总有百多个洗衣洗菜年轻婆娘，平时就爱新鲜，管闲事，眼见跳岩上四个壮男人牵马过河，都热热闹闹地站起来，手搭凉棚眯眼观看，顾不得身上水淋淋的薄衣服。

"喂！喂！看哪样呀！我们好看，还是你们好看？"三个苗族牵马人对着婆娘们大笑大叫。

婆娘们赶紧蹲下来，"这背时砍脑壳的！看你笑，你笑，笑死绊下河去！"

过了跳岩，幺舅把狗狗架上马背，自己牵马走在前头，背后三个人跨马慢慢跟着。

这道清水河从上头峡谷出来。周围绿的小山、蓝的大山、早晨的太阳、夜间的月亮，远处挂满房屋的三拱虹桥，巍峨的四座城楼子；人们来来去去，穿出穿进，靠这些养人的山川形胜长大、长精神、长脾气、长辨别力量……

人哪能时时刻刻想这些益处？也许从来没有想过。

幺舅慢慢走着，照例上坎子，进北门城门洞，右转沿北门城墙边石板街上，过田留守门口、考棚、周家染坊，见土地堂和熊皮匠家左转文星街；过刘凤舞家、唐马客家、熊希龄老屋子、熊希霭门口，再左转上四级坎子，进文庙街，二十多步是文庙大门，右边两户人家，头家姓刘，二家门上挂着"拔贡"匾，从屋里伸出棵近亩大的椿木树，门口一群喧哗的人，有狗狗的婆、妈、爸、满满、表哥、表姐，尤其是沅沅表姐。

这群人拥过来，马拴在文庙门口"文武官员至此下马"石碑前院坝，人迎进屋里。

里头有院坝！在堂屋坐定，又烟又茶。

"那么远，还要你亲自送来！"爸爸多谢么舅。

"不！我来办点点事，顺便。"么舅说。

"你在家婆屋乖不乖？"妈问跟在沉姐身边的狗狗。

"吓！你们这伢崽是个奇人！既不吵也不闹，既不哭也不笑；能吃能睡；三天不讲一句话，讲出一句让你想半天；他们三个笑狗狗'外甥种舅'，讲我话少，比起他，我都难忍！就是他舅娘喜欢他，要问你们讨他做崽！"么舅说。

大家笑成一团。

沉姐也笑，问狗狗：

"你怎么在得胜营这副样子呀？"

"我不要你讲我'这副样子'！"狗狗说。

吃过晚饭，么舅带三个人牵马走了。

婆和四姊娘又问狗狗一些话，也问不出个什么所以然。

忽然间狗狗说："好！我们好转去了！"

妈说："你转哪浪去？这就是我们屋嘛！"

"我要转去，转屋里看太！"狗狗说。

妇女们都怔住了。小孩子嘴巴讲出来，让人怕。

婆说："太，不在西门上了！太到天上去了！"

"哪个天？"狗狗问。

"天就是天，还哪个天？"四姊娘说，"吓！我们大家来吃狗狗带转来的板栗、核桃……狗狗来不来？"

"……做哪样太要到天上去？"

夜间狗狗跟妈妈睡，居然讲了许多话；讲家婆躺躺脚，好怕人！
又念唐诗；讲野猪；巧珍爱笑像男人家；又讲幺舅娘有黑头发、红
脸颊，要算好看了；二舅娘没有幺舅娘好看，二舅娘好，不要二舅
娘喂饭，自己吃；又讲狗，一、五、八、七、三……困马槽。还讲
打锣……婆娘家……"地鼓牛"……死了……好多、好多人哭……
完了！

妈似懂非懂，抱住狗狗笑到困着……

这屋才是真正祖屋。

四百多年了。原来的子孙繁衍，来来去去，时空影绰中"当"送了人家。这次赎回来，已经过了五六十年光景。在爷爷情感上，似乎有点"收复失地，以雪国耻"的意思。

大椿树以前自然是棵小树苗，也不晓得哪代老祖宗做儿童时顺手栽的；到了近一二百年才有另一位祖宗想起应该为这棵五六尺直径的大树感到自豪，连带祖传职业起了个"古椿书屋"的名字。

为什么盖屋要选在孔夫子隔壁呢？怕是跟文庙的兴建有点关系。

文庙盖好，总要有个就近的看守、管理人员，顺便料理打点，做些祭辰仪式准备工作。衙门想到这层意思之后，若是批块小地皮，选个文雅规矩人家担任这个职务，也是说得过去的。平常时候，"古椿书屋"是个出名的私塾馆。

所以狗狗的老祖宗几百年到现在，就始终离不开笔墨砚台。太说过："我们家不买田，买田造孽！一块砚田就够了！"

文庙巷只有四家门牌，孔夫子一家占一边，刘家、狗狗一家和北门考棚的后门勉强算一家占一边。这头连文星街，那头拖到登瀛街女子小学旁边。

院坝铺着宁静的细石板，放着大金鱼缸，上水石假山，长满"三七"和虎耳草。

南面是伸到天上去的白影壁和大门。

西边是大椿树，专为它做了条弄子。拱门上写"古椿书屋"四字。

东边是连南墙的书房，一排花格子和玻璃窗。

北边是正屋，楼上楼下前后八间房，二大二小前后厅。正厅平时上着八扇高格子窗，喜庆节日或是随便哪天高兴，便整批取下顿时成一个畅厅。

后厅到后院。椿树小弄子通向这里往右一拐变作小园。这小园专长一种通身绿、又粗又扁的开淡绿花的刺树。边上有一道装着讲究木栏可以坐人的水磨青砖矮墙，让人无聊的时候坐着看这些绿刺。

扁身子刺树长势很猛，花也香，就是没有看头。其实，栏杆算是白安了，这个角落，放牡丹花也没人看。

后院是一大片矮瓦屋作坊。舂谷子的石臼，卷谷子的风柜，磨豆浆和米浆的石磨都按职能安排在合适地方。其间还有爷爷从北京运回来的、带四个小轮的海驼绒弹簧大沙发。鸡在上头屙蛋；老人家照相有时也搬出来用。

后面是大厨房。厨房天经地义贴近厕所。又一个小天井。侧门通到分了家的死了大伯只剩大伯娘和喜大的房屋和院坝。（大伯娘把一间屋租给当地他儿子还没当团长的陈家抽鸦片烟的老头子和老婆娘。）

大伯娘的院子不小，养了一窝老猪娘跟十几只哝哝叫的猪崽。猪粪堆积如山，"山"上繁花灿烂，天然的颠茄、洋金花、指甲花、"喝鸡泡"跟人工细心栽培的南瓜（南瓜大得像口木澡盆，人想到是这场合长出来的，送给人都不大敢吃）苦瓜藤缠在一起，不管太阳天还是雨天，各路光彩和气息的聚积蒸发气势，连死人闻到都会翻生。

再往后走是一条长长的窄弄子，隔壁的一棵老柚子树，结满又圆又黄的大柚子，酸，没有人想吃。十几步到北门街后门口。隔壁右首周家染房，左首远房的二爷、大爷的家。

北门街五六步宽可上城墙，城墙上也有三四步宽，胆子大可上城垛子坐着，看北门河外光景。周家染坊搭了高高的木架子晾晒染好的蓝布，间或也有几丈长的彩布，飘起来，好看！

地方变了，只是没有太了。

大清早，妈把狗狗放到院坝，搬张板凳让他坐着等沉姐来。

婶娘到箭道坪买菜，爸妈忙着学堂和党部的文牍，婆在厨房。

从大伯娘后门买菜走转来其实是很近的，四婶情愿绕文星街前门，她讲她受不了大伯娘院坝那种冲鼻子眼睛的"闹热"场合。

院坝静静的。大椿树落尽叶子和一串串干果实。每个果实有五瓣翅膀，中间一个轻毛毛的圆尖尖，看起来像是很有用处，其实做哪样都不行。又干又脆，捏来弄去，没有个名堂。一地的渣渣，大人也讨嫌天天扫。

要是棵香椿树，椿木芽半城人也吃不完；怕也等不到长这么大。

沉姐晃一眼就进门来了。

"好久、好久都不见你来！"狗狗说。

"没有好久，算哪样好久呢？你等下，我去报一声三舅和三舅妈，毛毛大让柏茂大抓转来了……"

沉姐进去不久，一帮人跟她走出来。

"几时的事？"四婶娘问。

"昨夜间狗狗转来没好久的事。像绑个犯人，绳子捆得紧紧的……”沅姐笑眯眯地说。

“有哪样好捆的？一屋‘朝神’！”婆讲。

“不捆哪行，一定跑！”沅姐睁大眼睛，“他力气大得很……等着看吧！马上就到！”

四婶娘拿白糖碗儿糕送狗狗，“滚热，快吃，刚从菜市场买的。”

“柏茂伢崽算是有本事，遍世界亏他找得到……”婆讲。

保大和一帮表兄弟真把毛大押来了。

毛大戴了顶“剥乾”毡帽，笼了件“二马车”棉袍子，眼睛肿肿，扑眨扑眨的。

四满[1]睡醒了，从房里打着哈欠出来，“喂！半年多不见，变作卖‘红鱼’[2]的洞庭佬了。”

“你糟蹋他做什么？”四婶娘骂四满。

“我到芷江办药，河边上围泡把人[3]，走近一看，这家伙穿着八卦袍，扮茅山道士，拿把蚊刷子，口里念念有词在帮河南佬卖膏药，怪腔怪调，那副神气，我还以为自己看错了；他看到我想‘水’[4]，我才认准是他……”柏茂大说，“我擒住他，背过他手，那河南佬一屋人围上来要跟我练把式，幸好熊家人出来降住他们，说他们拐带少年，他们吓得卷铺盖走了……”

“要是没碰到柏茂大，你想到哪里去？”四婶娘问，“真吓人，吃了拐子迷魂药，走哪儿跟哪儿？”

---

1 叔叔。有时家里排行最小的也叫“满”。
2 一种红糟泡过的味道极好的半咸鱼。
3 十来人。
4 想溜。

"我、我想，他、他们一点没想害人，还叫我配膏药，拔牙齿……"毛大讲。

"还讲？还讲？你让他们白捡个崽！你一屋药，还跟江湖佬学配膏药……"婆说。

爸看着一直这么下去没有什么结果，"毛毛！你跟他们走过哪些地方？"

"辰溪，保靖，芷江，榆树湾，花垣，桑植，沅陵，桃源，长沙……还预备去沙市，汉口……"

"麻个皮，比老子去的地方还多。"喜大说。

爸说："好啦！好啦！转去好好困一觉，回来就好！大家莫骂他！毛毛这盘算是到外头留学，长见识了！看！你们就没有毛毛走过那么多大地方吧！吃了苦，遇到危险，挨了饥寒，这都是钱买不到的好事……"

毛大咧开嘴巴大哭。

"好啦！不哭了，长大还要正正经经出去闯码头……大伙送他回去之前，先到正街，各人下碗面吃，三舅请客——"爸数了一吊钱[1]给保大，"算是'庆祝毛老爷班师回朝'！"

吃过面后，"犯人"和"押送人员"的尖锐关系冰消云散，嘻嘻哈哈来到南门上药铺里。

这个药铺虽然跟北京那家大药店同名，却是一点沾不上关系。生意平平常常。年月太平，人害的消化不良症之类的小毛病居多。倪姑爷也不敢号召大家害大病，好吃他的贵药。其实也绝不是没人

1　十个一百文铜圆。

害大病，比方狗狗在一岁多时就害过一场"脱肛"症，这病害在小孩子身上动不动会死，两三寸长血淋淋的肠子时不时要跑出来，要大人用细软黄草纸慢慢托回去。痛苦万分可以想象。后来请住在陈家祠堂旁边的刘子猷老先生看了一下，开了一方药单子，和鸡一起炖汤，吃不到三服就好了。这药听说只四五味，简简单单，太特别交代莫到南门上自家孙女婿那儿去买，老规矩，自己人做医生，开药铺，买来的药吃了效力差。后来让姑爷晓得了，阴着肚子，很伤了几年的心。

姑爷是个酒客，是个鸦片烟客，是个肉客（恰好南门上几张猪、牛肉案桌都是熟人），一天的生意，一屋的子子女女的嘴巴，取得个勉强的平衡。

姑爷的爹听说是个厉辣人，凭着一身拳脚和学识趣味才开成这个药铺。

有年有个大肥坨子长得像鲁智深的和尚托着口四五十斤铜钵子沿南门上一家家铺子化缘，到了同仁堂，铜钵子放在柜台上，不给一块"花边"不肯走。太过分了。店门口围了大圈人看闹热。老头子捏了根鸡毛掸子笑眯眯走出来问是怎么回事。一边在柜台上掸着灰尘，见那口铜钵子，也顺手一掸，弹出去丈多远，差点撞到和尚胸脯。和尚在街心捡起铜钵子趴在地上磕了个响头，乖乖走了。

老头子不单开药铺，还帮人医跌打损伤，炮制过年用的"花筒"。

"花筒"就是外头人过节放的"礼花"。

这里的花筒材料用的是大竹筒、棕甲叶树筒；秘方配料，有百多种花样。什么"金钱落地""飞花点翠""鸟语花香""猛虎出山""暴雨狂雷""百鸟朝凤"……看看名字，晓得喷出的是什么味道。

　　老头子死了之后，姑爷和儿子过年前也大做这门祖传玩意。只要年成好，做一回生意，可调整药铺一年的枯竭。

　　不过，花筒单子上的名称少多了。

　　"我为哪样不早问问爹呢？我该用笔都记下来才对呀！我就这么死卵一条！"

　　姑爷和所有活该的后人一样，失传是最好的惩罚。

　　这一伙人尽心尽意要忙到年三十夜。

　　平时冷风秋烟的同仁堂，这一个月热闹得像赶场。

　　箭道子、万寿宫、考棚、小校场、公园、三王庙、玉皇阁、欢景山、南华山都驻着老师长的军队；道台衙门、镇台衙门如今的政府；裴三星、孙森万……这些有名的店家；各街道、各弄子办起的狮子龙灯队伍；老师长公馆，各旅长公馆，还有团长、营长公馆；各街各巷爱玩爱闹的、口袋里装满红包压岁钱的孩子，全城所有大小人物都跟倪姑爷称兄道弟起来。

　　这跟卖炮仗、黄烟的铺子不同；卖花筒要有感情，是艺术家手艺，叫作来派头！否则过年大喜日子他卖给你是个"屁筒"或"打镖枪"的怎么得了？换都不让换！

　　全家对毛大逃亡的愤怒轻易地化解，给扳拾花筒的热潮淹没了。

　　做花筒的日子，姑爷的脸上才显出一点饶恕一切人的慈祥；叫面呀！叫米豆腐呀！灯盏窝、泡麻圆！白糖饺、油绞条呀……

　　只有一个忌讳，这日子别提"雨"字！

　　像姑爷一样有年节艺术脾气的不少：扎风筝的侯哑子；做过年搅大场合玩意，扎狮子、龙灯、各款鲤鱼灯、虾子灯、云灯蚌壳精、旱船，七月间扎两丈多高的鬼王，讨嫁娘花轿，死人的金童、玉女、望乡台，时兴的还有汽车、飞机、电话、留声机；两位大角色"老教"、刘凤舞，这些人到紧要时刻都惹不起。

边街上，整条街为哪县哪县庙里包雕整堂菩萨的师傅们；还有个麻阳人张秋潭，专门帮哪家活着的老人家用泥巴做肖像，做完之后像得不得了，连老人家自己看了也心寒。试想这些人脾气会好？

孙家的那个"孙瞎子"画炭像，画是画得好，可惜没有人敢请，无缘无故骂人。

正街上县党部隔壁有个名叫"亲爱"的老剃头师傅，脾气也是独树一帜。剃头剃到一半，半句话不对，便将剃头刀在对方脑顶上一剁，"日你妈，老子不剃了！你狗日的叫别个来！"

"亲爱"总是站在剃头铺门口骂朝天娘，申明是别个冤枉他，糟蹋他生意，赌咒一辈子没有剁过一回人。

家搬到文星街，最难过的是狗狗那帮表兄弟姐妹。蓴梨、桃、李固然吃了，还有那些橘子柚子让那帮狗杂种、凡间人去吃，真可惜！总总想不通，宽地方不住要住窄地方。好了，以后哪儿浪都不用去了！挤在一起算了！

狗狗小，无所谓。一是不习惯新廊场，二是想太。

太，死的时候一定是想着狗狗咽气的，要不然狗狗怎么会一直想她呢？

狗狗把太和西门城上那个住处、那些花、那些树、那些跑着跳着的表兄弟姐妹们、花香、蜜蜂、蚂蚁队伍永远连在一起了。太，就是那个花园……

狗狗和沅姐两个人坐在小板凳上。

"你想哪样？狗狗！"

"我想太。"

"莫尽想、尽想！太死了，像嫁出的女不回来了！"

"太做哪样不回来？"

"那边也有那边的事，顾不上这边了。有时候有空也回来看看，死人只有魂才回来。魂不会说话，只会看；看到家里人日子过得好就笑；过得不好就伤心……"

"太做哪样要死？"

"老了就死。"

"我几时死？"

"你呀！要好久好久才死。要老呀！老呀！老到底，老到比太还老才死。"

"唔！我不喜欢讲这些事！"

"咦！是你自己要讲的！好！不讲就不讲，我带你看屋，好不好？"

"不好！我不想看屋！"

"那你想做哪样？"

"我想回家！"

"哪？你看你！'乡里人看走马灯，又来了！'"沉沉姐拥着狗狗"哈利利"[1]，"你这犟牛！你这犟牛！吃完早饭我带你到南门上看做花筒好不好？"

早饭过后，爸妈说今天有事，匆忙走了。四满和四婶娘去棉寨

---

1 挠痒痒。

蚕业学堂。

婆交送沅沅五十文铜板，到时候帮狗狗买吃货，"你们走登瀛街过道门口进中营街到南门是直路，沿街边边走，小心别让挑粪的粪客撞到，小心军队的癫马……"

"晓得了！晓得了！"牵着狗狗出大门，跨过腰门槛，沿着左首文庙巷走去。

红墙，一排子的葫芦眼。

"这是文庙，人家讲，里头有'毛手板'，半夜三更葫芦眼里伸出毛手板来买米豆腐。你怕不怕？"沅姐问狗狗。

"我不晓得。"狗狗说。

"你长大就晓得。"

到了道门口，一排腌萝卜摊子，沅沅摸摸荷包里五十文钱，咽了下口水，"狗狗，我们不吃腌萝卜，回南门上有更好吃的名堂！"

"唔！我不想要吃。"

"狗狗乖！"

回到沅沅姐同仁堂。

姑爷正撸着袖子指挥人擂硝黄、木炭，"怎么来了？站远点，这里危险！"

这是说给街上人听了。时常有人也想做"花筒"卖，派了个"探子"想暗中打听同仁堂研擂硝黄拌火药为什么不炸。

当然不炸！姑爷微微笑。他掺了海青白菜汁一起擂，再倒进宽簸箕晒，干了自然而然成了碎颗颗，直接放进竹筒、棕树筒里。好多秘密传子不传女，是多年断脚断手、烧房子本钱换来的，由不得人不恶不小气！

药铺柜台外头，摆了个银圆铜圆找替，兼卖毛边纸、小白纸、夹帘纸的摊子，是个要害场所，由精明的保大负责。

摊子上两块"钱板子"[1]，上头都是铜圆，保大显得威风十分。

沉沉端小板凳和狗狗坐在旁边讲白话，看街景。

南门比哪个城门都要热闹。有大布店、洋广杂物店、烧腊铺、粉面铺、丝烟铺、药铺、蜡烛香纸铺，加上四五张卖猪肉的大案桌。

有案桌的猪肉铺都是祖传。一米直径丈多长的山栎木一剖两半顺势排开，底下垫着粗木柜桶，重骨头马子砍起半边猪肉时，纹丝不震。

屠夫身体好，脾气大。清早晨看得到屠夫们肩扛着一二百斤杀好的肥猪，从各路向南门案桌递进。

冷天他们穿衣不多，热天只打赤膊。露出的肚子像水桶，肚脐眼酒杯大。动作时围块牛皮围裙，平常只在肚子下斜的部位挂个牛皮荷包，接到铜圆和光洋看也不看地往里装。

他们眼尖，只跟洗衣的和跑掉男人的熟婆娘开玩笑，也不过分；他们晓得利害，城里城外公馆多，哪家面生的丫头脾气万一摸不准，回去一报，再加点作料，等会南门大街两头一封，戒严抓强盗！马弁拿着支顶了火的"花机关"，抵住某某屠夫肚子请一声安："狗日的！认得老子吗？你好口才呀！"

再怎么杀，再怎么每天白刀子进红刀子出杀十只、二十只猪的屠夫，这时候也要赶紧投降认输，说："以后不敢了！"说："马

1　挖了圆半径槽叠放铜圆用的设备。

上送五十斤肉到田公馆（谭公馆、戴公馆、顾公馆、雷公馆、周公馆）……赔礼认错……"

这事情难得三五年才碰上一回，大都由于双方人马换防才引起的误会……

苗族乡里人挑粪出城，最怕过南门，忌的就是这帮屠夫。南门热闹，商户多，吃水用水都是"水客"从城外东门井、南门井挑来，弄得满街岩板路上又湿又滑。平常人走路都要小心，何况挑着百多斤重一担粪的粪客？

凡事越心虚越出错。脚一滑，肩膀一闪，粪扁担一断，粪桶"嘭、嘭"两声，一切的一切向四处漫溢……

买肉的、卖肉的，买菜的、卖菜的，买油盐酱醋的、卖油盐酱醋的，正在大口喝汤吃面吃粉的，吃油炸糕、灯盏窝、油绞条的……整条大街上人们的心灵和肉体一下子飞腾起来。

粪客跌在街上正在转身，满身粪。他好不容易站起来，他茫然四顾，他想抒发和接受一点点委屈和同情……

屠夫首先发难了，"我日你妈啊！我日你'家先牌'啊！今天这盘生意孝顺送你了——"

粪客欲哭无泪，滴着粪水的双手前举向他走来。

"好！好！祖宗大爷，你莫过来！你莫动！我们找人挑水冲街！你站着，等人冲干净你再走！我们不敢碰你！你莫怕，你比我们雄！……我日你妈青板娘！日你祖宗八代……"

这事情年年有，月月有，像人的命一样，逃不了，躲不开。粪客和屠夫无仇无恨，过后谁也不认得谁。有一天粪客到案桌跟前买肉，屠夫吃粪客栽出的青菜辣子，两不相干，鬼才记得前因后果！

除了臭，杨家布店得力于那三级坎子，高高在上，没受大刺激。老板有个女儿杨冼长得规矩体面，正在狗狗妈的女学堂读书。

人都喜欢上布店。

干净、清爽、有礼。伙计穿长袍，轻言细语，白白净净。要哪种布，讲一声，他便耐烦地从架子上取下来，柜台上一摆，"嘭、嘭、嘭"翻几个身，抖开亮给你看。布刮起的那一阵凉风最是好闻，跟糖、花、如意油、花露水、蚌壳油的香味都不一样，教人想到远远的迷茫的大城……

价钱和尺码讲定了，决定性的时刻来到。眼睛紧紧盯住伙计捏住布和尺的双手移动。来到目的地，伙计在布上谨慎地剪了个口子，抓住缺口两边向你阴险地微笑——

"嘶"的一声！

你眨一下眼，吸了口凉气。交易成功。

布店尺寸的严格，把人的尊敬也提高了；甚至在小布摊子上，尺寸和价钱明明占了你的便宜，他有本事让你感觉到，那些吃亏的钱是你赏给他的，你威风！

南门城门洞口外左首一群苗族汉子在炸泡麻圆。泡麻圆人人会炸，只有他们炸得好。鸭蛋大的个，糖油饱满，芝麻密布，一口咬下去，热、甜、脆、糯、软、香无一不备。

精彩的不只泡麻圆本身，还有他们的阵势。

人家炸泡麻圆最多两个人，揉糯米团兼管卤糖胶，顺热把糯米团子放进油锅。另一个人管炸，管捞，管粘芝麻，顺便照顾炉火也就够了。

他们不，他们是七八个人：管炉火一人，做糯米团子一人，卤红糖胶汁一人，把米团子放下油锅一人，管颜色金黄火候捞起来放在铁丝网笼上滴油的一人，趁热投在熟芝麻里打滚再捡起放在货盘子上一人，卖泡麻圆管收钱找钱一人。几个人了？七个人。背后一个什么事也不做一声不出，专抽烟袋的苗老头，可能是个镇台的长辈。

旁边就是米场，百十来个做完米生意的人都夹在灶边、摊子边跟街上的人群一起凑热闹，抢着挤着，一买十个、八个、二十个的，就着这场合边吃边看，喝彩叫好！吃不完的带回给屋里的伢崽婆娘。谐谑人见这阵势不免大叫："这他妈简直像阎王殿的油锅！"

到午时炮一响过，摊子上的五六块托盘一颗芝麻不剩。生意做完，明天再来！好像天天来打一场球过瘾。

人呢？下河洗澡回家去了。油、糖、芝麻、锅子、砧板、铁架、网捞，连金块子柴、锥打柴[1]……都一股脑儿背走了，只剩下空荡荡的灶眼和锅眼。

年年、月月、天天发生的小事一桩；一场默契的激情表演。城里人小气，舍不得糯米粉，舍不得糖、油、芝麻，舍不得火候，做出的泡麻圆像条衰老、萎缩而惭愧的"鸡公"，毫无生气……

南门城门洞口，经油糖柴烟气熏陶，斑驳陆离，凝聚着盎然古意，很感动刚来的天主堂意大利洋人。若有人告诉他这是秦汉与古罗马同期的城堡，会信。

西门外滕家湾过河，近赤塘坪有个特别廊场叫"孤乐园"，也有人叫"穷落院"。不太明确正式名字，总之是外地流落到朱雀城

1　本地对柴火的爱称。

158

来的各类叫花子落脚地方。

有多少人住在院坝里？难讲。那里头男、妇、老、少、烂、残、跛、瞎……都有，也算是哪口善堂办的善举吧！如何办？有没有进去看看的兴趣和胆子？听说还夹着两三个麻风人，倒是没有人敢。

逢年过节，哪家办喜事讨嫁娘，做寿，儿子满月，升官荣归，七月打斋粑做道场，死人……不晓得他们怎么晓得信，就排成队，一个牵一个地来到门口。

喜事唱喜歌、赞歌，死人唱丧歌、哀调；听内容像是有老本子根据，合乎礼数的。

人家忙，或是故意不理会嫌讨厌，于是口风就改了。冷言冷语，暗示些不祥预兆，做出奇特惊人的怪声破坏仪式的协调，或干脆躺在地上打滚，让孩子拉屎拉尿……有领头，有指挥，你却看不见，抓不着。你动不得，骂不得，更打不得。一动手，麻烦就来了。忽然间骨头真的就脱了节，眼睛翻白，口吐白沫抽风，哀鸿四起，鬼哭狼嚎，不得开交……

最后还是家里派人出来讲好话，打圆场送钱买和气了事。

大清早，你有事路过滕家湾、赤塘坪，远远听得见他们在吊嗓子，练基本功。

喜大和保大就亲眼见过那些断手、断脚的男人用些红、蓝颜料和饭粒、粑粑，粘在其实早已愈合的断肢上，再抹上现成熟桐油，塑造成正在淌着烂肉和流着脓血的生动活泼局面；在正街和南门内热闹大街上爬着滚着，放声哀号："你老爷太太！……你朝山拜佛修行善男女！你救苦救难观音菩萨虔心诚意弟子们……你看我身世悲惨如陷地狱身！我还要养活家中八十老母亲……你老爷太太家财万贯大发慈悲赏我钱几文，你拔一牛毛救下十条命……"

歌词通俗凄绝，好多老娘子、年轻婆娘陪着哭了几十步路，撒了大把铜圆在竹簸箕里。

唱着哭着出了城门洞，转到吊脚楼底下河边上，站起来用黄草纸擦掉手脚上的饭粒、粑粑和颜料，顺便洗了个脸，绕边街或是绕铁炉厂，收兵回朝……

这都是每天在街上间或碰到的事。幼麟有几次认真地跟在后头用笔记本、打着拍子记他们的音调。过路的要不认识他是学堂校长，早就骂出口来了："亏你还是人！这么造孽的可怜人，你还边笑边写这么没良心……"幼麟可能觉得这些调子一定有些来头……

狗狗小，谈不上感动反应。毛大、保大、沉沉姐在南门这条街长大，白天夜间，见到好多事，十天十夜都讲不完，也谈不上什么感动反应。

过分地表达在脸面上的感动，总有点引人注意的意思。觉得他心思多余。

沉沉姐把婆给的五十文钱买了油炸糕和白糖饺，自己咬了一小口，都给狗狗吃了。她没有买泡麻圆。泡麻圆好吃是好吃，小孩子吃了麻烦，粘手，粘鼻子嘴巴一脸都是！不好洗。

正街上城隍庙锣鼓喧天，好像从十字街那边过南门来。

大家都听到，姑爷冲出来关照保大："出哪样热闹事？收摊！先把钱板铜圆捧进来！浑水摸鱼的多，快！"三四个人蹿着忙了一阵，"狗狗和沉沉到柜台上来，怕人挤着！"

沉沉和狗狗上了柜台，好高兴，连对门卖针线刘玉蓉房里卷起的门帘子和铺的床布都看得见。

来了，人山人海洋鼓洋号，还有举手喊口号唱歌的。

"怕不是赤塘坪砍脑壳！"

"不会！不会！砍脑壳还洋鼓洋号唱歌？"

"嗯！是那种，我晓得了，汉口的'乖妹党'大游行！"

"你妈个'乖妹党'！国民党！"保大给毛大一"波子脑壳"[1]。

来了，好阵势，好气派！前头两个打着青天白日满地红国旗，后头两行彩旗，洋鼓洋号，西门街田老三领着大家喊口号：

"收复失地！还我河山！"

"还我国魂！报我国仇！"

"打倒列强！""打倒军阀！""打倒帝国主义！"

"打倒土豪劣绅！""打倒贪官污吏！""中国共产党万岁！""中国国民党万岁！"

一群穿着中山服的男学堂先生和穿黑裙剪头发的女学堂先生领着男女学生，手里捏着标语，前后排着队伍开步走。田老三喊一声，大家喊一声，威风得没有讲的！

"你看！狗狗快看，是哪个？"保大嚷起来。四五个人化装成雄赳赳的北伐军横枪押着一批帝国主义列强土豪劣绅和贪官污吏。列强们里，有英国、法国、德国、日本和美国人。都怪模怪样，穿着纸做的衣服，戴着又尖又长的高帽，脸上用画风筝的品红、品绿颜料弄得五颜六色。那个穿黑白条子裤的矮子脸上花得尤其可怕；

"狗狗！你妈！你看你妈！就是那个长胡子，手里抓把刀，提着口

1　敲脑壳一记。

洋油桶装满人血的那个矮子。"

狗狗还不太明白保大的意思。保大着急起来："哎呀！你妈，你看你妈变了个帝国主义，那个就是你妈，你信不信！不信，我抱你去叫她！"

姑爷马上制止，"狗杂种，你好大胆！这种正经场合，你去碰？"

狗狗不明白妈和那个鬼怪列强帝国主义有什么关系，保大那么着急做哪样？

毛大说肯定不是三舅娘。

保大又要搐他的"波子脑壳"，"死卵！死卵！明明是三舅娘，你跟老子赌哪样？你看她神气，走路的步伐……"

姑爷都说："这么讲法，看起来是了！"

两边街上的人，也慢慢认出哪个是哪个。

"哪！哪！那个日本人是熊子霖，美国人是柳惠，法国人是麻阳的滕近然，英国人是田君健……"

"日妈！洋人个个都是花脸？像唱大戏的奸臣！"

"帝国主义不是奸臣，哪个是？"

沅姐带狗狗回家已经听到放定更炮了。

妈先回家，正关着门在房里洗澡，一边跟堂屋的各人说话。爸说："我早就讲了，这颜料怕是洗不脱，总不信！卵瞎子尽讲'脱的！脱的'！你看，红红绿绿花脸一个，你明天怎么上讲堂？"

"你多用点洋碱擦擦试试！"婆讲。

"半块都有了。脸皮快擦破了眼睛都睁不开……"

"哈，哈，明天朱雀一城花脸开党务会。熊子霖、田君健、柳惠……"爸开心起来。

"这有哪样好笑的？"妈梳着头走出来，脸上完全像个"窦尔墩"，"戴个面纱，跟学生讲清楚，也算对她们的教育！"

"哎呀！这怎么了得，怎么见人？"婆认真了。

"妈！我前几年转朱雀城，不梳髻子，剪短头发，穿裙，城里不也笑？让他们笑好了，笑笑，也就不笑了。人就是这种贱脾气。"

南门外永丰桥一带，有两家刨黄烟丝的铺子，一家铁匠铺子，一家做生牛皮钉鞋铺子，一家炸灯盏窝摊子，一家面馆，一个补鞋打掌担子，一担糟酒汤圆，一摊腌萝卜，一摊老鼠药……这也是各路客商必经之道。忙时就各顾各的；闲时，街道不宽，几乎面对面、眼瞪眼地坐着，就要交流点不贴身的、小心回避的新闻来调剂时间。

类乎这种场合，朱雀城有几个重点。

东正街裴三星、孙森万大小上下周围洋广杂货店是一处。谈话内容水平不同，利害关系彼此紧张，身份地位和新闻来源取舍都在较高层次，而无聊和怀抱新闻的欲望急待抒发，所以面部表情严肃，礼貌周到，声音平稳爽朗，装成事无不可对人言的坦荡，而又处处谨慎小心，凡事给自己留下五百里退路……

道门口别看它四周辽阔，人文穿梭，正因为这样，所以新闻传说难以交流。包大娘和其他人的腌萝卜摊子在广场中成一斜角，无疑对县衙门政治中心和正街的商业出口造成障碍。徐麻子的碗儿糕，莫考考的猪血绞条都是早市，沙湾滕老头的风筝关刀担子是个孤立小岛，中营街口高卷子京广杂货铺四围都是些关着腰门的住家，而且面对道台衙门这边是面照壁。道门口衙门里当差的大多板板六十四，随时翻脸不认人，这是大家心里都明白的。

要讲消息完全受阻也不是。每天早晚两回从包大娘摊子边，风一般地铲过，家住蛮寨坨田一带的刘浸浸，隔城五里外居住，不晓得哪里来这么多新鲜怪消息，在包大娘耳朵旁边晃两三句：

"南门坨的喜沙婆娘昨夜间跳'棺材潭'死了！"

下午：

"廖家桥麻顺挖薯窖，起出两坛'花边'，都是大脑壳！"

明早：

"蒋介石用飞行机打仗了……"

明晚：

"仁丹不能和炖牛肉一起吃，要水蛊胀！"

有的话，包大娘还没听清楚，他就走了：

"老师长……"

刘浸浸这人才三十多岁，读过三年私塾两年小学，难明所以然地一天到晚瞎忙。到真要替人帮忙的时候却又没有个正经的，一袋烟工夫就不见人影。不惹事，不打架，只跟怀疑他新闻真实的人有时候争几句，输赢不问，没争完又水了。

这不算新闻交流重点，何况又那么飘忽。

卖远近出名卤水烧腊货，尤其以牛肉巴子最为抢手，兼营一流时鲜水果及著名南京板鸭、金华火腿、云南大头菜、北京黄芽白，这都是须千里万里跋涉，诚恳采购才做得到。

这铺子斜门两家对开。招牌黑底金字："曹津山"。

卖时鲜水果隔壁是间剃头店，再隔壁是中国国民党县党部，后门是箭道子广场；卖烧腊年货的隔壁是间营建严谨、香火鼎盛的岩板土地堂，接着是一口太平井，再隔壁是间叮叮当当银匠铺，再过去是间"轿行"。白天轿夫出工，门口名叫"岩保"的老人家坐在板凳上剖黄鳝。再过去是羝裁缝，"朝神""羝怀子"二哥二嫂的店。

曹津山两家铺子是长长正街的龙头。

大白天，各家大门口都附庸着些铜碗、补鞋、卖燕子糕、米虾、凉粉、点痣算命挑子。本分得很，不抢着讲话卖聪明。有人讲话了，不该听的不听，该听的歪过身子去正正经经地听，微笑对着讲话的，紧要处还要点点头，表示拥护。

这地方流传的新闻最是准确，精练，也少漫发感想。因为曹津山店铺两边都摆着矮矮的红漆长板凳，小酒桌，时不时衙门的人在这里会友摆龙门阵。

沙湾万寿宫门外宽宽的岩板院坝几棵大树底下，上坎子进门两排青光岩凳上，到夏天也算个新闻传播点。

正街城隍庙弄子里，没进庙，左首一家姓米的"精裱古今名人字画"铺，也算个小据点，朱雀城的文化精粹分子，偶然会在这里相遇雅集。

东门外五里接官亭、凉水井，靠河边的吊脚楼过路饭铺对面，长满虎耳草、翠藓和芒草的井边周围岩石，千百年为人的屁股、草鞋磨得光溜溜，是个过路人坐卧两宜、喝凉水歇脚的好地方。古人说"有井水处必有柳词"，地方该在汴梁，认识柳永的人也不多。要是讲"有井水处必有新闻"，那本地人人都明白了。

这地方好就好在离城远，讲完新闻就走，谁也不认得谁，真要追查，可以不认账。所以这里说话最是放纵舒坦。

朱雀城没有报纸，无线电收音机军队也才刚用，老百姓还不明白是怎么回事，偶然见到一回就骂："日你妈！那么多线还讲无线，占这种口头便宜做哪样？"

所谓的舆论就是这种街谈巷议。

到了城里县党部发起这场游行之后，每个角落都谈论起来。

"要是全中国都像朱雀城行动起来，洋人怕就不敢欺我们了！"

"是省城上头先搞起来我们才搞的！要好，也是上头先好起来！"

"讲来讲去，这都是要胆子、要脸皮的事。想想看，一个婆娘家，脸上画得乱七八糟，穿得丁铃啷，跟着一大帮男人在街上扭来扭去，要是我屋里的婆娘，我脸往哪浪放？"

"就是女学堂那个柳校长哟！她早就有胆子哟！一个得胜营的妹崽，在桃源读书读得好好的，忽然间跟人'自由'结婚了……听讲屋里老人家还是个体面人……"

"萧县长都让她几分。上回全县运动会，她让女学生穿粉红色薄菲菲的裙子跳舞，县长不准，她去吵！后来就让她们跳！算怕了她！"

"对！这婆娘家越搞越凶火。教学生唱一个叫作《可怜的秋香》的歌，头一句就是'卵（暖）和太阳'！哪样'和太阳'不好？要'卵和太阳'！下流成这副样子。有女儿我才不让她去上那个鬼学堂挨糟蹋。听到讲，唱到这个字时，女学生嗓子都特别低，脸颊红完了！"

"还有一个歌咧！听到讲过吗？叫作《麻雀和小孩》，想想看，一个小孩当然有一个'麻雀'卵！你唱出来做哪样？你还是为人师表，一天到晚'麻雀''卵'！"

沙湾万寿宫门外宽宽的岩板院坝几棵大树底下，上坎子进门两排青光岩凳上，到夏天也算个新闻传播点。

"不是真的吧？"

"哪会不真？登瀛街教育局的人传出来的。哪！这回自己又现身说法了，你看她脸皮厚不厚？"

"那我看这婆娘逃不了伤风败俗的罪，坐班房算便宜她……哼！讲不定要真游盘街！"

"要真挨游街，一个婆娘家，我看不如一索子吊死算了……"

喜大吃完夜饭来报，岩脑坡高素儒伯伯屋里明天请吃春酒，怕大家年底应酬多，提前找几个好朋友会一会。

"有哪些客？"

"没听清，游先生怕有，方若满满也有，方麻子伯龙执夫伯伯，怕出差了，本来也有；还有韩山满满、胡藉春伯伯，讲还请了刘三老，又还有个上海客，是个有匡[1]的……要你早点去。"

"喔？有匡干我哪样事？人太多了吧？"爸说。

"请你去你就去吧！那么熟的人……"妈说。

"唉！好吧！去就是了！怎么'早'法？"

喜大在门外远远地回答："我没问，他没讲！"

……

岩脑坡在南门外。过永丰桥直往上走，走，走走，靠右首边一家就是。

要是一直往前走，见到栅子门。过栅子门一个院坝，右首几家硝牛皮的作坊，左首都是庙和祠堂，玉皇阁、龙王庙、阎王殿、傅

1　有钱。

公祠……不穿过栅子往左边上去是文昌帝君的文昌阁，白衣观音的尼姑庵石莲阁；再往山上走那就高了，倒是一路三千多石坎子，树木森穆郁葱，山谷有庙有和尚。一路上去有七八口凉水井，是朱雀城几座名山之一，叫南华山。

岩脑坡也有砖石结构的好房屋院坝，朱雀城拔尖的大家宅第这里居多，只是都夹在木结构普通百姓房屋之间。

从永丰桥上坎子这一路上，商贾做的都是藏而不露的大生意。朱砂、水银、鸦片、生漆、桐油……这类东西。店门敞开，几个人坐着摆龙门阵抽水烟袋或"吹吹棒"。货在别处。货为什么在别处？有的因为气味不好，占地方大；有的虽然占地极小极小，却是金子样的贵重，要等买卖谈准之后，从某个严密地方提取出来。

也有三四家"车洗桃源石玉器"作坊是开着店门让人参观的。人坐在高凳子上像踩大旋活一样踩动一个旋轴，一口装水的浅锅子架在脸前，手里拿着坨桃源石或玉料，在轴上装着大小轮子片的旁边打磨，还不时取出罐罐里特别的灰泥巴蘸清水照拂。三两天，一座玲珑工艺品就弄出来了，陈列在玻璃柜子里让过路人看，要买就买！

"哪个买？那么贵！"

"没人买，他们就不会做！"

"有匪人最花冤枉钱！买这东西有哪样用？"

"你没听人讲过吗？'吃酒席，游四方；买古董，盖大房；抽鸦片，搞婆娘。'有钱大都这几样做全，家也就败得差不多了。"

"城里，好多善事等到人做……"

"不打碑的善事，几人做过？"

……

高素儒门口也卖些杂货酒食，全家懒腰风膝，也不怎么认真对付，连个柜台都没有。后间是卧房，穿过道出去是斜坡，搭一大片露天旱地吊脚晒台，平时晾衣服，也摆几盆不景气的花。右首边一间敞亮房间，屋顶上安了明瓦，一排窗，三口大书架上压着线装古籍和时新书报，几本《东方杂志》散在躺椅和书桌上。

高素儒的确高而瘦，在学堂教算术。喜的却是古今文化，幼麟的父亲镜民先生最是器重他，说他"学问严峻，思路文明"。

他抽水烟袋，有时也来几口鸦片烟；不过不上瘾，烟盘上的行头不讲究，对这玩意他有个说法："认不得真！"

幼麟上午十点多到的高家，素儒正在翻一堆书，站在梯凳子上："你来早了，是晚饭。"

"喜喜讲你要我来早点，"幼麟笑了，"你看，你看……"

"正想问你一个字，我写给你看——籥，怎么个读法？"

"我也读不太清楚，好像是一种七孔笛子之类的东西，是不是读作'耻'音，你问问藉春，他不是等下也来？"

"他让我问你！"

"你找这个字做什么？"

"一首诗上要用它。"

"字都读不明，怎么用？"

"你看你！之所以要查嘛！一首诗里头有一两个'险'字，味道足些！这是诗人常用的办法……我是故意要难一难那些品评的人……"

"先把自己难住了……"

"一般品评的人，自己诗都作得不大好，只是品位高；谈起别人的诗，像后娘打前娘崽……"

高家大女儿金秀是女学堂的学生，端了把大宜兴茶壶和十几个杯子进来，"张家三满，你好！"

"今天又要累你妈和你婶娘！"

"累哪样？请都请不到。"笑着走了。背后一条大辫子。

放过午炮。王家的"跛大"挑着炖牛肉担子过山，叫进屋后，两人坐在矮板凳上慢慢吃起来。

素儒叫妹崽到洞庭坎口口上福具顺酒铺打四两绿豆烧来。

幼麟想到素儒自己铺子卖酒又到别处打酒，好笑！

"跛大！"素儒问，"听讲你婆娘跟一个高村人跑了？"

"噢！"

"屋里怎办？"

"噢！大妹崽六岁，小伢崽两岁！大管小呗！"

"这婆娘他妈心狠。"素儒说。

"噢！"

"那野男人做哪样的？"

"听讲是扒船运盐的！"

"喔！是了，日子灵活！——跛大，熬住点吧！孩子长大就好！"

"熬不熬都是一样——幸好全城都体恤我……"

素儒一个人把四两酒喝完。算了钱，招呼跛大出门。

"看看！"素儒对幼麟讲，"你们共产党总是讲阶级压迫，跛大的痛苦是哪样压迫？婆娘让人卷走了，这种'人情压迫'最是伤心断肠，你共产党难管，难救！"

"到了共产社会，社会道德、文化文明会朝好处变的！"

"唯愿如此。不过我看人情这东西难变！"

"我不敢讲！"幼麟说，"那时候人权平等，受教育机会多了，脑筋在进步……"

"那时候，跛大婆娘不跑了？"素儒问。

幼麟懒懒地、文雅地抬起头，向素儒微笑。

"不想讲了，是不是？"素儒也微微笑。

"唉！素儒，时候没到，叫我怎么讲？"

……

时候没到，客陆续来了，果然是喜喜讲的那帮人。只有上海客没影子。

"你怎么认得上海客？以前没听你讲过。"韩山住在素儒斜对面弄子高头，才几步路，倒作古正经穿了双薄口黄皮鞋，亮炸亮炸了，还故意坐着跷二郎腿，一晃一晃引人注意。

刘三老一到，使大家兴奋，忙着招呼他坐，奉上茶，他自己掏出根讲究的玛瑙嘴"吹吹棒"燃起来。他今天穿了件大襟旧团花黑缎子棉袄，包了绉纱帕子，一点不像外头混过多年的老江湖。

"你太客气，让我这老家伙参加雅会。"三老对素儒说。

"都是晚辈熟人，都想你，务必要请到才行。"

三老向大家欠了欠身子，"莫管我，你们自己讲话吧！"

"你怎么认得这上海客的？"韩山还要追问。

"来办水银的，他口气大，要得多，我请来听听。"素儒解释。

"以前熟？"三老问。

"带朋友介绍信来的，啊！三老也认识，大街上向家的向学榆，以前北洋大学的……"

"是，想得起来的……"三老说。

"……说上海来的这位季先生，家里和轮船上有点关系，这回听到原来水银就出在山明水秀、文雅好客、奇风异俗的朱雀城，借办水银的事来这里一游……"

三老得意地点着头，"景致咧！还可以；文雅好客咧也是有的；他不晓得人的厉辣也是朱雀特产……"

"阁！阁！阁！"皮鞋在门口响起来，客人来到。

韩山一眼看到上海客也穿皮鞋，赶忙把脚收进椅子底下。

客人戴博士呢帽，手拿银头自由棍，毛绒深灰长袍外罩美国披风大衣，颈上围着一棕色的丝巾，黑色德国纹皮鞋，细金丝边眼镜——没镶金牙。

素儒介绍三老，客人连忙把帽子脱了放在椅背上，上前抓住三老拳头不放，"久仰！久仰！久仰！久仰！"三老只好龇牙挺着笑容。

介绍一人，连声"久仰"一次，都搞完了，费了几分钟。总算明白这是几位朱雀城的学人。

脱下披风就座，从右首荷包里取出个银香烟盒向大家敬烟，只韩山接了一根，看了看，"三炮台！"其余的是"吹吹棒"和不抽烟的，都谢过了。

"一路上辛苦！"方若说。

"算不得！算不得！别有风味，别有风味！没想到原始交通工具全用上了！我喜欢新鲜事物。以前没见过。坐木船啦！拉纤啦！坐轿啦！没想到这么危险的轿子坐上去却是很舒服！我这个人就是好奇！听说湘西奇风异俗，就争着要来看看，生意事小，我是借这个难得的机会……

"比方说，你们的苗族、土家族，生活怪异，相貌奇特，服装艳丽。你们看惯，不觉得新鲜，对我们外边人来说，简直是世外桃源、香格里拉……"

"没有什么特别吧？"龙执夫说，"你还没有见过苗族人？"

"没有！没有！我很想有机会跟诸位到苗乡，一切费用兄弟负责……"

"不要走远了，我就是嘛！我老婆孩子一屋都是，要看请随时到舍下来……"龙执夫说。

"喔哈哈！你先生就是苗人……难得！难得！"

酒菜摆好，大家坐定，除三老首席外，大家坐得都很随便。

吃酒席就怕没有话，冷场，幸好这姓季的话多。

"水银的问题这三两天手续办好了，是美国商行委托我们公司的，头一回只能要这个数目，二十五公斤一罐，两千公斤，七百一十罐上下吧！体积不大，压力可太集中，从高村上船，木船底怕还要加铁板什么的吧？"

"这点你放心，我们运过多年，有自己的'下数'[1]。"素儒说，"关防手续搞妥当就行，货是现成的。"

"上海海关手续清了，省里头也妥当了，看你们这边……"

"天天的生意，你放心！"素儒说。

"那就好！我对这行生意一点兴趣都没有。大学的时候，成日天跟外国教授打猎、钓鱼、旅行，家父烦得很，送我日本、英国、美国读书，那时候年轻，还是玩，胆子大，跑快马，开快车，惭愧

---

1 讲究，规矩，习惯做法。

得很，一事无成……"

"这么讲，季先生在外国念过不少大学校？"

"日本的早稻田、帝大，牛津、哈佛，就差女大学没念……"

"哈哈哈！"胡藕春说，"一个大学要念五年，季先生现在还这么盛年，怎么都念完了？"

"这可是行家话了。我哪能念完呢？这里几个月，那里一学期，十几年过去，除了几百张约堪纪念的相片之外，一张文凭都没有，也是十分之见笑！"季先生说。

刘三老倒欣赏起这种派头来，"季先生的坦荡，老朽颇为佩服。人倒是有一门专长为好；只是学识这个东西作不得准，智者见智，要看用在哪里。季先生家底子厚，这样的生活格局，也不是平常人办得到……"

"所以你找机会到我们这里来探幽访胜咯！"黎雪卿说。

季先生连忙点头，"我在印第安部落住过两三天，开始还新鲜，以后知道，他们的生活全是做给旅行人参观赚钱的，让我失望……听说你们这里有一种'赶尸'活动，真是世界奇观！"

"不可能！绝对是谣言！"幼麟急忙辩解，"季先生接触的科学文明，完全能够判断，一个尸体，血管、骨骼肌肉、大脑、心脏……都腐烂了，什么机能指挥他走路呢？"

"流传得很广咧！在哈佛图书馆我还见到一些记载，绘声绘影……"季先生说。

方若说："我是本地人，活了三四十岁，总是外头人问我，我说没有……"

"这事是难得一见的。"三老说。

"没有的事，自然是难得一见。"方若说。

黎雪卿眯着眼睛，"对没有见过的东西，我倒是不敢说一定没有！"

"咦！你这个人，就是那么混混沌沌，模棱两可。"韩山说，"你可以用知识经验来分析判断嘛！"

"那我问你，为哪样我梦见哪个，过几天就遇见哪个？"

"嘿！你遇见哪个，跟做梦有哪样关系？朱雀城那么小，我不做梦，天天看见熟人！"

刘三老懒洋洋地对大家说："看起来，各位是一定不相信'走难人'[1]这回事了！据我看，不单有，还是这几天就有，各位想看就看，不过有两点，一要不怕臭，二是不胆寒。'走难人'这种事跟辰州符有关系。几十年、百年前，在北京当小差事的，一旦死了，哪有钱盘回来？幸好会这种法术的人帮了大忙，把他们带引回来，以免尸骨流落他乡。"

"这么说起来，是纯粹走路了？"季先生问。

"马车，搭船，坐抬杠都犯了'关煞'，不单破坏了法事，连作法事的人，家人都要遭恶鬼报应……"

"那看呢？"

"怎么看得到，都是在夜间行事。"

"喔……"

"并且呀！日子只能挑选在重阳节过后到阴历年前之间这段时间。过了期限，走到哪里，埋到哪里……比方说，从北京城外寄

---

1 赶尸人。

停灵枢的地方出发，一路昼宿宵行，天亮以前必须赶到熟人的客栈。时间、路程都要计算好，停在第一声鸡叫之前。听一次鸡叫烂一个眼睛，再是第二只眼睛，再是鼻子、嘴巴……一直烂到五官四肢……"

季先生看看左右，声音有点发颤，"这么远一段路程，汽车都要换轮胎，两只脚板怎么受得了？"

三老说："所以啰，前头打锣领路的背着一二十双草鞋，磨穿了，给他换新的。用光了，路上随时再添。"

"住到客栈，把他放在哪里？"

"门背后角落里靠着。有时一个打锣的背后跟着七八个死人同乡，都是这么排着队一路走回来。敲一声锣走一步，好像划龙船的锣鼓拍子，乱不得的。进了客栈，也是这么一个靠一个地叠着放，也不占什么廊场。"三老对这门行当很熟悉，说得有头有尾。

季先生的兴趣越来越浓，"贵处地方有多少这样的专业法师？"

三老咳一声嗽，面朝季先生，压着嗓子说："问不得！"

季先生也觉得言重了，"喔！……我冒昧地问一下，如果有机会让我见识一下，会不会有什么怪罪或者说一句没有礼貌的话——有什么危险？"

"这，倒论不上什么危险。我不是说过吗，要有胆子，也要不怕臭味。你晓得，尸体行动起来，比停在一个地方的时候浓百倍怕也不止。大家都有这种经验，闻过尸体，起码三四天吃不下饭，喝不下水……战场上十天半月的死尸，人闻多了，简直会'朝'！"

季先生待一边不说话。

"有的事，"三老继续说，"比如'屋里头的凌霄娘娘'你们信不信？我就信。明明白白手里捏着的一支毛笔，刚搁在书桌上，一下子就不见了。等下子你会在灶房碗柜里捡回它。屋里的婆娘家最有这种经验，戴在手指上的'抵针'，不见了，等会煮饭炒菜，油罐'康'一声，'抵针'在油罐里。

"你不小心哪时得罪了'凌霄娘娘'，说话不注意，尤其是小孩子不该动的地方动了之类，她老人家就要开个玩笑，戏弄戏弄。不过都是些小玩笑，不伤人的。过年过节，找个偏僻地方摆点供品，点对蜡烛，插一炷香，烧点纸钱也就行了……"

季先生满面惊奇和幸福，"各位住在这么一个有意思的地方，太等闲对待了。那么好的山水，那么好的风俗人物，还有外边世界一点也不了解的神秘历史环境……三老先生，我决定要看一看你所说的'走难人'，你看，行不行？"

"这还得去问一问。前几天听说廖家桥欧家欧荣初他们三儿子要从张家口'走'回来，腊月初七半夜到，看看真不真。要真，季先生你这么热心，我应该帮这个忙。"三老神朗气清说出这番话。

"哎呀！这真是想不到！回上海，朋友们怎么也不会信！哎呀！这真是……哎……"

"喝酒！喝酒！"方若拨开了闷云。

幼麟也奇怪，三老今天换了个人……

三老微微笑，抿了口酒，老远夹来一块扣肉，放在盘子里，慢慢一点点吃它。

韩山歪着脑袋皱着眉，不明白说不信邪的刘老头子，怎么会忽然一下子大信起邪来？

胡藉春不说话不等于不想事。

高素儒高兴他接办的水银生意成功了。

黎雪卿又醉得不省人事。

方若等人看闹热，他熟悉刘三老这个趣人做事有头有尾，并且，乏味的事绝不插手。

龙执夫心里想，见鬼！这一帮人！吃饱饭没事做！

快过年了，水银生意算做成了，季大少爷也高高兴兴地满意之极地走了。

听说唱"阳戏"的一个麻阳班子里头有五个人，还没过年，每人发了两块光洋的"洋财"。

又听说朱雀城城外四方山路上都添了座赶脚人过路休息的瓦木凉亭，梁上写的是无名善人乐捐，年、月、日底下有个"季"字，念起来不太通顺。据说共用了三百九十块光洋。

刘三老以后忽然又绝对不相信起"赶尸"的传说来了。有人问起，他便说：朝！光天化日哪有这种事情？"

过年。

传说"年"是种妖魔，不停地吃人，有一天终于走了。人们灾难消失，"年"这个东西"过去"了，所以"过年"。

书上不见说到，也可能是部我没见过的书。

朱雀城过年要舞狮子、龙灯，很大的一件事情。

中国南北大城市常舞狮子、龙灯，不一定等过年，唯独朱雀城过年才舞。

也没见过哪里的狮子有朱雀城庄重威武，手工这番细腻的。小小边远山城出这种讲究到家的狮子，十分让人奇怪。是不是因为地方偏僻，很古很古传下来的格局没有惊动过？

比如说，广东狮子，北方狮子，金光灿烂，夸张耀眼；另一些地方的狮子过于简陋，好像簸箕上贴些眼睛、鼻子、嘴巴，显得幼稚滑稽。表演功夫也朝着活泼的真哈巴狗方面模仿。

朱雀城玩狮子是一种古老沉郁厚重的舞蹈，前头有个突胸翘股，戴假头壳的滑稽"笑罗汉"拿着个布包的大红球叫作"宝"的东西作导引，四围跳动不受局促。

龙灯的龙头也扎得非常讲究，结构复杂，和狮子一样规矩严格得了不得！

狮子、龙灯上街，队伍阵容十分壮观。

长号开道，海螺伴奏，音声单纯，吹出山谷和海洋印象。四人抬着两面大锣随后。

两人高举某街某堂大颜体字灯笼，标明出处和后台背景，四围竹响板请人肃静回避，制造隆重气氛。

不停燃放大小炮仗的炮手二人。一队五彩亮堂的云灯、花灯、瓜果灯、兔儿灯、吉祥灯、万字和福寿字灯、如意灯、太平兴隆灯。

燃放黄色烟雾和燃放松香。

笑罗汉作导引的大狮子和一堂中型锣鼓。

又是鸣炮手。

一队五彩亮堂的鱼、虾、螃蟹、青蛙、金鱼大灯……象征海洋。

一律赤膊罩单色背褂头扎英雄结二十、三十或四十节的龙灯队伍。

一堂巨型锣鼓。

小杂耍，美女旱船，蚌壳精和渔童或渔翁……

一堂小丝竹弦乐吹打。

缓缓而行的压阵堂主和乡约保董。

两旁有提着檀香罩子炉的跟随。

年年差不离的组织形式，一拖半里路长。

不轻佻，不浅薄，不媚俗，远不止提供欢乐、热闹这么意义简单。它影响人的一生，一代又一代。

苗狮子进城又是另一景象。

狮子头比拳头稍大，套左右拳上。人着紧身短打苗衣，扎腰带，黑布绑腿。跟舞"宝"人一前一后的硬功，进行二人相对照应拳式。

锣鼓节拍短促爽脆。

导引高举标明某个乡里的灯笼；大多白天出动，左右两列肌肉胀鼓鼓的力士随行，神情飞扬，显示截然不同力量和强大自信。

离地三丈多高的第九层方桌四脚朝天，两人在桌脚尖上表演复杂困难危险动作。

战争时期，对双方指挥来说，"过年"是个"息怒"的"暂停"。

太平年月，老百姓把破坏了的民族庄严性质用过年的形式重新捡拾回来。抚摸创伤，修补残缺。

所以，过年是一种分量沉重的历史情感教育。

文化上的分寸板眼，表面上看仿佛一种特殊"行规"，实际上它是修补历史裂痕和绝情的有效的黏合物，有如被折断的树木在春天经过绑扎护理重获生命一样。

想想看，连历史上最残酷的暴君，有时也要吟几句诗、填几阕词来填补内心的空虚，吸几口人气，得到间歇的解脱。

暴君的悲剧下场说来十分简单："他也是人。"

自然也要过年。甚至成为孤家寡人、独夫民贼的时候，过年也会叫贴身小随从放几粒寂寞的小炮仗玩玩，多么凄凉！

狗狗哪里懂得这些东西。他还小。正如那个伟大的英国聪明人赫·乔·威尔斯写到"原始哲学"时说的："最初他很少想到贴近自己以外的东西。"

他不像六七岁以上的孩子那么"天真"，他还"老成"得很。

他无须去体会大人欢欣背后的经济、政治机能的生死郁郁，也还未浅尝到过年后行将开学的少年们的惶惑。在生活中，他不附加"过去的经验，和未来的估计"。他没有这种本事。

过年。眼花缭乱，两耳嘈杂，肚子胀得咕噜作响，被大人架来抢去，拿莫名其妙的压岁钱、红包。

年三十夜洗脚，迎接好运。洗完脚仍然穿回鞋袜跟婆、爸妈、四满四婶娘、沅姐和表哥们……坐在火炉膛边吃橘子、柚子、花生、核桃、板栗和各种糖果。大家不停地吃，好像前辈子哪个欠了这些人的。

"不要这么早困，半夜看老鼠子嫁女。"

没有人怀疑老鼠可不可能嫁女，看看也好。等着等着，到底闭了眼睛，第二天醒来，老鼠子嫁不嫁女并不重要，偶然想起，大人们便会毫无羞耻地说谎："老鼠子嫁女坐花轿，可惜你困着没看见……要等明年了……"

其实老鼠是嫁女的，没举行仪式罢了。若是狗狗忽然说一句，半夜一个人起床，真见到老鼠嫁女，反而会让大人吓一大跳。

天没亮就听见猪叫，炮仗声。全城四围不少人家杀猪，明明是猪们临终的号啕，却变成欢腾吉庆的重要部分。大人兴高采烈爬起来装香点蜡烛，烧纸钱，摆上猪脑壳和丰富供品祭祖先。恭敬、虔诚，一身的感怀和新鲜。

年初一到初三，三天大门不准开，开了财气跑了；不扫地，扫地财气也漏了。

沅姐没回家，三晚上睡在她家婆的脚底下。她也得了好多红包和压岁钱。

大门说是说关的，毛大、喜大和保大这些人还是偷偷溜进来。对婆、婶娘、满满们大声叫着，叫着拜年，都得了红包。

毛大趁没人的时候，对沅沅说："把你的钱拿过来，我帮你收起！"

沅沅不肯，"我自己会收！"

"死妹崽，等老子几时好好打你一餐！"毛大吓她。

"你不敢！你打我就叫！"毛大真的不敢。

街上还是有人放炮仗。毛大舍不得钱，便对狗狗说："你乖！把你的铜圆给我，我给你买炮仗！"

"狗狗不要给他！"沅姐说，"狗狗不放炮仗。"

除夕，放债收账的跑四门追人，欠账的躲在对河就近乡里，子时过跳岩回家，一切都成为过去，这十五天见面，欠账的放心带孩子上街，见到债主还说：

"快向伯伯拜年，说伯伯招财进宝，年年发财！"

债主还会笑眯眯地掏出个红包送给小孩。心里想："狗日的！等过了元宵你看家伙，老子要追到你屁股冒烟！"

这半个月，讨饭的叫花子不露面，他们给大家也放个清静假。

初四这天清早，全城大人小孩，像等不及"惊蛰"，节气未到，都头尾上下一崭新地出洞了。满街上一脸笑容，宽容无边；孩子们的爆竹炸到脚跟也只"吓"的一声，过年生气不只对人，对己也不吉利。

狮子、龙灯连小孩子们也玩起来。小锣、小鼓，从街头走到街尾，虽然全堂袖珍行头，前面也有个高举灯笼上挂条红布的小"报喜"人拿本小账本向街坊收敛"喜钱"，家家也都和颜悦色地凑兴，看作是兴隆平安景象。

大街小巷簇拥着一摊摊卖糖人掷"三子侯"的、劈甘蔗的，也有将就在街角岩板上围着"摊牌九"的，"打棒棒"的，"飞纸烟伢伢"的，"滴娃娃糖"的，"吹娃娃糖"的……

比如卖糖人的，就有一串事情好讲。

糖人是用纯白糖精熬，热锅上不等结晶就铸进模子。二尺多到一寸大小都有，尽是古代人物和神仙之类。赵财神、关帝爷、八仙、和合二仙、麻姑、送子娘娘、土地公、土地婆。没敢惹佛教的菩萨。

一担子这样的装备斤两不轻。一头是轻便方木箱上搁着的长方形托盘摆满这种可看、可供、可吃的吸引人雕塑铸件；另一头也是个轻便方木箱，上面放着竹编大圆簸箕，上头一口大三粉瓷碗作玩骰子掷"三子侯"之用。赢了就端这些大小糖人走。

糖人雕工细致，人物样子滑稽可亲，加上粉红、粉绿、粉黄、粉白的色彩辉映在好太阳底下，搅得这糖担子的音、声好玩得不得了！

也有卖可以翻来覆去变着花样的五彩纸球和风车的。稻草把把上插满这些活物，逗引小孩嚷着要买。其实是个"粘粘药"，捏到手上，三两下撕得稀烂，大人自己也不明白原先欢欣事后发怒的原因，"你看，你看！这死卵屁粘的一样！"

纸玩意原是插在一起闪动光彩才好看的。

县城四面八方的营盘都驻得有兵，三两千怕也不止。这时候也有放假出来的。换了便装，轻动细作，眼皮子敛地瞟着年轻妇女，跟在狮子龙灯队伍后面，口里衔着纸烟，得意地踏着节拍。

行动不能出格，要不然回去挨打屁股。刑罚在当官的嘴上，严重的会拉出去毙了。当小官的礼教修养不高，但常把朦胧的"道德观"看得严重，当作严办的法律依傍。决定死刑，营长就够了。

狗狗家今年死了太，又搬家，所以不打粑粑。得胜营家婆幺舅幺舅娘、姑婆、城里四舅送了不少来，倒比原来自家打的要多。

打粑粑费神是费神，既属必要，也能给家中男女带来欢喜，所以全城不论贫富，总要打这么几担几斗。

蒸熟糯米饭，倒进石臼里，请几位苗族健壮汉子轮着用粗硬木"粑槌"往里舂。"粑槌"细腰身，便于双手紧握。难处在石臼里的糯米饭越舂越黏，提起来不易，每次总要两个人各舂一百多下才能成为不见"饭"的粑粑。几担糯米简直要累坏人，所以晚饭要好酒好肉款待，或送不少现钱。

舂成的大糯米团起出来，放在抹了黄蜂蜡的石板上，妇女们一个个摩拳擦掌，趁热将大团捏成一个个橘子大的小球，再按成饼。讲究的还用抹了蜡的干净大木板子，上面垫块石头再压一压，以求规格合度。

这种活动，全家房门板都要卸下来作晾粑粑的底盘，阴干了，再放进坛子、缸子里用清水泡着，一两天换一次水，免得粑粑发酸。能吃它两三个月。

粑粑这东西，不亲眼体会难得明白妙处。坛子缸子里取出来，抹干水，放在火炉膛铁架子烤，看着它逐渐胀起来像只青蛙鼓起的肚子，包上擂细的芝麻、花生、核桃白糖粉，外脆里嫩，吃过一回是难以忘记的。

用同样的方法包干菜肉丝，又是另一种口味。

放在锅子里用油煎软，加白糖再放少许盐，喝浓茶当早餐又另具一格。

亲戚来多了，粑粑切成条条放进锅里，加猪油和海青白菜共煮成汤，也是大家喜欢的盐点心。

糯米粑粑暖胃，跟新鲜猪肠猪肚一样，吃多不伤人。

爸爸妈妈带着狗狗到亲戚朋友家拜年。

先到做县长的萧舅公家。萧是个大下巴大嘴巴留着胡子的二胖子，嗓子粗亮，喜欢狗狗，送了个大红包。舅婆送，什么舅、什么姨也送……

又到戴表伯伯家去。戴表伯是旅长，很儒雅的人。偏高的个，穿对襟衣，不熟，谁也认不出他是军人。狗狗又得了红包。

还到田星庐爷爷家。田爷爷住在洞庭坎上，屋子下有坨一层楼高的圆石头，随时像要滚下来的样子。说它的确追过大逆不道、丧尽天良的人，滚扁那个人之后又回到原来地方蹾着。

这是个斜坡，上头一层岩头平台，田爷爷的家便竖在这里。背后是石莲阁。是不走岩脑坡另一条去石莲阁、文昌阁的路。有许多好看的房子，种的各种花木从墙头上蔓出来。有好的井水。

田爷爷是爸爸的老师，以前去过日本，跟孙中山、黄兴——黄兴就是书上印的"黄兴，字克强"的那个黄兴。他给儿子的遗嘱里说"一鸥爱儿，努力杀贼！"八个字小学生读到都想哭——是熟人；又是柳亚子集团南社的诗人。

向爷爷婆婆鞠了躬，给了一张字，上头是一首诗。

第二天初五清早去了西门老师长公馆。要上好高的坡，有两边人守卫。先到妈妈的同学楚太太那里。楚太太名叫楚玉英，是桃源省二师范妈的同学。

老师长有九个老婆，听说有个是从西藏带回来的，不久死了，埋在李子园。啊？不是九个，是十一个？是吗？九个和十一个差不多。莫管它。哪！算算看吧！楚太太，金姑娘，大徐，小徐……搞不清楚。

老师长是西门上倪姑公的学生。

楚太太把爸爸、妈妈和狗狗带去见老师长："哪！你看，幼麟和柳惠来了！"

爸妈鞠了躬。

"请坐！"老师长自己坐在张有靠背的矮椅子上烤火，"外头冷吗？"

"还好！"爸说。

"镜民先生在北京这时候冷得很了……"

"秉老已经安排家父回芷江去了。"

"喔！最近的事吧？"

"是的！"

"唔……"看见孩子，"好大了？"

"快给陈爷爷拜年哪！"

狗狗不说话，盯住老师长那撮八字胡。

老头子高颧骨，留着日本士官头，丹凤眼，黑呢子中山服，嗓子清亮。

"你们两个人的学堂都还可以啊？"

"都正常。"

"那就好！——在这儿浪吃饭！和她们大家摆摆龙门阵吧！她们喜欢听讲外头的事情。"

出来之后，爸去看好朋友老师长的侄儿陈之光；妈跟楚太太走，不单吃饭，还留着打麻将。爸一个人回去了。到晚上，妈带着狗狗回家。不单狗狗得了好多红包，妈还赢了钱。

"狗狗，你的钱我帮你收起来……狗狗，你听到没有？"

"……毛大讲要我铜圆……要帮我买炮仗……沅姐不让，让我不放炮仗……"

还有顾家。顾伯是爸小时同学，很厉辣，上课时不听话，老师罚他到讲台前来，他撑着两肘，本地叫"习铗子"，左一下、右一下，一路撞着两边课桌的同学往前走。

家穷，他妈年轻守寡只他一个儿子，打草鞋盘他读书。

不怕死，敢打冲锋，在老师长那里当了巡防军统带，后来又当了旅长。

他带兵在外头，没回朱雀城；要是在，爸不去，他也会来，讲东讲西，像个街上的人。

城一小，男女小学就显得重要。朱雀城将来的人才都靠这里培养出来。老师长管十四个县，有三万多支枪，好多人马；省里的何键总想打他的主意，怕的就是埋伏在山窝窝里这一股力量。

名义上老师长说是"师长"，其实他底下又有好多师长由他管，甚至管到四川、贵州那边去了。

他的公馆其实不算讲究。学着外头好庭院样式，有荷花池、回廊、客厅花园，不过用的材料都很马虎，修盖时间明显仓促，将将就就。杉木、石灰、老砖、错缝的石块凑在一起，日子久了，生出苔藓蒲艾，勉强有些苍翠可看之处。

这房院的特别是高，占了地势的便宜。周围各山环拱，从风水、战略和权威角度看，都选得不错。

表面上他不太理会山底下的事；其实他像个"大白天"，哪里都照得着，连阴影都管。小皇帝比大皇帝日子过得好的妙处在于手伸出去都摸得到，都实实在在，不太劳神费力。

他连狮子龙灯都懒得看；狮子龙灯也没胆子到"老师长公馆"去要一盘……

梁启超的一篇文章提到，"公元前八百年到四百年之间，黄河和长江流域，有五六千个小国……"

老师长的这块领地真有点像是由于历史的疏忽遗忘被打落在今天的世界里的，那么一小粒，那么厉辣，那么雄强，那么狠毒，那么讲究文化，那么五脏俱全，又那么妙趣横生……

有一种历史是这么写法。苗族人在远古时代住在黄河流域，被有熊氏追杀到无路可跑的时候逃到西南一带山地安生下来，总算喘了口气，没想到每变个朝代都要在苗人头上来次杀戮。如果反抗，回报规模非常残酷。

"学而时习之"，他们有时也成为打家劫舍的土匪，利用山势险要，割据一方，故意来点厉害给人看看。于是所谓的衙门、政府乘势表示公道，调动强大武装镇压一番。

由于杀与被杀双方教育程度相差无几，杀掠一方行动根本没有范围限制，被杀一方更没有申诉冤屈和道理的时空，一代复一代的人头、人耳朵用箩筐盛着，挑进城门洞衙门里去报喜请赏，当作镇压凯旋的证据。

委屈、愤怒的积压有如火山力量存储，时不时要爆发一次纯民族性的反抗。

没有战争的时候才讲道理；脑壳砍过才讲人道；讲是讲，行动跟着哲学跑；行动起来，哲学要不听话，也便一刀砍了！

其实过日子的道理最是简单。

别扰人，让人自己安安静静过下去就是，哪里用得着那么多做不到的许诺？

谁不想这样做？什么时候这样做过？

什么是历史？

"每人一辈子上过无数小当，加上一次特大号的大当的经过"而已。

个人和众人的历史都可以这么写，一个民族未尝不可以这么写？

朱雀城海拔一千零二十市尺高。春天树上长芽开花；夏天来蚊子、苍蝇，下河洗澡；秋天穿夹衣，树上飘黄叶，坡上赶鹌鹑，人心里清爽又凄凉；冬天买炭烤火，落雪，常绿树叶上结冰，屋檐底下挂"鼻泥"。一季三个月，一年十二个月完全规规矩矩按皇历行事。

正月十五以前过年期间，乡里"春倌"纷纷进城里各家拜年"讲春"。

穿着姜黄色长袍（笑罗汉也这种打扮），手里提个大竹篮子，铺着麦穗和稻穗，中间一座木雕的春牛，背上骑着个小牧童名叫"傲慢儿"，也有人偷偷说是小时候的包公，牛和"傲慢儿"的颜色年年不一样，信规矩的老街坊从颜色就看得出今年的年成好坏和节气早迟。"春倌"也不是自己爱涂什么色就涂什么色，完全是按照皇历上标明的办，不敢错的。

"春倌"进屋要欢迎，小孩不可侮慢。还要从米缸里舀一茶杯米倒进他篮子里，于是他就唱了："春倌来讲春啊！家宅开财门……"

腔调是乡里的，听不懂，不过是好事情。唱完道一声多谢，走了。

"春倌"一走，保大、毛大、喜大就学着唱起来，而且加了料：

"春倌不讲春啊！家宅开财门；一年来一回，烧得你干干净；喂鸭摇脑壳，喂猪发猪瘟；猫儿呷鸡崽，狗崽不看门；强盗进堂屋，豺狗刨祖坟；一只狗蚤有二两，两只臭虫重一斤；老鸦瓦上来报喜，川军大炮又攻城……"

没唱完，给几个大人冲出来包围了。按规矩过年不打人的，各人屁股狠狠挨了十几板，哭着回去了。

沉沉姐夹着狗狗躲在门背后笑；狗狗不明白唱一首歌原本轰轰烈烈高兴，一下子又打起人来？

爸爸生完气也暗暗好笑。这个混账春倌歌是城里哪个大狗杂种作的？

除夕之夜，南门内大街满是人，像是让箍桶匠箍得紧邦邦子。

倪同仁药店卖了一个月"花筒"，很赚了些钱，自己也该搞点热闹名堂出来。做了二十个特大号的竹、棕花筒连同卖剩的百八十个大小花筒一起，声明今夜要放个好看！

牛和『傲慢儿』的颜色年年不一样，信规矩的老街坊从颜色就看得出今年的年成好坏和节气早迟。

春信来讲春啊！

狗狗一家人和沅姐早就在柜面上搁了厚板子的台上坐好。放完二炮，第一个花筒点燃了，叫作"金钱落地"，延续了三四分钟，真像满地闪亮金钱四处乱滚，博得众人嚯嚯叫好；然后是"猛虎出山"，人们哗地闪开一条路，火焰夹着吼声，往上前方直喷，十分怕人，万条火箭一阵响似一阵，说真话，老虎叫声哪有这么厉害？火光熄了，人们吐了一口大气，拍着胸脯直叫："呸巧！呸巧！[1]差点把魂都勾了！"

懂事内行人忙着点头说："好就好在那么响亮，一个棕筒筒居然经这么久不炸！"

接下来是"天女散花"，先是慢吞吞的文雅的光亮，然后是七朵、八朵、二十朵、五十朵兰花喷出来。人们眼睛发亮，叹着气……跟着是千朵、万朵粉红的桃花，停了一阵，根根丈多长的绿竿竿上，盏盏粉红荷花时上时下浮在面前，渐渐消失，人们以为完了，忽然间又冒出百千朵黄白菊花，跟着又是交错喷射出闪光的绿杠杠，夹着黄蕊白瓣的水仙，人们争着叫嚷水仙的名字，最后才喷出一朵鲜红五瓣、中有黄蕊的梅花浮在空中。

多口人就说：这是梅花，梅花是国花，倪同仁这是"壁虎爬门缝，露一小手"，这家伙真有两下！

又放了好多名堂的大小花筒直到三更天。

人散了，四婶娘抱着困熟的狗狗跟在后头，喜大手捏着三根香走第一，到文庙巷口时开始轻轻呼叫："狗狗回来吗？"

抱着狗狗的四婶娘就轻轻答应："狗狗回来了！"

---

1 镇定自己的口头语。

边问边答大家进了大门。

小孩子的魂夜间容易散，要叫着叫着才回得来。

"年"，过去了。

春天来了，来得很认真。

一场雨，一场小晴，又一场雨，眼看着河水绿起来；再一出太阳，花全开了。

好看的脸孔、难看的脸孔从花树底下露出来都不要紧，谁也不当回事。五彩衣服晾在树底下任它飘。

一担担新鲜马草挑进城，城门洞不停地卷起绿风，新鲜好闻。

对门河油菜地从喜鹊坡一直蔓到雷草坡高头去了，几里路黄成一片。蜂子多，路上过路人叮到只见跑。

"狗狗从今天起，跟妈到学堂去。"

"沅姐去不去？"

"沅姐病了，在家里吃约，等好了再来。"

沅沅不晓得怎么搞的忽然打起摆子[1]来，发着高烧，一下冷一下热，这月份本不该害这种病的。妈先带着狗狗，买橘子和鸡蛋糕去看沅姐，她躺在后屋房里，嬢嬢陪着她。

这女孩除了假哭好玩平常没真哭过，昏里昏沉见到是狗狗，流着眼泪笑，拉着狗狗。

"沅姐，你不要病，你快好！我要到学堂去了。"

---

1 疟疾。

沉姐点头。

"你吃鸡蛋糕、橘子。"

沉姐又点头，又笑，只是不说话。后来就睡着了。

妈带着狗狗从中营街这边经道门口走到登瀛街女学堂。

还没打铃上课，办公室一帮先生见到狗狗来，哇里哇啦围着说好多话。

萧舅公的二妹崽萧若娴是个教国语的。浓眉毛大手大脚大嘴巴，粗嗓子，上来抓起狗狗就要抱，"叫我二孃！快！叫二孃！"

妈赶紧说："这伢崽懒讲话，不叫人！"

"叫我！叫二孃，不叫不放！"

狗狗懒洋洋地指着萧若娴嘴巴，"你是个缺牙齿。"

萧若娴掉了颗门牙，赶紧站起来用手扪着嘴巴哈哈大笑，指着妈说："你看你这个崽！"

大家也就跟着嚷起来："狗狗对！讲得好！你萧二孃是个缺牙齿，没有男人要她！"

萧二孃还是盖着嘴巴："好！好！好！老子嫁不出去，就嫁给狗狗！老子一定嫁送狗狗！老子是个赖婆娘！一定要嫁送你！"

大家这么一直笑到打上课铃。

妈教美术和音乐，兼教五年级国语，有时哪门课缺也就补上。还要做校长，忙得不得了。

课上到哪里，就把狗狗带到哪里，拣个空座位让他坐。这行吗？伢崽到底还是伢崽，怎坐得住？这一堂课暂时由坐在后排的北门上田留守的女儿田如珍陪着。

打下课铃，商量一下，为什么不索性放到一年级去呢？和这班小妹崽家年纪稍近，或许能融在一起。正好是萧二嬢的级任，便把狗狗带进一年级教室选一个头排课桌，跟个妹崽坐一排。

萧二嬢今天上第一堂国文，"同学们，今天是你们第一回来上学了。刚才开学礼柳校长讲，大家要好好用功读书，长大像男伢崽一样做事。男伢崽做的我们一样也能做，长大做事，不认得字，像你们妈、你们婆一样怎么行啊？是不是……"

狗狗忽然一个人说起来："我不喜欢你尽讲、尽讲话……"

萧二嬢镇定了一下，"大家听我讲，莫看张狗狗。"话是这么说，萧二嬢怕狗狗又来第二句，眼睛不时地往他这边扫。

"好！大家把国语课本翻到第一页。我现在把第一课读给大家听，大家要仔细听了：'人，一人，一人唱'，什么是人呢？我们大家都是人。人最聪明，会讲话，会唱歌——"她扫狗狗一眼，"会种田，会盖房子，世界上好多好事情只有人做得出来。比方讲，人会养猪，养羊，养猫儿，养马养狗……"她又扫狗狗一眼，"我不是说你，我说的是真狗……"

"我不喜欢你一个人尽讲、尽讲……"狗狗说。

"好！好！我送你到门房去。"萧二嬢受不了了。她让看门的许伯抱狗狗去找妈。找了一盘，许伯和狗狗又回到门房。妈也在上课。许伯送狗狗一个地萝卜吃，安安静静坐在柳树底下小板凳上。

"你很乖嘛！怎么讲你缠人！"许伯说。

"她一个人尽讲、尽讲，不好听也不准动！"

"哪个？"

"那个嬢！"

下课铃响了，女学生们围着狗狗又嚷起来，狗狗是男伢崽不准他到厕所屙尿。

狗狗火了。狗狗从来没这么火，"日你妈！妹崽家！"

吓得妹崽家大叫大嚷四处跑，说狗狗骂"丑话"。

第二天不去了，沅姐又病，请来个四十左右的婆娘家来照管狗狗，叫作"王伯"。

王伯很喜欢狗狗，背着他到处走。

王伯有个儿子名叫王明亮，是个号兵，来看他妈的时候，还挂着号。

有一个妈的好朋友舒元秀，大家叫她巧秀。原也是在女学堂教算术的，后来不去了。

为什么不去呢？

有一回，课上到一半，忽然倒在讲台黑板底下，口里喔里喔啰像男人讲话："崽放到屋里不管，上哪样课？嗬！嗬！嗬……"

众人抬起她来送回东门井家里。

鬼魂附体这种东西，怎么会没有？你看！

这不叫鬼魂附体，叫"落洞"，给哪个洞神缠了。

她是三十多岁才出嫁。出嫁那天进了洞房，忽然间来势了。"嗬！嗬！嗬！"一副男人粗嗓子腔，"好呀！好呀！我不在家，你嫁给吴庆喜了！好！好！屋里几个伢崽你不管！我饶不了你的！你等到吧！嗬！嗬！嗬！"

这事情见多了，就简直以为是一种病。

背后传出来，又说是她二十多岁的时候还没有许给人家，有天在屋后蔬菜园梅花树底下见到一条蛇，跟那条蛇成婚的。

平常日子也不见哪样症候。来势时口吐白沫宣讲一番之后醒过来仍然是好人一个。

只有一样，朱雀城的城里城外到处都是井水，也有好多岩洞；井和洞，一口一个洞神。她是嫁给蛇的，那条蛇不晓得是哪路洞神，所以各处的洞是去不得的。她只吃河里挑来的水，不吃井水。

算命先生倒是讲了反话。说她会生五男二女，会长寿，会旺夫，升官发财……除长寿眼前看不到之外，别的倒真的一步一步应验起来。一口气都不换，生了七个男伢崽，生不生女底下再看，吴庆喜在浦市当了科长……

高素儒很不以为然，"所以啰！妹崽家长大，屋里搁久了，就会出这种事情的。"

王伯的丈夫跑了还是死了？她没跟人说过，别人也不好问。儿子在军队里，剩下她一个人。没人在的时候，把着狗狗坐在刚长嫩芽的椿木树底下，对狗狗说："人死了心，反而活了！"

狗狗没听，要听也听不懂。

王伯中等身材，不难看也不特别好看。她又不是女学堂的先生，要这么好看做哪样？

她对伢崽和对大人一样，有一句说一句，实实在在，爽爽朗朗，不哄人，不赔笑，不过也找不出称赞她的地方。

"狗狗，你有话要和我讲，不要阴着肚子自己想！"

"我没阴着肚子自己想。"

"那好！我喜欢这种人！"

有时候带狗狗到灶房帮婆和四婶娘做点事，到菜市场买点菜，称斤把肉，打瓶酱油……背狗狗这里看，那里看。看到苗阿娅[1]和苗妹崽卖家织布、带子、绣的花围裙，便上前问问价钱，说几句苗话，逗她们好玩。她几时想买花围裙花带子的？买来做哪样？有时更当面称赞苗妹崽长得好看，讲她眼睛好、鼻子好、牙齿又白又齐整；那苗妹崽不好意思，手腕子抵着下巴，笑着歪过头去。

"城里人和乡里人都喜欢吃甘蔗，从小把牙齿嚼歪了。我就不吃！——你看我牙，好好子，一颗没缺。"

"这苗妹崽牙齿城里也难找！"

狗狗兴趣不大，不晓得牙不牙齿有什么了得。不过他不嫌王伯话多，她的话总联到新鲜事情，回回没相同。

文星街刘家染匠铺坎子边上，曾伯和曾伯娘在卖苕。清早晨蒸一锅，午炮没响就卖完了。

两口子七十多，见人都微微笑。认识的，他就选锅子底下苕皮上带焦黄甲甲、熬出糖油的给你，不认识的生人指着锅子底下也要那种苕，他也给。

蒸苕和火烤的苕都一样好吃。曾伯的苕好就好在用水不多，文火，花工夫多，一锅蜜，倒是两个老人家睡觉少，半夜就做，价钱一样，吃起来就好多了。

也有因为喜欢曾伯这个人，老远走来文星街买苕的。

生意好不好都是这一锅。卖完老两口子就回王家弄小屋子里过日子。热天、冷天一个样。背后人讲他们像土地公土地婆，听到了，也觉得自己有意思。

▬

1　妇女。

有天王伯带着狗狗正坐在曾伯灶边，一个三十来岁婆娘带块砧板、一捆稻草、两张板凳，摆稳在街当中，对着曾伯苕灶剁起来，"你看我做哪样？我就是来剁你的！你个死草蛊婆、草蛊公！你哪里不放蛊放到我伢崽身上！买你的苕吃，中你的蛊！看我不一刀一刀剁你，你几时不收蛊，看我剁你到哪天……"

于是越剁越狠，一边剁，一边骂，稻草满街飞，"剁死你草蛊公，剁死你草蛊婆！"

曾伯、曾伯娘先是坐在那里发傻，两口子醒过来才搬板凳想走，又舍不得刚蒸熟的那一锅苕……

"你看你，老子剁得你心里痛了吧！收！收！收！赶紧收你的蛊，要不然剁到你肝肠寸断！"

王伯放下狗狗，按下曾伯两口子坐好在板凳上，下坎子来到那婆娘跟前，"大嫂！是哪样回事情？"

"哪样回事情？你不去问蛊公蛊婆问我？昨天清早，我伢崽到他这里买块苕吃了，夜间发烧，脑壳上长了六颗大包，你想想看，几时不长包吃完苕就长？有人好久就讲过，这两个老家伙是蛊公蛊婆，我还疑惑，没想到把蛊放到我伢崽头上来了……"

"我看你，剁完草赶紧抱伢崽去看医生吧！你耽误伢崽了！光剁是没有用的，救伢崽要紧！"王伯说。

"咦？你是他屋哪样人？你管我的事，耽误我，我还要剁你！快滚！"那婆娘果然恶。

曾伯和曾伯娘手撑着脑壳在哭。

"我是这条街的，我姓王。我是向你讲好话。你想，这一对老人家在刘家门口卖了几十年苕，哪个不讲他们老实？你这一来，断了他活路，底下日子怎么过？他们怎么会放蛊？要放，我们这个伢崽天天吃他们的苕，早都中蛊十回八回了！你可怜这两个老人家吧……"

"啊！你帮他们讲话，你是他们一屋，怎么会中蛊？你有眼没有？你不看看他们眼睛，蛊发得眼睛火烧一样红，还讲？"

"我这是和你讲好话。你应该认得我，我有时也会发气的！"王伯说。

"你发个卵气！你来，老子怕你，不是人！"那婆娘举起刀。

"怕不怕是一回事，那，我就来了……"王伯没说完——

刘家染坊一大伙人出场了。爹、妈、伢崽，把的牵的、自己走的，十来个人。

刘染匠骂起来："狗日的你刘痒痒婆娘，不要讲你是我'家门'[1]，老子七八岁曾伯和曾伯娘就在我门口卖苕，他两个卖了一辈子苕，哪个不认得他两口子？你妈个卖麻皮的！你欺侮到他们脑壳上来了。你刘痒痒自己到外头'嫖堂板'[2]，生杨梅疮，鸡公流脓，伢崽怎么不长包？你好大狗胆！你叫你刘痒痒来，看老子掀不掀他烂鸡公让大家看！来！来！我让你剁！你来剁我个卵！来！

"你个狗日卖麻皮的臭婆娘！你再来，看老子不拿个粑槌日烂你！"

那婆娘没想到半天里杀出个比她还厉辣的人，脑壳上像淋了一瓢凉水，捡起行头要走。

—

1　同一个姓氏。
2　嫖妓。

202

"慢点！刹得老子门口都是稻草，没扫干净想走呀？"

那婆娘不敢出声，扫完地，总算托福走了！这盘交战，正所谓："流氓怕光棍，光棍怕不齿，不齿怕蛮缠。"碰到刘染匠，这婆娘散了。

看热闹的人半信半疑，到底那个红眼睛的曾伯和曾伯娘会不会放蛊？万一吃了他的苕真的中了蛊，就晚了。东西有的是，苕也可以到别处买⋯⋯

曾伯和曾伯娘住在王家弄，好久没见他们，苕也不卖，人也不见。不卖苕，他们吃哪样呢？

刘染匠有时拿了点吃货带他婆娘和伢崽到王家弄去看老两口。屋小，只能进一个人，全套队伍都在门口守卫。刘染匠钻出来就骂朝天娘："我日你刘痒痒的青板娘！看你把这对老苗子糟蹋成什么个样子？"

那一群喽啰喊口号似的跟着叫：

"日你妈！刘痒痒！

"日你妈！刘痒痒！"

其中一个伢崽想搞点新骂法："日你妈，刘痒痒！老子送你呷'赖红苕[1]'！"

让刘染匠狠狠地瞪了一眼。

好多好多天以后，狗狗坐在厨房灶门口跟王伯说："你要打那个婆娘家。"

---

1 喻生殖器。

"哪个婆娘家？"王伯问。

"剁稻草那婆娘家！"

"喔！你想那天的事。王伯我真气老火了！"

"嗯！"狗狗答应。

"我会打的，真会的！在乡里，做妹崽家也打架，'霸腰'[1]，赶场打，河边洗衣也打——我们不像城里婆娘打架只扯头发，抓脸皮，撕衣服；我们用拳头，也霸腰，几下搞得她起不来，再用脚踢，骑在背脊上搧！"

"吓！吓！"狗狗笑了，"……后来呢？"

"没有'后来'，讲完了。"王伯说。

"我喜欢你讲这种话，我'要算'[2]喜欢了！"

"喜欢，也要有才行；哪能尽讲尽有？"

有天，王伯买菜匆匆忙忙提着一个空篮子回来，告诉狗狗："了不得！了不得！你妈带人打玉皇阁、阎王殿了。菩萨都打得？我看你妈胆子好大！也不怕害了屋里？"

过一个时候，屋里进来一伙人，妈也夹在里头。

"柳校长！他们不让打，我们就冲嘛！破除迷信是起码的革命，这点都做不到，还革个……"

"是他妈那帮土豪劣绅，先抓他三两个游盘街，压压他们的威风！"

---

1 摔跤。
2 很。

"游就游，老子去抓！"话没讲完就跟着出去了。不久就听到街上打锣。苏儒臣肥坨子是北门街开染匠铺的，商会的人；还有个南门乡绅宋学廉。这两个跳起脚骂共产党打菩萨，骂柳惠狗婆娘不得好死！

游了。

这一游，再没有人敢骂。玉皇阁、观景山的菩萨接着都打了点。

为什么不都打了？

人手少，庙到处都是，一天哪里打得完。

城里人都想不通。你共产党就共产党嘛！打菩萨做哪样呢？

考棚学堂办公室分两派。一派赞成打，就是动手打菩萨那帮的人；一派没有反对，只讲菩萨是雕塑艺术，破除迷信有好多事情做，不一定了了菩萨问题就解决。这一派只有一个人，就是高素儒。他从来不激昂慷慨，一颗字一颗字地吐。

"打都打过了！"人讲，"你何必认真？"

"打了也不算完。这事情百年千年都记得住。文化这东西，它没有刀、枪、剑、戟，也没有手枪大炮；你毁它，报应是子子孙孙的那个'以后'。"

后来人告到老师长那里，老师长发话："打了的就打了，今后不准再打。一座庙好好子嘛！烂了菩萨成什么庙，也不好看相。告诉他们！"

菩萨虽不打，大家都觉得柳惠这婆娘是恶！

柳惠上街，背后就有人躲在远处喊："搭搭毛[1]！"

---

1 搭（dà）搭（dā）毛，剪短头发。

"搭搭毛"也算不得一回事，少见多怪！这哪算骂？柳惠心里想。

得胜营家婆听了信，也传话来骂她三妹崽柳惠，"你了不得得很咧！过几天该打'家先'了。"

柳惠不管。

柳惠天生鬈头发。人家讲，鬈头发人脾气犟。她犟得很，做共产党最合适！

其实她在学堂很温和，讲起道理来轻言细语，生怕道理上吓了人家。高年级学生见到，听到，从她在外头自由结婚开始到现在的行动，没有一样不佩服尊敬，立志长大都要学着做。

柳惠平常最爱谈"鉴湖女侠"秋瑾，念她生前留下来不多的诗篇。到秋天，跟学生城外郊游，会感慨地提起她就义时那一句豪壮潇洒的诗句，"秋风秋雨愁煞人"。说她故意把家国之思装扮成小儿女情怀的文学技巧。

柳惠长得不算漂亮，褐色皮肤，眼睫毛密，嘴唇薄显得人中长，牙也好。步子紧。她丈夫幼麟和她走在一起喜欢优哉游哉地漫步，总嫌她太快："你是不是可以稍微用二四拍的步伐呢？"

幼麟也是共产党。他很用功读理论。《共产党宣言》可以背，只是有些篇章段落不明白，不知道是深奥还是文法有问题。

打菩萨是上头决定的。他谈不上反对，只是不动情地欣赏，尤其喜欢听听行动之后外头的反应。他婆娘不同，即使看不懂理论也积极行动。

幼麟得意时口里哼一种调子，不安时哼另一种，喉咙里永远有一部留声机。这一回，他一声不吭。

他很敬重高素儒这个朋友，并不因为他去过日本。去过日本的有的是，很有些人糊里糊涂。

这次打菩萨，高素儒提到雕塑。是呀！是雕塑呀！意大利的雕塑都是菩萨，打了，还有意大利吗？不过我们中国的菩萨不同，拜的人太多，都信佛，没有人革命和打倒帝国主义了！

于是他想作一首歌"王顾左右而言他"一下！不说自己而说印度，并且用一种缓慢、念经的曲调谱出来：

佛本传自印度国，泥也，木也，无声息，泥阿佛，无声息。

佛本传自印度国，印度，今朝，已亡国；泥阿佛，泥阿佛……

……

这歌教给学生，加上他按着风琴，自我陶醉，闭着眼睛的教法，好听是好听，倒仿佛催眠歌。远远传来，像哪间庙里的和尚在念诵经文。

画家好朋友胡蘩春说："你这歌太糯！"

"歌调本身就在迷信！"高素儒也说。

幼麟心里服了，却摇摇脑壳，卷起长袍的白袖里子说："未必，未必！"微笑着走了。

屋里，柳惠也讲这歌不好："这像哪样呢？你想，游起行来，反对封建迷信，这歌一唱，变成一队念经化缘的和尚游街，太没劲了，歌是配合行动的武器！我警告你，不要让学生再唱下去！"

"我这是一种旁敲侧击的讽刺笔法，你怎么看不到？"

"什么讽刺？讽刺到自己头上了！简直笑话！"柳惠十分生气。

幼麟喉咙里哼东西了。《梅花三弄》。

他走过书房，顺手捡本书一翻，《庄子》，丢在砚台旁边，"哎！

是你。老哥！你看，挨骂了……"

晚上，柳惠回来，夹了几卷东西进房。

幼麟懒洋洋的，"怎么？瞿秋白同志又骂哪个？"

"不是。帮狗狗从上海订的《儿童世界》。"

幼麟站起来点洋油灯，"狗狗！快来，看你妈帮你从上海买哪样来了！"

王伯本来跟狗狗坐在院坝讲"古"讲得好好的，这么一叫，自己走进房来。

两个人忙着扯纸卷，打开之后，自己兴奋得比狗狗厉害。

"看看！全是伢伢[1]。"

照拂着狗狗一阵乱翻，狗狗没有看得出什么究竟，转身跑出去了。

"嗳！怎么跑了？——伢崽还小，看不懂。"幼麟说。

"人家伢崽一定都看得懂。印的都是有趣伢伢，全是颜色，多可惜，这么费神老远订来。这伢崽我看有点麻木，对哪样事都不在乎。"柳惠丧气之极。

"不然，不然，我这儿子有另外一套的！英国'道尔敦'制，就专门培养这种儿童！"

柳惠说："讲讲看，你儿子到底是哪类儿童？'道尔敦'怎样一下子就能看准你的'儿童'？"

"这只是一种说法。意思就是，幼小的时候，拿不准，不要马上讲他是这样、那样。"

---

1 图画上的人。

"又换了另一种说法了！"

"爹不是说这伢崽持重吗？"

"看，又一样！"

"一个人本来就包含好多样的！"

"哈！……"

狗狗四岁，跟爸妈一起的时间很少，过去是沅姐，现在是王伯陪着他。四婶娘和四满有蚕业学堂的事，学堂也有间房，两头跑。婆完全泡在厨房里，领导好多坛坛罐罐，今天水豆豉，明天霉豆腐，后天腌萝卜，大后天"按"酸菜，弄得厨房架子上、碗柜顶、墙脚摆满了。算了日子，今天哪坛可吃，明天哪罐可吃；她做的腌货，亲戚时常来讨，也愿送，是得意的事。

一放定更炮就睡，天没亮就醒。起来梳头，洗脸，洗完脸，就着盆吸两口水漱口，咕噜，咕噜，拿一根银片片刮刮舌子，再漱一漱，就算完事。

这让狗狗看了很惊讶！

婆胃口好。二炮响过之后，"老肥"或"沙嗓子"的米豆腐、面担子经过门口，叫进来，也给她端一海碗到床跟前。坐在被窝里吃得点滴不剩，抹了抹嘴，倒头一觉睡到大天光。不病，不打摆子，不拉肚，不发烧，连火罐都没拔过。

也不会讲"古"，来来去去都是她做妹崽家的时候，"长毛"杀人放火抢东西，再就是后来的"走川军"之怕人经过。没有了。不认得字，也不会跟亲戚妯娌讲白话，总是"噢！噢！"地欣赏和同意别人。

有时候屋里人完全走光了，才由她来带狗狗。所谓带，就是往自己柜子里取出想象不到的吃货送狗狗吃。

清明了，星期天，爸妈都在家。

爸问狗狗："天气这么好，我带你，放风筝去，好不好？"

狗狗不懂风筝，摇头。

"总是摇脑壳！"

"不是总是。我不晓得风筝是哪样！"

"那好！那好！你可以讲嘛！摇脑壳，人家以为你不要，以后人家问你哪样的时候，要，就点脑壳；不要才摇脑壳。懂吗？"

"我不喜欢讲没有用的话。"

"你才几岁，哪里懂得话有没有用？要多学人讲话才好！"

"我不喜欢和老娘子讲'现话'[1]。总讲，总讲！"

爸爸笑了，"世界上讲'现话'的人越来越多，你怎么办？有的人不老也讲'现话'，是不是？"

"是！"狗狗笑了。

"狗狗长大以后也莫讲'现话'，好不好？"

"我想好才讲！"

"那乖！——我现在问你，去不去看放风筝？"

"我去看放风筝！"

爸要王伯到后门找喜大来。喜大来了，爸说："到南门店上，看保大、毛大、柏茂他们忙不忙？跟我小校场看风筝去。快走，东

----

1 重复讲过的话。

210

门城门洞会我——王伯你去厨房帮忙，狗狗到时候由他们管。"

放风筝有几个地方。

文星街王家弄公园"旋转楼"旁边，笔架山城墙上地势高，城里房屋街市花树，城外曼到天边的青草丘陵，都在脚底下。

可惜地方窄，只能顺南北城墙上跑，展不开脚。

要是图清静幽雅，三两个熟人一起，各人手里都牵着根放稳的线，默默坐下来，看自己风筝影在烟雨万家黑瓦椿树上头，甚至稳在远远的自家屋顶上头，真是颠悠悠的痛快。

西门外过桥有一大片地名叫赤塘坪，是个行刑砍脑壳的地方。城里道台衙门口三炮一响，好多闲人都往这里拥。平常时，野狗在这里吃断了脑壳的尸体，顽童们放学后背着书包经过这里探险，东摸摸，西踢踢。说这个脑壳的眼睛还睁着，那个的肠子让狗扯出来了，是花肠子……

这廊场都是红泥巴。下雨的时候满地浆，天干又梆梆硬。好处是没人管，加上清明节前后不杀人。

其实杀不杀人也没有影响热闹事。六七月天，唱辰河大戏就在这里。人山人海，足足万多看客。扎了大戏台，夜间点松明火把铁网子照明，台底下放口棺材，一旦演《刘氏四娘》《目连救母》又死人随手装进去。

庙里搬来整张牛皮大鼓，簸箕大锣，唢呐一吹，简直是地动山摇……

这地方也好放风筝。

箭道子衙门里头广场和靠北门的门口广场，也放风筝，只是小伢崽应景场合。

周围电话线柱子、老柳树、房屋太多，一下子挂上了。所以每天清早人山人海的沸腾，只是为了斗鸡。

小校场是个正经放风筝地方。平时营盘里练操，地方上踢足球，学堂开运动会都在这里。西边看东边尽头，眼睛好，认得出芝麻大的一粒人。正所谓"两涘渚崖之间，不辨牛马"那么宽大。

大校场在蛮寨，太远。老师长检阅万儿八千人才到那里去。人烟少，平时哄不起热闹。

小校场放风筝，不单风筝讲究，人来得也讲究。

难得露脸的角色都会出来。连对头跟对头都在一个场上；互不理睬，各玩各的。

被一圈圈人围住的，是开始的阵候。扎风筝名手"老教"、刘凤舞、侯哑子……被拥在中间摆板眼、论讲究，十分之过瘾夺脆。

"老教"的风筝隆重，"蜈蚣""灯笼""龙"；桩子钉在地上，几个人才放得起来。还挂了炮仗，到时候要它几时响就几时响。

刘凤舞的风筝讲究，"四只燕""六只燕""八只燕"，放在天上穿梭飞舞，像真的燕子一样；"四大天王"足足大得像四扇城门，并排一起，悬在天上让人胆寒。

侯哑子的风筝规矩沉着；画是最好。一幅幅人物像从庙里墙上剥下来的；他总是用"夹帘纸"而不用"小白纸"做底，所以是幅正经的画。厚重，但"起"得非常"稳"。人家讲他的"斗线"最是讲究，那是不假的。

其余的家里也有做风筝的；不懂规矩，乱加花哨，五颜六色，勉强上去忽然又翻了下来；或是不停地打筋斗，只好在轻的一边吊了纸穗子；更马虎的干脆加条长长的纸尾巴。

不过，也要这么的大小庄谐，江湖、庙堂一起热闹，才算是迎接春天的高兴。

少爷们前呼后拥，骑在马弁身上。跟着的人都挂着连枪，或屁股后头翘翘地隐隐约约插着手枪。

风筝，他们是放不起来的。他们哪有这种耐烦？他们来赶闹热，让人家看威风，理会他。

传说，在线上胶玻璃砂，跟别个风筝叉上的时候抽几抽，别个的风筝就会被磨断了线飞走。

不可能的，讲这么讲，没人真做；要做了，怕不让人打死？

爸和这一帮大小伢崽坐在靠兵房弄子一排岩头上看蓝天上飘着的各样彩色风筝。真好，真好，真好！真好……

没想到胡藕春也在，看见他，打个招呼，转身坐下也急着往天上看，"今年他们搞得不错！"

"是不错！"

"你看那一串四方灯笼，怎么放上去的？"

"来的时候，它们已经在上头！"

"怕是有些兜风的设备……"

"那是。"

"人吓！我讲也真是吓……"胡藕春很感动。

"你看放龙头风筝的那帮人，是不是有田三大？"

"哪里？喔！看见了，是他。他怎么也来？"幼麟说，"保保，你照拂狗狗！"转身对胡藕春说："你慢慢看，我去下就来！"

田三大蹲在地上抽"吹吹棒"，见到是幼麟，站了起来。

"三哥！想不到你也在！"

田三大用"吹吹棒"点了点那几个放龙头风筝的人，"哪！这几位家伙兴趣大！……啊！我几时都想找你，要多谢令尊镜民先生拉了家父那一把，当面又不好意思谢他；上次他老人家回来，我从桃源跟他背后走了好几天。最近路上不清吉……"

"这事情我真对不住，是不是老事情了？我一点都不晓得……"

"难报答于万一也！"田三大左右稍微瞟了一眼，招呼幼麟也蹲下来，"还有件事，不知你听到没有，得豫那个滕妹赶场的时候让山阳县姓陈的那狗日的抢走了……"

幼麟吓得站起来，田三大示意他再蹲下，"你莫急，我来解！"

"那得豫晓得吗？"

"不晓得不好！快晓得了！"

幼麟低下头，"光天化日底下……"

"什么'底下'都不许！我们没有得罪人！"田三大用"吹吹棒"轻轻敲地，"唉！你这个老实人，艺术家，做哪样不到上海、北京去呢？你怎么能当共产党呢？这个地方，当共产党不行，当艺术家也不行，何况是你！唉！可惜了……听到讲吗？北京李大钊垮台了，陈独秀也缴枪了，蒋介石、汪精卫都忙得很咧！你要小心啊！你怎么不走呢？要快走！甩掉这个地方！你不能像我，我靠这条河、这些山过日子黏得太紧了，脱不了了！"

幼麟说："你看我这一屋人，拖在一起，屋里婆娘忙得像个醉客，也拉不走的……"

"是啊！是啊……'老王'[1]你看他威风凛凛吧！等蒋介石空一点，会轮到洗刷他！……最近看到柳鉴吗？"

"上次家祖母逝世，我把伢崽送得胜营住了个把月，是他送回来的……后来不见再来过……"

"那时我见过他。这人有风神！……朱雀总要有几个静心热血人物才好！你看朱雀人，从曾、左到孙中山，冲锋杀仗，回回不少了。衣锦还乡之后，关门做员外，拿供奉，裤子底下就像个太监，哪样都没有了……总之一句话，趣味低，眼界浅，吃一口就饱得笑眯眯，没有解法。"田三大站起来，幼麟也跟着站起来。

"他在四期吧？"田三大问。

"哪个？你讲得豫呀！是呀！来信算是热烈得很！"

"这青年我看洒脱，朱雀也少……嗳！看风筝吧！"

幼麟告辞，回到原来地方。

"搞这么久？"胡藕春问。

"是呀！问到得豫、学校的事，还讲要我出去，出去有前途！"幼麟说。

"出去？谈何容易，哪个都会讲！他自己为什么不出去？老在周围打流[2]！"

"嗯？"

看完风筝大伙回正街上金云楼吃炖牛肉面。狗狗居然也扛了一碗。

1　老师长。
2　盘桓不去。

田三大算是极难得出来一趟。这盘从头到尾，看着收完龙头风筝，围一帮人，他也不嫌，还等着叫人到蛮寨采了把野花拿在手上，由兵房弄子穿老营哨过跳岩进北门，一个人慢慢回到标营红岩井他屋里。

标营红岩井他屋里少人到过，比见老师长难。

到底有好大的屋？标营红岩井一带数得出的大屋都不是他家的，居然喂了十二匹白马。每天定更炮以前像变把戏从屋里放出来饮河。

哪匹走前，哪匹走第二，有一定规矩，却是从容自在。

田三大照例斜坐在第十二匹马屁股上尾巴前一点点部位，还盘起右脚，悠悠然地抽他的"吹吹棒"。

十二匹马顺成一行，最少也有三十六七步长的队伍。就这么嘀嗒、嘀嗒从标营红岩井过土地堂，沿城墙经考棚、田留守门口左拐出北门城门洞，下坎子，又沿着城墙根直到跳岩上流浅水处顺序排开。

田三大一片叶子似的落下地来，左边裤腰带上取出个铁质"马扒子"，轮着给马浇水，扒梳漂亮的白毛。马开心地嘶叫，打喷嚏，喝水。

城墙上偶尔几个看闲景的，不认识田三大，诧异这个长相平常的五十多岁的人怎么降得住一群漂亮马？

认识他的人，连想介绍一下他的胆量都没有。

有一回，这列马队刚出标营，过土地堂前，老师长的轿子来了。

轿前轿后八挺花机关枪卫队。轿左右一个挂手枪马弁和几个杂随。

老师长的轿子大，是请巧手用藤编成有踏脚的沙发派头，前后四个人抬。步伐快，像是哪里回来经文星街上西门坡回公馆的。

见到轿子，马队一式贴着墙低头停住；田三大也垂直"吹吹棒"，背身静默。

轿子队伍过去，田三大轻轻哼了一声，马重新启蹄，跟往常一样。

老师长回到公馆，姓舒的副官长很不忿气，"这田某人恃才傲世，怠慢失礼！见到师座竟然马都不下……"

老师长瞪大眼睛看着他，"田三大这礼你没见过吧！窄路相逢，叫作'侧礼回避'，是江湖上敬重的把式，难得他这么对我……"

后来有人也问田三大。

"该这样的。我是朱雀人，他给朱雀担了多少风险干系！"

讲好清明节挂坟，三天前就报送沙湾的柳孃，西门上倪姑婆，中营街孙姑婆和九孃，大满，大桥头徐姑婆，南门上倪家孃孃和一帮孩子。寡妇大伯娘脾气乖张，难得讨好她，不晓得哪年、哪月、哪个人哪样事情弄得这么有仇，叫她不答应，见人也不理，就疼那些猪娘和猪崽跟那只鼻子眼横着一根鸡毛的赖孵鸡。算好，总让她独子喜喜亲热来往；只好像是中间掌握一种很严格的分寸。

照理是张家大媳妇，挂坟是该去的。她不去；多少多少年前就没人再通知她。

张家历代祖坟地在蛮寨。要过大桥，走"大街上"，穿小校场远远的山底下才到得。

太也是埋在那里。拜托住在旁边的苗族吴岩盛照护，每年拿点钱送他。莫让放牛马、放羊的踩坏周围草木，更不许野伢崽爬在石碑、石凳石桌上走玩，撬砖抠蛐蛐。

桃、李、杏、板栗、核桃，到时候一半分送岩盛。这人老实认真，都是照着交代的做，墓园哪天去都一样干净。树底下青草崭齐，随时可坐可卧。这算是难得了。

王伯、柏茂、喜大、保大各人都背着"夏"，往前头赶，好事先安排打点张罗。"夏"里装的香、纸、蜡烛、炮仗、挂钱，祭奠用的酒壶、供盘、跪垫蒲团、柑橘供品、鸡、猪肉、社饭、茶炉子、茶壶、茶杯……

毛大背狗狗，沉沉跟在后面悠着。

后面远远的一帮老娘子、儿媳表舅亲。倪胖子讲好来照相仍然是不来。

柳惠和幼麟学堂远足，各走各路，中午赶来。

毛大背着狗狗一路走一路哼。他走在桃花、李花、杏子花底下，太阳这么好，映得一身粉红，他根本不理。阳雀在叫，他唱起来：

> 鬼贵阳[1]！鬼贵阳！
>
> 有钱莫讨后来娘；
>
> 前娘杀鸡留鸡腿，
>
> 后娘杀鸡留鸡肠；
>
> 鸡肠甩在树丫上，
>
> ……

"你听！蛐蛐！"

---

1 杜鹃俗名。

沅沅清楚，"这时候哪来的蛐蛐！都什么时候了？"

毛大放下狗狗，轻轻蹑到田坎底那边去。

"不是，不是，我讲不是就不是……"沅沅不耐烦地说。

"再吵老子就扇你两耳巴！"他蹲了下来，等着蛐蛐再叫第二回。

"哪！哪！是'呷屎雀'，你看它飞了！"沅沅说。

毛大眼睛都鼓了，向沅沅挥拳头。

忽然田坎高头摔下几坨干泥巴来。

毛大一抬头，又一块正打在脸上。抹了泥巴朝上看，一个顽皮的大扁脸向他笑。

"日你妈！你下来！"毛大火了。

"扑通"一声真的就下来了。是个苗伢崽，一身都是泥粉粉，年纪和毛大不相上下。

"日你妈！你装蛐蛐叫！"毛大骂。

苗伢崽笑到弯腰，转了一个身，捡起块泥巴还没站稳，毛大就扑上去了。

两个在树底下滚来滚去，混成一团不得开交，弄得树上的花也碰了一地，还是打……

沅沅护着狗狗说："慢慢看，等打完了我们就走。"

"好！"狗狗说。

不行了！毛大输了。毛大给压在底下！苗伢崽一拳一拳往上擂。毛大一声不响。

苗伢崽笑着，一边擦口水，骂着听不懂的苗话。

忽然毛大一口咬住苗伢崽的手杆。苗伢崽不管，让他咬住，赶紧用两条大腿擒住毛大肩胛，一只手抓住毛大耳朵，朝泥里撞，又擂毛大的太阳穴。

毛大一嘴的血……

这时候，婆娘们来了。一看两个伢崽打架，"哇！这还得了？"苗伢崽看见来了大人，害怕得赶紧爬起来，抓把泥抹在手杆上，一溜烟跑了。

毛大颤巍巍站起来，口吐鲜血，脸不成个脸。大伙上前抢救，一洗一拭，血都是那个苗伢崽的。只是从嘴巴、鼻子眼里抠出好多泥巴。

沅沅赶到大伙跟前讲："毛大打败还咬人！最不值价了！"

狗狗也"嗯"着配合。

"死丫头，你看到毛大挨打还不叫人？"

"是他先动手的！"沅沅说，"苗伢崽对他笑，他就扑过去！霸腰，霸不赢人家，就咬人！"

"嗯！毛大霸腰，输了！"狗狗也忙着讲。

毛大一声不响，苦着脸，又背起狗狗往前走。

"毛大，你输了，啊！是吧？"狗狗伏在毛大背脊上问。

"卵！卵！卵！你懂个卵！"毛大十分十分之不高兴。

四五个坟头都插上白挂钱，迎风飘起来。点着香纸蜡烛，摆齐供品，铺好跪团，一个个坟头拜过，到太的新坟前，婆一边烧纸一边说："你的狗狗拜你来了，你看你狗狗长大了，他常常讲你，挂牵你，你要保佑他清吉平安，无病无痛长大啊！……来，狗狗过来跟太磕头！"

沅沅招呼着狗狗，自己也一起磕了头。

花底下铺开几张席子。社饭箩箩打开，几盘腊肉，加芥末的白切肉，冲菜，一小碟子青葱青蒜，大家坐在周围吃起来。

"幼麟他们两个现在还不来！连清明节都不饶！"倪姑婆说。

"事情总总是这样，学堂忙又加个党，哪样都要争第一，屋里过日子和伢崽都不管，哪见过这么好笑的？"婆说。

"你们看这些花，"九孃指着周围地面上的白攸攸的野刺莓，"就够人看好半天，想好半天……一年才出来一回吧，花也不是天天有的……这种太阳，这么嫩的草，这么细嫲、细嫲的雾……我都想，做人有什么意思？做山水，做雾，做雨水，做花，做草要好得多……"

孙姑婆轻轻拂了下手，"嗳！讲这种话没边际……"

"清明，坐在城外草上头，花底下，看山，看天，气色多好闻；要是家婆在，你问家婆，她也是赞好！"柳孃说，"古时候，书上讲人到这节气，心就感动……作好多诗文……"

"诗文是哪个时候都作得的……做妹崽家，凡事都感动也不算好；你们这些表兄弟姐妹都种我们张家的文人毛病。"孙姑婆说。

"书读少了！要是多，你看我们不作好多好多诗文！"柳孃笑起来了。

倪姑婆说："看你倪姑爷，一天到晚出出进进吟吟哦哦；柜顶，抽屉，桌子上都是诗，也当不得饭吃。"

"那是姨爹不肯当官嘛！看那熊家，比姨爹还差一截，官当得虎虎的！"九孃说，"不就当得了饭了！"

"妹崽家不该那样说话！"孙姑婆说。

"总之是，姑妈……"柳孃看远远两个影子，"看，是不是表哥、表嫂两个人来了？"

真是他们两个。一个穿长袍，一个穿长裙，正在田坎上绕来绕去往这边走来。

"到底来了！你们看，都吃剩得差不多了！"倪姑婆讲。

这两个衣服一点不皱不湿，精神爽朗。

"要不说你们年轻，"徐姑婆说，"一天连到两盘事，没显得累的样子！"

柳惠取了碗筷，"郊野旅行，还能累？""呼"的一声坐在席子上，"唔！冷的社饭用筷子挑来慢慢吃，真是香！"

幼麟卷起白袖子，也挑着社饭吃，跟九孃说话："九九！你坐在草上，像一幅印象派的仕女画！"

"哪个坐在这里都像！"九孃笑着说，"三表哥！你带学生上哪里了？"

"我们上李子园，她们上南华山……"幼麟在用神吃饭。

"没上到南华山，在马颈坳一带。人还在那里由先生带着，我翻三王庙背后下来，在大桥碰见他。"柳惠说。

"你也都不简单，那么陡的坡下得来，汗都不见一颗……"徐姑婆说。

"喔！"婆最欣赏她儿媳这点。

幼麟看了看狗狗，"狗！这里好不好走玩？"

"毛大霸腰，又咬人；喔！毛大霸输了！"

"怎么一回事？"

大家摆了一盘毛大，毛大装着专心用功吃饭。

"'肉人'¹一个。"幼麟瞟了毛大一眼。

到中午，草花的气味在太阳下蒸腾起来。附近山窝里有阳雀叫。一声声，一声声，这边叫完引着那边。野蜜蜂在人耳朵旁打旋旋。

人自自然然静息下来，都有点微醉的意思。只剩下孩子们碗筷声和咀嚼声。

"春天，又有几声阳雀叫，这么多人坐着，也仿佛只像是一个人……"幼麟说。

"谁在天津桥上，杜鹃声里栏杆。"九嬢念着两句词。

"这词是哪个的？"幼麟问。

"不晓得……忘记了……"九嬢笑着说。

"人都说，要下雨阳雀叫才有情致，东坡的'萧萧暮雨子规啼'之类，我看也不见得！"柳嬢说，"今天就很好！"

起身了，也该回去了，还要走这么远路。各人收拾带来的东西杂物。

看坟的吴岩盛扛根大扫把前来预备帮忙收拾，后头跟着打赢毛大的笑眯眯的胖苗崽，左手杆上巴了些黄丝烟。

"这伢崽是你的？"幼麟问，"刚才和我们伢崽霸腰赢了的是他？"

吴岩盛说："是呀！是呀！他不好！他霸赢了！他不好！"

"怎么不好？我们的伢崽吃'糯药'，最没有用！"幼麟说，"他读书吗？"

"没有娘啊！没有娘啊！没有钱，没有空，要放牛啊！"

1　没用的人。

"我们伢崽咬了他，伤重不重？"

"没伤！没伤！明天就好！明天就好！"

"那我们转去了！"幼麟留下几吊钱送给他。

"那你们好生走啊！"

大伙走了一两百步，回头看吴岩盛和他伢崽还站在花树底下。

"你看这些苗子，伢崽打架骂都不骂一声，打都不打一餐。亲眼见他骑在毛大背上擂拳头的。"徐姑婆说。

幼麟笑起来，"我们孔夫子的教育方法动不动就打。家里打，学堂也打。打出一代又一代的乖崽，全国人都是乖崽。哪个做皇帝，哪个做总统，不管是昏君、暴君，都对他尽忠尽孝，就是这样从小练出来的……"

"你看你这种讲法！那屋里的做父母的还有哪样用？"徐姑婆说。

"苗族人根本懂得哪样教育？这不只是打不打的事。比方讲，一个字也不认得，也不懂应对进退的礼貌。隔几年苗性发作还造一次反……"倪姑婆也搭腔。

幼麟赶紧称赞他三孃：

"你这就摆清楚了。苗族人不懂孔夫子的礼貌，不认得字，隔几年造一次反；想想看，是哪个弄成这样子的？要是苗族人能认字，又懂礼貌，一百年、五百年也不造反，和我们汉族人一样，这有多好？

"做哪样总是一箩筐、一箩筐苗人脑壳从乡里挑进城？都不见城里人一箩筐、一箩筐的脑壳挑下乡？

"所以要五族共和，大家平等嘛！平等不光只是砍不砍脑壳的问题，比方你刚才讲的读书啦！人看不起人啦！过日子讲干净卫生啦！害病请医生不拜菩萨呷香灰啦……没有饭呷啦！……把那些不讲道理的事都变过来，这就叫作'革命'嘛！"

"你一大串，忙着听都听不懂！"徐姑婆笑得了不得。

"哪！"幼麟讲，"话讲转来，我看苗族人不打伢崽，最起码比我们汉人文明！"

"不读书没父母管教，长大就变土匪！"

"做土匪的读书人很多，三孃！北京、南京、上海有好多大土匪都是读书人。那种土匪才怕人，他有本事杀了你还要你多谢！"幼麟越讲越兴奋。今天他特别觉得自己像个共产党，把以后一些事情都理顺了。

"你这种人哪！快只剩下一张嘴巴了！……我都听累了！"

"要不是今天挂坟，哪里有空几娘崽摆龙门阵啦？"

"你这龙门阵一点也不好听！"

没过大桥，沙湾的沙湾，大桥头的大桥头，拐南门的拐南门。"好生走！慢走！"讲过，都各自回家了。孙姑婆叫住幼麟，"你跟我回中营街屋里一下，我有要紧事和你谈！"

柳惠、王伯和喜喜以及一批帮手背着狗狗跟婆回文星街。

进门在堂屋坐定，孙姑婆进房取了两个大包裹出来。

"你看这个！"上头写着广州黄埔军校孙某某寄的字样。

"这不是得豫寄给那个滕家妹崽的吗？怎么在你这里？"

"你晓得得豫和滕家妹崽的事？"姑婆问。

"晓得！"

"哎呀！你看你晓得！晓得你怎么不早告诉我！你看现在事情

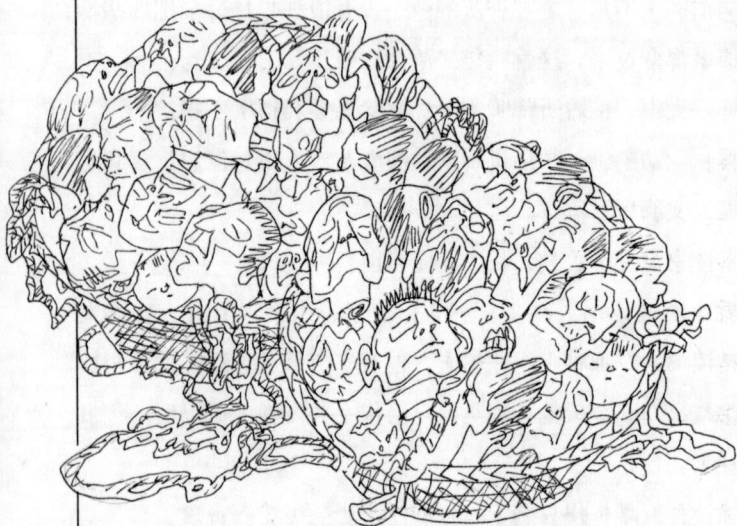

一箩篷，一箩箦而人脑壳从乡里挑也城

做哪样总是一箩篷、一箩篦

苗人脑壳从乡里挑进城？

闹成这么大！"

"有好大？"

"那滕家妹崽让山阳县姓陈的什么什么队长赶场的时候掳了……"

"是呀！是呀！我听到人讲啦！"

"你也听到啦！你这人！"姑婆也一下坐到椅子上。

"听到是听到，怕你老人家错急¹；讲送你听，一点忙也帮不上。得豫这人脾气你是最晓得的……"

"若果早晓得，妹崽真要是好，我可以托人去讲亲做媒嘛！"

"讲不清！她爹不许，犟得很！——这下好了，抢走了……"

"底下还有怕人的咧！抢走三天就在山阳强迫成亲拜堂。新郎'打底马'²'抬货'³花轿游街，在徐家码头边上让人晓得哪个仇家连打三枪，开了花，脑壳都不见了……"

"这么快！"幼麟跳起来，喘不出气，呆了。

"你看，这怎么得了？要是人追起得豫来……"

"嗳！得豫老远在黄埔，哪个都晓得的，和他扯不上……"这一下，幼麟笑起自己来，应该宽心的事，怕成那样，狠狠舒了一口长气，"姑妈！我看你一点都不要急。事情了结了！你把两个包裹拆开，东西收起来，也莫让得豫晓得就是……"

"那他爹听到怎么办？"

---

1 着急。

2 骑彩马。

3 洞房一应新家具软硬设备。

"没有什么怎么办！和我们有什么关系？滕家、陈家非亲非故。人又不是我们抢的，那个人又不是我们打的……"转过身对九妹和瞎子说，"明天陪你妈来文星街和你舅娘打'泡泡里'¹，我炒牛肚子请客。清明我放三天假，有空陪你们走玩。"

幼麟走出孙家，见西边斜对门张麻子门口那块大金匾上"万家生佛"四个大字，心里讲不出的那么舒服，"佛呀佛！你可是'歹毒'得很啰！"

1　纸牌的一种。

朱雀有几个著名的"朝"神，一两个"醒醒家"的人。"醒"字，字面上解释为"病酒"，铺开来讲，又有点"游戏毕，心饱于悦乐"的意思，那就很对了。有这么一种人，不怎么"朝"，总是自得其乐的满足；与人为善，不激越狂暴，却常受大人调侃、小孩欺侮。

哥嫂家在正街靠近曹津山铺子的"羝怀子"，是成天在街上闲悠的人。剪的是个尖尖稍长的平头，有点柿子红夹白颜色，四十来岁年纪。白皙皮肤，尖鼻子，眼珠子还有点黄，清瘦的身段，沙沙的嗓子，像是从西域过来的遗子。这家人怎么个原因流落到远远的山缝缝里来的？要明白了，定是个好听的长"古"。

羝怀子从不恶人，偶尔有点缠绵，温和地在你周围打转要点摊子上现成东西吃。不给也行，再凶点他就走。

"来哟！来哟！搞点来呷下哟！——哪！这样吧！我给你尝尝味道，要好，我帮你吹出去，我满城喊！——好！好！不要动手！我就走！你看！我不是走了吗？——嗳！你这人不好商量，我都走了，你还不给我来一块？"

眼看卖东西的认真了（其实不是真认真），他会不怨不怒地悄然隐退。

遇到龙钟老娘摆摊子，周围没人也会就便薅块东西放进嘴巴的。

"你个背时的羝怀子！看我报送你'大大'去！不给你夜饭

呷……"老娘子骂是骂，倒也觉得这人有趣堪怜。

碰见苗族汉子挑点什么进城，不知就里，会让他打官腔吓住的，"站住！哪里来的？开条子盖印没有？嗯？"

如果碰到群十五六岁的少年男子，便会叫住他："喂！羝先生今天哪个衙门办公？"

"旅部！"

"办哪样公？"

"画红杆杆杀人！"

"今天杀几个？"

"三八四十九个！"

众少年兴趣来了，"羝先生，来一段戏行不行？"

"今天呀？"

"不是今天是哪天？当然是今天！"

他愁上眉头，"你看，行头都没在身边……"

"随便来一盘就行了嘛！"

他顺口一声："拿根纸烟来嘛！"

少年折了根麻秆子给他含着。

"哎呀！来哪一句呢？"

"随便！快点，快点！听完我们好走路！"

"莫急，莫急！等我运运气……"咳嗽清嗓子，"看，来了！"

"——唐王嗳！马陷……乌呀！……乌，泥，浆啊！……怎么样？"他得意非凡，"不晓得怎么搞？今天的嗓子硬是特别之清亮！……清不清亮？回话！"

少年们笑成一团，大着嗓子叫："清亮！狗日的羝怀子嗓子最清亮！"

更小点的伢崽晚上甚至到他北门上的"行宫"里去。那是间带楼的小木房，铺满厚稻草。听他摆龙门阵，信口乱煽，"蒋介石惠州打朱元璋"，"唐明皇大战董开先"。（董开先是哪个？他也不晓得。大家都不晓得。）他善良，也不邪恶，人大方，有东西爱请人吃："卫生，绝对莫怕！我病过没有？你老实讲！"

文星街城墙边上有间土地堂，里头住了个罗师爷。

师爷照理讲是个有身份的。可能他以前真做过师爷，或是后来人取笑他安上的都难讲。

他中等身材，微胖，耸起头发，唇上留着夸张的八字胡。到冷天，中山装外头套了件短大衣，旧到极致，要小心分辨才能看出曾经有过的那种格局款式。眼前已经融为一体，甚至可能粘在身上揭不下来。

没听他诵吟过文章和诗句。他永远地自我忧愁，头奔着胸脯往前蹿。

朱雀城少人穿大衣。传说著名的三件半大衣中那半件就是他的。一个人能穿上大衣可想而知有来头，在罗师爷身上却看不出痕迹。

土地堂的供品自然由他个人包受。平常日子，街坊上会想到他，让伢崽端点剩饭剩菜送到土地堂去。

"罗师爷！哪！"

"嗯哼！"乌黑的角落里答应，"候着！不看我在忙？"

街上行走的时候顽童纠缠不休，扯他飘零的烂衣，他会转半个身子对人警告："莫闹！你闹，我只要稍微一抬手，你就会摔几丈远，不得开交！"

又有人讲，他是婆娘跑了"朝"的。

老祥。

老祥是个苗族人。有个娘，还有个姐，都住在王家弄。

他是个非常近的近视眼。冬夏都是一件厚厚的大襟苗短袄。敞开三两颗扣子，扎根帕子腰带。

不停地拿手指头"荡"着手上锋利的小镰刀。

有人讲，老祥喂了只大老鼠在棉衣里，讨来饭，自己吃也喂老鼠吃。

老祥不惹人。你惹他，他便拿手上的小镰刀朝后头空中砍，并且做着屁股一拱一拱的动作，不辨方向地骂人："米！米！米！麻雀[1]卖送你！"

他时常在文星街熊希霭门口讨饭，坐得特别久。他晓得熊家人对他好，门口又宽又凉快，青光岩的大门槛上还可以磨刀。

传说他背娘过跳岩，到河当中要娘叫他作"男人家"[2]，不叫不走。一个老娘子悬在水响哗哗的跳岩上是很怕人的，只好喊了，一边捶他背脊，骂他"背时"的。

这难叫人相信。他头脑简单，不会懂得做"男人家"的意义，是闲人无聊编出来糟蹋他的。年成不好的日子，他背着娘在街上讨饭，很让人伤心……

1 生殖器。
2 丈夫。也泛指男人。

唐二相。

唐二相其实算不得"朝"。

他是个打更的。没有家，一个人住在观景山庙里楼上。

这个楼四围遍览城郭。

全城人一辈子一半时间和他有关，睡觉时听他的更声；早上醒来，没人想起好言一句。

他不稀罕。

谁愿意做打更的呢？白天当夜间，夜间当白天，"众人皆睡我独醒"，一架活的"铜壶滴漏"。

黄昏定更炮开始，黎明结束，年年、月月、夜夜如此，没人帮忙，无人替换。

他有没有老婆？不晓得！不过，他该有老婆的那一大段年龄就打更了。唉！耽误了！近五十岁的人早就失掉跟哪家妹崽亲近、讲白话、"逗胰子油"[1]的机会。

哪个肯嫁给住在山尖尖上、颠倒过日子的打更的人呢？

这方面看起来，他好像不在乎；自然，不在乎并不等于不努力。

午炮过后，他下得山来，看他换了件阴丹士林布罩衣，脑壳的分头用口水调抹得整齐光亮，穿街过巷，来到登瀛街女学堂门口，面带微笑从左到右、从右到左背手仰头地慢慢徘徊。

学堂高班女学生看了便去报训导主任尤先生。尤先生是个"改良小脚"[2]的老姑娘，扭着扭着走出来，压抑满肚愤怒，"唐二相！

---

1 眼色调情。
2 缠足后又放了脚。

这是教育重地，一个男人家，门口来回走动不好看相！到别处去吧！以后莫再来，免得政府晓得了，一报，会坐班房的……"

每回这种话都由尤先生口中说出，也都见效，唐二相听完就走，三五天再来。根绝唐二相的这种雅行的办法难找。

去了学堂，必定到曹津山铺子门口红板凳上小坐。

"二相作诗了吗？"人问他。

他闲愁无奈地舒着长气说："作了啊！"

"读给大家听听！"

"好！"他站起来，"——摇头摆尾踱方步……啊！学堂女学生随侍着……啊！白话文诗比文言诗难作万倍……"

"就两句？"

"就这两句，也费了我好多工夫！"

曹家少老板端来一小碟什锦烧腊肉，有薄菲菲的牛肉巴子、猪耳朵和一小杯子"绿豆烧"，轻轻对他说："请客的！"

朱雀城，怕就是曹家一屋人最怜惜他了。

他喜欢曹家临街这几张矮红板凳。坐着慢慢喝酒看来往生熟行人。

中营街口高卷子[1]京广杂货铺有人拉京胡唱戏，"……忽听，万岁宣应龙，在朝房来了我这保国忠。那一日，打从大街进，偶遇着，小小顽童放悲声——"

"错了！"二相说，"襄阳音，'日'字要唱'立'字；'街'不唱'该'，也不可唱'揭'，要唱'家'音。狗日的外行！"

1　指口吃的人。

234

隔凳子喝酒的几个熟人说："你个打更的懂个屁？"

"喔！你妈个打更的还预备这么多学问？"

"莫'絮毛'[1]老弟！打更也是政府一员！听过'鸡人'没有？周朝管时间的官。"

"'鸡人'没听过；'鸡巴'听过！"众人哄笑起来，"你是个'鸡巴'官！"

唐二相偏过头去喃喃说话："……犬豕不足与论道，这帮人对文章学问过分得'狠'了！"

曹老板走来轻轻地对二相说："莫理他们，这些人无聊。好好喝酒，喝完上山，下次再来……"又转身对另外那批人皱皱眉毛，摊一摊手，"何必呢？"

遇到真情的人，他喜欢，他信服，会捏着你手杆问："喂！昨夜间，我那个三更转四更的点子密不密？妙透了是不是？"

"我讲直话，老子困得正浓，顾不上听……"人说。

"哎呀！可惜！我这么用神，你怎么错过了呢？好！不要紧，今夜我给你来个更密的，你要注意了。是三更转四更……"

人应酬他，打着哈欠答应："喔！喔！好啰！好啰！喔！"

有谁想到过，有个人夜夜活在全城人的梦里？

谁把这个孤单人扔到世上来的？

有一天，唐二相不在人世了，夜间哪个再来打更给人听呢？

只剩下玉皇阁、三王庙、文庙殿角尖的铁马铃铛在夜风里叮当作响了。甚至——

1　玩笑、逗弄之意。

有一天，那些铁马铃铛也没有了呢？

夜里，哪样声音都没有了，静悄悄的，夜不像个夜，要好几代人才能习惯的！

有一天上街，王伯告诉狗狗："要是街上看到'萧朝婆'你莫怕。她是你远房又远房的婆。

"现在她穷，四门讨饭。年轻时候是个漂亮小姐，会吹洞箫，作诗，弹琴，写字，绣花；眼前像个老妖怪婆，又难看，又肮脏，最是受罪造孽。少人晓得她的前尘事，把她当平常叫花婆，得不到人可怜。她高声叫骂往年害她的人，也骂眼前路过的远亲。掀人家的糗事。

"你莫怕，她不认得你。

"认得你婆，你妈，有时也骂；不敢骂你爸，更是怕你爷爷，她说，遍张家，只有你爷爷是正经人，叫他'大哥'。"

狗狗听王伯说过这一回，就一直想萧朝婆。

萧朝婆做哪样又恶又可怜？

称赞萧朝婆长得好看的人都老了，死得差不多了，失传了。

萧朝婆自己六十多，好看说不上，头发倒是一根不白。

要是拿皂荚好好洗刷一下，弄得清清楚楚，完全像上海画家钱慧安笔下那种美人，鹅蛋脸颊，凤凰眼，悬胆鼻，小嘴巴，一大把黑头发。

萧朝婆丈夫在很远很远的地方当知府。接她到任上时没料丈夫讨了个"小"，气就涌上来。自己有脑筋，晓得反是反不了，便想方设法要那个"小"一下倒马桶，一下倒洗脚水，一点不顺就扑她的肉，抽鞭子，跪踏凳[1]，很耍了几个月威风，口口声声说给点下马威"小"的看。

越闹越凶，吃饭摔碗打盘，辱骂丈夫，几回知府问案子时间到公堂上，丢尽丈夫脸面。

又吞鸦片烟膏，上吊，拿剪刀剪喉咙。没办法，知府便派几个人强送她回朱雀，让她一个人过好日子算了。

她不想过好日子。她上街去宣讲丈夫的臭史。天天围一大圈人听她一回二回地摆！有人搭信给她丈夫。

不久便又接她回任上，带全了箱子笼屉行头。轿子抬到苗乡里，把她嫁送一个老实单身苗汉。这一下翻天了，拿把菜刀从里追到外，从坡上追到坡底下，没人敢挡，也没人敢劝。那个苗族汉子从未见过这种场面，吓得躲去亲戚家里不出来。

她呢？一个人回城里了。状告到县衙门，让轰出来。城里恶人多，也有见她不怕的；所以气更逼在肚子里，只等丈夫回来算账。偏偏丈夫这时候死了。

一月两月，一年两年过去，"扁担挑'凌勾板'[2]，两头空"，只好提着口竹篮子，装着全套家当，上头伏着块布，每天上几家过去有来往的人家门口。

这几家都是跟她丈夫有交情的当官正经人家。文星街熊希霭家，北门上唐力臣家，正街上田三胡子公馆，岩脑坡滕文晴家……来到大门口石马凳上一坐，"把点饭！"若里头没有答应再重复一两次，

1　床前踏脚长凳。
2　冰块。

还没人答应便上别处去了。她也从不认为自己这样是在讨饭。

不会没人理的；要不理，定是没听见或是出门。她料得定这些人家一碗饭、一点菜的余情。

她会剪鬼斧神工的纸花，一种绣花用的花样"底子"，不剪纯粹供欣赏用的窗花。袖口啦，胸口啦，裙边啦，伢崽兜肚啦，鞋花啦之类。送她饭，和颜悦色求她，她就剪。她不剪苗花。要她剪，她会骂："我是什么人？剪卑陋之物！"

她有把锋快的剪刀，除剪花还可防身攻敌。调皮伢崽要估计好逃跑退路才敢叫她声"萧朝婆"。她不理会，有时也理，横眉瞪目："'朝'哪样？有何好'朝'？我这是悲苦缠身！你妈、你姐妹、你婆才'朝'！我堂堂'七品夫人'无人不知，哪个不晓？朱雀城县长帮我鸣锣开道我都不要！"

落雪天，她萎缩在街角。残忍伢崽装成怕冷样子求她在"火笼"[1]里烤烤手。她便慈爱地把衣服张开来，"快来！崽！你看手都冻红了！"

那伢崽在"火笼"里丢了颗小爆竹撒腿便跑。

这伢崽后来长大在河里淹死了。他妈哭了半年。

有人碰到"觃怀子"，"觃先生！想不想讨嫁娘？"

"想！怎么不想？"

"那，我帮你做媒！"

"哪家的？"

"萧满嬢哆！"

---

1 里面放小陶钵烧炭取暖的手提竹篮。

"嘿！有把快剪刀，我胆寒！"

再就是"侯哑子"。

他跟家婆住在东门井；有时候也在北门上土地堂过去一点、标营头也姓侯的人家里扎狮子、龙灯脑壳和风筝。风筝是全城最好的。不扎花样，只是横一块直一块，平时卷起、放的时候撑起来的那种。

他在上面画人物，是永乐宫壁画的那类。开脸、衣冠、动作勾得都合法度，不晓得是哪个师傅教的。

论风筝伢伢，全城第一。其实排在大地方，也是少有。

所以他的风筝贵。固然风筝做工是一回事，要紧的是他的画。稍微懂点画的伢崽去买他的风筝，见到他，会尊敬得发抖。

他做风筝卖是养他的家婆。

他画风筝用悬腕。先勾灰墨，再在要害部位勾上浓墨，又在全部轮廓内圈上勾一道白粉；一切做完，才认真敷色。

画到半中，忽然放下画笔，将右手卷成一个喇叭"胡！胡！"吹将起来，吹完，再畅快地宣讲："哼啦！嘟噜！啡哩胡！拱龙，拱！嘭！嘭！咕噜！碰！……"虽然晓得他在高兴，倒是一点也不懂他的意思。

一通搞完，再继续画画。

隔一两年发一段疯。在城垛上行走，两手撑着城垛子打秋千，脱下裤子露出光屁股，吃狗屎……

不要好久自然会好，又乖乖地画风筝卖。

他有时候讲话，旁边的人勉强听得懂三两个实在的字，只有他家婆明白所有的意思。

他从不招人惹人，走路挺胸，拖着脚板一步一步地迈。论相貌，算个清秀端正人物。

五月过去一点，有一天，放过午时炮之后，六年级学生李承恩、梁长濬两个人从北门街上跑进考棚来大叫："张校长！张校长！杀共产党了，张校长在哪里？张校长！你快走！杀共产党了！"

幼麟从办公室走出来。

"你快走！杀共产党了！韩仲文，还有那个姓杨的、姓刘的都绑到赤塘坪去了！校长你快走！"

幼麟奔出考棚，只两家就是自己屋里后门，屋里去找柳惠，不见；找伢崽狗狗，也不见。过后，自己也不见了。

王伯和狗狗正在箭道子广场上看河南佬耍猴戏，忽然外头有人大叫："砍共产党了！抓了好几个！"知道不好，夹起狗狗沿城墙往家里就跑，进到屋里只见婆一个人坐在堂屋发痴。空荡荡顾不得她，又冲出前门夹着狗狗直上"陡陡坡"出西门过桥奔赤塘坪。果然那里远远围了千把两千人，分开众人走近一看，地上躺了三个人，脑壳和胸脯都有乌血。不是狗狗爸妈。

王伯抱着狗狗出来，在河滩上找了块岩头坐下。

"王伯，你做哪样？"

"狗狗，王伯要死了！没有气了！王伯要死了……"

狗狗看王伯想站起来，又瘫倒在泥巴地扯气。

狗狗坐在王伯旁边，他四围地上长着"狗狗毛"[1]，有的地方

1　莠草。

是红泥巴和青光岩[1]，几只大蚂蚁四围走……

好久，好久，王伯才撑起来，见狗狗坐在旁边，场上人慢慢散去。她软着嗓子："狗狗！我们转去吧！你自己走得吗？我拉你慢慢走啊！"

堂屋里坐着婆、四满、四婶娘、孙瞎子和九孃、四舅，还有沅沅喜喜和保大、毛大和柏茂，堂屋静悄悄。

四婶娘轻轻地说："是不是把狗狗先送到得胜营去一下？"

"不行！一路上弄不清楚！"四舅说。

"南门上姑爷家呢？"四婶娘问。

"和屋里不是一样？"四满说。

"可不可以送到楚太太那边……"

"吓！简直笑话！"

王伯说："我带走吧！到我'木里'乡下去！"

"……"

"……这是个办法！马上走！有事我会派人报信。跟伢崽和别人都莫讲这些事。"四舅从口袋摸出两块银圆，"你先拿去用，过两天我再送来！"

"别的事，我晓得……乡里不用钱！"王伯进屋给狗狗收拾东西。

沅沅跑过来拉狗狗的手，晓得屋里出了吓人的事。

为了妥当，王伯带着狗狗睡在后门隔壁周家染匠铺的布堆上头。

1　鹅卵石。

待染的蓝靛布堆到屋顶，又软又干净。上头一躲，鬼也找不到。天亮城门开了，王伯带狗狗头一个出北门。乡里等开门的也一窝蜂拥进来，这就一下子混出去了。王伯带着狗狗，还挑了三十斤米、一斤盐和两斤茶油。过跳岩之前，王伯回头看了看城楼子，心里对狗狗说："崽呀崽！过后日子有没有爹妈，由不得你了！眼前，我就是你娘！"

过跳岩，狗狗说："我过过跳岩，去家婆屋里。幺舅骑马送我转来的。"

"我晓得。"

"我回来，太就没有了；后来沅姐就病了。妈和我买鸡蛋糕和橘子送她吃。"

"我晓得。"王伯答应。

"嗯！"狗狗也说。

"你再讲呀？"王伯说。

"没有了。嗯。"狗狗说，"我喜欢你讲你小时候。"

王伯背上是狗狗，肩上是三十多斤的扁担。上坡的时候扯着气：

"你想听王伯讲话，王伯有想讲话，十天一声不出都行；要讲，九天九夜都讲不完。不想讲，光讲过去的事有哪样意思？又不是看戏。

"我从小就没人要。天旱收不到谷子，把我头发上插根草赶场卖了。我又瘦又干，没人买。几次都卖不掉。跟在我妈后头回家，我妈讲我丑，要好看一点点早就卖出去了。她有气。我不好看，其实也不丑，只是干瘦。我不晓得该怪天，还是该怪自己。

"我讲，妈！你只一个女，你莫卖我，我去山里挖葛，挖不

242

到我不转来，挖到一次就转来一次，就当作没有我好了。你卖了我，得钱只吃几顿就完了；不卖我，我一直在你眼前。我不烦你；不喜欢我，我躲着就是。

"我就在山上挖葛板。哪来的锄头？用手。手指头挖得见骨头，挖完了拿黄泥巴包起来。我捡'羊奶子''酸菜包''洋桃子''救兵粮'[1]吃。葛板根要煮了才能吃，生吃哈喉咙，会死。

"我拿棒棒打兔子，挖山老鼠，打鱼，捕鹌鹑，捉蚱蜢和'叽鸭氏'[2]，敲火石点火烧吃，有时落雨火不燃，烧也不烧，就一口一口生着嚼。

"我爹骂我像个鬼，是鬼变的。我骂他：'你才是鬼！'我不怕他，我跑得快，他们哪个都抓不住我。晚上也不行，我耳朵好，他们一起来我早跑了。

"现在人日子不好过都叫作'苦'，那是比出来的。

"自己没有'好'过，又没见过别人的'好'，以为人天生该是这么过的，'苦'哪样？

"山上碰到过熊娘、豺狗、豹子。它们嫌我瘦，不吃我。蚊子咬我一脸一身包，夜间冷得我一直笑，笑到天亮太阳出来。人讲，有时人就这么笑死，死了脸还笑。

"十六岁我爹妈把我送给当兵的王驼子当婆娘，这狗日的四十四岁。好吧！送就送吧！哪个都不要哪个吧！哪个都不想哪个算了！好！家里那段'苦'算完——狗狗！你在听吗？"

---

1 都是野菜。
2 蝉。

"嗯！"狗狗答应。

"你总是'嗯'，你又不懂好坏！"

"我懂好坏，我不喜欢王驼子！也不喜欢你爹！"

"我也不喜欢！你以为我喜欢？我才不喜欢得很咧！我二十岁生了王明亮。他出痘子，要死，后来活了，是个麻子儿。我盘他到十六岁，他进营里学吹号，不靠我了。

"民国七年在乾城，有天，屋门外头喊：'驼子屋在这里吗？'我答应'是'，打开门，两个兵抬个死人进来。

"'你王驼子犯法砍脑壳了！'

"我掀开军毯子一看，没有脑壳。

"'脑壳呢？'

"'找不到！'两个兵答我。

"'怎么找不到？'

"'砍多了，不晓得哪个是哪个的。你不要了，算了！死都死了，要脑壳做哪样？'

"我就回朱雀来了。我不回'木里'。讲是讲'木里'有屋，妈死了，爹还在；后来爹死了，人报我，我才转来。我一年转来几回。半年不来，草长进窗子里！满屋'盐老鼠'[1]，来一盘，拿'烟包'[2]熏一盘。满屋飞，很烦人。

"我种点苕，够吃就算。又拿棒棒打鱼，打雀儿吃。要是野猪把苕地拱了，就到隔壁乡里高坳喊隆庆来打野猪，没有苕吃就吃

---

1 蝙蝠。
2 一种熏蚊子的草扎的草把。

野猪。"

"嗯!"狗狗在听着。

"你怎么总是'嗯'?你该问王伯:'野猪好不好吃呀?'你要和王伯说话嘛!"

"我不想问,我晓得野猪好吃!"

"你怎么晓得?"

"幺舅打野猪转来,好多人吃,我也吃!"狗狗说。

"……我又上城里卖野猪鬃给人纳鞋底。木里野猪大,颈根顶上的鬃有六寸多长。麻个皮大家都向我买,好像猪鬃是老子身上的……狗狗!看,豹子在晒太阳!那边!嗯?那边!顺我左肩膀看过去,崖缝上那块岩上,看到了?看到了。我晓得你不惹它,它也不惹你。它吃饱就晒太阳,肚子饿了才躲起来不让人看见。它打埋伏,要扑就扑!隆庆在,它就完了。嗯!隆庆也不随便打野物,要扳骰[1],扳了胜骰才出门。他跟'梅山十兄弟'[2]赌过咒,许过愿。许愿就讲,老子怎么死法?笑死,醉死,枪走火死,害病死,饱死,饿死,老虎、豹子吃掉……自己任选一样,'梅山十兄弟'答应了,回回出门打野物都有收成。

"我屋孤在小河边上,弯来弯去,三里外才有潭。河浅,两边都是树,是草。要是有钱买羊放,那是最好了。没有钱也省事,就让它野在那里。大筒苞、酸叶苞、地枇杷满地是,见没有人,都长到屋跟前来了。说是说木里,我屋要过木里两里多地。人见我屋烟

卤冒烟才晓得我回来。我也懒理那些人。穷日子见人矮三分。大家矮对矮，也没意思。

　　"几十年前，汉人、土家人住得都还多，眼前走的走，死的死，也差不多了。

　　"我妈死以前好多年，她总讲：'我哪样都冇留送你，记得这口岩头水缸。'

　　"岩头水缸有哪样好记？有年底下钻了根蛇，隆庆扒开缸子帮我抓。缸底下埋个小罐罐，里头一块烂布包了一百钱一个的两个铜圆。她一辈子给我留下了两个铜圆。

　　"人家都讲'命'这样，'命'那样，'命'不'命'哪管得用？怪自家'命'差，醋人家'命'好；'命'好'命'歹都只活一辈子，皇帝佬佬都一样。当官的冲锋打仗，穿心炸肺，有几个好死的？我王伯不信'命'，也不信'理'。什么'理'？皇帝打仗先要讲个'理'才打，好让大家心甘情愿为他死；营长、连长拉人出去砍脑壳，也要讲番'理'，他们懂个屁！随便宣两句，听都没听明白就拉出去了。

　　"几句话就是一条命。你晓不得生儿育女盘他长大，做娘的多不容易？大官讲大'理'，小官讲小'理'，其实都一样，纵然明白也还是一个死，这个'理'害死好多人……

　　"狗狗儿！你听我讲，长大莫信这一套。人生在世最信得过的是自己，自己最靠得住！发愤读书，做个堂堂男子汉，莫当官，莫伤天害理；也莫让人欺侮，没力气还手，等哪天有力气狠狠给他几下；跟他讲明白，人欺人不行。人不答应，天也不答应！

　　"你看登瀛街陈麻子陈团长，转屋里的时候前后马弁好威风！

年年'还傩愿'，请戏班子屋里院坝唱'阳戏'。去年，原本唱三夜的'阳戏'唱到第二夜，火线上来人报信讲陈团长阵亡了，一下子人就散了，家也就完了。你看，人生一世就是这种样子，做不得真。活的时候，够爽朗就行，莫太得意；倒霉的时候，认了！没什么大不了。你王伯一辈子就信自己，看透了！——狗狗，我讲你懂吗？……"

"我不晓得你讲哪样。"狗狗在王伯背上说。

"不懂不要紧！你记住王伯的话，长大慢慢想！

"你听，布谷雀叫，'多种苞谷！多种苞谷！'你见过布谷雀吗？"

"没见过！"

"布谷雀灰灰麻麻，不好看！爪子凶，还抓小雀儿吃！——下坡有家饭铺，我们吃饭。这老板我认得他，名字难听，叫'狗屎'，婆娘叫'芹菜'，人家笑，'一把芹菜掉在狗屎上'；'芹菜'其实长得胖，当芹菜也不够格。——你看这坡好陡，毕家拉直，不小心绊下去，骨头都没影子！还有两座山好爬，到家天不黑；天黑也不怕，有王伯！山高皇帝远，杀共产党杀不到这里；听到声音我还会带你往山背后躲，我们钻山洞，王伯小时候挖葛哪里都走过。那个洞几天几夜都走不完。他们来，我们在洞楼上捡岩头板[1]他。要人断子绝孙办不到！除非王伯死了，王伯在一天狗狗就在一天。吐一把口水在狗狗身上都不准！

"跟'狗屎'和'芹菜'讲话我要扯谎，你莫插嘴；你阴着肚子听就是。我扯谎是为你。做好事有时候也扯谎。骗土匪、哄当官

1　砸、拍。

的、'肉'土财主钱，都不亏良心，都算是正经事。我小时候赶场偷过盐，没盐吃人会死；多吃盐又会长大颈包，我又偷海带。都是偷。没有钱只好偷。偷就是钱。

"——你看你看！这是山羊蹄印。山羊才在这高头过日子；野猪不行，上来气喘。这么高地方，只有大岩雕和山羊。大岩雕展翅有一张门板宽。它有时抓山羊崽，三四十斤不费一点力。我见到就尖着嗓子叫，拿棍棍吓它，一松爪，半空掉下羊崽，我就捡起背转屋里。山羊肉最是好吃。山羊角好大，比牛角好看多了，弯得像初七八的月亮。"

"听到吗？"王伯问。

狗狗不知其所以然，"不晓得你讲哪样。"

"听到老远响动，听到吗？嘚，嘚，嘚，嘚，嘚，嘚……你竖起耳朵嘛！"

"嗯！嘚，嘚，嘚，听到嘚、嘚、嘚。"

"有人来了。这阵候没人骑马，要骑马包有事。狗狗你来这石头后头，我把东西放在你身边，你莫动莫喊，有人杀了王伯你也莫喊，一天两天你也莫喊，会有人来救你。你懂了吗？"

"嗯！"狗狗躲在路边坡上大石头后，好多好多藤蔓。

王伯两手各捡了一坨拳头大的石块，躲到靠路边的大石岩后。

响声近了，果然是骑着马的两个人。

是苗兵，插着驳壳枪，鞍子后驮着两个大口袋。

他们没想到路边有埋伏。马晓得。马当然晓得。马不晓得要马有什么用？喷着响鼻，觉得旁边哪个地方有点不对劲。排头的苗兵四下看了看，嫌马多事，轻轻骂了两句，却也顺手打开驳壳枪的盖子，下山去了。

很久没动静，山雀隔不久叫一两声。

王伯吐一口长气缓缓站起来，松掉手上的石头，走到下山的路口。嗬，嗬，马蹄声逐渐远去。她在送走一种判断不出善恶的不明不白的力量，她的脚战栗起来。她回转身走到坡上那块躲着狗狗的石头后面，捡起狗狗和随身的东西，让狗狗跟在后头下到路边。

"你坐着莫动，让我想想。"

狗狗傍着王伯坐在石阶上，低头瞟着王伯。

王伯做事情，有时边做边想；要紧时候才这么专一地想。手撑在膝盖上托着下巴，山风飘起她的头发，眯着眼看脚底下一直推到天边的山峰。

"王伯，你看哪样？"

"莫打岔！王伯想事！"

"王伯，你想事样子好看！"

"你'朝'了？王伯好看个屁。"王伯笑了一下，"好！起来，我们赶路吧！"王伯背起狗狗，"你这种人，大不大，小不小，最难弄。小一点，用背带，用'夏'；大一点，自己会跟着走；就是你，你看，要背。你讲你烦不烦人？重得像个秤砣——"

"沅姐跟你一样想。"

"唔？"

"讲我像秤砣。"

"你看，是嘛！全城都讲你狗狗像秤砣！——狗狗，刚才骑马两个人你怕不？"

"我不晓得怕不怕。你怕吗？"

"唔！我一个人就不怕，带了狗狗，我怕。怕得很！"

"嗯！"

"你嗯哪样？打死了王伯，抢走你狗狗。你妈天底下哪找你？——狗狗！你听到我讲哪样吗？——你困了吗？你不要松手啊！一松手就绊到山底下去了！狗狗！狗狗！狗狗！做哪样不出声呢？"

"……我不想王伯死！我不想听你讲王伯要死了！"

"哈！王伯没这样容易死！"王伯在竹林子底下站住了，"狗狗！你听那雀儿在叫你狗狗，好听吗？最好听了！比画眉、八哥好听，也好看，一身黄嫣嫣子，叫作'王八丽罗'，躲在竹林里头叫一声就飞走了，不喜欢人看它！……狗狗！狗狗？还气呀？你看！你看！山底下那间饭铺到了。那边！唔！那边！往我右边肩膀看，哪！哪！皂荚树、乌桕树缝缝里，看到了吧！你看，你看，狗狗到饭铺了……"

真到饭铺了。

前不巴村后不巴店就这么一家。远远的不算大，近前一看，居然还好几进，很像个样子的瓦房。

门口照旧一列门板算是饭桌跟几张长板凳，里头还有方桌。摆席都行。不晓得哪朝代留下的大房子。大房子开个小饭铺，好笑！

门前一只小狗吠。小是小，"鸡公"长得很大；瘦得要命，可能是只"老人精"。叫声像青蛙，不惹人怕，见到人来，反而高兴地跟在后头摇尾巴。

"狗屎"瘫在竹躺椅抽旱烟，和他的小狗一式，真像条陈年干狗屎。

"芹菜"体魄宽厚，城里唱汉戏三花脸红的邓占魁演《十字坡》就有这么一段词："这个婆娘好大脚，好大脚；好大的南瓜，好大的南瓜；好大的两坨葛。两坨葛粉压垮刘屠夫的大案桌……"

"狗屎"进城遇到熟人，那人装成惊讶之极的样子："哟！狗屎呀狗屎！你看你让你婆娘扯吸干了！"

"狗屎"就会反抗地说："老子是条打气筒！是条打气筒！"

又有人说："狗屎呀狗屎，你这条打气筒那么勤快，怕不是三天要修一次床？"

"狗屎"就说："她就是床！她就是床！"

说这种话的时候，没一个人笑，好像在摆国家大事。

……

王伯在铺子前卸下担子，放下狗狗，站起来拍了拍身上的灰尘，跟里头的人熟得招呼也不打，进到里屋水缸舀碗凉水喝了出来："狗狗不喝凉水，等下喝凉开水。狗狗乖！"掏出毛巾帮狗狗擦了把脸。

"过了两个人，背驳壳的，我认得是得胜营柳家幺少爷的人。""狗屎"一动不动地说，"马背上驮了东西，怕是吃货……"

"嗯！"王伯问，"有跟你们搭腔？"

"芹菜"摇摇头。

"那就是了！……"王伯说，"找我的！"

"我听到城里头的事了。不要紧。张校长、柳校长都'水'了……"

王伯霍地站起来。

"……不要紧的，""狗屎"继续宣讲，"我当过张校长考棚学堂的传达，要不是为这婆娘出了事，我死卵会躲到这山旮旯里来？我认得这孩子。你把我当什么人？没有张校长，我走得脱吗？"

王伯说："走不走得脱关我卵事！我只和你摆明，和哪个都不准提我身边这个孩子！三长四短，我烧你屋，做掉你两口子！信不信？"

"那是信的啰！不过，你把我当作那种人，有一天你会对不住自己良心的……""狗屎"有点懊丧。

"摆饭吧！先弄碗蛋花汤给伢崽吃，我的饭，随便！有哪样吃哪样！"王伯在屋前街沿坐定，将狗狗放在膝上。

狗狗轻轻问王伯，"你讲你要扯谎的——"

王伯对他摇摇头，"王伯不耐烦扯了！"

"嗯！"

"两个人过路问起哪样？"王伯问。

"水都没喝，骑在马上只瞟了我一眼。""狗屎"说。

王伯点点头。

狗狗慢慢喝完蛋花汤，吃了个叶子粑粑，王伯也随便嚼了几口饭，"狗屎"和"芹菜"都不要钱，王伯背上狗狗下坡了。

她不从木里村子里走，绕了几里山林崖坎。那里她的路熟。

"我该顺手带把柴刀，狗狗你看这些刺窝，好讨人嫌。"又顺手指了指远远的那潭，"那里有鱼，小的有鞋底板小，大的有你这么大，大排树挡住的就是我屋。马上就到。"马上，马上，还走了半炷香工夫。

从屋子右后边石坎子下来，王伯放下狗狗坐好，逆着风一个人蹑手蹑脚走到离屋子三十步远的竹丛里蹲下了。她看到两个人在清理屋内外，手脚十分麻利。几年不来人，两个家伙从屋子里拖出二十担杂草蔓藤怕也不止。

马看到有人下山，呼啸起来，那两人放下镰刀，跟王伯打起苗话："怎么你在后头?"

"我看到你们过山,不认得,放你们过去!"

"幺少爷派我们从得胜营赶来的。老太太给外孙少爷带了点东西。"又从腰带上抽出把头号"左轮",解下了五十发子弹带,"幺少爷讲交送你,事情过了再还他。"

王伯推回,"我要它做哪样?要是来人,总少不了十个八个,我打不赢;我会带孩子跑,山上哪块地我都熟。不伤人,不结仇,他们不辣心。日后大家也好见面过日子。"

"拿去吧,幺少爷交代的。"

王伯回转身拉着嗓子,"话说一句就成,说两次做哪样?"很快从坡上夹回来狗狗和担子。

进了屋,尘埃已经落定,扫过,水洗过,一切清清爽爽,连床架、碗筷、灶眼都齐整干净。劈了一堆干柴,灶眼边浅龛里还放了几把带磷头的"通明"。

"难为你俩做得细。"王伯跟两个人对坐在院坝石凳子上。两个人点着烟袋脑壳抽起来。

狗狗看着两个人,指其中一个说:"你打野猪!"

那人笑了,"你还记得我!"

"你有狗。"狗狗说。

"路远,没带来,跟不上马。"

"嗯!"

王伯煮了饭,蒸腊肉让他们吃过,上马走了。

就这样走了。狗狗眼看着马屁股在这个林子里拐几拐,在那个林子里拐几拐,越来越远,不见了。

木里
王伯的
屋子.

她看到两个人在清理屋内外，手脚十分麻利。几年不来人，两个家伙从屋子里拖出二十担杂草蔓藤怕也不止。

走了，剩下王伯和狗狗两个人了。

"哪！今晚上睡新地方！"

"嗯！"

床上有新干草，王伯铺上垫单，枕头套里塞进新草，就是蚊子多。王伯说："等明天我割些艾蒿做几把'烟包'熏它们，我狗狗来木里不是来喂蚊子的。"

"灯呢？"

"没有灯我们乡里，灯没有用，屋里头哪里不熟？要灯做哪样，又不读书，写字，会友……

"太阳快落山了，你跟王伯到外头来吧！"

在院坝，王伯从包袱里取出个桐油纸包，包里有一挂炮仗。王伯摘下一个，怀里掏出盒洋火点着，"轰"的一声。

这一声炮仗把周围的伯劳、老鸹、喜鹊、鹭鸶、蝙蝠和杂雀儿们都惊得哇哇叫着满天打团团；前后左右山上这边应一声，那边应一声，轰！轰！轰！跟老远天上响雷一样。

"城里放好多好多炮仗，没有它响！"狗狗说。

"这里自然响。有山嘛！"

"王伯放炮仗做哪样？"

"报送隆庆，讲我来了！"

"隆庆在木里，听到就来。"狗狗明白。

"隆庆不在木里，他住得远，在左首边大山背后。他明早就来！"

放完炮，进回屋里，在堂屋烧起火炉膛。两个人各坐一张小板凳围着，脸孔映得通红。烟子把蚊子熏走了。炉架子炖一罐水，水一开，王伯拿个碗夹了两筷子盐，泡成一碗盐汤让狗狗喝了。又拿个木脚盆调温了水给狗狗洗脚。一边洗，一边说："狗狗到王伯家来了。王伯在这屋里长大的。做梦没想到会带狗狗回来过日子……我们娘儿俩在这里，过到哪天算哪天吧……"

狗狗上床，挨着王伯一下就睡着了。

半夜，狗狗忽然大哭起来，哭得那么伤心，王伯紧紧抱住他，哄他，摇醒他，问哪样事哭。狗狗说："嗯！不晓得。"

又睡着了。

月光从窗洞透进来。王伯搂着狗狗，满眶眼泪盯住脚头被窝上一小块冷冷月色。那么黑，只剩下狗狗的鼻息和自己脸上几颗泪光……

有些眼泪说不清来由。

清早，狗狗醒来了，王伯佷着他的脸庞，"讲送我听，昨夜间你做哪样哭？"

狗狗不好意思，"我不懂。"

"那好，我们起来——你要屙尿吧！"王伯匆忙地穿上衣服，又赶忙给狗狗穿好。大门勾勾呷呷响着打开了，门外一片大雾，一层又一层树影子，没想到左边岩凳上坐着个人，身旁的狗看到人从屋里出来，摇着尾巴迎上来了。

"你几时到的？"（他们讲苗话。）

"天没亮就到了。"

狗狗对着崖坎屙完尿，王伯夹着他进屋，"你也进来！"

隆庆坐在火炉膛边矮凳子上，狗蹲在旁边，他拨弄灰火，点起烟。

"这是我从城里带转来的伢崽，要住到哪年哪月我眼前不晓得。”

“嗯！”

“莫对外人讲我这里有伢崽！”

“嗯！”

“伢崽以后的日子，你也要管！”

“嗯！”

“他叫狗狗，你要他叫你哪样！叫满满好吗？”

“叫隆庆。”

“你这么大个人，让伢崽叫你名字？叫满满！”

“叫隆庆！”

“好！隆庆就隆庆！”王伯对狗狗说，“叫他隆庆！”

隆庆身边的狗一身油光黑，眼眉上各有颗黄点，尾巴笔直，是只打猎好手。

隆庆这苗汉子，这型号赶场时常遇得见，不过他长得比常人强壮；颈脖子和脑壳一样粗。包着黑苗帕，远远看去像根柱子。黑衣、黑腰巾、黑裤、黑绑腿、草鞋。后腰上插着粗竹根烟袋脑壳，平时抽烟，战时当铜锤，竹兜脑上钉满银和铜泡泡，谁脑门上挨这么一下，想闹着玩都来不及。

隆庆也是个单身人，打猎的；也不光打猎，还编竹篮竹“夏”、鱼篓，种苞谷、红苕、麦子、地萝卜、花生、草药，也种花。自小就跟王伯玩，长大了，两人也算是“好”；不过“好”得有限，有点城里人“神交”的意思。恐怕就这么一辈子“神”下去了。

王伯帮他做过什么呢？好像没有。他也只有王伯一个朋友。王伯走了，王伯嫁人了，王伯死了男人了，王伯几年几年不晓得音信了，鬼晓得他挂不挂牵。王伯哪年哪月哪天一放小炮仗，他马上就来。

没有人敢讲他两个浑话，用现在的时新话叫作"乱搞男女关系"。一是这事从来没有发生；二是如果让王伯听见，造谣人至少有三两年不得安宁。这情况不晓得有没有发生过。也没人有胆子敢把这类故事顺着讲下去。

有种传说众人是敢讲的。隆庆有年屙肚子，简直像在茅室里头搭铺，屙个通宵，一步也离不开茅室板。眼看一根木柱变成竹竿子。王伯这时来了，就在茅室外头起了个火线灶房，隔着一层茅草研究战况，递黄草纸，把山上采来的草药就地煎熬，乘热伸手送进去，又伸手进去接空碗。病情煞住之后，又开始熬稀饭，弄小菜，双手伸出伸进忙了一天。然后把隆庆半搀半背地送回住屋，安顿妥当，头不回地走了。十来天后，隆庆去看她，笑眯眯地还她个柱子似的原人。

有年有天，隆庆帮王伯挖苕，天又高又蓝，太阳不热，土地润冉冉子，在坡上，周围的灌木丛拥着他们两个，各干各的活。怕是今年年成好，苕又肥又大。王伯兴致好，停下锄头用手臂擦了擦汗，"你讲讲，你拜梅山十兄弟菩萨，赌咒选了个怎样死法？"

隆庆没理她，顾自地挖苕。

"问你哪！哑啦？"

隆庆摇头。

"你看，这么小事情都不肯讲！"王伯有气了。

隆庆停住手，脸没向她："不是小事情。不准讲的哟。"

"讲了，怕哪样？你不讲，好！那我一样一样数，讲对了，你狠挖一锄头，我就明白了。你又没讲，菩萨不怪你。我来啦——"

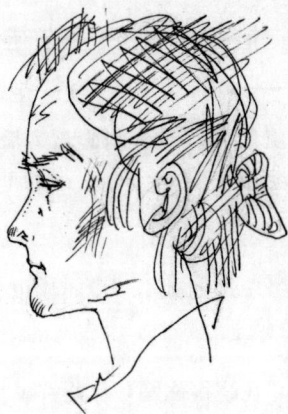

隆庆和王伯

王伯走了，王伯嫁人了，王伯死
了男人了，王伯几年几年不晓得音信了，
鬼晓得他挂不挂牵。王伯哪年哪月哪天
一放小炮仗，他马上就来。

隆庆一动不动。

"饱死——饿死——笑死——岩头砸石——山上摔死——喝酒醉死——吃毒菌子毒死——老虎豹子咬死——冷枪打死——"

王伯拖着锄头斜眼看着隆庆，笑着慢慢围着他绕圈子，"水淹死——雷打死——火烧死——害急病死——蛇咬死——砍脑壳死——"

隆庆没动锄头，反而掏出烟袋脑壳抽起烟来，咯！咯！打他的火镰。

"我晓得你犟！你犟好了！我看你犟到哪时……"王伯说完，自己狠狠挖起苕来。

那边，隆庆抽过一袋烟，找到根细草秆掏掉烟屎，把烟袋脑壳朝腰上一别，径自慢吞吞走了。

王伯停住锄头，弯身瞧着隆庆远去的背影，直起身来，叉腰笑了。真好笑！你看这犟牛，就那么走了！

风老远把画眉叫、潭边瀑布响都传到王伯耳根前。王伯低头想点什么，又看看天。

"狗日天气真好！"

"狗狗！你咬哪样？"王伯从屋里出来。

"我咬空东西。"

"哪样空东西？"王伯问。

"我咬空东西，你不懂！我喜欢这里的空东西。"

"好好！你咬你的空东西，我去烧水洗脸。不要下到坡上去，露水重，打湿鞋子冷脚，等隆庆来，带你四围看看。你要讲话就跟我到灶房去。"

狗狗起身跟王伯到灶房。王伯劈柴，生火时灶眼冒出好多烟。王伯就让狗狗趴低身子。慢慢火燃了，烟也少了。

"好玩！我喜欢你做这个。"狗狗说。

"算不得喜欢不喜欢。这就是过日子，天天一样做的事。"

"嗯！我晓得。"

"烧开了水，我泡'阴米'[1]汤给你吃，灶眼里给你埋个粑粑。"

"王伯也吃！"

"王伯随便。等下隆庆带苕来，我们煨苕吃。"

"隆庆做哪样不住这里？"

"他是男人，不可以跟我们住一起！"

"我也是男人……"

"狗狗是小男人，隆庆是大男人。"

"我长大做大男人也和王伯一起。我总总[2]跟王伯，我不做隆庆走来走去。"

"那好！王伯答应狗狗。"

王伯帮狗狗洗完脸，泡来"阴米"糖水，从灶眼里夹出个烧焦了叶子的粑粑。粑粑是用新鲜桐叶或芭蕉叶包起来蒸熟的，十天半月不坏，吃的时候重新蒸一回或在热火灰里焖一焖，就可以吃了。

"小心粑粑里的芝麻糖浆流出来，烫嘴巴……"

狗狗坐在门边小板凳吃这些东西。

—

1 糯米蒸熟晒干后，再用细河沙炒松，可干吃，也可用水泡涨做糖水吃。
2 死心地。

周围的鸟醒了，太阳一出来，它们都很开心。

王伯在院坝扫地，她转身看了一看，"狗狗啊狗狗，都阴历快六月了，今天是五月二十三，要是早一点来，王伯屋前屋后四周都是花，杏子花，李子花，萼梨花，桃花，橘子花，柚子花……屋里像住在一把大花里。那边白刺梨花，还有那边那些'臭牡丹'[1]，都是自己长的。王伯由它们自己乱长，这地，它们也有份。王伯不在家，连它自己长也不让，王伯太'机架'了，是不是，狗狗？"

隆庆到了，换了只满脸粗毛的狗走在前头，见到狗狗，咧开嘴巴便笑，伸着舌头，"吓！吓！吓！吓！"

隆庆背了个大包袱，只有锯子露在外边。

狗狗问王伯："隆庆拿哪样来？"

王伯说："晓得他拿哪样！"

也是真的，隆庆拿家伙来，王伯从来不问；隆庆做哪样也从来不讲，做完才算数。

"狗狗，狗狗，带只狗来陪你，它名叫'狗'，两岁大，像是狗狗，它是'狗'，它只懂苗话，苗话狗不叫狗，叫'达格乌'，它看见生人凶得很，会赶山追野猪。你叫'达格乌'，看，它摇尾巴了，你伸手给它，看，它走近你了！"

"达格乌"真的坐在狗狗旁边。

"隆庆，你转屋里，它跟你走了！"狗狗摸"达格乌"的头。

"不，不！我和它讲好了，你住木里好久，它跟你好久；你哪天回城里，它哪天才转屋里跟我。它懂事，我们定了。"隆庆说。

1　一种非常漂亮的喷射式的鲜红花。

"狗狗，你信他。"王伯说，狗狗点头。

"达格乌"在狗狗身边，隆庆一个人背着包袱从背后上山去了。

"王伯，你又讲隆庆等下带我下去看看？"

"看样子隆庆有事做，等下我带狗狗到处走玩。"

王伯晾衣服，剩下狗狗和"达格乌"两个。

"达格乌"看看狗狗。

"我妈、我爸不见了，好远好远走了。王伯带我到木里来……"

"达格乌"看着狗狗摇尾巴。

"隆庆要你和我一起，你讲，你愿不愿？"

"达格乌"摇尾巴，笑。

"那好，那我们勾个手指娘[1]。"狗狗伸手，"达格乌"也伸手给狗狗。

王伯见了笑，"狗狗，隆庆不讲多话，心里哪样都清楚明白，细心得很。他带了'达格乌'陪你。我们不能买小狗，买了我们说一声回城，那它就可怜了。隆庆带'达格乌'来，哪天我们动身，隆庆就带它回家。"

狗狗说："我们回城也带'达格乌'。"

"那不行，隆庆的狗很要紧，靠它们赶山打猎，是隆庆的宝贝。狗狗爱，看样子他会忍痛送狗狗，狗狗在城里养'达格乌'就糟蹋了。它不是普通狗。狗狗你看'达格乌'好聪明，是不是？我们莫让隆庆舍不得好不好？"

"我听得懂王伯话。我回城了，我舍不得'达格乌'。我就会

1　大拇指。

想、想、想，又想、想、想……"

"回城还没这么快，你眼前莫想太多，对吗？"王伯拉起狗狗，"草上露水干了，走得了。"

一动身，"达格乌"也站起摇尾巴，晓得会一起走。

"达格乌"长得好笑，一脸粗毛，连眼睛都挡住了，看起东西来要歪着脑壳，好像老人家想事情的样子。

"周围三里多地都是这副样子，草坡斜斜子一直到溪边，溪那头也是这么子的草坡。放牛放羊是最好，别人家的地方离这里远懒得来。以前豹子多，我也怕，让隆庆打过几只，不晓得是绝了还是走远了。剩下的鹿子、帕猫、山羊、兔子这类东西又旺起来，还有只把野猪，这慢慢都难见了。

"狗狗，以后你若是到溪边走玩，那头有条小路近；一、二、三、四、看到吗？四棵乌柏树，树底下有条岩板直路，下去就到了。看到乌柏树了吧？——不懂就不要乱点头——"

"我不乱点头，我清清楚楚乌柏树。"狗狗说。

"那好！乌柏树到秋天，满树绯红绯红的叶子，像火把一样——你看，我们走这边是让你多看看地，你看这一片地，好宽，草长得多好！都是树，这边是树，那边也是树，老远那两棵是枫树，有六七丈高，有人打主意要买，我死都不卖，你看好威风！站在那里像个土匪王，是不是？这八棵'千年矮'，说它千年也长不高；你看，哪矮？有王伯两三个高，也有人想买，城里人拿去雕美人、寿星，它木头又细又硬，雕出的东西磨光了像玛瑙，像牛板油，油亮油亮；你回身看坡上那边，七八堆'十里香'，不晓得自己怎么长出来的。底下，那一排你当是刺窝吧？是'羊奶子'树，快了，到时候王伯摘下来给你吃，酸甜酸甜。几时王伯带你上屋后头坡上去，那里有'洋桃子'，热天快来，到时候我们就到那里边摘边吃。

"一年到头，果子吃不完。屋后有柚子、橘子、柑子；我爹没选好种，马屎皮面光，好看不好吃，摆出来简直可以进贡，柚子红瓤咬一口酸得你打战。眼前就等吃李子了，吃完李子吃桃子、杏子，接到吃荸梨，这些东西，在我们乡里，味道算是可以了。

"我爹赶场卖柚子，人家看到柚子这么大，又是红瓤，抢着买。人家问，甜吗？他说，不甜，你莫买！人家买了。有的当场剖开一吃，酸得跳起来，要退钱，我爹说你打开了吃，退什么钱？那人就吵说，酸成那样子你还卖？我爹说，我几时跟你讲它是甜的？我讲过吗？你问周围人！

"屋后山上还有几大棵板栗树，冷天我们去捡板栗。捡板栗要戴斗篷。专捡板栗的人，等不得板栗自己掉下来，要用竹竿子打。不戴斗篷穿蓑衣，刺球球掉下来要伤人。有人板栗树下经过，风一吹，板栗刺球像落雨，弄得人跑也不是，坐也不是，睡也不是；用手挡头，双手钉满刺球。要是'达格乌'经过树底下，也会打得汪汪叫。"

老远坡上有砍树的响声。

"不是砍树，是砍竹子，'壳！壳！'，这就是砍竹子。是隆庆在搞名堂。隆庆做事，先想好，也不跟人讲就动手，总是这副脾气，不晓得这盘来个哪样动静。"

"我听了好久了，不晓得隆庆砍竹子。"狗狗说。

"不用理他！我们看我们的。"

王伯拉着狗狗，转来转去到了溪边。

溪水真浅，好多岩头，枕头大，桌子大。

"岩头底下有虾米，有鲇鱼，有时还有团鱼。哪天，狗狗看王伯显两手。这溪往下两里才到潭，有瀑布，狗狗一个人莫去那里，掉下去永永远远回不来了，哪个都见不着了。好！我们走近路回家。狗狗，你看我们坡上那屋，好多树围着它，算是有点好看吧！——

"你有点累吧？自家走还是王伯背？"

狗狗不理王伯，只管自家上坎子。

"我还忘了给你讲我们的树，是啊！还有哪样树忘了讲了。王伯老了，忘魂得很。一定还有树没讲，对！屋后坡上白果树，那么高我会把它忘了！到秋天，要是松鼠没抢完，王伯就给狗狗在火炉膛烤白果吃。唔！还有，一定还有树没讲，至少还有一棵。我是司令官点名，还有哪个没点到的？喔！你！你这棵桂花好坏！王伯和狗狗站在你底下你一声都不出。到中秋节，屋前屋后满院坝都是香。它中秋节开花，我爹叫我打它们，打下来装在麻布口袋里，背到城里卖给京果铺和药铺。我小时不敢不打。它好好子长在树上，你打它做哪样？就是这么一树金桂花全打下来了。人家是树嘛！又不会讲话，好端端一年才长一次，满满一树花，你把它打了！要是现在，不行！王伯哪个的话都不听了。谁打我就打谁……"王伯边走边讲。

"你尽讲、尽讲！尽讲树。"狗狗说。

"王伯不讲树，哪个还会讲树？那么多树，一年又一年。等王伯回来，等哪！等哪！王伯都没回来。……狗狗要是树，狗狗想不想王伯？"

狗狗点头，"树不会走，光想，光站着想……"

"是咻！是咻！要是人想人，再远，再辛苦，都要走去看看。树就只好站着想了，是吗，狗狗？"

狗狗点头，一边上坡一边看那些树。

屋背后坡上树林里响着各种声音，都是隆庆弄出来的。

"莫管隆庆，他在弄一些名堂，等下都明白了。"

"狗狗，你累吗？要累就石坎子上坐坐。"

狗狗没答应，径直一脚一脚往上走。看来，他还不明白"累"这个字，如果换一种说法，他会停下来的，他会觉得停下来比继续爬坎子要好过些；可以大口大口吸气，可以脑壳转来转去看东西。

王伯背过身来坐下了。

狗狗再爬了两三级坎子没听见后头王伯的声音，回头见王伯坐在坎子上，便问："伯，你做哪样？"

"我要看东西。"

"看哪样？"

"哪样都看！"

狗狗就地也坐在坎子上。

"要不要我上来和你一起坐？"

狗狗点头。

王伯和狗狗一齐坐在坎子上。"达格乌"也从坡上跑回来挨着狗狗。

"狗狗，你讲你喜欢城里还是乡里？"

"我喜欢城里——我喜欢乡里——我喜欢城里——我喜欢乡里……"狗狗说个没完。

"你只要讲，'城里、乡里我都喜欢'。"王伯说。

狗狗摇头，继续说："我喜欢城里——我喜欢乡里——我……"

"你也好这么讲：'城里有城里的好，乡里有乡里的好。'你要讲短话，不要讲长话；话该短就短，该长就长，不好短话长讲。"

狗狗睁大眼睛看着王伯，又认真摇起头来。狗狗觉得自己讲法好，他要浓浓地说自己的意思。

也不晓得谁不懂谁的意思。

"我告诉你，"王伯说，"我也喜欢城里，也喜欢乡里；各有各的好。城里哩！有城墙有大街岩板路，有男学堂、女学堂，打油、盐、酱、醋，走几步就到了；有布店、染坊，有穿好看衣服的太太、小姐，有不吠人的狗，有讲礼的兵；挑担子卖柴、卖炭、卖点心面食……都送到你门口，卖水的挑进厨房。城里人吃得好，粪尿油水大，卖给乡里人，几十文一担，浇出的白菜半个人高。那些粪离城远的乡里人，想到都流口水。"

"还有过年舞狮子龙灯，有笑罗汉；还有划龙船，还有月饼，还有放风筝，还有宝塔，还有鸡叫，还有大桥，还有船过桥，还有婆娘家吵场合[1]，还有男人家打架，嗯！还有沅姐，有婆，有妈，有爸，有毛大、保大，毛大要沅姐的压岁钱，还要我的压岁钱帮我买炮仗，沅姐不让。姑父是个'酒客'，姑父屋的茶壶有酒味，我不想吃。嗯！我喜欢城里，我要算喜欢城里了，嗯！"

狗狗说："我不喜欢王伯讲我讲长话。"

"狗狗！王伯是教你讲话。"王伯笑起来。

"我自己会讲话……"

"狗狗蠢，狗狗不会想了才讲，顺着嘴巴流——"王伯顺着狗

----

1 吵架。

狗的脑门搔他的头发，"狗狗，你讲你是不是顺着嘴巴流？"

"我会想，我都是想了才讲。我还想了好多好多留着没讲。我不是顺着嘴巴流。"

"那你讲讲乡里哪样好？"

"城里没有乡里的东西好看。乡里的树好看，早晨好，天好，云好，夜间好，太阳好，风好，水好，河好，山里的水好，水缸的水好，井水好，大河，小河，快河，慢河，站起来的河都好。雀儿好，我喜欢乡里好多好多雀儿，我早晨和雀儿讲话。乡里的雀儿、树、'达格乌'都懂我的话，我也懂它们的话。我们就讲、讲、讲、讲，它们都笑，摇来摇去笑，'达格乌'讲，哪天和我到草坡林去走玩……"狗狗说得得意。

"达格乌"也咧着嘴巴，吐出大舌头。

王伯说："王伯喜欢听狗狗讲蠢话。"

狗狗也弯了身子笑，十分之得意。

王伯说："乡里真有乡里的好。人欺侮我跑得掉，我躲到山里岩洞里，哪个都找不到。乡里，吃饭穿衣都不要钱，菜自己栽，猪自己喂。最造孽可怜的是城里人，吃水都要钱买。听人讲，很远的大地方的人连走路、晒太阳都要钱。城里人受欺侮躲不掉，一下子就让人抓住了。最好笑是男人找婆娘时兴送花，一块光洋一枝花，起码是十枝八枝，你看好多钱？要是我们采了拿去卖，怕不十天半月变作大财主？"

"乡里大，有好多好多山，好多树，好长好长的路；城里小，好多墙……"狗狗说，"我长大以后，想人的时候就回城里；不想人就回乡里。"

"狗狗呀！狗狗！你讲话像和尚！"王伯笑得要死，"好了，起来吧！拍拍裤子，免得蚂蚁子咬'鸡公'，你先走，我跟着。"

厨房里有响动，"达格乌"摇着尾巴出出进进，像是告诉狗狗隆庆在做一件了不得的事。

贴着崖壁的大水缸真出了新鲜。隆庆用大竹管从屋背后山上老远洞里引来了泉水。最后一节竹舌头直接对着水缸，水流得轻巧快活。缸子上有个竹板十字架，中间洞穿一根垂直的细竹根，下端插块小圆木板，水满了会把流水的竹舌头顶到旁边，水就会往沟里流；缸里水少了，小圆木板下坠往回扯，竹舌头又会滑回来，继续注水，像个懂事的活东西。

隆庆此刻正忙着从水缸面上捞新竹管里漂出来的竹节碎片，"没有事的，没有事的，不肮脏！"

王伯赶忙说："我晓得！我晓得！这嫩竹子泡的水喝起来还香咧！——你从哪块把水引来的？"

"'钩窝'！"

"'钩窝'？要死了！怕不有半里路？"

"没有！没有！才二十一根竹子。"隆庆说。

"你快倒是快！"

"想好做就快！"

"狗狗，你看隆庆长得蠢，脑壳不蠢，是吗？"

"我不喜欢王伯讲隆庆蠢！"狗狗说。

隆庆半边屁股坐在缸子边烂了一只脚的长板凳上抽烟，"这些竹子片片，得很久才流完！"

王伯提了口烂"夏"放在缸子边上，把竹片片铲在"夏"里。

"不老远挑水了。那水，冷天热，热天冷。"隆庆说。

"我晓得。——要是你在大地方，你是个做机器的人。"

"不算机器，机器是铁做的。"隆庆说。

王伯对自己言语："看！都五月份了，栽苞谷也过了，插苔秧子也过了，不晓得将就栽点行不行？隆庆！几时你掐点苔秧子来，顺手带几把苞谷子……"

"苔秧子要培，时候晚，收成少，栽点试下！"

"少就少，总比没有好！横顺闲到也没事做。"

过几天，隆庆把就近的几块七零八碎的地翻了，先点苞谷子，眼看冒芽，又插苔秧。隆庆从他山那边挑来两回猪肥，和了土，在院坝坎边上沤着。

狗狗看隆庆，他喜欢隆庆的样子，要不动的时候像棵老树墩，像口老水缸，像座乡里石匠雕的不像狮子的长满绿苔的狮子。隆庆脑壳帕子包得紧，又旧，夜间睡觉像帽子那样脱下来，起床又戴上，不用天天早晨包，夜间解。好多好多年了。要是哪天解下来，一定里头那层新崭崭子。

狗狗跟隆庆走出来站到阶沿上。

隆庆在眯眼笑。

"隆庆，你笑哪样？"

"我不笑，我在看太阳要落。"

狗狗真觉得隆庆好看。脸颊像猪血打底生漆油过，连皱纹缝缝也亮。他说他不在笑，要笑，露出两排白牙，眯着长眼，一定像个大"蓬蓬王"。

"隆庆，你笑呀！"

"没好笑事笑哪样？"

太阳悬在右首坡上疏林后头，像大火盆，红艳艳子。

隆庆抽他的"吹吹棒"坐在阶沿。

狗狗挨隆庆坐，闻着隆庆身上的味道。这味道真好闻，他从来没闻过，这味道配方十分复杂，也花工夫。要喂过马，喂过猪，喂过羊，喂过牛，喂过狗，喂过鸡和鸭子；要熏过腊肉，煮过猪食，挑粪浇菜，种过谷子苞谷，硝过牛皮，割过新鲜马草；要能喝一点酒，吃很多苕和饭，青菜酸汤，很多肉、辣子、油、盐；要会上山打猎，从好多刺丛、野花、长草、大树小树中间穿过；要抽草烟，屋里长年燃着火炉膛的柴烟，灶里的灶烟熏过……自由自在单身汉的味道，老辣经验的味道。闻过这种味道或跟这味道一起，你会感到受庇护的安全，受到好人的信赖。

洋人有洋人的味道，城里人有城里人的味道；各自的味要很久才能习惯的，甚至永远不能习惯。

隆庆的味道只有刚出生的婴儿尿臊可以相比，配方虽然不同，但都具有隆重的大地根源。

"狗狗，你要好久好久住在这里。"隆庆说。

"嗯！"

"你冇怕，有隆庆。"

"嗯！"

"有冇冷，我送你衣服。"

"嗯！"

"你一个人，我帮你做东西玩！"

"嗯！"

"我送你羊崽！"

"嗯！"

"过天，你有是一个人了！"

"嗯？"狗狗听不懂。

"嗯！"隆庆回答得很肯定。

隆庆吃完夜饭走了以后，王伯熄了堂屋火炉膛的火。

"狗狗！你闻闻！外头雾好大！我们早点睡！——要是不想早点睡你就讲。"

"我在床上。我不睡，我想事情。"狗狗说。

"想事情累人伤脑筋。你乖！你上床，我给你摆'熊娘家婆'的古。"

"嗯！"

狗狗到门口屋檐底下屙了尿。王伯把门闩了，就一齐上床。

"狗狗手不要放在被窝外头，睡着了受凉。你好好听着，我摆了！"

"嗯！"狗狗答应着。

"——好久好久以前有两姐妹。大妹、二妹。她们俩上家婆家里去。半路上遇到只熊娘。'大妹、二妹，你们到哪里去呀！''我们到家婆屋里去！''我就是你们家婆！'——狗狗！你困着了吗？"

"困着了！"

"困着还会答应？——'你不是我们家婆！我们家婆手上没有毛！''我顺手拿的是竹刷把嘛！''我们家婆嘴巴没有这么子

长！''哎呀！我嘴巴对着吹火筒[1]嘛！'走呀！走呀！熊娘把大妹二妹带到熊娘窝里。'家婆，家婆！屋里怎么那么矮？''冷天住矮屋暖和；热天住高屋凉快！噢！噢！快点过来烤火。'熊娘屋里也有火炉膛的。熊娘就讲：'天夜了！要困了！你们俩跳火炉膛，哪个跳不过，睡我脚那头；跳过了，跟我一头睡！'二妹有点疑惑，装着跳不过闪到一边去了；大妹逞能，一跳就跳过去。好！大妹跟熊娘睡一头，二妹睡熊娘脚底下那头。半夜，二妹听到熊娘吃东西，剥落剥落响。'家婆，家婆，你吃哪样？''吃炒苞谷子。''分几颗我尝尝！'二妹一看是大妹手指头。二妹怕得要命，'家婆，家婆！我要屙尿。''屙就屙！茅室远，我要拿麻线捆住你手杆，怕你忘了路转来。''捆就捆！'二妹下床穿好鞋，解了麻线绑在熊崽颈根上——"

"不是颈根，是碗柜脚上！"

"啊哈！狗狗，你听过不早讲？"

"我听太讲过，婆讲过；真家婆不是熊娘家婆讲过，沅姐讲过；都不一样。"

"你早听过就要告诉王伯，免得王伯费神。"

"王伯冇费神。讲的不一样……"

"只有一点不一样也没意思！白讲！狗狗，你困了！你真困着了是不是？……"

"……"

---

1 尺来长的竹筒，伸到不够燃的火旁，把火吹旺。

太阳照到院坝，隆庆才来。挑了一大担吃货，苕、苞谷、谷子、豆子、麦子，一口袋一口袋；口袋上还蹲着一只羊崽。没完，担子后面跟着的是个笑眯眯的胖苗崽。约六七岁光景，型号和隆庆不同，神气却是一样，像大擂钵旁边的小擂钵。

"达格乌"摇着尾巴在小苗崽四围转，是个老熟人。又去闻闻小羊鼻子和屁股。

"你哪里弄来的伢崽？"王伯问。

"哥的小崽，我从'板畔'带来的——岩弄过来，他叫狗狗！"

"你也不先讲一声？——"

"不要先讲一声。这伢崽好。我们没空，他有空，他天天和狗狗一起——他懂汉话。"

"哪里学的？"

"城里'坨田'住过两年多。"隆庆说，"我哥在坨田打磨盘。"

王伯从厨房灶眼里掏出两块红苕，一块给狗狗，一块给站得老远、把身子转来转去的岩弄。

"啊！吃苕！"王伯叫岩弄。

岩弄看也不看，独自在那边自转。隆庆用苗话跟他嘀咕了两句，岩弄当作没听见。

王伯叫隆庆莫管他，自己进了厨房。隆庆把担子挑进屋里。"达格乌'闻着隆庆的箩筐也跟着进屋。

狗狗坐在门槛上，岩弄在院坝左边上坎子的地方。他感觉到大人进屋里去了，抬头一看院坝，真的没有大人。

狗狗懒洋洋的样子，其实心里也很专注那个苗崽。两只脚在地上一前一后慢慢蹭着："……北门城门洞，安老板炸'灯盏窝'，担子后面跟着的是个笑眯眯的胖苗崽。约六七岁光景，型号和隆庆不同，神气却是一样，像大擂钵旁边的小擂钵。

担子后面跟着的只是个笑眯眯的胖苗崽。

王伯总是给我买。"

"卵！"岩弄埋着脑壳对狗狗翻白眼。

狗狗又说："王伯的崽会吹号，叫王明亮。"

"卵亮！"岩弄向狗狗走近几步，踢脚跟前的草。

"郭伯在道门口卖风筝，还有关刀、梭镖、水枪、草纸炮，王伯不准伢崽玩草纸炮，讲要打瞎眼睛，还有包娘腌萝卜，我不敢吃，辣子太多……"

"我敢吃！"

"你去过道门口？"

"去过！"岩弄走近狗狗，翻他的项圈看。

"看你那卵样子！"说完，拉开裤裆撒起尿来。他毫无顾忌地扫机关枪，先追着一只石头缝里逃出来的母蟋蟀，然后是一群给弄得莫名其妙的蚂蚁队伍……

"好！子弹用完了！"他坐在狗狗下一级的石坎子上，"你见过四脚蛇吗？"

狗狗没见过，"好大？"

"没好大，手指娘粗，你拿点'吹吹棒'的烟屎塞在它嘴巴里，它就抽筋；对着它屙一泡尿，马上就跑掉了——我讲你懂吗？"

狗狗只听懂一点，却狮子大点头。

"——你的苕分一半来！"岩弄说。

狗狗把苕全部送过去，岩弄掰了一半还给狗狗。

狗狗非常奇怪，王伯叫岩弄吃苕岩弄不理，回头又来要他的苕。

岩弄"咩！咩！"装羊叫，那小山羊原来在坎边吃草，一听叫声便过来了。岩弄咬了一块苕给它。小山羊慢慢舔着。

"它还没断奶。还没断奶，你个死卵就硬要它离开娘！"岩弄横了狗狗一眼。

"不是我！"狗狗说。

"不是'我'是哪个？你不要它会来？"

"隆庆要它来的。隆庆讲抱它来送我。"狗狗说。

"你看，是了吗？要不是你，会抱它来？"岩弄说，"你是个卵城里人！——让熊娘吃了你！"

"熊娘，假的！没有熊娘！"

"哈，老子就喂过熊娘崽！"

"你扯谎！"

"不信你问大人！喂过熊娘崽有哪样了不起？'达格乌'见过啊！是不是？"

"达格乌"咧着嘴笑，拼命摇尾巴。

"它在吗？"

"狗咬死了！唉！"

隆庆拿了段新竹子筒出来，交送岩弄，讲了几句苗话又进屋去了。

竹子筒有稠稠的米浆，岩弄拿手指头蘸了一点送进嘴巴，"甜的。"

竹筒子一头破开小半截洞，底子没去掉，留下一个手指粗的洞洞。

岩弄把食指插进洞里，竹筒里的米浆便顺着指头慢慢流出来。

"狗狗，你吮我的指头！快，快！"

他毫无顾忌地扫机关枪，先追着一只石头缝里逃出来的母蟋蟀，然后是一群给弄得莫名其妙的蚂蚁队伍……

瞧你那卵样了，说完拉开裤裆撒起尿来。

"我不吮！你手指头肮脏！"

"快！肮脏个卵！快！"

狗狗只好去吮那个可怕的手指头，越吮，米浆流得越多，狗狗满满地吃了一口饱的——

"好了，好了，我要你试试，你真吃？羊崽吃哪样？把羊崽抱好！让它吃！"

狗狗抱住羊崽，岩弄把手指头凑近羊崽嘴巴，羊崽挣扎着不想吃。

"它不吃，它嫌你手指头脏！"

"脏个卵，你总是讲卵话！你把两只前脚弯起来，像跪着那样，它就吃！"岩弄说，"看，它不就吃了吗！——羊是孝子，娘喂奶给它吃，它要跪着，多谢娘给它奶吃。"

羊吮得好高兴，"就！就！就！"吮完了还含着手指头不放。

"——好了！好了！这是点心。自己找草吃肚子才饱！"岩弄照拂狗狗把小羊崽放在院坝里，羊自己慢慢往左首坎那边去了。

"你妈呢？"狗狗问。

"卵妈！死了！没有了！我不晓得我有妈，我不认得她！"

"我也没有妈了！我妈妈跑掉了，不见了！"狗狗说。

"妈是会跑的。欧祥生的妈跟唱戏的跑掉了！"岩弄说。

"嗯！……我爸也跑掉了！"

岩弄转身看着狗狗，"他跟哪个跑的？女戏子是吗？"

隆庆在屋后臼房叮叮、叽咕呷咕地弄着东西响。这地区，没听见哪个说哪个聪明，哪个说哪个蠢；只有城里人高兴时候随口、想都不想地、不要本钱也骂人和夸人几句，过后什么都忘得一干二净。

年轻的铁木真（成吉思汗）当年坐在沙漠帐篷里东想西想，"这个帐篷之外，沙漠尽到底是些什么东西？"于是天下被这个沙漠上的"黄"或是黄皮肤的"黄"搞了个一塌糊涂。祖孙三代从亚洲、欧洲，兼及非洲，一路横扫过去，神气到旷古未有，狠辣到无人不怕，差一年就两百年的辉煌统治之后，好像奇迹从未发生，重新又回到无垠的沙漠里继续他们的宁静放牧生活。

苗族人有历史以来惹过谁啦？没有做过皇帝，没有侵略、抢掠别人，不说欧洲，就是京城也没去过。从来没有。他们勤劳好客，男人健壮，女人美丽，这算缺点吗？他们勇敢善战，只用在狩猎和迫不得已的求生的反抗上。原来住在平原，好！你们要平原，我让你，我搬到山上。论历史，一部世代和平忍让的历史；说到家一点，一部逃跑的历史。从黄河逃过长江，躲进西南深山大泽之中。

古书上怎么说他们呢？

"贵州山中之野人也。"（《六部成语》）

"西荒中有人焉，面目手足皆人形，而胳下有翼不能飞，为人饕餮，淫逸无理，名曰苗民。"（《神异经》）

就拿近人写的辞书，算是客气了，"苗族。住湖南、贵州、云南、四川等诸省，山地之原始民族也。"

看官，这狗屁，你说可气不可气？

没有系统、结实的文化积累是因为什么呢？是天生愚蠢吗？

是受了世代和平与爱美的性质的累。人生在世，这类气质是常挨欺侮的。他们几时幻想过学成吉思汗去征服别人？

苗人最聪明的地方是从不自认聪明。他们自豪与满足这片山地的浓稠的生活和经验；加上勤劳、阳光和泉水，那便一切都有了。若遭遇侵袭，便一切都没有了。

长期忍受欺凌，被称赞两句聪明朴实，能弥补心灵创伤吗？

苗族人会照拂自己，就手的活计尽够受用。他们配合着过日子，做出各种各样好看、结实、有用的东西。就拿镰刀来说吧！是随身的装饰品；挂在腰背后像支"令箭"，钢火锋快，寒光闪闪，既可削筷子粗谈情说爱用的芦笛，还能砍断脚杆粗的拦路野树；必要时候顺手钩下敌人首级也得靠它。这上头要下好多功夫：钢火、砑花、顺着各人习惯手势的造型、刀把设计，再才是"开口"和齐齐整整地磨出锋来。

穿衣打扮有纺车、织布机、织花带架子……吃好饭粮有磨盘、引水的水车、碾米的碾坊；赶路的人要有好鞍子、马嚼口、龙头马镫、斗篷、麻鞋、草鞋；捕鱼有船、罾、网、鱼篓、钓钩、钓丝；打猎赶山有匕首、火枪、舀网、套索、脚夹子、铁砂、火药、引火炮子；赶墟赶场有绣花围裙、背带、丝带子、银项圈、耳环、手镯、胸饰……

地里栽得有甘蔗、橘、柚、桃、李、冬瓜、南瓜、萝卜、青菜、辣子、姜、蒜、麦子、豆子、谷子；圈里养着马、牛、羊、鸡、犬、豕；山坡上有结桐子的桐树，榨茶油的茶树，榨菜子油的油菜，芝麻、花生、茶叶……山里头有硫黄、石膏、黄磷、石灰、朱砂、生铁；窑里有缸、盆、碗、钵、青砖黑瓦……（请不要嫌我写这些东西啰唆，不能不写。这不是账单，是诗；像诗那样读下去好了。有的诗才真像账单。）

这里的人把这些东西种出来，做出来，又靠它打扮日子。

本村或是邻村的人，分担做这样、做那样的手艺；或是虽然有的手艺人人会做，而某某人偏偏做得特别之好；这就油然生出大家非买他的手艺品不可的欲望。蜂拥而出的手艺品使得过日子非常快乐。

这样状况下，千人万人砌成的融洽生活中，你能判断出哪个聪明，哪个不聪明吗？有什么必要？吴老四讨来个漂亮非凡的老婆，根本不是什么本事不本事，聪明不聪明；而是由于某年某月，某一天，那种场合，那种气氛；山啦，水啦！太阳啦！树啦！青草啦！那一点笑啦！拥挤啦！再配上一点可爱的不融洽和另一些羞涩的好奇心。

岩弄对狗狗说："我带你到屋后山上去！"

"你去过吗？"

"去不去过不要紧！有我！"

岩弄叫狗狗后头跟着，这才发现岩弄腰上屁股后头挂着小镰刀。"达格乌"一下子跑到前头去了。

岩弄一点也不像王伯，他自顾自地往上走。坎子不像坎子，石头东蹦一块西蹦一块，蔓草像蛇四处爬，从坎子这头爬到那头，高兴了还上树。岩弄拖出镰刀一阵砍杀上去。

狗狗在后头越拖越远，岩弄没想到他。走前走后没什么了不起。他们年龄相差不大，小和小没什么好照顾的。

"狗狗，有蛇。看它溜了！"

狗狗不是胆子大，他不知蛇是什么东西。

"嗯！"

"我喂过蛇！"

"嗯！"

"我告诉你喂过蛇！"

"嗯！"

"'嗯'个卵！我告诉你，我喂过蛇！"

"嗯！"

"狗狗！你光晓得'嗯'！你是个死卵！"

狗狗一怔，没想到岩弄有什么好火的，"你讲呀！"

"好大一条蛇，扁担长，养在鱼篓里，挂在窗子边，早晨我打哨子它就爬出来，我带到坡上，它就在草上四处走玩，又爬石岩晒太阳；带到池塘边吃蛤蟆、蚱蜢、四脚蛇，它慢慢子，像是一点都不动，其实在动，调羹脑壳浮着浮着过去，张口一下咬住了。它就吞、吞，吞哪样肚子就鼓成哪样。夜间它是吞老鼠，好多老鼠子，我屋里没有老鼠子。"

"它是猫儿吗？"

"怎么会是猫呢？"

"有手吗？"

"你个死卵！蛇嘛，怎么会有手呢？"

"那你又讲拿调羹。"

岩弄回身过来看着正在爬坡的"死卵"。

"你讲呀！"

岩弄笑得弯腰，"你哪样都不懂，要讲白讲！"

"你讲呀！"

他们到了第一个小坡，不走了。

后头一层比一层高的树，不晓得要高到哪里去。面前半个世界崭亮，脚底下一小片平坝和高高低低小山坡，天边五颜六色的群山，老远弯弯曲曲的小河，还有好多房顶，眼睛睁大一点：那是人，那是牛，那是狗。

两个人坐在石坎子上。

"你讲呀！"

"听都听不懂，讲哪样？——我让你问我吧！你问我，我家是不是在那片屋顶底下？你问呀！我让你问，我就讲：不是不是！我屋在'岩板桥'，在山那边，看不见的……你问呀！"

"我不问！"狗狗说，"你跟隆庆住山背后，看不见的，放炮仗才来！——我要屙尿！"

"屙就屙呗！"

"屙哪浪？"

"吓！你看你个蠢卵！哪浪不好屙？朝天，朝地，朝草，朝树……

"你看你屙得一裤子，你看、你看，你好不中用，是个'肉人'，穿开裆裤还打湿裤子！"

"快喊王伯来！"

"有卵用！湿就湿，等下不就干了嘛！"

"……我不喜欢穿开裆裤，我长大不要穿开裆裤，我要穿你这种裤子。"

"老子不准你穿这种大人裤，老子要你一辈子穿开裆裤！穿开裆裤进城，穿开裆裤赶场，穿开裆裤骑马讨嫁娘……"岩弄边说边笑，"你这个城里伢崽，我有点喜欢你了。我不想再恶你了，不恶你了，好不好？"

"嗯！"

高头有画眉叫，老远布谷鸟已经叫了好久。

岩弄两只手捧成一个窝窝吹起来，跟布谷鸟叫得一个样子，引来老远的布谷鸟叫得更密了。狗狗佩服得很，简直把岩弄当成神仙。

岩弄得意非凡，顺手摘一片树叶夹在手指中间，叫得比画眉还要画眉，高兴得画眉以为是亲戚，便从老远一下子飞到跟前树上来，见到是两个小孩开的玩笑，吓得叫着嚷着就走了。

　　"你长大我教你！放心，我收你做徒弟，还教你'王八丽罗'、'呷屎雀'、'土鹦哥'、'鬼贵阳'、马、羊、牛、鸡、蛤蟆、蛐蛐叫……"

　　"嗯！好！唔！我长大了，你要记得找我。"

　　"你到哪里我都找得到，我鼻子和'达格乌'一样，凶得很，一闻就晓得你在哪浪。"

　　"你怎么会有这种鼻子？我几时才有？"

　　"一辈子！喝我们的水，吃我们的苞谷，晒我们的太阳，淋我们的雨，老了就有——"

　　"你又没有老！"

　　"我是老的生的嘛！你个卵是另外一个老的生的嘛！懂吗？"

　　"嗯！"

　　岩弄举手一扫，"讲讲看，你们城在哪边？"

　　"在好远好远那边！——我不晓得。"

　　"我也不晓得。我爹带我去过。你们城里人门口都站着狗，不惹它也会扑过来。你们的是卵狗！——你们有城门楼，好高；风来，有铃铛响。有天，我会取下来挂在我屋上，等长大就办。"

　　"你取铃铛他们要砍你脑壳，牵到赤塘坪去砍脑壳。砍了脑壳，人就睡在地上了，脑壳就滚到一边了，也不讲话了，不吃饭了。杨伯伯、韩伯伯、刘伯伯脑壳底下就没有身体了。流好多好多血，流在地上，红的，四处爬。"

"你不怕吗？"岩弄站起来，嗓子有点颤。

"好多好多人围着，王伯看累了，困在地上走不动！"

"真的？"岩弄赶忙挨紧狗狗。

"有的人脑壳我不认得。还有好多人耳朵，八个，五个，七个，十个，三十个，好多好多人耳朵拿线挂在北门上，道门口也挂，箭道子也挂，箭道子又挂鸡又挂人耳朵，也挂人脑壳。我不想看人脑壳。"

"你看过？"岩弄抓住狗狗手臂。

"嗯！"

"你在你们城里？"

"嗯！"

底下王伯在叫了，站在院坝转着叫："狗狗！狗狗！岩弄你个鬼崽崽，看你带狗狗哪浪去了！"

"在这里，我们就下来！"

回到院坝，王伯对岩弄说："要小心蛇！"

"有我！"岩弄说。

"好！进屋吃饭！"

隆庆在熬一锅酸白菜汤，放一大把辣子，好多油浮在汤上转。他扬手撒着葱花，舀了一小勺在嘴边过了过，摇摇头，抓一小撮盐扔进锅里。他很专注在做这锅汤。平常日子怕不是这副用神。汤在沸腾，豆腐跟什么肉的肉干碎块上下翻转着，灶烟咬眼睛，又离不开灶边，一手捏着汤勺把远远搅动；躲闪，挣扎，十分之莫奈何。

矮桌子四边摆好板凳。一碗海青白，一盘豆腐干炒干辣子，一盘连精带肥的腊肉片。隆庆端来个大汤钵子，热气蒸得人看不见人。

旁边方凳上另一个钵子罩着布，王伯从里头取出四块"苞谷粑"[1]交给各人。

王伯看狗狗咬完第一口苞谷粑就不再管他，让他自己喝汤夹菜。

隆庆和岩弄忙着在苞谷粑和饭桌之间来回走动。

王伯一个人寂寞地细细嚼着苞谷粑。

乡里跟城里吃饭不一样。嫁婆，年节喜庆时候之外，一般少说话。吃就吃，有事吃完说。

四个人这顿饭吃得很宁馨。水缸那边的泉声，太阳透过屋檐底下、透过树丛的一道道光影；偶尔过的雀儿叫，都不讨人厌。

饭吃完了，两个孩子在厨房山岩边水涧子里玩。

水涧子不到一米宽，浅浅的，看得见水底下晃荡的绿苔和碎石子，虎耳草，紫地丁，苦蕨，石菖蒲，跟垂挂下的薜荔几乎连在一起顺着沟子往当阳的一方一味地长到屋外去了。一片绿荫。了不起！弯起腰来越有看头。

"虾米！"岩弄叫。

狗狗也蹲下身子认真看着，"哪浪？我看不到。"

"顺我手指，呐！呐！在动，扇肚皮，看到吧！"

"看不到！——看不到！"

"你个死卵！好几只你都看不到！你是……"

"看到了！看到了！好几只！"

岩弄忽然扑下水去，抓到一个东西，这东西的钳子夹住他的小

---

[1] 玉米粉蒸的饼。

指头，"螃蟹！死卵夹我，这死卵夹我！"

狗狗又怕又高兴，不知如何是好。

岩弄站起来，地上一片湿；狗狗乐不可支。岩弄慢慢用小木头片轻轻碰它嘴巴，碰、碰，夹子松开了，岩弄连忙从它背后捏住身子。

"要轻轻来，一重，它就不要夹子跑了。不要夹子，它还会长新的夹子。"

"装起来，明天就死了。"岩弄指了指小水洞，"它妈在等它咧！你看饱了就放它回家，你天天蹲在这里看，它又不会到别处去——我们帮它取个名字吧！"

"你取！"

"让你取！"

"我不会取，我怕！"

"你个死卵，取名字都怕。叫它'幺坨'。

"做哪样叫它'幺坨'？"

"岩板桥有个伢崽的名字。"

"他晓得了要打你！"

"打不赢我的！"

于是岩弄举着"幺坨"和狗狗打圈圈玩，跳着蹦着，连声叫着"幺坨"不止。

水缸后头这块大石壁长满苦蕨、景天、铁线蕨、常春藤、黑蔓藤、虎耳草……其实就是厨房的墙。不用下雨永远都有山泉像冒汗水渗出来；下起雨，就是幅水帐子，薄薄的一层，咝咝响，冒着水雾往涧里流。

大石壁几千几万年在这里了。以后盖了房，有了屋檐，长满幽草的暗黑崖壁，等到太阳高兴时这里照照，那里照照；那时候，崖壁上往下挂的水珠子一颗颗都点亮了，颤动闪光；绿色的伙伴们也轮着亮起来……

天天都有这么一场无声的热闹。

"出来！出来！到院坝来！"王伯在叫。

岩弄看看狗狗，举着要把"幺坨"放回洞里的样子。狗狗认真地点头。岩弄蹲下身子，轻轻把"幺坨"放回去了。"幺坨"谢都不谢一声就不见了。

狗狗有些舍不得。

"它一点话也不讲！"

……

来到门口还没下坎子，就看院坝几样东西。

一部三轮车，一匹马，两把手枪，一把关刀，一把带红缨的梭镖。都是木头做的。

岩弄跑下去，先将两把手枪插在左右腰带上，左手拿关刀，右手拿梭镖，再骑上三轮车，地上只剩下一根棍子上插个马头的那匹马。

狗狗拉住王伯的手看王伯。

隆庆坐在坎子上抽烟眯眯笑。

三轮车没有踏板，要自己用脚帮着走。岩弄全身佩挂之后已进入忘我境界。嘴巴奏出号角和锣鼓，双脚忙不迭地往前赶。

王伯拉狗狗跟隆庆坐在一排看岩弄得意。

狗狗偎着王伯，王伯也晓得是个什么意思，便说："你好好看岩弄玩。怎么耍刀，怎么骑车，怎么走，怎么转……眼前他兴致好，把你都忘了，等他玩累了会想起你来。其实，他慢慢晓得一个人这样玩下去没有意思。你不用和他争。

"他家里也有，也是隆庆做的，比这里还多。他不是要霸你的东西；他是图新鲜。你耐烦等他醒过来。"

世上好多事都只差个耐烦地等待而误了自己。马克思不是也说过"要善于忍耐和等待"吗？人，要从小锻炼等待，要耐烦，要乖乖地眼看别人骑车子，舞关刀，打圈圈……我这是真话，你要信。

"好！狗狗！你来。"岩弄果然把三轮车拉过来了，"这是你的，隆庆给你做的。都不是我的。"岩弄满身大汗。他太投入了，太激情了，"我屋里有，几时你到我屋我分你玩。"顺手又解下腰帕子上左右两根手枪，一齐都放在狗狗坐着的坎子跟前。他累了，忙着用袖子拭汗。

心里好笑的王伯夹起狗狗放在三轮车上。

"你试着走走，你像岩弄刚才那样……"

狗狗不是不会，也不是怕，他不好意思面对这些了不起的新鲜东西。

他不能像岩弄那么全身佩挂、雄赳赳地耍起来。这个天地还不属于他。不过要是在城里，他也不曾有过岩弄似的撒泼；区别很大，他有另一种表达自己情绪的方式。喜欢一样东西，倾向比较安静；他要有一个细心观察和体会的过程。人多了，连这种方式也没有了。

他只是喜欢这种一批突如其来的发明，心和眼睛全亮了。粗树干做的车架和把手，厚木板做的座位，木头的轮子……这，这，这是怎么一回事？

岩弄不久就开始帮狗狗从后头推车了。

"你两脚翘起！两手想去哪里转哪里！"

狗狗听了岩弄的话，车子灵活起来。

岩弄和狗狗在王伯领地范围内爆发了战争。

树丛、草坡、河滩，双方的手枪无情开火，关刀和梭镖砍杀冲刺。"达格乌"前前后后来回呼喊："战争万岁！"

这种战争亘古未有——

上至五千年前黄帝大战蚩尤；美尼斯王统一埃及；两千多年前恺撒征服高卢，白起坑杀赵国降卒四十万的长平之战……

你几时见过这般风和日丽，绿草温暖，远处传来悄悄话的瀑布声，布谷鸟叫；而敌我双方散兵刃于草地又拥着酣睡在鲜绿的乌柏树底下的场面？

如果天下的战争都是这样，那可真是甜蜜之极了。

眼看阴历七月。王伯晓得初六木里有"场"，心里骂着隆庆今天偏巧不来，也晓得他又不是自己肚里的蛔虫，那么懂事，便叫岩弄到跟前，"我到木里赶场，你好好看着狗狗。桃子有虫，要偏着虫眼吃，也不让狗狗吃多，晓得吗？枣子不熟，木！吃多了屙不出。屋后头'羊奶子'怕可以了，你去看看，要真熟，摘点和狗狗玩，这东西养人，化食。一件要紧事听好！有外头人来，赶紧上山早点进洞，先在洞门口树缝缝里看准是恶人还是善人，带枪的、鬼头鬼脑的，磨了洞口的脚印爬到洞里上第四层上，右首边堵着两坨岩头，不大，你推得动，里头有我们房，房里有气眼，像个窗子。人来，响动大，把房里的岩头一坨坨往底下推，不砸死也吓死。那里枪打不到，手榴弹扔不上。一个人不敢进，两个人进不来，你们在那里等我！不要怕！懂吗？"

岩弄点头，狗狗也跟着点头。

"那我就走了！"王伯背上"夏"，"听到我的画眉叫三声才能应我！"顺手摘了片"鱼蜡片"夹在手指上吹了两下，"记住我的吹法！"

岩弄点头。

王伯背起"夏"大步走了。

王伯走了，岩弄对狗狗说："又不是真有恶人来。到时候，你要信我！你讲！你个死卵信不信我？"

　　"我冇讲我不信！"

　　"那好！"

　　"嗯！洞是哪样？"狗狗问。

　　"洞就是洞嘛！"

　　"我不太想进洞。"

　　"你要死要活？要活就进洞！"

　　"死是哪样？"

　　岩弄跳起来，歪起脑壳眯着眼睛对狗狗笑，"……先是怕，后是痛；比一百颗牙齿痛还痛。刀割手指娘，流血，砍了脑壳，比砍一百个手指娘，流一千个手指娘的血还多。还怕人——"岩弄发明了一个主意，抓住狗狗手指娘，试着越来越重地咬它，"怎么样？怎么样？怎么样？……"

　　"你做哪样要咬我？"

　　"痛不痛？"

　　"痛！"

　　"一百两百个这样的痛，就叫'死'！懂吗？"

　　"嗯！"狗狗答应。

　　"人死了，就没有日子过了！"

　　"嗯！晓得！"

　　"'达格乌'，过来！刚才王伯交代的你懂吗？"岩弄问。

　　"达格乌"懂，你不见在摇尾巴，在笑？

　　"……要是有恶人来，你莫叫！免得让人晓得屋里有人。我叫走你就跟我和狗狗走，进洞——"

"那羊呢？你管不管？""达格乌"回过头看院坝边上的羊。

"我晓得，我晓得，它不用走，它不像你见人就叫，我让它到崖顶树丛里去吧！"

岩弄几下工夫就把羊安排好了。

"要走吧？"狗狗问。

"走哪样？不一定来嘛！'达格乌'会放哨，它耳朵好，鼻子好，它听到会给我报信的！"

"当然！当然！""达格乌"摇着尾巴。

"好！我们吃桃子！"

王伯到木里街时，见还没有"登场"。人最热闹应是午时。

一路上早见到三三两两穿戴齐全的苗妹崽们往场上来了。这不是大场，不像得胜营、鸦拉营、十羊哨、总兵营那几千几百的。抬来的猪也瘦，也有人买；卖的人心里明白，这号猪也只能到木里小场来卖，忍住点不好意思，跟猪一起挑个起眼地方老实蹲着。再说，木里人能买什么好猪大猪呢？养得起吗？赶回屋里拿什么喂？它不是牛、羊，牵上山一放了事。

牛、羊是有的，连好马都有。

羊早来了。街头街尾咩咩叫得闹热。

牛场在西边坪坝上。牛大，挡路，占地方，有心买卖的到远点那边去。平常赶场趁热闹的人，看牛做什么？

到中午，马会来的。马这东西由人骑着来，雄赳赳一阵热风势头，猛然停住，人和马一样威风。人年轻，包着黑丝帕子，腰挂带真丝红缨子的木壳枪，呼的一声跃下马鞍子，在鞍子边弄东弄西故意不马上走，好让人看他的潇洒从容，看他的厉辣！

这种马也不是不卖，要买，先要掂一掂自己的胆量身份与荷包。

马和马不一样。就像画家的画的身价，虽然同是一张纸上的学问。传统教训早已形成，每次的吃亏丢脸、凑前问价的人一定都是新手，不免引来谨慎旁观者的讪笑。

两边炸"灯盏窝""油炸糕""泡麻圆"等摊子的油锅还没冒烟；下米豆腐、粉条和牛肉面的锅子水还未开。

打首饰的银匠要等人多点的时候才敢从栈上挑出行头来。

公鸡在大而扁的笼子里压抑着嗓门抒情，鸭子从笼子里委屈地伸着长脖子左右觅食。鹅一贯自命不凡，笼子虽矮，它能在笼子中间圆洞上找到个舒展的出路，四围观望。

家养的东西有个致命的弱点，宰割前一分钟，绝没想到自己会死；临死前，人们捏住它的脖子时，还以为是人在开它的玩笑。

青菜萝卜好！直挺挺的，新鲜脆嫩，招人喜欢。

卖粪桶水桶的，斗笠背篓的，鱼篓渔网的，花带子苗衣围裙花边的，陶罐水盆油壶的，间或高兴还捎卖些陶制玩意。

卖陶器的老实人在场上怕三样东西。

第一怕挑粪的打翻了粪桶。别的生意，比如卖吃货的，卖布匹衣料的可以揪住叫赔；要只是染上粪便而毫无破损，眼看着自己一大摊鲜臭的缸盆瓦器，搬不好搬，扔掉可惜，卖又卖不掉，又讲不出口赔偿的道理。

第二怕官家猛人大车、大轿、大马经过要让路。慢了，晚一分钟都惹人发火。碾过来，你找鬼去算账！

第三怕狗打架。两狗互打已经不堪，遇到群架，十来条狗一齐投入战火，硝烟散尽，"去如朝露无觅处"，畜生嘛！你追讨哪条是好？何况拿两条腿追四只脚，何从谈起？

王伯早不来迟不来偏生今天来，有她自己的意思。初九是狗狗生日。也没有什么好惊动人的。狗狗小，根本不晓得生日不生日。记得的，像婆呀，家婆呀，住得远了，难顾得上。爹娘不清楚到哪里"打流"去了，东奔西窜，看起来，自己都顾不上。所以说，只剩下王伯一个人的意义了。孩子不懂得自己命数好凄凉……

王伯今天赶场要买几样东西。两斤带筋带纤的牛肉，顺带一些姜葱五香和三斤碱水面，更要紧的是到银匠那里买一副带锁的银项圈。

好牛肉要到午时过后三四档牛肉案桌到齐了才选。姜葱五香是现成的，也莫急着拿。银项圈倒可以先去看看、问问。问，不花钱，不合适就第二家。多看看，多比比，听旁边闲人讲几句参谋话还是可以的。

天气蒸人，王伯只穿着一件汗衣和一件白夏布罩衣，褪了色的黑家织布裤子也嫌热。等时候，便到卖剪纸花样的苗阿娅那儿看看，花样一般，倒是旁边围着看热闹的几个苗妹崽十分十分之秀气好看，不晓得是哪山哪寨子的，那么白，牙子那么齐整，笑得那么嫣然，一朵朵爱娇的桃李花。

王伯不跟她们搭腔，只是认真地看，深深想着，"要莫挨打挨骂才长得这副好神情！"

她们明知道王伯在对着看，在欣赏，倒是一点也不在乎，不忸怩。女孩子买东西，天下一样；买是买，三文钱的货，热闹一场倒值得一百文。要的这个热闹。卖东西的今天赶这个场，明天赶那个场，也是图个好玩。朱雀城四围几十里，天天都有场，靠的肩、脚力气，来来往往忙个不停，要不然，如何打发日子？

市声逐渐哄隆升腾，王伯便旋到银匠摊子那边。

银匠、铜匠、铁匠、锡匠这类人，脾气各有不同。其中以银匠的手艺最高，最积财，最精明，最有胆识，最能调理人情。

铁匠不行。不晓得凡是打铁的人生下来脾气就不好的呢，还是做了铁匠之后脾气才不好的？铁匠从不叫命苦而他确实命苦。一天一个人加两个帮忙"填锤"和拉风箱的徒弟，至多不过打三把锄两把钉耙，热有热，累有累，吃不足，喝不好，赚来的生活，扣除木炭生铁原料，一吊钱都不够。天天如此，年年如此。到老年，力气不行，脾气加码，徒弟长大另谋生路，儿子遗传的脾气和劲头达到可以还击的水平，打老婆儿子泄气的机会也失掉了，便只剩下默默的怨尤。往往铁匠铺门边矮板凳上坐着个鼓眼睛、瘦筋亮骨一事不做的老家伙，便是这种人。社会生活上少不了他，虽是个重要环节，却有个自我抛弃的必然命运。

铜匠铺陈列的作品夺目灿然，不免时常引致过街人多情的一瞥，得到与金子亲近的模拟的欢欣。铜匠铺是作坊性质，人数较多，产品销售线索引伸得远，产品样式多彩，匠首有时会腆着大肚皮得意地站在当门所在抽又长又粗的大烟袋锅，咳两声嗽，吐出的浓痰丈多远，显出他这踏踏实实的威风。

锡匠像个行吟诗人，吹着小笛子背着包袱大街小巷串游，乐声优雅，面带微笑。他的范围广阔，是县与县份之间的熟客。

他不去穷乡僻壤而专走富裕地区。哪家人听到他过路便叫进院去，要他做把酒壶，做座蜡烛台、香炉和其他供桌、神柜上应用的器皿，他便慢吞吞地在院中各处走，挑一块又平又光滑的地方，架起熔炉，拉起风箱，坩埚里倒进这人家用扁了的旧锡具，自己又称斤论两地添进一些新锡料。院里人把他的托当作变戏法看，尤其是在学堂念二三年级的学生们见到这种稀奇兼带好玩的手艺时，紧张兴奋得气都不敢多出一口。

锡匠用上蜡的麻线在地上摆一个谁都看不懂的不等形的圈子，将坩埚里熔化了的锡汁小心翼翼地倒在那个事先围妥的圈子内。扁扁的一片发银光的东西，已经令孩子喝起彩来。锡匠预料会有这种彩声，他也满意地微笑，回头看看，像是在说，还有好看的在后头咧！

锡匠慢吞吞地点燃小旱烟锅。他不是不急，这时候非慢不可，要等那锡块冷下来才好做下一步。他嘘着烟，像个学问家。

锡块凉了，把它弯成一个上小、下大又逐渐小起来的怪模怪样的圆筒，也不太齐整。锡匠端详好一会儿，将接头部分修齐用焊锡焊好，穿在丁字砧头上用木头槌子旋着敲打起来。

这样铸着，焊着，敲着，以后用一个旋转柱子套着壶身借砂纸抛光，两三个时辰，一把有壶盖、有壶嘴、有壶把、有壶衣圈的酒壶就做出来了。

读高中二的人说：这里头有高级几何的学问。

初中二的人问：那用木棍棍敲敲打打，高级几何讲过吗？

……

锡匠潇洒走四方，要是有上万老鼠子跟在后头，他又吹着笛子，简直是个快乐的"花衣吹笛人"了（二百多年前德国的民间故事）。

场上银匠的生活境界与众不同，他是专门为妇女们尽力费心的。

那种情致最接近今天大城市美容院的男美容师。自我得意处也颇为相似：一年到头生活在欢欣之中，活脱一只为千百朵开放的鲜花簇拥的幸福满意的蜜蜂。

他较之别人富有，他有机会在金子银子加减乘除中弄点小手脚。妇女们希望自己首饰上出现一种与众不同的别致花样时，免不了对他有所奉承。

银匠有权轻言细语跟她们做点稍稍过分的勾引调侃时，最不喜欢男人在场，所以身背后总安排几个放哨的徒弟，并且让他们做一些收受妇女送来的爱娇的食品和编织物的工作。

做银匠的徒弟要蠢，面对情挑要麻木不仁，不可存感染师傅的欢乐的奢望，所以徒弟们赶场放哨时，一个个都木里木哒，呆头呆脑；其实天下哪里有蠢徒弟这种人？为了学功夫，处处就要将就师傅，要什么样子给什么样子，等三年满师，功夫学到手之后再让他看家伙。

银匠铺当徒弟虽不辛苦但手艺细密，要一件件狠着心记。最重的活只不过是把银块块捶成细条，再一次又一次地穿进由大到小的钢洞里拉成可用的粗细不同的银丝。要光明正大、光天化日地，光着胳膊、手脚敞开地做。金银出入，哪怕扫下的金银碎屑这般比芝麻还小的东西，都要在师傅的眼皮底下做。

做徒弟阶段要铁着心见财不起意，要重复又重复地、无休止地表现诚实和忠厚，千万聪明不得！

在师傅面前显示聪明，无疑是自寻死路。

聪明的徒弟就是师傅的危机，这还不明白吗？

所以朱雀城骂晚辈居心不正就会说："你以为我不领教你是银

匠铺的徒弟吗？"

做银匠要不学到师傅两样绝活，你就算"牛屎虫跟着个放屁的——白跑一场"了。

一是缠绕金银丝花样；二是坩埚里金银中掺和东西的手段学问。

也可能由于你服侍得好，师傅临终咽最后那口气的时候在你耳朵边讲出来；也可能在他咽最后那口气时骂你声"狗日的混蛋"！也可能忙着咽最后那口气讲已来不及了。

……

王伯问银匠，有没有孩子戴的项圈？

银匠谈兴正浓时让一个这样的妇人打断，抬头看见王伯。他不认识王伯，几乎肯定从前没有见过；只是他颇为熟悉这种惹不起的并且懒洋洋的眼神。

"有没有孩子戴的项圈？"王伯再说了一遍。

"让我看看……"他连忙拉开藏金银细软的抽屉，"有，有，是福、禄、寿带锁的……我再找找。你看巧不巧，有块'长命百岁'。"

"唔！"王伯连链子一齐托在手上，"这银子是几成的？"

"纯的！纯的！我几十年都在场上的，哪个都认得我，你要信。"银匠说。

"我也是几十年木里人，你也要信，上了当，我会找你！"

将近三两多重，王伯带来三块光洋，补了钱，又拔下头上实心的银簪子。手巾包上项圈银锁，揣进贴身衣服荷包，招呼也不招呼，径自进入登场的人丛里去了。

等看不见人影的时候，银匠伸长脖子问旁边看热闹的老头子："那婆娘讲是木里的？我从来没见过。"

老头子说："挨砍脑壳的王坨子的婆娘，东头坳的！"

"嗬！我日他娘！……这婆娘几时回来的？"银匠向左右妇女们假笑了好久。

王伯蹲在米粉摊子后头端着一大碗米粉吃，一边瞧着场景。

西门坡邓家二少爷买了只狗，怕是要宰来吃，看它跟在后头高高兴兴。老营哨纸扎铺胡家那老家伙拐棍都不拿走得不近。

"嗳！狗屎！"老远就认出他干猴子脑壳，"嗯！这么近，在场上，是从早要荡到夜的了！"

"咦？道门口卖腌萝卜那刘氏婆娘也来了。她躲我好几年，怕就是为要我入会的那四吊钱吧！好！四吊钱买个清静，要不然整日整日围着我打团团，口水喷得我一脸……"

咽完最后一口辣汤，王伯站起身来，看到对面那摊卖老鼠药的。两门板摆的都是死老鼠，架子上特别一排挂的是敢和猫儿打架的老鼠王。都是他灵药毒死的怕也未必，讲不定还是收买来的。不信他一家出那么多老鼠，齐齐整整。其实卖老鼠药不一定要找那么多老鼠来摆！有一只把两只就行，让人看了心烦……旁边这个瞎子抽签算命的，你换地方不行？硬挨着老鼠药摊子坐，你看你，飞得一脸的金蚊子、屎蚊子，赶也怕难；一下子死老鼠身上，一下子自己脸上，舐来舐去，吃夜饭时还要抱屋里孩子，嗅他的脸，亲他的嘴……

忽然间场东头骚动起来，是个大的阵仗。

王伯踮起脚跟也望不到什么，顺手拉来张骨牌凳上去一看，怎么？"狗屎"让城里特务连的兵抓走了。抓"狗屎"做哪样？怎么单抓"狗屎"？

两门板摆的都是死老鼠，架子上特别一排挂的是敢和猫儿打架的老鼠王。都是他灵药毒死的怕也未必，讲不定还是收买来的。不信他一家出那么多老鼠，齐齐整整。其实卖老鼠药不一定要找那么多老鼠来摆！有一只把两只就行，让人看了心烦……

十萬貓不敢
西洋國進貨

王伯站起身来，看到对面那摆卖老鼠药的

赶紧到案桌称了三斤牛肉，该买的买了往回就走。经过闲人多的地方，正听到一句："'狗屎'这狗日的居然还是共产党的探子！"

王伯心里一沉。不管共产党不共产党，"狗屎"反正给抓了，这要紧得很！

回到屋里把东西放进碗柜，告诉岩弄和狗狗："我还要出去一下，吃夜饭以前回来。我让隆庆赶急来，他来之前，有事你们还是进洞！报送他，说出了大事。"从床底箩筐里打开一个油纸包，取出两颗炮仗在院坝点了——

"嘭！嘭！"两声。这是紧急信号。

王伯快得连自己影子都跟不上地走了。

王伯赶到半山"狗屎"那个饭铺，冷风秋烟，剩下"芹菜"一个人瘫在饭桌边，想是该哭该叫的都做过了。

"他们说'狗屎'是共产党的探子！""芹菜"死白着脸说。

"……那就是讲，场上闲人讲话是真的了……"王伯坐在"芹菜"身边自言自语地说，又问"芹菜"，"你讲！要我在这里陪你还是你跟我走？"

"芹菜"说："你回去，让我一个人心里好过些。我有好多事要想……"

"那好！你稳着点，明天一清早我就来——夜间有响动，你上对面山！"

"那晓得！"

王伯在坡上见隆庆骑马来了。

"你还骑马？"

"要我快嘛！"

"过来我讲送你听！'狗屎'给抓走了，讲是共产党探子，'狗屎'一招，狗狗就麻烦，你把这两个人带走，哪时听到炮仗哪时转来……"

"几时动身？"

"还几时？马上走——这是面，这是肉，带到你那边吃。有人来就上山！晓得吗？"

三个人骑上马，狗狗坐前，隆庆中间，岩弄坐后还抱着小羊，"达格乌"后头跟着，眼看也就走了。

王伯进屋到水缸舀了一瓢水喝，坐在坎子上，埋头揉了揉头发，手撑着下巴想事。

跟着起身，取出银项圈一层层包起油纸，埋到装了半桶肥的粪桶底下。

再坐在坎子上。

跟着又起来，"麻个皮！吃点！"忙着在灶孔里塞些干树枝，吹燃了，添三块干柴。坐在灶眼前，看着逐渐红起来的火。

柴快烧完的时候，拨开热灰，埋进两坨苕，盖上，起身屋子里前前后后看了看，有一点莫名的惜别的意思。吃完苕，想到狗狗今夜怎么过。一夜和衣困着，昏昏沉沉天就麻麻亮了。将就洗了把脸，脚就启动了。到"芹菜"的饭铺门口见上了店板，刚要敲，里头就问："哪个？"那条卵狗也跟着叫起来。

"还有哪个？"

"芹菜"也是一夜没合眼。

开了门，"芹菜"打着哈欠说话："我一点指望都没有了！"

"你以为人个个都有指望？没有指望你就不活了？走吧！"

……

"进城啦！要不你坐在这里等死呀！听听城里有哪样消息呀！有没有门路好走？"

"怕不押到半路就砍了！"

"要是死了，你忍心他让野狗拖了？你有胆子跟他跑，没胆给他收尸？……走！趁天没亮凉快！——你还拿伞？真没有名堂！"

"芹菜"爬坡喘，真顶不上半个王伯；翻完头一个山坳，"芹菜"累得像泡菜坛腌过那样软皮拉塌。太阳已经露头，王伯见她这副架势，"狗屎"要真让人砍了，她如何经得住；又想到进城路还这么远，如此走法……

就这时，高头竹林有人唱戏，顺着这条路下来了。

"……不由人，一阵阵，泪洒胸怀。青的山，绿的水，花花世界。薛平贵，好一似，孤雁归来……"

王伯站起来，"耶！耶！你听……"

话没说完，闪出一条跌跌撞撞的"狗屎"。

"芹菜"扑过去，抱住"狗屎"，"你，你怎么回来了？"又捶又打，疯狂地哭将起来。

"阎王爷不要，不就回来了嘛！""狗屎"有口气没口气地说。

后面还有好几个从城里回来的木里人都抢着讲话：

"还没拉进城门洞，老师长就发话，事情不要再展延了，死的都是家乡人，让外头人开心。放了二十多个人。"

"是过完跳岩让人'短'¹住放的。"

"狗屎"抢着说："我老子几时是共产党了。嘿！老子在正街上县党部做过杂工，打洗脸水，烧开水，扫地抹桌子，就算入共产党了？共产党有这么好入的呀？不信你问去！"

"眼前你跟我讲，绑你的时候你又不讲？"

"怎么不讲？三十多里路一直讲的就是这句话。他们不听嘛！"

王伯像男人样叉腿坐在路边岩头上。想完事，一个人下山去了。

回到屋里取出两枚炮仗到院坝。嘭！嘭！两声。

她躺在床上半天，原班人马班师回朝。

"伯，我转来了。"狗狗说。

王伯没有起床。

"昨天你们住哪里？"

"隆庆带我和岩弄上山打野猪，好大一只长毛野猪，大牙齿，大鼻子，摆在堂屋，你起来看！"

"叫隆庆做饭给你们，王伯要睡到明天早上才起床！你乖，快去和隆庆讲，吃完饭跟岩弄玩，夜间自己上我这里睡。"

狗狗出了房。王伯像讲梦话："——记到，明天是狗狗生日，满四周岁——长大了——"

王伯醒了。王伯以为狗狗没醒，狗狗其实也醒了，睁着眼看屋顶。

"狗呀狗！你醒了也不喊我？"

"我想事。"

---

1 拦，截。

"你想哪样事？"

"……"

"你想完事，我们起床好吗？"

狗狗马上坐起来，王伯帮他穿衣，穿完衣，王伯提起狗狗的裤子闻了一闻，笑起来："你看你裤子，好一股尿臊味！"

"我，我不喜欢你闻我裤子。"狗狗懂得脸红。

"我只讲一讲嘛！"王伯笑起来。

"嗯！"

狗狗下床，光着脚底板找鞋。王伯说："你看你，踩到泥巴了吧？夜间睡觉你把鞋子尖尖朝外摆好再上床，半夜有事，跳下床就有鞋穿！"

狗狗把话听进去了，"夜间没有亮看就有鞋穿！"

王伯把狗狗脚底板的泥粉粉抹了给穿上鞋，打水洗完脸，"咦？岩弄还没醒。狗狗去叫他起来！"

狗狗没想过岩弄会睡在谷仓。

灶房右首边有个谷仓，长年累月地空在那里。原来是王伯的爹妈搭了这座房子之后，趁兴学有匠人钉的这么口摆设；用的上好木桩和木板，却一粒谷子也没装过。先住老鼠，后来是吃老鼠的黄鼠狼；老鼠光了，黄鼠狼住得无聊也走了，空空荡荡，连个老鼠洞也没有打成。

尺把高的仓座是拿石块垒起来的，说是说一口仓，其实装不下四担谷子，没想到几十年后齐齐整整地当了招待小王子岩弄的总统套房。

狗狗踮起脚走近谷仓，他傻了。没想到一个睡觉的地方会好玩成这副样子！

仓里头只见得到岩弄一张肥肥的、像喝醉酒的红脸。周围是塞得满满带毛的乌黑、雪白、亮黄的各种像是被窝的东西。一股温暖好闻的味道只往外涌。狗狗不快活是不行了，不惊讶也是不行了。他往回就跑，来到灶房做事的王伯跟前。

"王伯，王伯，你去看！快去看！岩弄睡在什么里头？"

"睡在谷仓头……"

"不是！不是！你快去看！"

狗狗拥着王伯来到岩弄跟前。狗狗指指那堆东西。

"哦！是隆庆临时带来的野物皮：熊娘、野山羊、狐狸、狼的皮，一时给岩弄当被窝用的。好热和！你们城里人睡不来的，会流鼻血。"王伯说，"在里头，都要'打屁股拉胯'[1]才睡得着！——也不是个正经睡觉的行头。"

"我要有就好了！"狗狗说，"我喜欢睡里头！"

"一股味，肮脏！没有哪样好喜欢的！软毛硬毛一大堆，受不了！"王伯说完往回走，"这里乡里人莫奈何过日子的办法……"

"我喜欢一股味，我喜欢'莫奈何'过日子。"

狗狗一边说，一边往仓里爬，扑进毛皮堆里。半醒半睡的岩弄吓得忽地弹起来。

"我来了！"狗狗从没有过地高兴。

于是两个家伙掀起一阵狂风暴雨，打成一团。狗狗一辈子也没这么疯癫过，仓板嬲里嘭隆响得像打鼓，烟雾腾天，喊杀中带着

1　光身子。

笑声……

王伯在厨房煎粑粑，她一点不烦，她喜欢狗狗第一次萌发出来的这种难得的野性。狗狗缺的就是这种抒发，这种狂热的投入。他太文，太无所谓，懒洋洋，无动于衷，对他长大一点好处都没有……

王伯仔细地谛听战况的发展。她晓得岩弄手脚有分寸，会体贴狗狗，会让他几分。

太强大，是正牌出厂的一级品苗族伢崽。狗狗得这么个培养性灵的师傅，真是千载难遇。

响动小了，王伯过去一看，岩弄屁股拉胯正从仓口爬出来；狗狗挣扎着钻出毛皮堆，满头汗粘着一身毛。

"好走玩吧！"王伯抱狗狗出来给他拭汗水，回头再看岩弄在水缸边青岩板上舀水冲澡。

"岩弄，你看你这个狗窝，搞得狗狗一身毛翻毛天！"王伯对岩弄说。岩弄不在乎这些话，边冲澡边向沟里撒尿，涎皮地笑着。

"好！吃早饭！"王伯摆好吃货——油煎的糯米粑，狗狗和岩弄面前一人一碗阴米茶。

隆庆还没有来。大家吃着喝着的时候——王伯问："讲吧！跟隆庆做些哪样？"

"山上打野猪！"岩弄说。

"你们怎么会打野猪？"

"嗯！不会。"狗狗说。

"不会，你怎么打？"

"绑我们在树丫丫上，打到才放我们下来，脚都绑麻了！"岩弄说。

"脚都绑麻了！嗯！狗狗帮岩弄填锤，隆庆让我们三个人骑马回来，他走路。"

"哪三个？"

"我嘛！岩弄嘛！野猪嘛！"

"带去的牛肉、面呢？"王伯问。

岩弄说："做了牛肉巴子，带转来还送你了。面也带转来了！"

"见鬼！带来带去！面一定碎成颗颗了！那你们呷哪样？"

"哪样都没呷。没有空。又累。"岩弄说。

"都是树，刺，好多好多蚊子咬我，一个包，一个包，痒，痒，痒，痒……"狗狗说。

"在树上，你们怕不怕？"

岩弄摇头。

狗狗很认真地回忆："怕好多，怕蚊子，怕树上下来，怕野猪。隆庆对野猪打枪，野猪死了，就不怕了——野猪啊啊叫，流好多血，狗还咬它，咬，咬，隆庆也不管——死了还咬，嗯！"

王伯看着狗狗，笑着问他："狗狗呀！狗狗，你晓不晓得今天是哪样日子？"

"卵日子！"岩弄插完嘴就咧开嘴巴笑。

"少讲野话！"王伯横了岩弄一眼，"狗狗讲，今天是哪样日子？"

"嗯！我不晓得是哪样日子。"

"是狗狗生日，狗狗满四岁了。狗狗呀狗狗，你四岁了，你又长大一岁了。"

岩弄眼睛瞪得很大，看一眼王伯又看一眼狗狗，认真地咬了一大口粑粑。他觉得王伯这婆娘是个假乡里人，又是个假城里人。

隆庆来了,厨房有响声。松树浓烟往堂屋冒,"达格乌"也让烟子呛出来往院坝跑,嗯叽!嗯叽!打着喷嚏。

"你在做哪样?"王伯倒是没有责备。

隆庆哑着喉咙说:"野猪……我……熏……"接着也夹紧眼睛从烟雾里摸出来了。

"你看你,搞这么大烟做哪样?"

"先大一点好!等下我还要进去……"

"哪!坐下来,吃吧!"

"我吃过才来!"

"你看你,让两个伢崽饿了一天一夜,累成这副样子,蚊子咬得一身包!"

"我想,在山上过夜好一点——我想,怕有大事。"

"那倒是!……眼前,事是没有事了,在退水;看到'狗屎'快要人头落地,又一路唱着戏回来——也难料。像是下阵头雨。颈根捏到人家手上,总是莫大意好!"王伯走到床边从枕头底下掏出个小布包,"狗狗,哪!过生日的项圈,也算是没糟蹋一场木里的日子。留着,长大也好想起它。"

"家婆、幺舅娘送过一副了!"狗狗说。

"那是那,这是这,意思两样——不用瞪眼睛,你长大再讲!"

朱雀城自从出了那惊天动地的事情之后,确实把一些闲杂人等吓傻了。砍脑壳在朱雀城虽是常事,但掉脑壳的都不是头面人物,都不是台上演讲、街上带头游行的人。昨天见面还打哈哈,酒席上称兄道弟,忽然间变了脸,一刀一个就倒在赤塘坪。老百姓除了惊惧一时之外，道理、党义离他们到底还太深、太远，阶级仇恨还没有普遍开花。唯一伤心断肠的，只有倒卧在赤塘坪的三位之中唯一朱雀人韩先生的异母异父的妹妹谢氏。

谢氏跟改嫁的妈到韩家时不到十岁。不晓得是一种什么奇妙的力量，没有任何原因令她长得如此之肥大魁梧。不单超越自己家族记录，在全城也是绝无仅有。她天生旷达，趣味单纯；听传说有过两年稀薄的不留痕迹的学历，以至生活中临场学以致用的刹那，她连个"人"字也不认得；她急了，她说以前原是认得的。

生活起居中，她不介意男女界限。行腔粗犷而沙哑，男人听见这调门和内容并不回头，都以为是男人的规模。

街上人家喊她，患重沙眼的她，要用手提起眼皮才看得见对方是谁。

她信赖人，以为人一定也信赖她，对负义的人，她从不失望。

她家住在道台衙门对面葫芦眼矮墙外大照壁底下一排矮屋中的一间。屋不到两张双人床大却住着四个人——她丈夫，她十岁大的女儿，她自己和她妈。

韩先生就义时她已经三十挂零了。她女儿跟她上街遇见熟人便站得远远的，不好意思让人看见她有这么个妈。丈夫四十多点年纪，健康情况不稳定，瘦得很，天天坐在门口，像座假山石影在那里。知道屋子里还有个妈，也很抽象。见过她老人家的人也大都不在人世了。

韩先生比他妹谢氏大三两岁，还没成家，在正街口不远左首边县党部厢房内搭了张铺，也搭了伙，事情忙，将将就就过着日子。

兄妹之间自小没什么交流，加上文化差异，多少年来形成一种既无责任，也无义务的微温的漠然关系。

谢氏精神脚力好。她自早到晚忙着城里城外走动。帮人拔火罐，做件刮痧小手术，打点做鞋的纸壳子，给哪家嫁不出去的老姑娘说个"硬媒"，大户人家妇女手边不方便、不好意思说出口的场合上代她们卖点金银细碎……

她清清楚楚哥哥做的是共产党，共产党是帮穷人的。只可惜说帮说帮，也不见什么响动。问哥哥，总是说："你以为变把戏，说来就来？你耐烦点好不好？"

谢氏作风几乎是超时代的洒脱。她进厕所不管有没有男人在场，"跑哪样？跑哪样？老子又不是黄花闺女！"

街上见熟人带伢崽，若身旁有荸梨橘子的摊子，便顺手拿两个送伢崽吃，"拿好！拿好！现成的东西，自家人，莫要客气！"

回头卖东西的人找她要钱，她会说："怎么？给小伢崽吃吃、玩玩的事情，你还这么认真？朱雀城全城都讲你大方，你大方在哪里啦？啊？"

"是呀！"卖橘子荸梨的人细想，"全城都讲我大方，几时的事？怎么没听过？"……醒过来，回头再找谢氏，走远了。

哥哥就义前这段时间，她恰好在道门口腌萝卜摊子边上，亲眼看见麻子娘摇晃燃着的艾蒿烟把出来，咚！咚！咚！三声炮响，她晓得马上又要杀人，还说："哎呀！这盘不晓得又是哪个背时的挨砍脑壳了。"便放下吃货挤到人群尾巴后头跟到赤塘坪。圈子围得太紧，插不进，下蛮劲挤到里头一看，是自己的哥哥！人头已经落地，"善堂"施舍的三口白木棺材已经摆在旁边。刀法不好，颈根砍得很碎。看热闹的人群这时看到闪进个谢蛮婆，一下子都不走了。

她扑在哥哥身上，又去把那个脑壳抱在怀里，抚摩着哥哥头发，来回拭抹脸上没干的血迹。她悲伤得已经没有人样了。

突变令两兄妹关系骤然贴近。死的是她世上唯一的娘家亲人。

她爆发出不顾一切的勇气，披头散发撕裂地叫号，那种孤独的声音真令人发冷打战。

殓夫们搀起她，拥着她把怀中的脑袋放进匣子里。她又下意识帮着殓夫去装拾另外两个人。这三个人她不假思索地晓得有自己不懂的伟大意义联系一起，因此都是她的骨肉。

她满手、满脸、满身是血。仇恨的理论基础只反应在单纯生死界限上。正与反，她无法探究，只晓得哥哥的人头已经落地，事后还会晓得，做了共产党是要人头落地的。

她站起来，像从血海里爬上岸的人，衣裤让鲜血染透。她茫然地往人圈外走。人们"哄"的一声闪开一条路，听她口里喃喃地说："好，好，等报应！等报应！……"

那么褴褛、滴着血的宽阔背影逐渐远去。

有人会想到古时候的那些诗："时日曷丧，予及女偕亡！"

"天啦！你坍了吧！"

这一盘大事情结束了，朱雀城深深地埋下三颗仇恨的种子：失掉头颅的刘劭民、韩仲文、杨子锐三名共产党员。

朱雀城有许多脾气各异的可爱老头子，家底子好，分住在城里城外大街小巷有意思的地方。

这些老头子见过大场面，浑身由一种古老教育培养，经历和学问形成既渊雅又豪侠的风度。

只要稍微懂事且具备点虚怀向学的年轻人，老人们无不感觉有趣可爱，愿意接待并作忘年交往。

　　年轻人和老人做朋友，最忌的是一种"远之则怨，近之则不逊"的毛病，见到老人随和以为可欺，像柳宗元笔下那匹贵州驴子一样，"技止此耳"之后，还想占些小便宜；老人也是年轻过来的，一生玩残了经验的人，他只希望此间有个融洽诚意的快乐时空，平白无故插进一种扫兴，便不好过了。

　　幸好朱雀城的年轻人不论穷富，都有几分斯文修养，懂得老少交情中相互得益的美好所在；尽管调皮捣蛋，在老人面前都是循规蹈矩，不像跟同辈人那么放荡撒泼。

　　出南门过永丰桥直上岩脑坡几十家房子过后左首边有户人家。黑漆大门内有几十级讲究宽阔的花岗岩石级，来到一块不小的石面平坝之后，三几步石级又是一道更讲究的大门。东西南北一围木料生漆大瓦厅房，中间又是个长方形下降的石头院坝，摆设着名贵引人的花木和鱼鸟缸笼。宽敞，亮堂，论气派和材料筹谋的精确讲究，朱雀城应算第一。

　　这家人姓滕，老人名叫滕甲铠，在他老人家的熏陶下，全家除鸟鸣花香之外，人人都轻言细语，连步履来往也只留一丝轻风。喧哗是不可能的；除非是来了客人；何况客人多少也晓得这家婉约的规矩。

　　老人以前是打仗的，年轻时转战过广西、湖南、湖北、江西、贵州，有过不小的勋业。一边打仗一边文雅，是朱雀自来的古风。初见老人细条的身躯，长须，潇洒的举止，渊博的谈吐，若不是他响箭似的嗓音，还以为他老人家是位文渊阁出来的人物。

客人来，老人家是高兴的；家人因为老人家得到心胸舒展也暗自高兴，尤其是老人招呼厨房准备酒饭的时候。

老人有公子二人都已成年，小的在外头读高等学校，大的已经从高等学校回来并已成家有了可爱的男孩。两位公子都是学文的，儒雅可敬。朱雀城如果有年轻人的雅集大家都会掂掂斤两，有"人杂了，文晴兄会不会来"的考虑。

文晴有几位来往较多的朋友，高素儒、胡藕春、张幼麟、段一罕……这些年轻人也让甲铉老人喜欢。听见他们在客厅清谈，忍不住油然的兴趣，便也带着笑声插进来："……周邦彦？他那种情致是叫人难忍的。花花草草，哭哭啼啼，春光无奈，翠藻翻池……我们的天地已经很小了，哪个还耐烦浏览他更小的心胸？一个堂堂男人，弄成个闺阁局面……"

年轻人都起身迎候。老人坐下说："你们谈，我无聊，我过来听听，周邦彦？周邦彦怎么样？……"

年轻人欠身微笑，都噤住了。

"你们看，你们看，老头子打扰你们了！"

"哪里！哪里！是我们不敢打扰老伯。我们也是随便闲谈，倒是看法碰巧追随着老伯的。历来都说周邦彦是格律派的正宗，清真七十首陷溺于纤巧绮丽，叠床架屋，情感重复，天地着实地太过狭小，我们也正讲到这个分寸上。光攻格律，绣花雕虫，恐怕终究不是好趣味。"一罕说。

"你看，你看！那时候人还称他'词中老杜'，这说到哪里去了？老杜是什么颜色？他是什么颜色？

"柳耆卿情感天地就比他宽阔多了。往上跳七八步看，人的格局也比他深厚。人是势利的。周是官，柳是老百姓，而柳这个人活得自在，实在得很。大家讲他这个那个，人一死，留下的东西才是真家伙。有人宣讲不做官不过是终南口气，柳的'忍把浮名、换了浅斟低唱'是一贯态度，是相忘于江湖的旷达。即使做了团练使推官、屯田员外郎，也不过像当今专员公署衙门里管狱讼的小官和掌管农业的七品官，也是很快就被刷下来的……后人每每讲他死得凄凉，我倒认为这正是他的优雅处，千百年难遇这么个性情种子……王灼的《碧鸡漫志》讲他的词'浅近卑俗，自成一体，不知书者尤好之'，这倒正说到耆卿痒处。王灼以为要做到'不知书者尤好之'的水平是容易的事情，他是看不起的……你们看，我讲得一时口滑，放肆得很了。咦？文晴，晚上的饭食你布置了没有，我很有兴致跟你们几位喝几杯，好久没见了……"甲铉先生自己打断了说话。

文晴连忙站起来，"这是早几天就说好的，只是不敢惊动您老人家……"

"怎么这么讲呢？有什么好口福，也告诉我来尝尝嘛！"滕老先生哈哈笑起来，"你们搬拾了哪些东西呢？"

高素儒说："讲不得什么好东西，我只带来了半边狗肉……"

"狗肉？那还不好？"滕老先生睁大眼睛，"我少壮时候跟一些朋友也是整天围着狗肉锅子转的人，人老了，友朋都凋零得差不多了，响应不起来了。来！今天你们是哪位主事？我来当个狗肉参谋如何？"

"大家推选了我，我弄狗肉只得个皮毛，要讲究也不晓得从何着手。有老伯掌舵，我胆子大了。"胡藉春说。

段一罕说："老伯面前，这是不用客气的，我看你可以放胆子做。"

"倒是有这么一说的。大凡做狗肉，好笑的是，各人都以为自己最是高明第一，大江南北，无不如此。我也算是走过些地方的，看起来还是我们朱雀地方口味基础好，讲究。你们的手艺我大致信得过。"滕老先生说。

"要是幼麟今天在，老伯讲的话怕是勉强还受得起；我们只是照本宣科，神似不了的。"段一罕说。

"文星街的张公子吧？这位家学渊源的文士没想到还会掌厨——"滕老先生说。

"——炒鹌鹑尤其精彩！"胡藕春说。

滕老先生沉思起来："——两夫妇听说外头受苦了。最近有消息吗？"

段一罕说："有是有，都不确切。沙湾谢家生在武昌街上迎面遇见一闪而过的女丐者，很像是柳惠女士。前几天东门内稻香村少老板办莲子回来，说在汨罗街上与几个学人擦身而过，其中一个很像幼麟，也不晓得确也不确。总之，怕是要流落在外头了。"

为了这些话，大家又坐下了。

"江山代有才人出！总要有前仆后继的人嘛！"滕老先生说，又问："听说他们有个三岁大的公子，眼前由哪个照顾？"

"有心人带他疏散了。"文晴回答。

"喔！那样做是好的！人生总是要一点壮烈的，要不，山水间就没有意思了。西门坡那个做大王的其实可以放一句话要他们回来嘛！他还是简堂先生的学生咧！简堂先生又是张公子的姑丈……

"最让人想不通的就是，何键和许克祥日夜都在打你大王的主意，几乎到了不共戴天的程度。他们听老蒋的话杀共产党，你帮这个忙做哪样？老蒋眼前是没有空，等到哪天腾出手来的时候，他刀子底下还能忘记你？你帮他的忙，有朝一日哪个帮你大王的忙？西门坡的宝座还能坐好久，试问？——蠢！让十几个婆娘搞昏了。"滕先生感慨得很。

"听说在找。红岩井田先生也在出力气。问题怕的是人不在了。"胡藕春说。

滕老先生抽着根长长的旱烟杆，"唉！万里江城，无家张俭，怕是要些时候才回得来了……"空气宁静，轻烟在客厅缓缓缭绕。

段一罕是个懂事的人，对胡藕春、文晴做了个眼色，于是小声谈起烧狗肉的事来："……就在大厨房后头小天井里弄行了。狗肉进不得厨房上不得灶头，并非怕惊动灶王菩萨，一家老小也有不吃狗肉的，搅乱了锅子碗筷，让忙厨房的人为难，心里也不好过。"胡藕春说。

一罕忙着答应，"那是！那是！"

"那我到后头照应一下。"文晴要走——

"慢点，"滕老先生叫住文晴，"弄张纸来，我讲，你记。

"后园摘六片老橘子叶，半斤老姜，五钱花椒，广东新会橙皮半块，一颗八角，一片桂皮，一两半干辣子，东西汇齐，都收到火炉子瓦片上焙香它。

"半斤五花猪肉，切坨坨候用；一头大蒜，不剥皮；三根葱，三两绍酒，五钱红砂糖，一茶杯酱油，一包辣子粉，两节甘蔗，一小块豆腐乳，两片香菇，半斤麻油，半杯花生油。

"准备好了，到书房叫我……"挥挥手，文晴跟其他人出去了。

几个人来到厨房边小院坝。说小也不小，还打点着几棵竹子和虎耳草、指甲花，挨葫芦眼墙根边居然有两株作古正经的大茶花树。

文晴弄来块新砧板，搬过几张小木椅，大伙就这么贴地式地作弄起来。

藕春是个细心画家，他一切一切妥帖地按自己的法度切肉，齐整得如机器制造。这功夫像他的为人。

文晴少到厨房来，手脚显得生疏，却也意识自己是个主人，指点厨仆搬来座中型火炭炉子，一口带把的二号熟铁锅。火扇旺了正要回身去请老人家，老人家自己已经迈步进了厨房。

老人家进厨房，是滕家历史少有的一章，拐弯显得不纯熟，他为人好，厨仆们带引他时当面敢笑。

"烫锅子，免得肉粘锅，好！倒狗肉，翻铲！不停地翻铲——"

段一罕、高素儒、胡藕春都纳闷，是不是油放少了，这十几斤狗肉……

"放的这个油，是防粘锅的，不是炒菜的油。干炒一番要它出水，这叫作'肉臊水'；野味这类东西，帕猵啦！野猪啦！野鸡啦！麂啦！麂子啦……都不能水洗，一洗，臊腥味全显出来啦！要过这个'出臊水'的关。你看底下，水出来了吧！一阵偏着锅把臊水倒了，狗油才会认真熬出来。

"好！放一颗八角、桂皮，再放橘子叶、橙皮。这可要认真地翻铲了。闻到真正狗肉香了吧？再翻铲！要让每一坨肉都炒滚成焦黄小圆球。你可不要小看这一踏步！这段功夫做不到家，底下再仔细、再讲究也白费力气。好！起锅！狗肉连油倒转钵子——

"锅子热了，把麻油全部倒进锅子。放猪肉、蒜、花椒、姜、红砂糖。砂糖起泡是标准，倒回狗肉翻炒，锅铲要翻得勤，莫让锅子起糖炭，这时候加点盐，倒酱油，放葱、蒜、甘蔗、豆腐乳。

"你看，肉色逐渐变成棕黑色的时候，慢慢加一瓢半的水，水不要漫过肉顶，放两调羹辣子粉，香菇。盖上锅盖，保持文火，大功告成。一个半钟头开席！"

滕老先生不停地讲，藉春不停地做。盖上锅盖最后一道功夫做完，莫名其妙地自转了三四个圈，点着的香烟那头差点点烧着嘴巴。

在堂屋，老人家叫人把大方桌撤了。炭火炉子端到正堂中地面。周围摆了八九张小板凳，热气腾腾的一大锅狗肉隆重地架在炉子上。地面四周罗列着卷心菜、芫荽、腌萝卜、糯米辣子、冲菜、海青白、豆腐干、油炸豆腐、干炒酸萝卜丝……

"嗬！岩脑坡满条街都闻到狗肉香……"进来了黎雪卿、韩山和倪胖子、方若。

"你是闻来的还是请来的？"高素儒问黎雪卿。

"一半请，一半闻！"黎雪卿回答。

看来倪胖子和滕家有亲，常来往的人。

几个向滕伯请了安。

"各位看看，今天的席这么子设，庄严的堂奥，让十足的江湖气味冲撞了。老伯的宽容怕是特别之破例了吧？"韩山说。

"不是这么说！不是这么说！我这个人喜欢温故知新，可惜年纪一大，机会就少。人的格局定死了，那是很容易变成老朽的。我这个老家伙还不怎么甘心马上就那么一下'叭噗'的咧！各位看，时不时来这么一下，回到真性情位置上来，这就靠你们年轻朋友提携了！"滕老伯笑起来。

"提携这么便宜好玩，我倒是真愿意天天上来陪您老人家了！老人家亲手炮制狗肉，朱雀城几个人有福气吃到？"雪卿说。

藉春说："两边邓石如这八条字，屏风上这幅华秋岳的画，让狗肉油烟炭火熏俗了，可也是我们的罪过……"

"这算得什么了不得的事？何况这幅画还是假的。熏俗些看起来舒服点，多点掩盖……"

"老伯开玩笑吧？全城都晓得这幅华秋岳，怎么是假？"雪卿说。

"我明知是假，点出来，老板不卖了。我图它三个长处，一是大，二是纸厚，三是便宜；画呢，还过得去——来吧！各位就座吧！文晴你把酒坛子搬拢点，酒虽是苞谷烧，可也有年份了；并非故意留的，是搁在灶房碗柜底下，一忘就是二十年，看看剩半坛了，怕是要掺着新酒喝——"

于是文晴又提了一桶新酒来。

"就用碗来如何？"滕老伯兴致极好。

狗肉钵子揭开了，这简直是一座喷发岩浆的火山，一钵子颤动着的灿烂，香气直朝眼睛、鼻子、嘴巴钻，连耳朵都不饶！

各人面前倒满了酒，酒气肉香交织一团，这贴地不到五寸的奔腾澎湃的筵席，简直是一场誓师大会；一声令下，什么赴汤蹈火，什么抢劫钱庄，什么热爱家国，一切都不在话下了。历史上，这类场合堆垛出过多少豪杰！

以后的几十年的某几天，在京城一大批据说完全"心甘情愿"的资本家上天安门城楼子去给毛主席送"喜报"的时候，毛主席就有过一番吃狗肉跟接受改造的英明的教导。说的是：资本家接受改造跟吃狗肉一样，原先害怕，只要尝过一点，以后就越吃越有味了。

听了这番话之后，在报纸上我们就不停地看到那些资本家像吃狗肉一样，越改造越高兴的消息，到了水乳交融的程度。可见狗肉跟一般凡肉是很不一样的。

大家泡在一个非凡的气氛里。狗肉软酥嫩滑，到口消融的境界，看出了火候和材料综合的力量。浓香黏稠、富有弹性的个体直在舌头上翻卷，谁都想让它在嘴里多待几秒钟，而另一种欲望又迫不及待地催它进入喉咙；难舍难分，柔情缠绵，时不时，又来一口苞谷烧；这种自我的莫可奈何的宁馨之感，岂止是"一股暖流通向全身"那么简单？说是说聚酒属于非常集体的性质，临到后来，除了自己，还有谁记得别人？

朱雀城流行一个笑话——

两父子在家对饮，做爹的先醉，问儿子说："你晓不晓得我是你爸爸？"

"晓得！晓得！"儿子答应。

喝了一阵子，做爹的又问："你晓不晓得我是你爸爸？"

"我怎么不晓得你是我爸爸？你不是我爸爸谁是我爸爸？"

又喝了一阵子，俩父子都喝得差不多了。父亲又问儿子："你晓不晓得我是你爸爸？"

儿子听了大怒："你他妈是我爸爸？我他妈才是你爸爸！"

滕家那两坛酒，让我写书的也不晓得那些人是怎么回家的。

甲铉老人既无"残醉"，也无"宿醒"，这种功力是年轻人也不如的。下床穿衣的时候，老太太也醒了："起身了？"

"这不是起来了？咦？你跟着起来做哪样？趁早还不多睡睡。"

"这不笑话？你都起来了，我还躺着。看这天，一天晴，三天雨，连着两个多月了，好教人烦。"老太太也忙着起身。

"天，是怪不得的。天管的事情大。他老人家打发什么，你就接受什么，拗他不得！"老先生说。

"看！下得这么大，哪儿都去不得！"

"哈！我恰是这时候要出门！"

"去哪浪？"

"标营田家。"

"喔！这雨不雨，你反而是高兴的！"

甲铉老人牙刷刚塞进嘴巴，听了这话，"哈！"了一下，喷出许多牙粉和泡泡。

文晴见老人来到客厅里，便连忙过来招呼，端正了踏凳，又忙着泡茶。

"你那几位朋友，都还算得上是些'可人'了。"

"这几位朋友在城里都'单独'得很，书读得好，脑子开通……"

"那倒是可以多跟他们走动走动。你这人书也是读得还算可以的，就是太'高罕'，不通人文。古人书读得好、记性好的人汗牛充栋，诗作得好的却不多。啃古典作诗，光见学问，光见记性，周围世情，一窍不通；所遇事物只见感动，不见生机，不见聪慧，不见触发；书本尊重书本，书本模仿书本，哪出得了好诗？——我这辈子，性情、经历是有的，反倒是缺个书本。有情致要来首诗，却是端不出学问。笑别人诗作得坏，轮到自己，连坏的也拿不出，这辈子就只剩下读诗、欣赏的份——摆是能摆一通的，算不上是个文人原因就在这里——昨天你们谈到张家公子幼麟，其尊翁我是认得的。听起来,大家对这位张公子怕不只是弄得一手好菜肴的好感吧?"老人说。

文晴微笑地欠着身子回答:"幼麟兄为人狷介,厚道风雅也受朋友们的亲近。"

"听说他是学音乐的?"

"是!"

"听说他喜欢过古人的诗?"

"嗯……他时常提到黄仲则……"

"哦!黄景仁,他喜欢'可知战胜浑难事,一任浮生付浊醪'的黄景仁,那就,那就孤寒坎坷甚矣!"

"幼麟兄倒是滴酒不沾的。"

老人家站起身来哈哈笑着说:"滴酒不沾的酒徒,普天之下有的是!——嗯!我要到北门标营去一去——"

"你老人家看看这雨,昨夜一口气下到现在——"

老人家一边笑,一边摇头,一边在橱子脚底下摸钉鞋,"你看你,还没有你妈的雅怀!"

文晴没理解这句话的意思,站在旁边傻看老人家穿鞋。

说起这钉鞋,滨湖一带以及湘、资、沅、澧流域各大小城市是常见的。淡黄原色生硬牛皮做面,再三四层厚牛皮上麻蜡线穿梭往来为底,鞋底前后遍钉拇指大小"奶头钉",走在路上,难免一种阴阳怪气的样子和响声;也要副好脚头,穿不惯五步内脚底就起泡,最是容不得人的东西。

老人家撩起长袍,卷起裤脚,戴上顶苗乡油纸大斗篷径直打开大门下坡去了。

文晴明白一点，他父亲从二三十岁起，就已经是个"不逾矩"的人了，大雨中一个老年人出门踩水，是说他不得的。

打岩脑坡去标营，有好几种走法。坡下来过永丰桥沿南门城墙外边街到东门，进城门洞再沿城墙内老菜场，过史家弄，过箭道坪，过北门城楼，过文星街就到标营；老年人走这条路意思不大，虽然说是边街上一列雕塑菩萨的作坊，天天出新名堂，对老人家说来，缺少点吸引力。论路，算是通畅的了。另一种走法是进南门城门洞，南正街直走十字街左转进登瀛街再左转经北门城楼直走标营。还有一种走法是过永丰桥之后绕左边城墙外走进北门，过西门坳，经陈家祠堂，过早阳巷，下陡陡坡，过王家弄，走文星街见土地堂左转到标营。

落雨天，还是进南门这条走法最好。一路上都是石板路，有几家文明优雅的书局、教育局、邮政局、党部、学堂和名士住宅的穿插，一路上少有闹热场合打扰思路。滕老先生坐在家里早就确定好要走这条路。他义无反顾，他目不斜视地罩着顶大斗篷往前走，根本没人认出这遮住脸的大名流，连过路打招呼的都省了。

田三大家在红岩井背后。

"出去了！"老太婆不认得客人，看都不看一眼。

"这么大雨还放马？"老先生自己感叹。

"他出去，我哪晓得！——马在后头——"老太婆话没讲完，十二匹马一匹跟一匹全嘶啸起来。

滕老先生心里好笑，里头有几匹和他熟。

老人堂屋坐定，接过茶细细地喝着："我等他！"

"你喜欢等好久由你！等就等吧！"老太婆在堂屋后头应答着。

"田三大他太太呢？"

"嗯？"

"他夫人呢？"

"嗯？"

"田三大他婆娘呢？"

"你管她做哪样？你是她舅子？"

看起来没话好讲，"这老家伙特别！"便浏览起堂屋的画来。有八张苏昆的画分别挂在左右。苏昆是谁？许多雁鹅在芦苇上下翱翔消停。正中摆着神柜，柜顶上有"家先牌"，上书金字"天地君亲师神位"字样；右首边一幅中堂《山居图》，落是落着沈周的款，笔墨也近几分，神气终究还是嫩，走近一看，笑起来。画底子用板栗壳熬水加墨染过。板栗壳熬水染过的画，最容易谎过半桶水的行家，初看，明朝画无疑。田三大当然不是蠢人，光天化日行家林立所在，挂真东西做什么？论如此的气派场合，看得过去也就行了。这点跟自己一样。

雨没停，滕老先生打量刚才进进出出的老太婆，该不是田三大的妈吧？儿子怎样，妈总有个贴近的气派！这老太婆不行，没有个长相！冷焉乎气！不像个爽利能干人。田三大在沅水流域算个大人物了，找什么人帮忙不行？这老太婆能做什么呢？要她烧菜，行吗？田三大这么口刁的人。洗衣，她下得了河、提得起水、举得起"芒槌"吗？大凡菜炒得好的人，来来往往都有一股子劲头，甚至还摆点架子，只要有一点，就算可爱了，她没有……

雨要是停，起码可以到红岩井走走，城墙上看看老营哨，狗日就是不停。这一不停，兴趣也哑了。无聊！无聊之至。堂屋檐下四只鸟笼，一只八哥，一只呷屎雀[1]，一只玉鸟，一只绣眼，都萎在那儿，像个没轿子抬蹲在轿行墙根打瞌睡的轿夫。都怪这一点都不想停的落雨天。一切都振作不起来，谁若是这时候还想放开喉咙唱歌，要不是发花癫便是他们家哪口祖坟漏气。

滕老先生对堂屋背后正在做响动的那个老太婆只好重新发生兴趣。找这种人做家务事，反过来想，也不一定没有道理。这老太婆对身边任何人和事都不感兴趣，既不想打听，也谈不上传播。田三大天风海涛式的人物，要的就是这种尺码的人。他不让自己做的大小事从任何哪怕是一道窗隙和门缝缝传出去，这人简直就是首选。是这样吗？

你看，一个老头子跟一个陌生的、毫不贤惠的老太婆周旋，岂有此理得很！

"想起来了！你是岩脑坡上的滕甲铉！滕躲孥！"老太婆从堂屋后头探出头来。

滕老先生吓了一大跳，习惯地要从腰背来摸枪。他老人家早就不带家伙了。

老太婆完全改变了风神，跨过门槛，又着腰："我是你大嫂！不认得了？你看你，长胡子都晋[2]起来了，让我好面生。"

"我，我，吓，吓，吓！实在造孽！我想不起您大嫂是哪家的。"

"不用想！我男人是铜钱坡杨石宝！"

1　又名四喜，像只小而胖的喜鹊，歌唱得好。
2　留，蓄。

"嗬！认不出是杨大嫂了，你以前……嗬嗬！要不是你认出我，我怕是嗬！嗬！嗬……"

"你们男人经得起'长'，婆娘家十年八年，两下子就完！……何况五六十年……"

"大嫂，不怕你气，你往日可跟你眼前不一样！你想你那时候好糟蹋人！你嫁给石宝大，哪个年轻人以后还敢惹你？石宝大把周围人都降住了。要不是石宝大过世了，连这句话我都不敢讲！是真话！骗你我不是人……"

"你讲你那时候好笑不好笑？记不记得跟石宝打野物回来，让豪猪搞得一屁股刺，还是我一根一根帮你拔，帮你敷草药。还有半根断在左屁股肉里取不出，现在怎么样？还在吗？让我看看……"

"算了！算了！"滕老夫子赶紧闪开，怕老太婆真要过来脱他裤子，"后来让军医开刀取出来了。"

"你还不好意思？我看你长大的，怕哪样？——唉！我们这一代人都快死完了——想起我们一伙人那段日子，都还算是威风的咯！石宝打贵州的时候，来来往往，我坐的是'八亭拐'[1]咧！——石宝死了之后，我回铜钱坡过了廿年来安稳日子，钱用完了，又没置田地，进朱雀，哪个还认得哪个？靠人周济，也只是回把两回，到第三回，大家脸上都不好看了。我想我朱雀城是留不下了。上贵州，去不得的，脸往哪里放？好！下辰溪，到花垣、溆浦、保靖、麻阳……我想我讨饭也要去远点，免得让家乡人蒙羞，没想到讨到沅州，让田老三认出来了。我也不晓得他怎么认得我，明明是见他走

1　八人抬的轿子。

过山了，便又回转身来歪着脑壳端详，抓住我肩膀看，看，轻言细语说：'——你看你，你在这里呀！'就把我带回来了。我想我哪样都做不来，把我这老太婆带到屋里做哪样？田老三讲：'要人做事，我不会找些做事的人？你给我看房子，大家不在的时候，让房子里有个人。你死了，我埋你；你有饭吃，有衣穿；要是无聊了，不耐烦了，想去讨几口饭玩玩，也行；累了就回来，今后没人敢讲这个那个！'……我听到好笑！你都讨饭了，给人欺侮总是要的咯！是不是？——我不讨饭！无聊我坐到门口看城墙，看过路人……"

田三大带着几个跟随回来了，见是滕老夫子，连忙走上前来行礼："真对不住，真对不住，老人家要来找个人先通报一声我好等候嘛！看！让老人家等久了。"瞄了瞄几上的盖碗茶，"这茶不行！我有新古丈毛尖！"说完，才去除掉斗篷和蓑衣，旁边站着的几个跟随都到屋后去了。马也热闹起来。

"——外头出了件事来找我，揽了我三四个时辰——老人家，你稍微坐下，我马上就来——"说完也进到屋后去了。

滕老先生一个人留在厅内，一早晨从一家之主到小老弟又变回老先生。他抽了口长气。

田三大端了茶盘出来，"你试试这个！"

滕老先生揭开茶盖，满杯绿，眼睛登时亮起来，抿了一口，"这真、真、有点不错……水也好！"

"水是南华山半山腰崖坎边沙井里的。"

"怪不得！"

"玉皇阁、三王庙和接官亭冷风坳的所谓'第一泉'怕是山上有了什么动静，喝不得了！也只剩下个'所谓'了。"

"山高头让人动了脉气吧？"

"怕是！早晚我让人上去看看！这很要不得！"

"你讲你大清早出去，到底处理个什么事？"

"哈！这要让你老人家听听，也要少见地好笑，看热闹的告诉我，半个多月前高头涨水，冲下来一座瓦房顶，正漂到蒋家碾子那边的时候，城墙上的人见房顶趴着一个年轻婆娘家抱着个小伢崽，眼看漂到虹桥桥眼一卡住就会没有命，朱家弄里头有二十几岁名字叫作霍生的弄了根长麻索子，一头捆在腰杆上，一头捆到城垛子上，从灵官庙那头跳下水去。那水好大，打了百多个滚，命差些子丢了，好不容易洇到房顶边上，连房顶带人拉了回来，算是落水里捡来个媳妇，还有个又白又胖的半岁大的儿子。他妈欢喜到发癫，又是谢神拜菩萨，又是请客喝喜酒，到处对人讲是天上下凡的七仙女。那婆娘也是漂亮得少有，无可奈何地认了命。霍生人长得好，俩娘崽慌的就是没钱讨不到婆娘，这下好了，全弄子的男女老小都为他们高兴，顺顺当当地过了大半个月日子，没想到今早上两汊河上头要人来了，说是这婆娘的男人，向霍生要他婆娘和孩子回去。

"霍生说这婆娘是他捡的。

"那男人不认账，哪有随便捡人的婆娘的？

"霍生说，要不捡，你婆娘和伢崽不是死了？你眼看你婆娘和伢崽让水漂走做哪样你见死不救？

"那男人说，能救我哪能不救？我多谢你！我感你的恩！到底婆娘还是我的嘛！你还给我，我跟你磕头。

"那婆娘两边难做人，只有抱着伢崽哭。

那水好大，打了百多个滚，命差些子

丢了，好不容易泅到房顶边上，连房顶带

人拉了回来……

霍生说：这回女娘是他捡的

333

"弄子里的年轻人讲公道话，困都困过了，这里的日子挺美满，霍生人也好，你就大方点算了嘛！当作他娘俩淹死了嘛！以后再找个婆娘就是……

"那男人说，我是听到你捡了我婆娘和伢崽才赶来的，我这是结发夫妻嘛！要不然，赔你一只我喂的两百二十斤重的大肥猪好不好？

"弄子的年轻人嚷起来，那怎么行？人是人，猪是猪，简直扯卵蛋！

"那男人哭起来，你们城里人欺侮我乡里人！

"青年们愤怒了，你忘恩负义王八蛋！我们霍生冒死救人，是条堂堂男子汉，你他妈的个皮死卵一条，连婆娘伢子都保不住，救不了，还敢进城骂人？

"又有人讲公道话，让这个婆娘自己决定愿意跟霍生还是跟高头两汉河下来的男人。那婆娘又只会哭，哪样都不说。

"闲人就把我叫去了。我告诉霍生妈和霍生，也对大家宣言，婆娘和伢崽都是人家的，还给人家。还给人家，这才是救人，得个'信义'两字；要是好长时候没人来要，你霍生收留了他们娘俩，这得个'仁爱'两字；做人要做得漂亮，霍生和霍生妈难过我心里明白，以后我帮你讨个好嫁娘。

"二百多斤的肥猪，我们不要，要了，不算做好事。做好事有好报应，你们懂吗？

"霍生听完我这番话之后，一个人流着眼泪往北门那头走了。那男人跟大家磕了个头，再三地多谢，带着媳妇和儿子也走了。看热闹的散了，我也就回来了，没想到你老人家怎么有空到寒舍来，那么大的雨。"

"是啰！是啰！昨晚上文晴约了些学堂先生在家吃狗肉，很热闹了一场，中间谈到镜民先生的公子幼麟伉俪的处境，当时有几位虽然儒雅可爱，只是关系不近的年轻朋友在座，我落墨不多，倒是一夜没合眼。越想越觉得应该找你来请教请教——"滕老先生说。

"镜民先生对我有过惠泽，他老人家又是个耿介无比的长者，报答是没有机会的。幼麟公子的通达蕴藉，我早就欣赏，也有过接近；湘、资、沅、澧四条河招呼我都打过了，眼前没听到响动。

"我有个问题放到心里头好多年了，不明白做哪样湖南人总是爱杀湖南人？从古到今没完没了，已经上了瘾，一下又来，一下又来。老蒋想必也是看到这个苗头，他手段歹毒！要你自己杀自己人给自己看，像是要你照着镜子来。

"西门坡上那个人，他不是不明白，他连何键都看不起哪里还看得起许克祥这个小小团长？这下好了，跟到许克祥走了。他到底懂不懂'小隙无作'这个意思？——"

滕老先生说："不是不懂，是没有胆子。眼看身边几个部下不都让老蒋哄走了；戴伢崽、顾伢崽……不都当了旅长？形势若此，浪费挣扎是要吃亏的，他明白得很；眼前不过是待善价而沽，得个尊重就很安逸了——你讲的湖南人专杀湖南人，那是因为湖南人自己首先就是怕湖南人，像口'蛊盆'，几十条毒虫互咬争个胜负，总指望咬到最后剩下的是自己。这哪里可能呢？曾国藩最是明白这一点，他就是咬到最后的那条蛊虫王；慈禧呢，是放蛊的'蛊婆'，叫他咬哪个他就咬哪个。平了长毛，大势已定，慈禧就像撒豆子一样，把老曾的部下全解散了；撒到四方八面，都封了地方大官；老曾捡到的是始皇大将王翦的乖而已。长毛是湖南人平的，当长毛的也多的是湖南人，这中间有哪样公道不公道？嘉庆年对湘西苗族人大开杀戒，平苗英雄不也用的是湘西人吗？——我也有一点想不通，共产党你搞农民协会，让苦人翻身，哪一天哪怕是共到我的头上，从大处看，我也是想得通的，普救众生总要牺牲点真家伙嘛！不过你砸庙打菩萨做哪样呢？你把我们湖南的大藏书家、学问家叶德辉杀掉做哪样呢？上千上万的珍本书落在不懂书人的手里，书和书不一样呀，这一散失，洪水汤汤，哭不回来了……当时，要是里头有个把读书人管管就好……"

田三大说："里头读书人不少。不过你老人家晓得，读书人发起狠来，做出的浅薄幼稚动作，比起不读书的，疯狂多了——十分十分之可鄙讨厌！"

"讲讲看，读书到底能培养性情？你看。往这边读，好；往那边读，坏！岳飞和秦桧都是读书人。'上善若水'，其实'上恶'也'若水'，水跟读书其实是一样的，既是善端，也是恶端。"

滕老夫子说到这里，一位姓萧的捧了一只仿唐的三彩马进来了。他叫作萧丹平，是田三大的邻居，是个在家乡和外头大地方来来去去的人。妻子和两个孩子——一个五岁一个两岁放在家里。一年回家三四趟，带回一批新书旧书、报章杂志；间或也带点景德镇瓷器，浙江龙泉的手杖宝剑，茄力克听头纸烟，橡皮吹气枕头，几张高亭公司、百代公司出品的留声机唱片，有的送人，有的留着自己用。戴一副金丝眼镜，呢子中山装上衣口袋插一支康克令自来水笔。留着分头。人细高细高，和和气气，子女也教育得好，五岁大儿子的隶书，宣纸书就的条幅已经裱成八幅挂轴分列堂屋墙上了，那是很震惊人的事情。

大家原都是认识的，见到滕老先生，稍有点拘谨。丹平对田三大说："——东西不怎么样，我嫌它腿做得太粗，其他零碎差可合乎制度。我千里迢迢从洛阳给你捧来，为的它是匹少见的白马。"

丹平小心地放在方桌上，"我先放这里，该往哪里安顿你自己来。"

"那就真是费心多谢了——蛮好的嘛！腿粗站得稳，已经很有唐味了——这是匹正要起跑的御马，精神得很嘛！"田三大说。

"三彩马和三彩骆驼这类东西，最难烧的是矫健的细脚。唐朝人烧得出，我们做哪样烧不出呢？又说是秘方失传咯，又说是土质这个那个咯！其实呀！"滕老夫子哈哈笑了一阵，"其实呀！现在人把事情搞'龙纳'[1]了！脑壳转不过来而已。马肚子加上颈根、脑壳压在四根细腿上，上头重岂不是火力一猛就软垮下来？怎么办呢？就拼命在四条腿上加功夫，越加越粗，粗到火烧不软，上头压不下来为止，变成今天这个面目。"

"那，这的确是个问题！"萧丹平说。

"是呀！是个问题！你翻过来烧不就行了！一块底板加四条腿能有好重？"

田三大沉吟起来，"——世上好多简单事，自己弄复杂了。在窑场，这东西是陶器。陶骆驼、陶房子……所有冥器都是'东西'；你当马看，当骆驼看，当作臭东西看，那就各有各的站相了。"

"还不只是烧陶马的问题。四川三峡夔门左首边，上不接天、

---

1 烦琐，啰唆。

下不挨地三二百码高的山腰上，一座座古时候巴国人的悬棺；我们沅水流域岩门地方大石头和大石头之间，十来丈高的地方也有这类古时候的悬棺；在闽西北高山上也有，于是就有热心的研究家动起脑筋来，古人用的什么法子把棺材弄到那个地方去的？又写文章，又照相片，又搭脚手架上去实地探察。古人呢，说是某种神力，只有巴国人才施展得出。另外一论是，那时候长江水位高，高到刚刚合适在船上把棺材放上去；还有一论最是生动活泼：巫师念咒，让棺材自己腾托上去——这讲法有一个漏洞，他忘记搁棺材的岩壁上还有几根石头条或者是木头条。"

丹平说："有一年我从重庆坐船下汉口，那是半夜，等到天亮人家讲起，倒是错过了眼福——奇是奇的，各种讲法也都听过，难以相信，自己又拿不准个看法——"

"到这程度，又有实物，怎么讲都不为过！你驳不倒嘛！"田三大说。

"还是那个烧陶马脚的问题。简单的事，想复杂了，越讲越复杂。想想看，两千多年前的战国；近一点，一千多年前的唐朝；再近一点宋朝、元朝、明朝；那时候，过的什么日子？当大官的怎么过？京城怎么过？小城和乡里怎么过？跟今天有留声机、汽车火轮船很不一样。就算是皇帝老子，再享福，那日子也有限得很。婚丧打点，因时因地，层次就分明得很了。我也没有听说过古时候白帝城夔门一带十分繁华热闹过。可能那时候这里住了不少巴国人。死了当然要有个地方放，生死间，各族各族的风俗习惯，也可能风俗习惯再加上日子松紧的原因，弄出这个让后人莫名其妙的殡葬死人的法子——

"人死了，照例是隆重仪式，要给死人洗澡，穿光鲜的衣服，尽心的殉葬品，再弄口棺材，哭哭啼啼把死人放进去，钉上棺材盖，八个十个人抬起棺材，吹吹打打、哭哭啼啼送到墓地埋了。这说的是正常的殡仪法子。

"棺材有了，死人也放进去了，巴国人到底是如何把这口棺材放到悬崖上去的？

"棺材和里头的死人今古一样，照例不会自己跑到悬崖上去。棺材虽然只有一口，抬棺材的却有七八个或十来个，他们怎么插的手脚？是不是一齐上去呢？

"那些隆重仪式，那些抬棺材的人，那个睡在棺材里受尊敬的死人，卡壳就卡在这里，这一大帮人和行头如何地腾云驾雾？"

"嗯！是呀！是呀！"丹平着急起来。

"你见过用绳子把自己悬在崖壁上采草药的人吗？"滕老夫子问。

丹平说："那见过！"

"有些人会悬在崖上炸药取石，平常日子就割取石耳来。"田三大说。

滕老夫子问："要是我要你们的那个人悬在半山腰在崖上打几个尺深的眼，办不办得到？"

"当然办得到。"田三大说。

"洞眼里插上几根结实的硬木头柱子？"

田三大笑着回答："那还用讲？"

"再叫另外一个人背块打了洞眼的棺材底板搁到柱子上去行不行？"

田三大点了点头。

"再叫第三个、第四个人下去插上棺材四围的板子行不行？"

田三大又点了点头。

"叫第五个人背着死人和殉葬品放到棺材里行不行？"

"这倒没有料到！"田三大舒了口长气，微微笑了一笑轻轻靠回椅背。

"第六个人去钉棺材盖……那时候的人，一定把这道仪式弄得清楚有序，并不认为怠慢了死者……"滕老先生说。

"那是的！"丹平说，"不过，第五个人背了个死人下去，总是有点胆寒肉麻……"

"这是专门人干的嘛！你听说过西藏天葬仪式吗？"滕老先生问。

"听过！听过！"丹平连忙答应，"老伯免了！老伯免了！不用讲下去了！"

"也是很隆重的，不过，要理会到西藏未亡人的心情，那倒难了！"田三大说。

"你们看对不对？古时候的乡里人办丧事，哪来那么多繁复？倒是如此简单的仪式弄得千年后的人神魂颠倒想不开。真凭实据、睁眼得见的事情尚且如此，何况耳食传说？听到张家公子幼麟夫妇流落滨湖一带乞食，有十来二十种说法，我就很感不然，不会的！他们不是动不动就讨饭这类人；虽然我倒认为纵使讨两口饭吃也没什么大不了——在他们，不会的！……"滕老夫子说。

"省里共产党的书记罗迈，听说让许克祥毙了！"丹平说。

"许克祥怎么抓得住罗迈？许克祥什么东西？罗迈的屁他也抓

不住！幼麟和柳惠这两夫妇前些日子找过罗迈，找不到了；这一找不到，他们就不能不也让人找不到。不过，对他们两位，我倒是比较放心！幼麟这人善，柳惠反倒激越，有幼麟挂拽住，跑不远的。我倒是唯愿这两夫妇远远地走了，到上海，到东京去。幼麟是个艺术上有天分的人，留在朱雀，迟早会萎下去，会完……"

"听说他们三四岁的伢崽还留在朱雀？"滕老夫子问。

田三大点头再三，"是的，是的！在的，在的，有人在管……"

"唔，这听起来让人高兴！……我想，我该走了，你看，雨停了，这雨，搞了这么多个月……"

"老人家莫走，我叫了米豆腐，是'沙嗓子'的……"田三大说。

"有米豆腐吃，那我就再坐一会。"老人家说。

老太婆从后堂探出头来，"米豆腐到！"自己也走进堂屋。

跟着两个后生端来了米豆腐，一个人一碗大家吃起来。

"怎么从后头来？"滕老先生问。

老太太抢着说："从后门送的。沙嗓子担子在后门口。"

田三大对老太婆说："这位是岩脑坡的滕老先生！"

"我认得他，他晓得我。滕躲孕嘛！你问他！他年轻小时候跟石宝怎么样？"老太婆舀了一调羹汤送进口里，"刚才他进屋，我看了又想，想了又看，那副神气。我一叫，他就应了！"

"是哕！是哕！大嫂嘛！"滕老先生对田三大说，"我好多手脚都是石宝大教的！年轻时候，得大嫂照顾得很！"

丹平听了这些话，有点兴奋，"……我们朱雀，你看……"

老太婆径自收碗到后堂，不再出来。大家原想等她再说一些话的；看看尽兴，滕老先生再说要走便不好留了。丹平回家。田三大

341

陪滕老先生一路走去。经过朱家弄子口街，田三大指了指弄子右边老远那家门口，"那就是我讲的捡人家老婆的霍生的家。"

滕老先生碰碰田三大衣肘，"慢，慢！让我想想，听你说，那个年轻人应该还算个'可以'的人了！唔！这样吧！哪天你有空，请到舍下去一趟，我们商量一下，我给他做个媒好不好？"

"哪家的？"

"舍下有几个丫头，性子都好，有的大了，该送她们出去了。哪天你来，你给霍生看一个！"

田三大沉吟一阵，"嗳！真是多谢你老人家了，我也还了愿！几时都行，你叫我就来！"

"那就这样了！"滕老先生拱了拱手回头向北门走回去，经过文星街土地庙，老远看到有个人对头走来，原来是朱雀城另一个大角色龙飞。

"滕老先生，你大清早从哪里来？"龙飞向老人家打招呼。

"我找田三大！"

"找田三大？我正要找他！"龙飞说。

滕老先生回身指着老远的田三大背影说："那不是他？他刚送我正打转身。那你找他去吧！有空来岩脑坡我家坐坐——那我走了！"

"一定！一定！过些日子，我跟田三大来！"

这龙飞是个苗族人，住离朱雀城七十多里外总兵营山里头。苗族人在正规军里当官的不多，三十多年纪混上个正式团长很不容易了。休假回乡里时喜欢自己的苗族穿着打扮，一身青，绉纱包头巾，大领衣，丝帕腰带，半长短裤子，黑布绑腿，草鞋，斜挂着支带红丝缨子的二十发驳壳枪，屁股后腰带上插着根包银镶铜的竹根粗烟袋脑壳。

　　人说不上长得漂亮，这又跟田三大架势有点相同，相貌平常，给人留不了深刻的印象，看过就忘，再想就想不起来。大凡这类人可分两行：一行是呱呱坠地直到装进棺材，除了端碗吃饭喝汤、上床跟婆娘睡觉搞出几个娃娃、点香纸蜡烛拜菩萨求个好年成之外，世界外头如何又如何，他从来没有想过。对他摆两个时辰外头的花花光景，再问他想不想去看看，他会站起来盯住你，说你想害他。这也就算登了顶了。另一行人完全不一样，妙就妙在沾了长相平凡的光。头脑细腻，见识宽阔；动作爽脆，面不改色。磊落大方加上不怕死的胆识，身后头就免不了跟着几千上万的心服口服的仰慕者。阵势以至就要开了。见怪不怪，朱雀这类黑黑瘦瘦小小、精干如鹰隼的矮个子，在湘军头领中几乎出尽风头。

　　当然也有好笑的地方。这些出众的人物有朝一日或许心血来潮，自觉长相方面与身份缺少点美中不足的地方，于是都在鼻子底下留下一撮浓浓的日本明治天皇仁丹胡子或德国威廉皇帝的翘翘胡子。偏僻的山乡突然出现这类穿插，众民心上不免油然生出骄傲，简直是地方的福气，一种光芒，绝无仅有的气派，说新一点，是一面旗帜。从此背后称呼那几位老元戎时不再叫名字了，也不叫什么"公"什么"爷"了，就直接称"大胡子""二胡子""三胡子"。周围各卫星县在外头混了几年、稍微出众点的人物，也学着朱雀城的大爷晋起胡子来。大概是官小了，勇气不大，晋起的胡子缺少后劲和阳刚之力，不是疏疏落落便是翘不起来，猥猥琐琐，没有个样子。一旦朱雀哪个大爷电话召唤，便赶忙把不景气的胡子剃光前来，免得上头看了不舒服引起别的麻烦。

田三大正沿着城墙回家，听到背后熟悉的脚步，头也不回地问："几时来的？"

龙飞说："刚进城——滕老先生难得出门。"

"那是来问问幼麟夫妇的事！——有信[1]了吗？"

"两个人都在秀山。"

"是妥当的？"

"嗯！妥当。"

进了门，老太婆看到，"你几时来的？"

龙飞赶忙搭腔："鸡叫出门的！你老人家咳嗽好了？"褡裢里取出一包东西递给老太婆，"'勾鸡坡'的，听到讲，今年这叶子劲头足。"

"足不足，少抽几口就是；你上回送我的都还挂在屋里，怕

---

1 消息。

还有一二十张！我舍不得抽——你，你给你妈修的屋好了？听人讲，岩头坎子密，为娘着想上下方便，做儿子有孝行就好！"

龙飞歉然笑了一笑，"屋子都好了，几时你老人家喜欢，接你去住些时候。我娘总是想你，讲了几回了。"

老太婆听龙飞讲完话，点点头，"好！我会去！"进后堂屋里去了。

田三大说："幼麟的事，外头没人晓得？"

龙飞应了一声"是"。

"眼前摸不清西门坡'老王'动静，慢点回来好！"

"那是！"

"'老王'这人好笑。又是皮工厂，又是枪工厂，又是军乐队，又是发行钞票……'叫花子睡凌勾板唱雪花飘飘，穷作乐'；外头世界翻天覆地，还在那里'孤王酒醉桃花宫'，有朝一日，造孽的是湘西，是朱雀城！"

"气数是差不多了！……"

"十年八年吧——上个月，你搞了周矮子[1]一盘，球[2]了他多少东西？"

"差不多一半。光山炮就二十四门，'金钩'四百多；马枪七百多；马一百七十匹；重机关六挺，少了点。周矮子舍不得，都放在后头，要是放在前沿，他输得可能没这么多。子弹、手榴弹，他都不要了，我端了他两个械库。特务连和轻机枪连人带家伙我都一起端过来了……"

---

1 贵州的小军阀，旅长。
2 争抢。

"周矮子呢？"

"可惜，他扮了婆娘家让他'水'掉了！"

"'水'了好！'老王'想要他这个人咧！"

"是的，'老王'讲过……周矮子这帮人怎么能打仗呢？躲在城垛子背后，抽两口鸦片烟，放一排枪，又抽两口，又放一排枪，几炮下去，全散了！人，我都不要！鸦片鬼，乱了我的时辰，一人两块光洋打发走了……"

"听说'老王'委令要下来，你是旅长了！"

"我晓得！迟早的事！"龙飞微微笑了一下，"我弄了一箱没打开过的'克虏伯''勃朗宁'手枪等下送来。"

"你这边伤亡怎么样？"

"有一点。照常理，讲出去都不好意思，才'泡'把人，不像个打仗。别个晓得，以为我在欺侮人！"

"看起来，'老王'这一盘日子肥了。顾大少爷、戴大少爷有发话吗？"

"笑我是'苗老淮'冲仗火；喝药酒，弄神兵。倒是没有闲话，有，我会晓得！"

"那好！"

老太婆端了一钵子出来，"哪！糯米甜酒——"又进去端来一小簸箕的叶子粑粑。

两人用神地吃着。

这一天，田三大带那个涨水捡人家婆娘的霍生上岩脑坡滕家去。走进滕家院坝，霍生吓成一根木头。

这种院坝，这种花木，这种气味，这种人，这种人穿的衣服，这种人的声音，这种摆设？梦也有个止境嘛！他梦里的内容不外乎是妈，是城墙，是跳岩，是苔，是饭，是米豆腐，是卖凉粉的城门洞；他连裴三星的店、孙森万的店、南门内杨家布铺都是不敢正眼瞧一眼，能梦到滕家的这些八宝七巧吗？出门的时候，田三大就问过他有没有好衣服，他讲有，抖出来一看，是他爹留给他的黑缎子大襟衣和一条直贡呢子的抄裆裤，这，人会笑；不是不好，年龄不称。田三大板着脸孔带他到正街上成衣铺买了套汗裤汗衣、青布单罩衣、灰华达呢西式罩裤，再加上一件灰布长袍，一对纱线袜子，一双黑绒面布鞋，就成衣铺后屋换了，等亮到街上，已经全身通红到脸上了。

"不要慌，呀！到了滕家，叫坐就坐，不叫坐就站；问一句答一句，不赊不欠，没偷没抢，没哪样好慌的，'你不请老子还不来咧！'懂吗？"

"懂得的。"霍生点头。

"调匀气，放稳步子，轻轻松松；你看你，跳岩上跑步的人……"

"是啰！"

没想到一走进滕家大厅，窗子、门边都砌满了人。平常日子这是不敢的，今天大家晓得老人家开怀，近着办喜事的意思，便放肆了。还嘻嘻哈哈调笑，甚至小孩子唱起新郎歌来：

> 新郎新郎脸颊红，
>
> 找个满满打灯笼；
>
> 新郎新郎脸颊花，
>
> 找个麻子打底马；

新郎新郎长得高，

找匹骡子来霸腰；

新郎新郎长得短，

有要蒲团跪踏板；

……

滕老先生拄着烟袋也跟着微微地笑，"老三，我一眼就看好这霍生可以，嗳，带爱梅到这里来……"

家人拥着一个十七八岁的丫头来到老人家跟前。

"嗯！以后你就跟霍生了。我看霍生这人实在，一辈子跟他是日子不会错的。你也大了，迟早的事，总不能跟滕家一辈子……这里嘛！路也不远，你要常常来走动，当娘家一样！晓得吗？"

这爱梅想必刚刚哭过，已经收了声，不想另外几个丫头姐妹和内外走动的娘姨反倒轻轻哭恸起来。

爱梅换了套刚浆洗过的天青色短衣衫，脑壳低到胸脯上，只见鼓鼓的额头下两道长长的眉毛。银簪子插在刚梳成的髻子上。银耳环斜在肩膀上来来去去，看这情形，滕老先生是认真的了。

滕老先生问坐在旁边的田三大："这孩子怎么样？"

"多亏了你老人家了！好得很嘛！"

外头报说轿子来了。大伙拥着爱梅到门口坎子底小平台处，原来两个娘姨算是送亲的，照拂爱梅坐进了蓝布轿子里。爱梅这时候不是不想哭；她吓坏了，不晓得眼前和以后还会出什么事情。

田三大跟滕老先生目送大伙出了厅堂，一眼瞥见霍生还傻站在旁边，"你，你怎么还站在这里？新嫁娘已经走了，你赶紧去跟着轿子后头吧！要快一点，到了家门口好引路呀！哪！这是三块光洋，留着你找点家务，这边有十包喜钱，打发送亲和抬轿子的……"

滕老先生连忙说："都招呼好了！还要你操心破费！"

一路上，蓝布轿子"惹杠！惹杠"地走着，后头两个送亲的娘姨各携着一口大花布包袱，中间夹着不知如何是好的霍生。

一路上要进南门，绕东门，再绕北门直奔标营红岩井那边，会有好多看闹热的、莫名其妙的，追着打听到底是怎么一回事……

后来，北门上一直都流传着霍生这人天分高、内秀、举重若轻的话，天那么大的事，随手一拈不到两个月，哪！两个！

真热死人了！

这么热！这么热！哪年都没见过。中秋、重阳都过了，板栗、核桃挂在树上硬不掉下来。

王伯约了坡上卖饭菜的"狗屎"婆娘"芹菜"早早来好去看隆庆溪里摸鱼。中饭吃过还不见影子。照常理讲，"狗屎"遮不了"芹菜"的，"芹菜"不嫌他算他福气了。"狗屎"算哪门子讲究？要骨架子没骨架子，要块好肉没块好肉；站没个站相，坐没个坐相，一点油分都没有，简直是块干"狗屎"。"芹菜"跟他不晓得图哪样。就这点论，"狗屎"算得上有能耐了，"芹菜"丢下原来的男人死跟他一定有个说不出口的长处。

听人讲，她跟"狗屎"原住在桃源还是泸溪的一座庙隔壁，人来人往的尽是和尚。

"狗屎"生气，骂"芹菜"在门口引来那么多光脑壳。"芹菜"说："我哪里引他？"

"你莫对他们笑，莫跟他们讲话！"

"我几时和他们讲过话？"

"好，你眼睛莫瞟他！"

"和尚好看？"

"做哪样和尚专看你？这帮狗日的把老子当杨雄了。"

"鬼晓得！"

"好！""狗屎"生气了，"老子搬家！"

后来在兵营隔壁也麻烦过，在墟场边也惹过事……

"芹菜"粗看又白又胖，大概是让和尚跟当兵的细看出些道理来了：脾气、笑容、黑头发、衣服里透出的大乳房影子、白牙……用他们连长的一句话说，简直是杨贵妃再世。肯嫁给老子，老子这江山不要了！

"芹菜"眼睛有点眯，笑起来两颗小兔牙也露得俏。胖女人眼睛不能大，大就凶了。

人家问，胖女人怎能好看呢？胖而不腻，不带板油；匀称，动作灵活，贤惠周到，这就是"芹菜"。

大凡胖女人都是瘦男人讨的。瘦婆娘往往嫁个肥坨子。咭！咭！咭！这个道理至今让人弄不明白。

"哎呀！哎呀，怎么这时候才来，看我等成这副样子！热死我了！"王伯说。

"芹菜"坡上下来，那热，把她也蒸出副好面目，油光水滑，衣服都粘在肉上。她一直地笑，"我要走、要走，'狗屎'哪里这么多事，晾烟叶，擂辣子，前脚刚提出门，又讲想呕，要我给他刮痧，回回总是找事不想让我走。你猜他还老远交代我句哪样——不要和人讲话。""芹菜"边笑边下到院坝。

"哪个是'人'？还不讲我！看我见面不揎他几句！他有哪样好讲？……就你这人喜欢你那块臭'狗屎'！"王伯转身一看，"我叫你带的竹箩筐呢？"

"啊！""芹菜"满脸通红，"我忘了！全忘了！讲给你带麻线、带'抵针'、带蜂蜡，都放好了，你看，空到手来！"

"是呀！是呀！有'狗屎'陪，魂魄都落了！"

"芹菜"在厨房水缸边喝水，远远地笑。等一会，厨房没声音了。

"你在做哪样？"王伯问。

"一身汗水，我洗个澡！——你看着狗狗，莫让他进来……"

"洗哪样？要洗，等下到河里洗个饱。赶紧走，隆庆和岩弄等久了会怕我们不来……嘿！嘿！你还怕狗狗这个大男人吊你膀子？一身肥肉！快！莫洗了！"

"莫洗就莫洗！""芹菜"笑着走出来。

王伯后头跟着狗狗，"芹菜"左右肩膀各挂着口空"夏"。

"你讲你，哪个给你取的'芹菜'名字？"

"我爹！"

"好名字不取，取菜名！"

"我爹不喜欢梅花、菊花，讲穷人养花做哪样？"

"要是取冬瓜、南瓜对你就合适了！"

"你看你！——听'狗屎'讲，北方有些乡里，要孩子无灾无难，取的名字难听得做梦都没梦过！猪卵，狗鸡巴……"

"有这样？真难叫人信！所以，我讲，人这个东西贱！其实，我们这里不也一样？你看，狗狗这名字……广东人生女儿，取砂锅、鼎罐、瓦盆也是有的。生男的就叫狗仔、猪仔、大象……我跟明亮爹在营上的时候，招来的兵连名字都没有，就随便给他们起，步枪、迫击炮、立正、放哨……"

"你看你的狗狗，到乡里来变乡里人，腿脚长进了。刚才还在后头，一下子蹿到前头老远……"

"都是那苗伢崽带的，还有那只狗'达格乌'。一天到晚满山闯，连吃饭都叫不回来！"

"他爹妈哪天转来看到伢崽变了样，要你还崽，你怎么办？"

"哼！我照拂出来的崽哪里去找？——你看！溪里头……"王伯指着老远在溪里头摸鱼的隆庆和岩弄。他们都屁股拉胯地一丝不挂。"芹菜"回身要走让王伯扯住。

"这麻个皮两个狗日的！——隆庆！你屁股拉胯要我们怎么下来呀？啊！你个狗日的！"王伯扯着嗓子喊话。

隆庆听到了。一大一小两个人连忙跑上岸，湿淋淋地抱住衣服，直奔那边山上树林里。

"达格乌"也跟他们走了。

"跑哪样？跑哪样？穿上衣服不就是？回来！回来嘛！……我们来，你反而跑了……"王伯连笑带气追到树林子里，影都没有，"这麻个皮捣事的！——隆庆！隆庆！岩弄！你们还抓不抓鱼呀？你们给我转来！听到没有？……"

隆庆和岩弄真的跑了。溪滩上留下三四斤破了肚子晒干了的鱼。所以世界上的事有时真讲不清楚，似乎是这两位一大一小的男士让人用眼睛破坏了贞操，脸红得钻到土里去了吧？

"你看！你看！他们苗族人的礼数，你边都摸不到！——两个狗日的，今天不会回来了！"王伯说完，自己仰天笑了两声，"来！他们走！我们也来一盘！……"话没说完，就自己脱衣脱裤——

"芹菜"急了，要挡也来不及，"那怎么行？你看你'朝'了！光天化日，你，你让人看见……"

"看我个卵！看？周围十里八里没人烟，哪个看你？——脱！你快脱！"王伯自己脱了又帮狗狗脱，眼睛盯住"芹菜"，"这么凉的水，不洗几时洗？快！"

"芹菜"自己揪住胸脯往后退，"不！不！我不脱，我没有脸脱！"

王伯放下狗狗，"麻个皮，看老子来！"浇得"芹菜"一身湿透。

"别浇！别浇！我脱，我脱！""芹菜"脱光身子连忙蹲在水里，只露出一个头。

王伯抱着狗狗也走到水里。水，齐腰深。

"狗狗！凉不凉快？"

"好！"狗狗说。

"要我讲的话，这溪河好成这样子，天底下哪里去找？我都想好好哭一场……""芹菜"舒服地搓着身子。

狗狗有点怕，紧紧地抱住王伯的脖子。王伯让狗狗坐在膝盖上，也给他擦洗，"你看你看！要是带只'洋碱'¹来就好了！"

"早晓得！我洗澡帕子也带！""芹菜"说，"我一辈子算洗了这场好澡……"

"好个屁！你刚才衣服都不肯脱！"王伯骂她。

1　肥皂。

"芹菜"忽然一下子仰天浮在水面上，"你看这四周围山，树，这水，那天，那云，雀儿叫，太阳，世界要是这样，都忘记了，都不挂牵了……一辈子不怕冷，不饿，没人打我，骂我，不生儿，不养女……"

　　"伯呀！"

　　"唔？"

　　"我想上去。"

　　"上哪里去？"

　　"到石头那边！"

　　"你冷，是不是？"

　　"我不想在水里。"

　　"那好，你在岸边玩吧！"

　　王伯把狗狗放在岸边浅水所在，自己一步一步慢慢回到水里。她仰着头闭着眼睛，她解松髻子让头发散在水里漂着。

　　"你生过伢崽，身子还紧邦邦的！看你奶奶多好！""芹菜"讲，王伯没理她。

　　"我要有你那么匀称就好了！""芹菜"又讲，"你一辈子遇过几个男人？"

　　王伯睁开眼，没看"芹菜"，一动不动，像是自言自语："'芹菜'，'芹菜'！你再哼一声，我就淹死你！"

　　"芹菜"猛然站起来走到浅水边。她怕，她晓得惹不起王伯，她觉得自己放肆了；她转过身对着岸边的狗狗，"狗狗！狗狗，你吃不吃奶奶？"

　　她笑眯眯地双手托着自己的乳房。

"狗狗，你吃不吃奶奶？

『狗狗！狗狗，你吃不吃奶奶？』

她笑眯眯地双手托着自己的乳房。

狗狗还捡着水边的石头，抬头望了望"芹菜"。王伯像只母狮子盯着"芹菜"。

狗狗说："我不吃奶，我长大吃饭了——嗯！我不喜欢你肚子底下的头发！"

"芹菜"大笑，弯着身子在水里打转。

"这疯婆娘！"王伯微微地笑了一下。

太阳底下，亲着好山水，"芹菜"和王伯都一生难再地找到了自己的灿烂。这是上天的宠幸；她的慈祥、宽怀，发出这一点点纯洁的时空，施恩于天底下两个小小的女子。

"……主啊！我沐浴你的荣光！"

炎热和冰凉的混合，便产生倦怠，于是这两大一小的裸体就都憩睡在温暖的沙滩的太阳下了。

肆无忌惮地休息是人生一大快事。

原来，这一觉可能要睡到太阳落山的，王伯忽然醒了。

天上有雁鹅在飞，排成散漫的人字，后来又变成不横的一字。大凡快夜的时候，这些队伍容易零落。一天又一天赶路，到目的地还远咧！该找个地方休息明天再赶路，队伍就不齐了。班长还是排长哇哇叫着。这么叫，把王伯吵醒了；不是，不是……

王伯笑起来，轻轻碰醒狗狗，指着"芹菜"要狗狗看。

"芹菜"扯噗鼾并不难看。一座让太阳蒸成粉红的大山，一起一伏，两坨奶奶一合一聚，肚脐底下那些"头发"耸得老高，像丘陵上让风吹着的灌木林。

狗狗胆子大，一点也不怕。只是觉得应该让王伯救她，让她变成个正常的人。狗狗以前见过不少无可奈何的喝醉酒的伯伯叔叔，

一座让太阳蒸成粉红的大山，一起一伏，两坨奶奶一合一聚，肚脐底下那些『头发』耸得老高，像丘陵上让风吹着的灌木林。

主啊！
我沐浴
你们
荣光

那是救不醒的。

王伯心里好笑，也怜悯"芹菜"，难得无牵无挂地睡个好觉……她刚帮狗狗穿好衣服，站起来的当口，瞥见溪对面晃着两个影子……

"起来，'芹菜'！"她轻轻踢了踢"芹菜"。

"芹菜"醒了晓得有事，发着抖站起问："什么事？"

王伯眼睛看着对溪，一边穿好衣服，顺手捡了根硬木棍，转身对"芹菜"说："你看好狗狗，我过去一趟——咦？你傻站起还想让人看个够是不是？还不快穿上衣服？"

王伯蹚过了溪，沿着一坨坨大石头背后走上坡去，树林子那头有两个骑马背驳壳枪的人，王伯走近后头这个人，给他腰杆上来了一棍。马惊起来，前头那匹马跑了。后头摔下马的人正要摸枪，王伯又给他手杆一棍，把枪踩了。

那人看见是王伯，连忙叫起来："你打我做哪样？是幺少爷派我们照顾你们的……"

"日你妈的！幺少爷要你们来看老子洗澡？"王伯踢还了他的枪，拍了拍身上的灰，又蹚回溪这头来。

"日他屋妈！"王伯对"芹菜"说，"两个狗日的看我们洗澡，要不是熟人，我几棍子送了他……"

"是哪里熟人？你还放走他？""芹菜"的心跳到口里。

"嗯！把鱼捡了，回去吧！"王伯说。

"你看，我们让人看了！又是熟人……""芹菜"说。

"少讲卵话！"王伯背上"夏"拉起狗狗往坡上去了。

"芹菜"老老实实跟在后头。"夏"里头有鱼干和线网。这是没得说的，三四斤鱼，要是分到一半，玩了半天，"狗屎"也没得说的。就是出来大半天，"狗屎"把那个家看成什么样子？怕不是遇见过路熟人，白请了几场饭，一个烂钱也没收得。

没到家，"达格乌"先迎了下来，摇着尾巴又往回跑报信。王伯心想，这两个杂种早回来了，看他们怎么交代？没想跨进门，岩弄喜气洋洋往厨房带，见隆庆还忙着破鱼，怕二十斤也不止，是他们在高头潭里摸来的，有鳜鱼、鲤鱼、娃娃鱼、团鱼、羊角鱼、鳗鱼，还有一条大蛇，都收拾得干干净净了。

这就没什么好说的了。要是大家聚在一起，澡洗不成不算，也弄不到这么多东西。

隆庆凡是弄到东西，动不动就要把它破好熏干。这是一种自古相传的老规矩。没有别个更好的办法让这些东西保存下来；即使是冷天，你总不能挂在外头屋檐底下让到处打食的野物叼走吧？

那蛇很大，怕有五尺多。隆庆在蛇脑壳上套上根麻绳，小刀子在蛇脖子上划一圈口子，像脱裤子那样把蛇皮就翻下来了。那光身子的蛇还卷来卷去地动。隆庆取了蛇胆放在酒瓶里泡着，绿绿的颜色。

隆庆剥过好多蛇皮，小的送到墟场药摊子卖钱，大的自己留着做琴面。他蒙过三弦琴、大筒、二胡。他是看着别人琴的样子做的，没个规矩，只取得个大意，要拉或弹出个标准调子那就更难了。他只是一把一把地做，也没胆子搬到墟场上去卖。人家场上卖乐器的要吸引买主，都要自己玩出几首调子给人听听才行；他别说弄乐器，连哼两句苗歌都不行。他没有唱东西的嗓子；他只会喊狗，喊牛，喊马。

隆庆问"芹菜"："这蛇肉送你，要吗？"

"芹菜"跳起哇哇叫。

"那，这团鱼吧！"

"芹菜"想到"狗屎"可能会喜欢，又怕有了团鱼，"狗屎"会招朋友来喝酒吃饭，勉强地说："好吧！"算是要的。也分得几斤鱼，比她原先想的还多。

狗狗想到刚才大家打屁股拉胯的事，觉得好玩，便说："在河里打屁股拉胯洗澡真好玩，我不喜欢肚子底下长'头发'，我长大不要……"

这话只有王伯一个人懂。别人没理会。

做好夜饭，摆碗摆筷子的时候，没想到屋外头"达格乌"叫起来，大伙紧张了一番，原来来了"狗屎"。

"你做哪样？""芹菜"不高兴了。

"做哪样？看样子你还想在这里过夜！""狗屎"想要点威风。

"就算过夜，你要怎么讲？"王伯插进嘴来。

"不是不好过夜；我是讲，万一回家，山路不清吉。我来接她，你总信了吧？""狗屎"对王伯说。

"那！一起吃饭吧！"王伯听进了"狗屎"的老实话，"你其实也有点不放心，是不是？"

"是不放心，那么晚了！""狗屎"更加老实。

王伯认真看了一下"狗屎"，想起他前回吃冤枉差点掉脑壳的事，"隆庆！把你刚泡的蛇胆酒拿出来请'狗屎'喝杯！他也难得来！"

大家都坐好，又倒了酒，有鱼肉、鱼汤、豆豉辣子、糯米辣子，还有盘干牛肉巴子，隆庆和"狗屎"便就认真地对起酒来。

"狗屎"问隆庆，晓不晓得他开了个饭铺。

"晓得！"

"你每回打点野物卖我，行不行？"

"不行！"

"我要有你这本事，把几座山的野物都铲光！"

"不好！"

"做哪样不好？你交送我，我帮你在城里开个野物店，死的、活的都卖；你就发财了，有好多'花边'。"

"我不要好多'花边'。"

"我讲，你是个蠢卵！"

"我不是蠢卵。我不要好多'花边'！"

"狗屎"火了，"你是个大蠢卵，是，是！你是个不进油盐的大蠢卵！有'花边'不要的大蠢卵！"

岩弄慢吞吞走到厨房舀了一瓢水淋向"狗屎"头上。

"狗屎"看看房顶，"漏啦？！——你们苗子哪样都不懂，没见过世面！讲吧！你见过哪样嘛？！汽车？轮船？人家轮船八层楼高，日行千里，你见过吗？还有上海，你晓得上海是什么东西？哼！讲你也不懂！你见过洋人吗？红眉毛，绿眼睛，走路脚都是直的……"

"山上野物不好打完！菩萨不准的！"隆庆说。

"……见过自鸣钟吗？挂在墙上，看都不要看，到时候，哪样时辰就打几下……"天气还闷热，脑壳刚淋过水的"狗屎"，全身冒着蒸汽，"千里眼！听到过没？放到眼睛上一照，千里外都看得清清楚楚，打仗的时候，团长手捏着千里眼，看哪里开山炮就往哪里打，最是顺手了！你是蠢卵一个，哪样都没见过，就晓得打野物，算你白活了这一辈子……"

"芹菜"也不明白，"狗屎"自己哪年哪月见过他讲的那些东西。

隆庆听不进"狗屎"的话，讲也白讲；隆庆回话只是对"狗屎"声音的反应。各讲各的："山眼眼的水舀得完的；尽舀尽舀就干了，就没水浇田了，没喝的了——天要冷了，风要来了，清早天上有鱼鳞甲云……我不喜欢你，你们城里人像老鼠子……"

讲是讲，"狗屎"怕山路上不清吉，"芹菜"一个妇道人家回家不方便，也算是做丈夫的一番心意。这一盘是由隆庆扛着醉得像死人的"狗屎"回家，"芹菜"跟在后头又赶到前头来开店门。

"狗屎"呕得隆庆一肩一背的酒粪。

说冷就冷，一下子天就变了。

坡上下落了一地的板栗、核桃。捡了一整天。

堂屋里堆满这类东西。隆庆和岩弄又挖来几十只地萝卜，全挂在堂屋睡房和厨房木梁周围。

站在过道看左边坡下，那一番河溪，真难相信昨天还泅过水。半夜头阵风一刮，所有的树都变了颜色，摇着抖着，意思完全不一样了。王伯赶紧帮狗狗穿上了夹衣；看那岩弄也是早就把存着的那件毛皮背心套在身上。王伯笑着对他说："看你老人家，倒是很会保养身体的。"

岩弄听了这话，还故意咳了两声嗽。

讲老实话，岩弄到这里大半年了，显得更瘦了点；不晓得是自己抽条瘦的还是陪狗狗走玩拖瘦的。像一匹好马夹在两条牛当中拉车子一样，不能不压着性子慢慢忍熬。也不像以前野了，反过来倒像狗狗哪些地方影响了他。说不定少了东西还有点可惜。

第二天早晨，风一阵阵刮起落叶。

岩弄和狗狗坐在屋前阶沿上。狗狗看着有太阳，有风，又有沙沙作响的黄叶飞舞，那是从来没有的好看。

"我喜欢这些东西！"

"哪样？"

"这些，那些……"

"哼！你卵都喜欢！……"岩弄这时候也不想讲话，"有年，我妈就不要我了！她就跟人走了，我总总不喜欢这时候！我就冷……"

"昨天就不冷！"狗狗说。

"你是卵人，你总打岔！"

"我讲昨天不冷！"

"昨天热，怎么会冷？"

"嗯！昨天隆庆和你屁股拉胯；王伯、'芹菜'和我也屁股拉胯；'芹菜'肚子底下……"狗狗正说到这里，岩弄忽然站起来，"有人！"连忙拉起狗狗往屋里走，"坡上有人下来，王伯！"

"达格乌"也蹿到屋后，晓得不敢出声。

王伯放下菜刀拉起狗狗屋后上山去了；岩弄和"达格乌"跟着，一齐伏在洞门口的树缝里往下看。

一匹马，两匹马，三匹马，一共四匹马，还有三条狗，最后一个是狗狗的幺舅，都挂了枪。

松口气，也觉得好笑，王伯带了他们三个慢慢下来。

四个人下了马。

"幺少爷，你怎么来了？"

"唔！"幺舅看了看周围，"这地方住倒是好住的……你昨天打了四城两棍子……他跟不来了。"

"他偷看我们溪里洗澡！"王伯说。

"……这麻皮！洗澡有哪样看头的？你也算狠，还听到你缴了他的枪？"

"没缴！我踩了！"

"那就是缴！这狗杂种一辈子没脸见人……有水吗？弄点来喝！"

幺舅讲话，不冷不热，你看不到他生气还是好笑。

马蹄声又响了。

"哪个？"

隆庆骑马从坡下上来。

"隆庆！天天来照顾我们的乡里人。"王伯说。

"是种哪样人？"

"从小一齐长大的伴。赶山的苗子！"

"哦！那好！"看起来，幺舅有兴趣了。

隆庆下了马，看这么多人都背枪，有点怪。

"狗狗的舅舅，得胜营的老爷。"王伯对隆庆说。

隆庆下了马，见到幺舅的眼神，有点胆寒。

"昨天四城和吴长子在对门的溪山坳碰到一屋野猪，两大三小，你晓得是哪边过来的？有人惊过没有？"幺舅问。

"几座山都是我在走；前天这里的半亩苕都让野猪拱了。我想，外头有猪来了，该去看一盘。"隆庆说，"三四个月前，打过一只，一百多斤，是只猪娘。"

茶端来了，幺舅喝了一口，"哪里的茶叶？"

王伯说："屋背后随便采的。"

幺舅跟着又抿了两口，"给包点，等我转来带送狗狗家婆尝尝。"转身问隆庆："你今天得空，来都来了，横顺和我们到对门溪坳上看看……"

"我正要去，看我也带了家伙。"

说走就走，顺着昨天洗澡下坡的路过溪。水凉，马小心地蹚着，喷着响鼻。

狗狗、岩弄跟王伯在院坝边看着五匹马在坡底下溪滩上走。马蹄把青光岩踩得很响，像人在倒核桃。

岩弄原以为会把他带走的，独独这回忘了。也不一定是忘，当着狗狗幺舅那副神气，隆庆怕不敢开口。狗狗幺舅也没想到要把他岩弄当个人物。下套子，装陷阱，升天吊，开口笑夹子，原都是里手的人，不识货没有办法。

幺舅和王伯不熟，只是听人讲过这婆娘如何忠义，如何厉辣。王伯是晓得得胜营柳家幺少爷的。她光是剔干净传说看这个幺少爷本相，心里也是很服气的了，见到真身，就晓得天生就应该长这副样子。他不是官，不是强盗头，他有种更深刻的威望。要不然朱雀城算哪样朱雀城？

王伯从没讲过后悔当女人的话。各人有各人的衣禄。一个人活得有没有仪派是不论男女的。有种婆娘家，动不动穿条马裤，捏根马鞭，含根纸烟，用鼻音学男人骂两句粗话，就以为裤裆里的性质都变了。王伯见过这类人好几回，脸都红了，觉得比男人扮女人还让人难为情。

王伯带着两个小孩和"达格乌"回到堂屋。听幺少爷讲四城挨她两棍子的话，含有夸奖的意思，以为少爷为这件事来找她算账的想法可以抛开了。细想，看洗澡的事也怪不得人。你在天底下洗澡，他在天底下看，不看你怎晓得该不该看呢？何况人家是专门为你们放哨守卫的……这样一来，又有点对不起人了。算了！看婆娘家洗澡，腰杆挨两棍子，不赊不欠，一笔勾销。

只有"达格乌"在堂屋呜呜叫着打圈。

吵得王伯骂了起来："算了！算了！你看岩弄都没喊冤枉，一回没带你就弄成这副样子！"

"达格乌"安静下来。

岩弄和狗狗在屋后给羊加了几把草，便赶紧埋了四块苕到灶眼里，坐到灶门口等苕熟。

"不要急！苕不熟，吃了屁多！"王伯对岩弄讲。

幺舅这群人来到的斜坡上，长着些杂木，忽然飞起几只鹌鹑和野鸡，都顾不上了。

"这时候不会有动静的。"有个人说，"都在困……"

"少废话！"另个人的声音。

草还没有全干，大伙站住四周看了看，拍拍马脑壳，马不出声了，开始自顾地嚼草。

太阳好，暖暖的。各人从肩膀卸下枪。

"那边是下风。"幺舅说。

隆庆弯低脑壳看脚印。地干，顺着压过的草往前认，也照拂着周围，用鼻子嗅着。这时候见到猪屎就好了……

由最后那个人牵着几只狗。这时候最动不得狗，到处闻，到处钻，一下子把猪吵醒满山窜，章法就乱了。

"可以再散开点！"幺舅说，"顾到点眼睛，多走阳坡……"

刺棘多，大家轻松把子弹上了膛，扣了保险扳机……

凡是做人，到长大都有份叫作"职业"的东西。打铁啦，挑粪种菜啦，刽子手啦，营长、团长啦，学堂先生啦，扎花轿啦，算命先生啦，婊子啦，都是千辛万苦谋来的事，图的是混钱换来温饱。各人都叫各人的苦，驾轻就熟，要改行倒是十分之不情愿。

唯独赶山打野物只是一种终生咬得紧紧的爱好！谁也不强迫谁；刮风下雨天冷热，一味子往山上走。试想想他图个什么呢？置老婆儿女不顾。你对他讲，我包下了你，送你钱，你给我蹲在屋里哪里都不准去，他干吗？他想的、喜欢的那种东西万金难买。春天，满山满坳的花都是他的，比起你城里一朵一朵买来插在瓶子里的花，如何？那种香，是千千万万种灵气配出来的；雀儿的歌，蜜蜂的嗡嗡，蛇的蜿蜒，来点毛毛雨，又来点远处的瀑声。夏天，你在深山崖谷中走累了，卸下枪和子弹带，森林里一口熟悉的潭水，太阳从周围的树冠上一道道射下来，你泡在潭水里，你想凡尘间的事，想你娘，想你还摸不着边的老婆。石潭边崖上长着两人高怕还不止的蕨草和常春藤、虎耳草，你细心看着清香从叶底孢子上一颗一颗散发出来。秋天，白果树、乌桕树、枫树和所有高树、矮树都喝得醉到没有救药，天底下一片浓浓的酒气。你穿过几十里、几十里纱网似的灌木林，你像个讲着醉话的酒鬼骂你的狗，骂还没打到的野物，骂你已经打到的伏在肩上重不堪言而又舍不得丢掉的野物，骂它的娘，要跟它们的娘睡觉……干刺藤留难你，钩你的子弹带、你的裤子、你的手背，流了血，你吮着血，舌头上一点清新的卤咸味。你对着一个光滑的土洞眼屙尿，巴望能灌出只什么东西来，尿没有了！工程只完成了十分之一，你骂那个洞，骂里头的住客。你心里有气，你晓得秋天山高林燥发不得火。你累了，就躺在又深又软的干黄茅草上，狗睡在你旁边。一觉醒来，"月出东山之上"，你"今宵酒醒何处？杨柳岸、晓风残月"，你以为你是谁？你以为你在哪里？你乖乖回家睡觉去吧！冬天，一出门就倒抽口冷气。你称赞这个世界好大狗胆！打扮得一片雪白，眼睛都睁不开。只有狗喜欢这阵候，叫呀跑，地里弄出一行行小黑窟窿。你尿急是因为看到这个雪这个冷而高兴，费神解开几层裤子又好不容易拉出屙尿器在雪地上书写出银行行长钞票上谁也认不出的签名式，再一摸，吓了一跳！你问苍茫大地，睾丸到哪里去了？你怕冷也不能尽往小肚里躲呀！好！开路。雪簌簌作响，那是快步；到了雪厚的地方，没空响了。远山那头的雪是蓝的，脚底下照着太阳的雪是金黄的有时是紫的。溪水是闪光的黑，一条黑带子铺到有人住的乡里去。坡上雪一厚，兔子毛变白了，你再也找不到它，狗闻到也没法子追上。野鸡变不了色，也躲在雪洞洞里，要不时出来找点东西，运气好它上了树，那就准能拿得下来。你上了坡顶，天比雪暗，亮得人想笑。眉毛胡子罩了霜，一股冷气往肚子钻，像热天喝井水，喘不过气来。忽然间，你眼睛一闪，崖上站着一只大山羊，五十斤，六十斤，六十斤怕不止！你抓住狗耳朵要它莫叫，你举起枪，你瞄准——早不来，迟不来，身上的虱子这时候咬你了。忍不住！绝对忍不住！——你咬紧牙根瞄准，狗日的山羊动了，走了！就那么轻轻松松、无牵无挂、毫不负责地走了！山羊你怎么能走？我怎么办？我怎么有脸见人？我日你虱子的妈！我和你不共戴天！我马上脱下衣服来，彻底消灭你，让你断子绝孙。嗯！那么冷你教我怎么脱？我回家把这件长虱子的衣服烧了！你妈的虱子做哪样热天不长冷天长？我回家告诉人家遇到两百多斤山羊站在崖上因为虱子痒没有开枪人家信吗？人家能忍心不幸灾乐祸看我的笑话吗？

　　……这种缠绵的、为其受苦受难的情致，一旦染上了，只有几样东西堪与相比，爱情，革命……要死要活在所不惜！

　　书写到这里，那五个人、五匹马加三只狗还在山上奔波。

　　这类山坡都有个特别的相同地方，山崖里长杂树，山脊上长"穷树"。这"穷树"就像个不穿裤子的男人一样，底下光光的，偶尔露出根尖尖的棍棍；树顶浓密的衣服上有颗脑袋。要选择路向很有点困难，往坡脊上走，风大，也远离了要找的东西。坡洼走呢？灌木刺丛多，人马都受罪。享福自然是待在家中火炉膛边板凳上坐着，既然出了门，只要不落雨，事情都该顺着老规矩老兴趣做下去。

　　太阳在西边，月亮在东边，天还亮。已经走远了。四面八方山脚下都不见炊烟，来到一个长满白芦苇的野塘边，幺舅似乎是准备叫人找个地方过夜了。

　　隆庆说，西边坡底下有个枫树坪，大约五里远，空旷，煮得了饭，不如到那里去。一个人搭话，要买得到菜就好！话没说完，芦苇里跳出块乌云似的巨物来，"嗷"的一声，踩着泥浆要走——"你叫龙哪样？你来！……"幺舅对身边的隆庆叫着——

　　隆庆看幺舅一眼，枪响，大家伙倒在塘边芦苇上。

　　狗拥上去，已经用不上了，只是穷嗥。

大伙追到大家伙身边，下马一看，嗬！大梅花鹿！

"这叫水鹿，梅花鹿没这么大，花斑也不对。"

枪眼打在面颊上，幺舅端详了隆庆一眼，"你看好重？"

"二百多一点！"

两匹马架着水鹿，人和马跟在后头，来到枫树坪。这坪上的枫树太阳下正闪着火红，那么高的枫树怕不有三四十棵，底下一崭平，足足排得下五十桌酒席。

狗比人活跃，穿来穿去。有幺舅在，人似乎不敢太过兴奋。

先剥了皮，再开膛剔出一副上好的鹿筋，一条长长的鹿鞭，一块鹿尾巴。晚了，可惜上好一副鹿茸长成了鹿叉，只得做挑水的钩子了。

原来锅子碗筷都是现成的，搬几坨石头架起灶，附近弄来水，内脏洗割之后都煮了，还割了几块带骨头的霸腿肉就灶门口烤将起来。赶山的人随身都带着酒，打开塞子轮流喝将起来。

幺舅一直注意隆庆，看他背后胀鼓鼓的，该是背着菩萨赌过咒，要不枪法那么准？

太阳落山好久。十四五的月亮悬在天上，枫树林被篝火映着。人们静静地喝酒吃肉和带来的糍粑。

留一个人管火。

其余的人和狗挨成一圆圈一觉睡到大天亮。

第二天回来时候已是快中午，那整块整块水鹿肉摆在院坝上真是光鲜之极。隆庆正忙着用树杆子绷鹿皮。鹿鞭和鹿尾巴幺舅交给跟来的三个人，叫他们上药房卖了分钱。

幺舅叫过隆庆，"哪！这根汉阳金钩送你了！"他扔到隆庆手上。

"我，我没有这种子弹……"

"我有嘛！打完了找我。带上还剩二十多发，都给你了。有空我找你；你得空也到得胜营找我……有人问枪，说是我送的。"

隆庆捏过那根枪，傻站在那里，像是睡着了。

幺舅慢慢走进厨房，对正在炒菜的王伯说："……有人搭信三姐最近怕是要回来，这当口更要小心照拂孩子。眼前，我接不得孩子去，太显眼……"荷包里取出几块光洋交给王伯，"差不多时候，我派人再送来！"

王伯连忙说："我有钱！上回还剩好多！"

"不是送你！"幺舅掉转头回去院坝。

饭吃完，四个人骑马走了。

隆庆一个人坐在院坝小板凳弄枪，拆了装，装了拆，抬头对岩弄说："新的！"

岩弄大声叫起来："你是'猴子剥卵，越剥越出血'！"

隆庆起来追岩弄，"铁东西，不会坏！"

两个多月以后，下雪了，封了山，眼看要过年。

隆庆说："赶场买东西去！"

岩弄叫好。

"买哪样？吃有吃的，穿有穿的，用有用的，没哪样好买！"

"过年哪！"隆庆说。

"你想买哪样？"王伯看出隆庆心里有事。

"嗯……"

王伯说："我不去，狗狗不去，你带岩弄去！"

"嗯！"隆庆把岩弄放在马上，赶场去了。

回来的时候，隆庆捧了一大捆纸、铁丝和几包画风筝那种品红、品绿的颜料，几管笔和一小口袋面粉，外带两包小红蜡烛。

岩弄呢？隆庆舍不得钱，只给他买了三颗雷公炮仗。刚下马，就把狗狗带到院坝"砰砰"两下放完。不是说买了三颗吗？做哪样只听到两声呢？那一颗打湿了捻子，臭了。

第二天大清早，隆庆砍来四五根青竹子，破起篾片来。这副神气真像个城里的刘凤舞。

狗狗和岩弄一步也不离开他，问他打算做些哪样出来？

"等两天看！等两天看！"隆庆说。

这"两天"堂屋里摆满一捆捆破得齐齐整整的青篾条。隆庆又裁了许多小白纸条条，打好面浆，就正式地扎起过年的灯笼来。

隆庆把裁好的小白纸条搓成细绳，两边留下不搓的纸头片，用它来固定架子的轮廓，两头用糨糊粘牢，结都不必打。

孩子们逐渐认出扎的是什么东西了。

计有：会张口闭口的蛤蟆一对；会摇尾巴的大眼泡金鱼一对；会动前夹子、后脚的螃蟹和虾米各一对；花盆一对；云一对。扎完糊纸，糊纸上色，红红绿绿，煞有介事。

隆庆哪里来的那么聪明呐？怎么哪样都会？"嘿！嘿！嘿！我在城里看人这么扎的。"

明晓得王伯看了也高兴。不过她不会像别个女人欢天喜地地瞎蹦瞎跳，只是说："你这两手还真行喔！"

不过她用手提了一下蛤蟆灯登时就叫起来了，"哎呀！怎么八九斤重，那么重，小孩子怎么举得动！你这功夫可真是'苗'得很了！"

"举不动，挂起来！"

"要燃了我屋？"

"挂在院坝树上！"

没想到灯笼挂在树上，到夜里一点蜡烛，蛤蟆、虾米、螃蟹、金鱼、花盆……都迎风摇动起来。这个夜一起看，就像在水里的景致一样。

王伯眯起眼睛对着这些闪亮、那些夜里的树林和没完没了的山，看看坐在身边的岩弄和狗狗，瞟着正在对灯光发傻的隆庆的那副眯眯眼……一下子好多前尘往事又涌到心上来了……

这铁石心肠的女人单独一个人时也会想些软弱的东西的。

过了年三十夜就是初一。

孩子除了不停地吃东西之外，几乎像个无业游民。

大家围火炉膛坐着，隆庆抽他的烟袋脑壳。

"嘿！我讲过了，没煨熟的莟、生板栗要少吃，"王伯骂岩弄，"你看你像城里党部的先生演讲一样，屁放个没完！你看，又放……"

"刚才那个不是我放的，是狗狗放的！他放的有腌萝卜味，我放的……"

"要放，你们两个都到茅室去放！臭死人！"

"'达格乌'也放！"岩弄大声地叫。

"你们都走！"王伯捏着鼻子笑。

隆庆站起来伸了个懒腰。

"得胜营有'场'，哪个跟我去？"

李研然，乡村师范毕业时二十一岁，一出校门办了两件事：

一、讨了土桥垅十八岁姑娘"好哥"做老婆；二、进县教育局当小秘书直到今天的老秘书。

结婚第二年起"好哥"就生头胎女儿李娇，不换气，一连生了八个千金，李仙、李英、李姿、李华、李梅、李兰、李竹。起这些名字，李研然翻了好几夜字典。女儿一排叫起名字来，做爹的有时也颠三倒四。

路上碰见熟人，"喂！你一'迷子'[1] 过河不换气来了八个，累不累？"

"家庭娱乐，家庭娱乐，见笑，见笑！"

研然皮肤近墨，个子高挑，刺发如猬，浓眉，爱笑的丹凤眼。令人难忘的是那张大嘴和一口大白牙。

从早到晚，那副大白牙上都沾满时下人爱讲的"绿色食品"碎屑。

这就不能不说到李研然的人格方略了。

他住在道门口唱汉戏的张聋子家隔壁。很深黑的过道，里头谜似的堆垛大小十一口人（差点忘记研然还有个妈），并且从容地毫

---

1 潜水。

研然皮肤近墨，个子高挑，刺发如猬，浓眉，爱笑的丹凤眼。令人难忘的是那张大嘴和一口大白牙。

老秘书

孩子研然

无穷痕地活着。

过路人不免深思李研然先生的那副尊容怎会生出八个那么嫩白嫣秀的女儿。明眸皓齿不用谈，连观景山上打更的唐二相也不免顿生纳闷。

"不会吧？长得像张松[1]，这另类怎么生得出一颗颗珍珠玛瑙样的妹崽？……要说是一两个抽签似的巧，还说得过去的；怎么个个一模子倒出来的美胎？——'好哥'随街捡得的相貌，入不得'品'的……真奇！"

正想到这里，李研然背着口褡裢从屋里出来，"二相大，你'下凡'了！"

"是，这几天天气潮，'更'打得不脆，你听觉了吧？我心里不好想……"

"昨夜的四更韵味足得很嘛！不要不好想，世界没几个像你这样认真的人……"

"你走慢点！你听我说，我准备写一本'更谱'，给后代子孙留一点'文化残余'。"

研然一边走一边说："写吧！有论著都是好的，写出来找王云五、陆费逵，商务印书馆、中华书局都行，他们都喜欢出奇书……今天'赶'十羊哨[2]，我要去看点板栗。你慢慢荡，我先走了。"

妹崽们摊子上等着板栗。

1　三国时人物，据说天分高，为人纯孝而相貌猥琐。
2　十羊哨有场。

大女娇娇、二女仙仙、三女英英、四女姿姿、五女华华、六女梅梅照顾门口的摊子和七妹兰兰。八妹抱在妈和婆手上。

腌萝卜和杂果摊子是下的一扇门板铺的，两张长板凳架着。四、五、六带着小七妹坐在后头的小板凳上。

四姐妹往那儿一摆，像幅上海印的月份牌，过路的忍不住都要多看几眼。

她们的衣服不管红黄蓝白都显得旧，熟人也明白其中"接力棒"的关系。补疤分布各处，好像是故意安排的颜色布局。

一律的大襟齐膝的格式，第二颗布扣子都挂着一条擦鼻涕口水的小手巾，有动作时在胸前飘来飘去。

亲爱她们的伯娘阿姨都啧啧称赞补疤上的针线，她们便爱娇地笑着挤在一起。

四姐妹的腌萝卜连乾城、所里的有钱人都打发专人用大搪瓷提盒来买，自家城里讲究人家就不用说了。四姐妹家腌萝卜怪就怪在这里，你不能想它，一想它就满嘴生津产生狂热奔赴的情感，就要上道门口去。

四姐妹家腌萝卜为什么就那么好吃？满城漫街都是卖腌萝卜的，缺的就是让人挂牵的吸引力，居心叵测的人不是没有，他们也多次怀着鬼胎买回去进行科研分析，没听说过哪家有成功的范例。

当然也有人想在茶余酒后让李研然自己遗漏出一两句腌萝卜的真经套路时，你就会看见李研然咧开他那张大嘴，"是，是，是！里头是搞了点动作！搞了点动作……"

萝卜大小、刀工分寸总是恰到好处。不用幻想从中拣出几块分量不同的便宜，块块一样。

一个当十文的铜板两块，二十文四块，五十文十块，一百文大铜板二十块。四妹、五妹、六妹都没上过学，算起这个账来好像不存在什么困难。买卖上既和蔼可亲又精明犀利，尤其是对付那批流窜的调皮男孩。

只要稍微发现风吹草动，连起身都不用，回头向弄子一喊："爹！"

一切就太平了。

板栗这东西粗心人是不知道的，要讲究起来可还是有点子说法的。

板栗壳上长满硬刺，到深秋熟透了的便自己从树上掉下来，落满一地。壳子经这么一跌，里头的板栗便弹散在树下周围。喜欢吃板栗的虫子、雀儿、野山鼠和松鼠有的钻进去吃，有的剥开来吃，有的捡回窠里过冬。

贪懒的人捡法不同，捏着冬天火炉膛用的铁火夹子无论好歹捡起朝背后的背篓里扔。大凡地上捡来的板栗都不大可靠，下雨沤过的，虫子钻过的，松鼠们挑剩的，反正城里有的是外行，"肉"他们倒是不怕没有销路。

正经收板栗人家是戴着棕毛大斗篷，背着棕毛蓑衣拿着长竹篙，脚底板套着特制的厚麻草鞋来的。女人孩子们远远地看着十来个健壮男人朝着一棵棵板栗大树一阵子打，冰雹似的刺球轰轰隆隆直往下掉，明明是平平安安的活动，也引来一阵阵看热闹的妇女孩子们幸灾乐祸的欢笑。打完一棵树再打另一棵；妇女和孩子安安心心地跟在后头用一种破桐油籽的小弯钝刀连敲带打地把油亮的板栗捡进笋筐里。

其实这是一种没人说出名堂的、有益身心的郊游活动。他们带着好吃的饭菜、茶水，过分点的还有酒，团团围在一棵打光板栗通身金黄叶子的大树底下吃中午点心。

吃点心的时候也讲点谑话，哪个屁股坐了板栗壳儿……按规矩女人们还要生点气，男人们故意地把一件小玩笑搞得很夸张……这都是由于好兴致、好环境和劳动过后的好心意勾引出来的。

在赶场的场上一笋筐一笋筐亮出来的板栗是经得起推敲的。大颗板栗可做板栗粉，板栗粉可卖给汉口、上海洋人做点心；在本地，可以炖肉，焖血粑鸭子。中型板栗最讨人喜欢，它甜，它嫩，糖炒板栗靠它；生吃也靠它。生吃要用网袋（记住！网袋）装好挂在木架子上、墙头大钉子上、梁上十天半月，等它半干不干的时候吃。软软的，肉已经离壳了，取下来大家坐在矮板凳上边说话，边剥着吃，微微发着酒香。前头为什么再三关照要用网袋呢？让板栗透气；隔一两天颠三倒四地提起来抖五六七八下，把附在板栗壳上游荡的小肉虫子磨掉。

好，李研然进场了。来回绕了个圈子，定在一担板栗上。他既看板栗又看人。

人这个东西是大有可看的，尤其是在苗乡的"场"上。

李研然赶场不喜欢对手推磨讲价钱，但不怕对手油腔滑调，他最喜欢遇到这号有机会调整自己智慧的人。明明是买卖东西，忽然间变成数落起对方祖宗八代繁殖行为的宣讲来。李研然让对手看明白他蒲扇般的手掌若捏成拳头会有多大分量；又亮出他那副大牙口喷薄而出的从孔夫子到西门庆的渊博涵养和可爱的笑容。场上认得李研然的顿时圈成一圈，晓得好戏就要登场……这时候，对手的眼神委顿了，李研然拍拍对手的肩膀咧开他那张大嘴笑着说："听口气你像是鸦拉营老远来的，三十多里啊？！你来卖板栗还是来吵场合？你出价，我还价，卖不卖不是由你吗？你骂我妈做哪样？我妈都八十几的人了，你要和她睡觉？你才二十几？你妈好大？只要不癫不麻，配我倒挺合适……"

李研然也有怕的。

从深山老林里出来的老苗汉。

蹲在地上像座庙门口石头狮子，一声不哼地抽着他那根"吹吹棒"。两箩筐板栗分列两旁。

你问他："这担板栗好多钱？"

"九吊钱！"他不看你。

"你的板栗好是好，在场上，老兄弟！你卖不了这么大价钱的，你看人家，三吊，四吊，都少人买……"李研然说。

不理！

"我给你四吊。"

不理！

"四吊三。"

不理！

李研然惹不起他只好怏怏然走开。走开，他仍然舍不得那担板栗。那担狗日的实在好！油亮得像生漆。人呢，仍然石狮子似的蹲在地上抽烟。

老远看到另担板栗，卖板栗的人长得好。腮帮一线黑透黑透的连边胡，嘴唇上的胡子也长得周正，有点秦叔宝的味道。那板栗可能会好。这都是实情，东西跟人有时候紧紧贴着的。走近一看，比不上苗老爷子的，也打得九十分。

"你这板栗不错，好多钱？"

"算不得太好，好的还没下树，下一场你看得到——你给四吊吧！"

"下一场我还找你。"李研然数了钱给秦叔宝，转脑壳找人，这才看到北门口上张老板正牵着一匹骡子在场上闲荡。

"喂！你过来一下，这担板栗帮我驮回去！"

"狗日的日婆娘日昏头了吧？把老子当骡子给你驮板栗？"

"失言失言！对不起，老眼昏花分不清骡子和人。去喝二两怎么样？"

"狗日的你自己背回去！"张老板牵了骡子就走。

李研然急了，"我讲，骡子你莫走！"

张老板听这话走了两步，笑弯了腰，"李研然，李研然，你自己讲，朱雀城哪个医生治得好你这张鸡巴嘴？"

饭铺有面、粉、饭、菜。两个人安排骡子树底下饮了水，下了料，门口选了人少的矮桌子、矮板凳，切了几种卤味对饮起来。

"看见那苗老头了吧！一担要我九吊！"

"没听错吧！山里头这类老家伙多的是，他不管行情的，想定一件事，一味子咬到底。"

"怕是来走玩看闹热的。"

"会的！卖不卖得掉不在乎，一口价的主。一百多斤的东西卖不掉安安然挑回去！你等着看吧！"

"贵州那边来的。"

"像！"

两个人往回赶，摆着龙门阵。骡子今天驮得重了，百来斤的板栗，明天教育局里用的菌子、笋、两只鸡娘五只童子鸡、四斤牛肉，还有两斤干鱼崽崽，五斤五花肉，五斤鲤鱼。

"你搞的这些东西，好像信手拈来，'锅铲'能信服你？"

"这不就是在推介'锅铲'神嘛！有些狗屁画家，本事没几下，就是讲究多。这纸檀皮少，这墨胶性大，这笔爱脱毛，这砚台不出墨……好茶喝了，酒菜进了肚子，饱嗝打了好几个，画起画来，画一张揉一张，剩下一张没干墨就提起来告诉人，这两笔像苦瓜和尚，哪、哪，这边渲染有龚半千味，哪！画画都要讲究一个'韵'……旁边客人小小心心地赔了一句讨好的话，'我猜您这幅画的是喜鹊噪梅。'他生气了，毛笔一摔，'什么东西？要不说，人要有气质，溪桥夜月你都看不出？……'"

"你讲的这个人是不是朱雀的？"

"唉！我是打譬方，指的是没有名堂的人架子脾气倒是很大……你不是问我'锅铲'吗？我就想讲'锅铲'不是这类的人。

"哪！你办了货送进厨房，事先也没有和他打招呼，罗列一地，他坐在小板凳上盯着那批东西，抽那根小'吹吹棒'，你别跟他讲话让他想。他不是为难，他是在生发这篇文章怎么做，这幅画从哪里落笔，起、承、转、合，把板眼调足。这是一堂锣鼓，十来样响器轻重有序……你买来什么菜料他不在乎，他开心，他喜欢别人出难题让他做……这人你熟吗？"

张老板摇头。

"熟也没有用。他不恶，样子善，就是话少，是个他自己乐在其中你沾不上边的乐人。读过一点书，你讲，他能领会。他讲的话里没有书。

"无论灶烟子、油烟子怎么熏，嘿！清雅。

"我和他熟了这么多年，算是个朋友。所以有时半夜睡不着时也想，到底有学问、有本事算个什么东西？"

"你们教育局奇人不少！"

"朱雀城没地方放的，士、农、工、商、党、政、军插不进筷子的，不奇也怪！都在教育局。教育局是个王腊渣窠，哪个都惹不起，哪个都不信邪。说学问呢，有一点；说脾气呢，比学问大得多；论钱财田亩，其中两个数在朱雀城十个指头以内。

"也有谑人。一天到晚想做发明家，还向省里写过申请报告，没有回音，所以成天打婆娘骂伢崽。伢崽呢，在学堂一听到老师讲富兰克林、瓦特、爱迪生就恨，说长大绝不做发明家。"

"发明家、科学家不败德业的嘛！"

"是嘛！儿女痛恨有什么办法？他有个消灭苍蝇、讲卫生的全省推广方案，半寸厚，送上八个多月，省里一点反响都没有。"

"这就是省里不对了。"

"也难怪省里，我要是当了省长也不会批准！你想吧，他是个周围只有一圈头发的光脑壳，外头文雅的说法叫'开顶'，苍蝇就喜挑'开顶'的脑壳停歇。发明就是从'开顶'开始。菜市场捡几条人家扔在地上的臭鱼在瓦钵子里熬一锅浓稠的汤，再放两调羹红糖，候凉入罐密封备用。把臭鱼汤仔细抹在自己光脑壳顶（还有个'如图'），手捏苍蝇拍，端坐竹躺椅之上。大开门户窗棂，苍蝇果然成群而来。来十个打十个，来两个打一双，一炷香时间，经验收为八百七十七只，照时间平均数目累积乘除，不加小数点，一天十二小时，朱雀城八千四百四十三人，将消灭若干苍蝇？全省若干县若干人，将消灭若干苍蝇？后来两边隔壁和四方邻居不明卫生大义的人都吵上门来，平日无故招来满街苍蝇和警察局的调解……"

"说起来这件好事到底还有点难啊！首先要有个光脑壳，这不是人人做得到的；还要街坊四邻深明大义的配合跟全家老少的积极响应……"

"后来这角色写了八个大字贴在堂屋：'心怀社稷，宠辱不惊'。冀以明志。

"听说他还有很多秘而不宣的济世发明，如解除便秘的'一钩通'铁钩，踏西瓜皮不滑的步行器'泰山仪'，放屁不臭、放屁不响两种随身药丸方子，烫平麻子的'色空熨斗'，调整走路不跛的'万里征鸿仪'，医驼背的夹板'正义千秋仪'，还让我手抄了一本，万一他有意外不至于成为绝响。一下班回家就叮叮当当、铜铁响器敲个没完，花钱不算还惊扰四邻，倒是没人敢闹上屋去。也有大胆的人去过，总是让双眼冒火、手捏铁器、正在进行发明的刘科长轰出院坝完事。

"等呀等，等省里头何键，或是比何键小一点的官员也行，批一个什么字条下来，说你刘必义'能弄''有搞头'，'可以的！可以的！'

"上班，回家，一路上听到雀儿叫，一路上听到木匠拉锯，一路上听到丝烟铺刨烟丝，一路上听到补碗匠锔碗……那声响都像是在讲'可以的'、讲'有搞头'、讲'能弄'，就遗恨真家伙一次也没下来过。没下来他还搞，你看这人！这种犟劲还真感人！"

"那，那，那些东西都正经做出来了吗？"

"怎么做得出来？就等到省里批准合格登记专利，才发得了大财！"

"发得了大财吗？"

"不想想，全国多少麻子、驼子、跛子？到时候，一人一架，数'光洋'都来不及，要请人……"

"嗯！我们朱雀就出这种人才。不过，你真信吗？"

"……我当然不信！我早就不信！他一点机器学问都没有，搞什么发明？……一个满清的童生。"

"那你这一路上给他吹这么久？"

"不是赶路嘛！不这么吹，你那副卵精神能提得这么足吗？"

李研然在教育局只管得动二又三分之一的人。一个是文书曾茂行，一个杂工费申，三分之一是郭鼎堂诨名"锅铲"这个人，行政上虽然算得三分之一，而实际又不能叫"管"，只能叫商量。在厨事学问上，研然心里头简直自认为是"锅铲"的徒弟。

其实文书曾茂行和杂工也根本用不着"管"——

曾茂行站着，坐着，甚至刻印蜡纸钢板时都是半睡半醒。这既非睡眠不足，也不是先天或后天的特殊毛病嗜眠症，是一种多年修炼成的道行。在教育局一大伙能人跟前，既无"谋自己出"的头脑，更缺"为天下先"的勇气。老爷们谈工作，他兢兢地随侍在侧，你别看他那么专注、那么恭顺虔诚，其实是在瞌睡，睁着眼打，甚至达到熟睡的程度。要不亲眼得见是难以相信的。他控制得恰到好处，不摇晃，不扯噗鼾，而且稍一点拨就醒。比如说大伙茶杯里添水，缺"纸媒子"[1]，只要哼一声他就能觉察，而且即时送到，好像刚才睡觉的是另一个人。听人说部队开拔走夜路时，只要扯着前头人一角衣服就能边走边闭眼睡大觉。看起来是人血里生来都存着这种天分，而曾茂行身上就有。

这就给老爷们对曾茂行这人有种特别好的印象，说他从来不插话搭腔，不到外头宣播内情，靠得住得很。尤其让老爷安心的是他一辈子从不沾酒，在众酒客心中简直又是一种美德了，一点也不输给皇帝爷在后宫对太监的放心，连存有满满两大罐子五加皮好酒的小库房钥匙和酒账进出都让他管。

星期六下午的例行酒会他有小面子找张矮板凳在夹缝里坐着，全责地照拂众酒杯的亏盈；该笑的时候陪着发点笑声，在"全福寿""高升""五金魁手"划拳热闹场中跟着起点小哄；乘喧哗混乱当中搞几筷子佳肴进口，筷子运行得有理有节，不留痕迹。这跟众老爷酒量的临界线恰成正比。众人皆醉我独醒，到那程度，天下简直就属于曾茂行一个人的了。

眼看这一群平日敬畏的狗日权威，一个个软瘫在他面前，匍匐脚下，甚至还产生一点踢他们两脚的欲望。道门口已放了"二炮"[2]，季亚士局长怕关城门，八点半提前退席。他面对大量剩下的佳肴，筷子的频率反而缓慢起来。饱嗝也打过十几下，懒洋洋地斜着眼睛专挑肉边浸透酱油糖汁的葱蒜渣子吃；幻想古时候皇帝爷吃饭的架子也不过如此。他想起这时应该来两句京戏："有本督在马上观动

1　抽水烟袋用的点火物。
2　晚上九点。

静，诸葛亮在城楼饮酒抚琴，左右琴童人两个，打扫街道俱都是老弱残兵，我本当传将令杀进城——杀不得……嗯！嗳！我讲费申！"

费申老早蹲在门口，半只脚已经跨进门槛。

"收！"

这是惯例，所有残羹剩菜足足一脸盆。收拾碗筷洗刷干净之后，这一脸盆东西费申端到家里，另一窝嗷嗷待哺的小鸟正张大嘴巴咧！

用不着担心那帮老爷如何之驾返府上。明天是星期天，一个通宵加一个白天，套一句几十年后挂在嘴边的行话"革命的道路虽有曲折"，老爷们回家的目标和道路倒是一致的。

星期一清早上班的时候免不了就有许多话要宣叙。

陈家善科长说："前夜那场酒，我稍微过了一点，脑壳虽然清楚，腰杆和脚步搭配上好像失了点分寸，拐进史家弄亏得唐一瓢唐先生扶我进的屋门。几时找机会我还要谢谢他……"

"不要开玩笑！你讲你是唐一瓢送你回家的？"

"我当然讲谁就是谁。"

"没有弄错？"

"喊！侠义于我的人，能看错？"

"唐一瓢去年七月间害痨病死的，我还参加送殡，埋在棉寨……"

陈家善手扶着太师椅把手又坐了回去，"……你，你，你晓得我有心跳的毛病，这玩笑开、开、开不得……"

正在这时，门口匆匆进来一个人，是西门上福音堂的牧师刘凯司，"我要找季亚士季局长。"

"有何见教？季局长马上就到，请坐请坐！"田俊卿科长迎见了客人，"茂行！茶！"

刘牧师一坐定，季局长就进了门。

"吓！凯司仁兄，少见得很，难得这么好的兴致光临敝局……"

"没有事我是不敢前来打搅的。前天晚上十点多钟，声称是贵局的一位先生在我们礼拜堂大门口，大'爱'字底下，公然解了一个大溲，还拍门大喊大叫要我们拿张草纸来，惊动了四邻街坊开门围观哄笑。我们清洗了一个通宵。昨天大清早要做早祷和礼拜，这种不能原谅的行为无疑是公然亵渎'主'的神圣庄严。我想我还是来向贵局长知会一声，希望贵局长能给一个通达的解释。"

季局长原来就有些耳背，"您是说敝局有一个职员前晚在贵礼拜堂门口做了些什么事，是吧？"

科员胡正侯听得明白清楚，抢着向季局长介绍："刘牧师说我们教育局某某人前晚上在礼拜堂门口拉了一堆大粪，说是对他们的主耶稣的大不敬。也就是等于说有人在我们文庙孔夫子供桌上屙了一泡屎大不敬一样。"

"啊！这下我听明白了。第一，我们教育局的某同事前晚十点多钟在福音堂门外解了一次大溲，而不是在福音堂主耶稣的供桌上解了一次大溲——福音堂有没有供桌？第二，前天晚上全局职员一个不少地都在这里参加例行周末餐会，没有请假不到的。我们经常收到冒充教育局的人到乡里收教育捐、教育税的检举。哈！现在您看看，连随地大小便也有冒充教育局的，这就太过分了。您说是不是？——那么请问，您认清这个人的面目吗？"

季局长的态度和蔼可亲之极。

"人没机会看清，他亲口说他是教育局的，要我们拿一张大便

『前天晚上十点多钟，声称是贵局的一位先生在我们礼拜堂大门口，大「爱」字底下，公然解了一个大溲，还拍门大喊大叫要我们拿张草纸来……』

唐凯然先生说拿张草纸来！

纸给他，不拿就开枪！"刘牧师说。

"在贵福音堂大门外解大溲而报号自己是教育局的，这就很难得了。后来你们拿大便纸给他了吗？"

"为什么要拿？"

"哪！错失认清面目之良机矣！可以理解，他有枪，不开门送草纸给他是对的。不过再进一步想想，教育局是文化机关，哪会随身带枪？这就不太合乎我们文化机关的性质体例了……"

刘凯司一肚子气走了。

刘凯司前脚一走，季局长难得那么动容，"说说看，是哪位先生走的这步臭棋？"

没人应声。

"那么看看，有哪几位今天缺席迟到？"

科长唐凯然。

"不会，唐科长住在东门边街，半夜三更上老西门福音堂做哪样？"

唐科长驾到，大家静悄悄散开各自办公。

季局长找唐科长进局长办公室谈话。

"幸好你拉在福音堂大门外！"

"幸好你说你有枪！"

"幸好刘凯司不找萧县长而找我！"

"幸好你屋在东门边街而不在老西门！"

"幸好你今天迟到！"

唐科长哈哈一笑，"你明明晓得训导酒人是没有用的。"

这气氛简直像一场凯旋，对帝国主义的一次挑战，并且一致同意，要是光绪二十一年《马关条约》派的谈判大使是季亚士而不是李鸿章，那二万万两冤枉钱就不用花了。

朱雀教育局正式编制有限，为什么这么多老头子出出进进呢？这是"老王"想出来的主意。

外头卸任回来的官儿不大的名士，几十年酱在本城写几笔字、作几句诗、画几笔画的耆宿，背后冤魂跟得不多的"名医"……都得有个落脚之处。

"弄个虚衔，一个月三两块光洋车马费把他们'拢'起来。我看——叫'议事'吧！碰到什么喜庆节日，来了外头稀客，叫他们出来应应景，增加点闹热。"

滕启烟六十二岁，据说在天晓得什么大学念过，溆浦当县政府的"录事"倒是实情。自认为在辛亥革命历史阶段起过朦胧而说不成篇章的贡献。自尊、敏感，一妻二儿，大儿十三，小儿十一，乡里有十几亩地。父子三人引起全城人发生兴趣的是，一模子扣出来的长相：小型三角眼像曹操那种白花脸味道，耸肩（北方人叫"端肩"），学戏台上的角色迈方步。上街的时候，父子三人都穿着长袍马褂，迈起方步来的确好看，引得街两边的人躲在门背后顺着脚步拍子一齐用嘴巴为他们打出场锣鼓："呆、呆、呆、呆——启呆呆；呆、呆、呆——启呆呆！"

这很让他们不堪。

一位退休老军人说："其实父子同行何必列行进纵队呢？搞个散兵线零落一点不就行了嘛！"

他们不！他们坚持原来队列前进，不过提高了速度。于是躲在

上街的时候，父子三人都穿着长袍马褂，迈起方步来的确好看，引得街两边的人躲在门背后顺着脚步拍子一齐用嘴巴为他们打出场锣鼓。

大小及其先生滕启烺少爷

门背后打拍子的那帮谑人也将上场锣鼓演奏为"急急风"。

于是他忍受不住了，当街打起半生不熟的京片子宣讲开来："国父每次告诫，'礼、义、廉、耻'乃——这个这个'国之四维'，换句话说，这个这个'国之四维'，以'礼'为先，这个以'礼'为先，凡我国民不可不以之为生活目标之根本，有此这个这个之根本。换句话说，方能透彻了解我国父之民族、民权、民生三民主义之深意，方能促其早日实现，凡我同胞，这个这个国父倡导曰，'务须依照余所著'……换句话说，也就是……"

凡人街上宣讲，朱雀人总是只看重有趣之表达方式，而往往忽略其表达内容。锣鼓倒是认真息停了，对他当街演讲的风仪反而生发出另一种浓厚兴趣。早早晚晚，记性好的人以背诵原词、原腔并加以手脚身腰配合供大家取乐为荣，也博得一溜长街上不尽的笑声。

记得滕启烟先生多年前第一次上任向教育局报到那天恰好是星期六。没想到晚上的酒宴份上加算了两位少爷的钱。意外令他心痛，"这，这，这怎么可以咧？！"

负责人李研然当然很在意了，"滕老滕老！你莫急。这是局里的例规，一口一份嘛！"

"这！这！两个儿童嘛！"

"当然！当然！抱着吃奶的儿童入席，我们是从不算钱的！尊驾这两位儿童我们一点也不敢小看的……"

"我头一天报到，算是一件喜庆，事先你们没跟我打招呼，事后硬要算账，如此待我，告诉你们，我有地方说话去！"

"我信，我绝对相信滕老有地方说话。不过滕老今天已经是教育局的自己人了，以后每个礼拜六都有这个例会，同仁们都认为有滕老参加是无上的荣幸，总不能让大家失望，你说是不是？"

"……这一次就这样！下一次才开始算！"滕启烟硬起来。

"喔！我们的这个聚会费用都是各人在每月薪水里扣的，你的意思是把二位公子今天的费用摊在我们同仁的薪水上吧？这未必不是一个办法。只要大家同意，我的薪水虽然低，要勉强咬一下牙还是做得到的。"

紧要关头，却是没有一个人开口响应。不出声是对的。

滕启烟气得果真头上冒起烟来，一挥手，两个儿子跟着走了。

滕启烟一晚没困好觉，为这桩事情既失面子又蚀钱，前后一想："不就是钱嘛！犯得上吗？什么了不起？"

第二天大清早，神清气爽，路上不摆方步一口气在局里把账交了，态度十分文明。

包敬哉是独立团的书记官位置上下来的。说是说他有点子文学根底，既不写诗又不作赋，光从脸上很难看得出来。

江湖上混久了，人过七十，谋到这个清静的闲差打发日子最是合适不过。

湖南人很少有大个子，要大起来可就大到惊人的程度，如湘潭的毛润之，本城的大麻子方若，女名人谢蛮婆，开染匠坊的苏儒臣……一般地讲，都瘦，都小。

包敬哉身材虽小，架子可是很大。还好，架子只摆在不到一亩地院子范围内的老婆身上。北方人常有"吹胡子、瞪眼睛"的词话，见识少的人，很容易在包先生身上得到验证。

从上嘴唇到下巴，漫山遍野都是灰白胡子，而且长，而且密。

苍蝇和蚊子一旦钻进去，很难在一两分钟内爬得出来。

包先生很为自己这丛胡子自豪，随身带着一把专梳胡子的牛角长齿梳子时不时来这么三两下，显示自己的舒坦和快乐。世上的男人也只有头发、胡子和健壮的肌肉能在人前炫耀；尽管个别人还有其他尺寸稍大的——耳朵、鼻子、嘴巴或其他器官，都不足以在人前提出来作为骄傲的本钱。

十九世纪，法国罗斯丹写了一个剧本名叫《西哈诺·德·贝热拉克》，西哈诺是一个人，鼻子很大，他嘲笑自己的鼻子说："无论我到哪儿，我这个鼻子总是比我先到一刻钟。"——这说法，好像宋人轶事那类书里苏东坡妹妹的脑门被和尚佛印开过类似的玩笑。时间上又早得多了。

说到底，在正常状态下，男人可骄傲之处远远比不上女性。女性从头发到脚趾尖，无一处不可以骄傲，无一处不可以自我陶醉，所以商人从古至今赚她们的钱非常容易；也就是说，她们上当的机会自然比男人多得多了。

话扯远了，回到包先生这边来。

包先生一早起来漱洗完毕端坐在神圣的太师椅上干咳两声，接着说话："'果郎'把'果郎'，'果郎'，昨天'果郎'送来的'果郎'，'果郎'一下。"

（朱雀城说"那个"为"果郎"，为便于阅读，以下对话采用"那个"。）

意思是说："老婆，昨天乡下送来的新茶叶，泡它一壶让我尝尝！"

早饭，"这那个太那个了，那个找那个，那个一下，再那个我

从上嘴唇到下巴，漫山遍野都是灰白胡子，而且长，而且密。苍蝇和蚊子一旦钻进去，很难在一两分钟内爬得出来。

包先生入定

就那个了！"

他咬了一口油条，炸得不脆，软绵绵的，明早告诉炸油条的人一声，再这样下去，就不客气了！

出门上班时，关照老婆："那个，上那个，那个那个！和那个那个那个那个一下，那个那个，那个那个，那个，那个，那个那个的那个，你那个那个，那个了吗？"

老婆答应："晓得了！"

她晓得，我们大家都不晓得！

两口子几十年连根都长在一起了。他们对话的节俭，比守财奴打电报还省。

不晓得谁告诉玉公，包先生是个研究语言学、朴学的专家。玉公说："好呀！请他到南华山经武学堂给学员们讲几节课吧！让几百个学员见识见识，我也想去听听……"

经武学堂原是训练武人的地方，在南华山庙里，有营房、走廊。大殿算是礼堂，训话和开纪念周用。

一般老人家上南华山靠坐轿子。走起来要半天；若是游览，来到山顶，气力也泄完了，哪里还有雅兴？

南华山重叠几层，都是树，庙在树丛里，算得是幽深了。一路上沿山多井，渴了窝一片树叶舀着喝，好凉。

玉公把所属军官分批调上南华山作短期训练，觉得蒋介石在江西庐山搞军官训练团很出效果，足堪效法。上海请来了位大力士朱国福教拳术，还随身带来一帮助教；战略战术由日本士官学校回来的田秉臣主讲；文化讲席石爱山，其余按连排编制进行日常生活管理。三个月轮换一次。

载包先生上山的是"滑竿"，一种没顶没边的简略轿子。坐抬双方都感轻快，且四览无余。

玉公和随从早到了，兴致好，山顶四周绕了一圈，说："几年没上来，树长大了，城郭都遮掩了。时光流转真快！"跟随的答应"是"的声音太响，几乎吓玉公一跳。

钟响了，大家集中到大殿去。

总教席胡敬泉致了欢迎词。

大家都晓得今天玉公来压阵，坐在最后一排的藤沙发上，个个都一动不动。若是玉公坐在第一排，后头有点小动作，原是很自然的。

早就晓得包先生身子矮小，前天垫高了讲台。他老人家抱来一大包袱的讲稿，理顺了，铺开。

"果郎，果郎，我果郎讲的是'文字衍发'，果郎'文字衍发'就是果郎、果郎。我历经二十余年的果郎，《康熙字典》四万七千零三十五字，古文一千九百九十五字，计四万九千三十字，康熙四十九年大学士张玉书、陈廷敬奉敕撰编，共十二集一百一十九部，搜罗诸家之书，每字详到声音训诂，果郎的果郎，之所以果郎音切义释，杂糅罗列，漫无准绳，我，我，我给它果郎了一下，足足汇集了二千二百四十四条正误之表，以兹诸同仁参考。我果郎之后果郎先给诸位'正名辨物'之果郎开始，首要谈到的是'一'字，即一、二、三、四之'一'，夫'一'，数之始也，《左传·僖公五年》：'一之谓甚，其可再乎'；《诗经·邶风·北门》：'政事一埤益我。'即我之所云'一'也。

"关于'一'字，我稍微果郎了一下，得诠释二百九十八条。

一天给各位果郎一条，不须一年即可果郎完毕。"

……

总教习看阵候好像不对。

玉公用手掌抚着嘴巴暗暗连打了九个哈欠。

其他听讲的学员只是为了军纪个个还"挺"在那里。

约莫两个钟头，总教习胡敬泉宣布休息十五分钟，大家鸦雀无声地散了。这种静默的开心行为十分少见。

玉公在会客室里对大家说："我看，我先走了吧！你们慢慢听下去……"

玉公在一对石狮子中间上了四庭拐大轿，众人恭送着，眼看随身的印瞎子和轿子跟马弁们下了坎子在松柏林里越变越小，便转身回到会客室，想着那包先生还有两个钟头要讲，心里便愁。

才两个钟头就愁？他们不晓得该愁的还在后头咧！几十年后听课的岂一个"愁"字了得？那时候他们要把听课开会当成主食了；要靠听课和开会的态度决定终身和家庭妻子儿女命运了，那才真正地惹火过瘾咧！人就这个贱脾气，跟人说未来，从来没人信。

玉公坐在轿子上一直纳闷，包敬哉那些讲话认真得十足可疑，像是面对一个相熟至极的陌生人。那口气、吞吐的东西好像哪里见到过。这么耳熟！玉公和跟在轿子边的印瞎子交谈。

"是熟，怕不就是照本宣科地念《康熙字典》。"

"背熟一部字典可以成'家'的事，我以前听说过！"

"在上海、北京大地方，背熟任何一部书都可以成'家'；有个刘文典，说他死了《庄子》也就绝了。玉公你看，这还真有点嵇康《广陵散》的意思。"

"人都不要了，还要你的《广陵散》做哪样？读书人那点本钱其实虚得很，你饿他两天看看……叫人告诉教育局那个姓季的，包老头子以后不用上南华山了。讲这话要客气点，读书人不论老嫩都爱讲点面子——吓吓！胡子再长也帮不了学问的忙的——不过那胡子还算晋得很有个样子的……"

"玉公，你听了别气，现在外头年轻人学问不扎实，也天真，找老师专挑胡子长的磕道，老头子们也忙着留长胡子好让人家尊敬。听说白胡子更值钱。看时势，文化怕是要顺着这道潮流走一段长路了。"

"年轻人不懂历史，不识时务源流，中国素来就有乱拜菩萨的毛病，社会虚弱，文化浅薄，好多无出路的文人钻这种空子也在所难免……"玉公说。

"时局不稳也的确是个原因。好多有学问的高洁寒儒流离失所，顾到学问道德，荒废了锻炼过日子的本事。眼看穷、饿、孤寂，真糟蹋了不少这类贤士。还听说外头大小衙门都养着一批'文化三花脸'进进出出，陪老爷们喝酒吟诗作画，风雅热闹得很！"印瞎子说。

"也不能光讲是'三花脸'们的错。你当官的原来就格调不高嘛！只要'三花脸'们没有野心，不插手这个那个正经事，那场合陪着喝点、弄点，也是很自然的事。"

"《孟子·离娄下》篇讲到的那个一妻一妾的齐人，其处境倒有点那些'三花脸'味道！正所谓'……由君子观之，则人之所求富贵利达者，其妻妾不羞也，而不相泣者，几希矣'！"印瞎子说。

"唉，瞎子呀！世界已经这样、那样；你奇求了……"

"锅铲"工作的厨房在教育局范围内占地面积最大。没有人觉得不公道，也没有人忌恨，或是刺激了谁谁谁。

现在的人对于土地面积的占有是很在乎的；"锅铲"的时代没有。

厨房在教育局的东"之涯"，约有三分之一亩。一口大灶架着二大一小的锅子。灶边又是二大一小热水的鼎罐。

大水缸贴在鼎罐那头。清早晨就有苗族卖水的"水客"从厨房后边门挑水进来把它装满，足供一日之用有多。

这后边门尽头是一个三张双人床大小的天井，跟绍兴明朝的徐文长家那个天井几乎一模一样。青石板铺就，几口用残的大绿瓦盆栽着些不值钱的青艾、翠蕨和虎耳草、山七。西北角落里有棵年纪不小、满开粉色花的"十姊妹"，老而弥笃，还在使劲向墙面瓦顶攀爬。从这个天井朝上望，天特别之蓝，特别之深。

太阳清早从东边出来就爱惜这个天井，有时甚至还带着雾来。慢慢移动，直到黄昏，直到换成满天星斗或"月亮天"……

地面是用沙泥跟石灰捶成的。瓦顶有五米多高，四方八面安着明瓦。褪了色的白石灰墙跟木柱砖瓦配合，年代一久，让人感觉协调、宁馨、滋润。用意大利人称赞老屋的话："它在跟人一起呼吸。"

这就是"锅铲"统治的领地。辛亥革命前后他就在这里了。这既是他的摇篮也是他的归宿。他老婆说："它是你的冤家！"

他没有对人说过满意这块地方，他只是"适应"，很大意义的"适应"。

劈完柴，炒完菜，洗完碗盘，把自己全身料理干净之后，他会顺手搬那张用了几十年的小板凳，在砧台边上、在天井檐底下、在灶门口随便一坐，喝两口大叶茶，开始抽起那根小小的"吹吹棒"。

这厨房说暗不暗，像"法兰德斯画派"人物背后的那种宁静的幽光，让人憩沉入梦，尤其是星期六早晨。昨天李研然赶场买回来的东西加上自己在老菜场顺手带回来的东西全摊在地面和案桌上，他"目无全牛"，他入神于"一张白纸，可写最新最美的图画"之中，他"将欲取天下而为之，吾见其不得已"。

他仰首于渺冥，他注视每个晴天都发生的、从明瓦上射落下的太阳光柱。它们在每一个角落里爬动，耐心地贴着砧板座、碗柜、灶王菩萨、大灶、香炉和地面上的擂钵、水桶、潲水桶……抚摩出各位的光彩。光柱里有微尘浮游；"锅铲""吹吹棒"喷出的烟雾如鱼龙活跃在无数的光柱里，几只灶蛐蛐不知躲在哪里单调地、轻微地拨着窸窸古老的哑弦，有一点"鸟鸣山更幽"的意思。"锅铲"沉穆于冥想之中……说时迟，那时快，他文思泉涌，跃然而起。

有顺序的，有节奏的，完全是一种文学法则，简直像诗人"得句"的内心颤动……

今晚上有肉，有鱼，有鸡，有汤，加上四小碟。

论肉，可不是"凡肉"。就算"凡肉"也有优劣之分。他做的叫"十面埋伏"：

四寸厚五花肉五斤，正方形，皮上锥刺五十，浸冰糖料酒两小时，入中锅反复煎之使黄，起，麻油二两、白糖五钱入锅成糖焦，复投肉"加色"。加水两饭碗，入适当之盐，再入发好的浏阳豆豉，盖锅十分钟。铺大蒜瓣三两，青葱结十个，老葱头十个，新会橙皮两片，新鲜柑橘叶五片，新辣子三个，干辣子（烤脆）五个，肉桂二分，桂皮一片，胡椒粒（炒干）五分，花椒粒（炒干）五分，另无糟本地白豆乳半块。文火焖三至四句钟。（切记，不用酱油。）

"红油鱼卷"：

大鱼五斤，豆腐泡二斤。冬菇、冬笋粒若干。

鱼破肚洗净后去鳞，分别以铁梳梳下左右鱼肉。和藕粉及合适盐粉揉成团，复使之成筷子粗之细条，分别断为三寸长短并扭之成结。入胡椒粉反复滚动候用。

猪油入锅，加冬菇，冬笋粒，豆腐泡，一匙甜酒酿，适当料酒，红辣椒粉半两炒之，加水三碗，倒入鱼卷，翻滚再三，起锅。（切记，不用酱油。）

"鸡丁碎炒"：

童子鸡五只，剔肉碎切为细丁；骨，以厚刀拍扁细切至无骨形碎末。温锅，入花生油，骨末细炸至酥透，起锅。

入花生油，青蒜、蒜片、干辣椒、花椒翻炒，猛火投鸡肉翻炒。加少许糯米甜酒，加"生抽"，复倒入骨碎翻炒，起锅。

"水白肉片汤"：

青葱十根切碎，蛋白碎五个，芫荽切碎，冬菇碎十个（已发水），冬笋片三个。原先剩余之鱼头鱼骨架子整条，老姜三片，盐酌量。

鱼架子熬汤，滚过，滤之去。以纱布包青葱、芫荽、冬菇、蛋白、老姜，入汤锅。冬笋片同时放入。

薄瘦肉片铺底，上菜时沸汤倒入。加胡椒粉。

纱布内之菜屑取出候凉，手捏成团，入中盘，淋麻油，加酱油、油辣子、少许糖，成冷盘。

李研然家腌萝卜为另一冷盘。

油炸皮蛋为第三冷盘，加老抽、糖醋、辣油。

油炸花生为第四冷盘（白糖、胡椒粉、细盐，混炒后即拌入油炸花生中）。

"大炒海青白"：

海青白菜，买来后挂在廊下干水。

猪油要下得狠，大火，粗切之海青白投入热锅不停翻炒，加盐。撒猪油渣半碗起锅。（切忌青菜出水。）

海青白其实根本不属于白菜这一类别。白菜叶子一经翻炒（尤其是黄芽白），软涎不堪之至，是另一种口味。海青白吃起来比芥菜严峻，厚，韧，有嚼头，其甘香程度类似苦艾的清涩加老沱茶之温润。带绒毛的菜叶一经入口，简直是说不尽的缠绵……

糯米酸辣子饼与众不同，"锅铲"把糯米酸辣子取出之后混合了一斤多瘦肥参半的猪肉碎，还加入了不少的蒜蓉，煎出的一大块饼子就像东方升起的红太阳一样，照亮在座的各位钧座。真所谓化腐朽为神奇到了家！

可惜你不是湘西人，你没有这种体会和回忆。

菜的分量，"锅铲"是根据入席人口估算的，不会不够，也不会剩得太多。油辣水平纳入风俗习惯了。

"锅铲"上菜，不嚷，不兴奋，默默地端上一大钵子重家伙"十面埋伏"就缩身而退，然后逐步叠加钵盘直至满席为止。

"十面埋伏"原应是不声不响，却引来一阵欢呼！

"这，这，他，他妈狗日的！这，这……"

"这，这，这哪里是、是、是肉？简……简直是仙药……"

每一道菜都引来一阵欢呼！

"你，你听我讲，'锅铲'！喂，鼎堂！哎！鼎堂在哪浪？"唐凯然说。

"'锅铲'在厨房。"

"你叫，叫他来！啊！请，请，请鼎堂来！"

"锅铲"来了，"吹吹棒"垂手而持。

"我，我讲！鼎、鼎、鼎堂！你不是凡人，你是诗人，你，你比诗人还诗，我要敬你这、这个超级诗人一杯酒！来！"陈家善说。

"锅铲"退了一步，说："我不喝酒，我不喝酒的！"

"你好！你好人一个！我是卵人，我们喝酒的都是卵人！那你坐下来吃菜……"胡正侯说。

"我吃不惯这种菜！""锅铲"微微一笑。

"你，你吃不惯这种菜，那你还做了更加好的菜？"滕启烟说。

"没有的事，我吃惯豆腐、青辣子、豆芽菜这一类；讲究的菜我只会做，不会吃；我年轻就这个样子，这是习惯，不是讲究……""锅铲"说。

"婉约得很咧！这就难得！"田俊卿对季亚士说，"那就比本县撑手指娘的蓝师傅、盛师傅、萨师傅辈只能以文为本，不能以立意为宗强之天渊矣……"

季亚士照例点头，转向"锅铲"说："鼎堂！你没事请回厨房去吧！"又转过身来指指"锅铲"的背影对田俊卿说："好山好水才养得出这种性情！——蓝、盛、萨辈，你说得对，演的是庙堂故事，以正统为规范，笔墨点染都见出处；鼎堂之作如李贺、贾岛，天人思路，仿出偶然。这是我们教育局的福气啊……"

层层制度就是京戏里头的板眼，抑扬顿挫才有看头。人就是这么有趣，自己弄出个制度来束缚自己，自己"选"出个头头来决定自己的生死去留。就像眼下糊里糊涂弄出些不三不四的唱歌小子跟着一大帮死去活来的"粉丝"一样。

教育局这机构当然谈不上决定人的生死，连决定人的脚指头都轮不上。你可以不把它当一回事，可是，你的儿女却离不开它。你儿女读书的学校经费由它扼着；毕业文凭由它认可盖章。教育局从不惊扰人，不伤害人，谁也不干犯谁。平时有人经过教育局门口听到里头在喝酒划拳，这不过是反映朱雀城太平景象之一角而已，值不得大惊小怪。

说一说局长。

局长季亚士，七十出头，微胖，扁红脸，有两颗小兔牙。说是湖南大文士黎锦熙先生的同班；哪里同班？怎么同班？时间地点……热心人一打听，他就吹"纸媒子"点水烟袋，微微笑，和气得让人如沐春风……家在清沙湾，跟朱雀城有名的书法家、南社诗人田名瑜个石先生相隔七八间屋。

个石先生是位不停地在外头当县长的寒士。故家就是泥巴屋，一位穿补疤衣的夫人守着一架老纺车。

季亚士局长之屋也好不到哪里去，五间稍有格局的砖瓦房而已。两口子之外还有个没"讲人"[1]的三十多的胖女儿和一只胖狗。

一家四口过着平平安安、轻言细语的日子。其实也不尽然：动静不在人而在厨房。朱雀人是吃两餐饭的。清沙湾季家的厨房高窗子外，早晚常蹲立一些男女，他们在热心品评局长今天吃的是什么菜，喝的是什么汤？先下的什么料？如何炒法？刚放进锅子里的几

1　定亲。

颗发响声的小东西是什么？碎冰糖？胡椒籽？还是八角？锅、铲、瓢、盘的碰撞以及炉灶油火的奔腾所发出的响动，各种香味漫溢出来，简直感动得让人掉泪。人说："厨子的胖不是吃出来的，是闻出来的。"怪不得清沙湾近年总出胖子……

让人想起六七十年前，没有电视机而只有收音机的时代，用耳朵听足球赛的盛况。

用鼻子进餐，拿耳朵看球，这是一种"境界"。今天互换官能快感的机会是越来越少了。

七八年局长干下来，亚士先生从没请同事朋友到家里吃过一次饭。同事们虽也曾有过共同谋算的野心，可惜有如蝴蝶咬鸡蛋，总是下不了口。局长家里到底出过什么好菜式，怕是只有季家厨房的"油甲虫"[1] 晓得了。

你也别说，他也不吃你的；同事谁家请他都不去。局里每星期六摊份子的饭局他必来。在酒上他不放纵，点到为止。

没听他谈过书——家里三个书架上满满整齐的油纸包着的东西，大概是书——诗、画和人的是非。也没听过他的忧苦和快乐。跟人相处不亲切也不距离。

你说出太阳，他也说出太阳；你说下雪，他也说下雪；你说冷，他也说不热。你说笑话他也笑，只是不捧腹。公务上有不同看法，到了争执的火候上，他有办法引诱别人去和你吵。你也清楚他不怕你。

据说玉公和他的背景关系不错。他不像来自江湖，也摸不着廊

---

1 蟑螂。

庙痕迹。

他每天大清早从清沙湾出来，手握水烟袋，混混然准时上班，混混然准时下班，杜诗有云"意惬关飞动，篇终接混茫"，很像这副神气。一路走，一路浏览，左看观景山，右首沿武侯祠坡下过虹桥，进东门正街，入道门口右转弯……天天如此，几几乎是闭着眼睛，脚上的布鞋子自己也认得教育局和家门。

他从不害病，他不能病，要是病起来家里两个人和一只狗怎么办？所以连咳嗽也没人听过。

没让人讨厌，也不显得可爱；不庸碌，更说不上高古。奇就奇在他平凡，发现不出价值，摸不着路数，像空气一样让人忘记而又离不开他。

世界上很难找到这么一小粒合式合度的领导了。他太不像个领导了，可是没有他还不行。向上头要钱，推挡衙门的公差，谢绝爱国捐，进省里开会领津贴和开路条诸如此类的闲杂费神事情，眼看他握着水烟袋慢慢悠悠地去，又慢慢悠悠地回来，该办的都一清二楚地解决了。

人问他怎么回回都不空跑？

"哎！自己先把事情记清楚，一条条讲嘛！"

"这算不上是个经验……"

"喔！喔！要不然，怕是他们看我长得好？"局长跟大伙一齐纳闷……

在朱雀城这个地方，教育局的气数像是很难伸展。其实也不尽然——

论理，操印把子掌权是威风不过的。教育局不行。它不像县

他每天大清早从清沙湾出来，手握水烟袋，混混然准时上班，混混然准时下班，杜诗有云「意惬关飞动，篇终接混茫」，很像这副神气。

季亚士先生上班

衙门、税务局、盐局，天天银钱、权力、性命进出。教育局每年红不过五六天，冬夏放发学生修业文凭，开学典礼讲话，这有季节性；凡事没有展延，生意一定做不大，让人寥落……

不过，有季亚士、李研然这样一些人，朱雀城教育局也不至于就是什么"寥落之花"。他们有办法令这座古行宫的白头宫女，闲坐谈完玄宗以后有个热烈的周末酒会。表面冷寂、平淡、暮气沉沉的古行宫每周都热火朝天。让过路的人流口水，忌妒得回家还带满肚子气。

狗狗哪里知道有一天他的生活也会与教育局有关？

那天夜里，围着火炉，隆庆说得胜营有"场"，问哪个跟他去，王伯一句话就岔开了。

"赶什么场？昨夜间床顶上漏下雪水，都滴在被窝上，巧不巧？看这个天！大年初一出太阳，吉祥是吉祥，雪融起来，还不满屋水？"王伯说。

"喔！"隆庆进房抬头一看，"我上去捡下瓦。"

上得房来，头一脚"咔嚓"几声掉下十几片瓦来，碎在铺盖上。

"你看你，不上房还好！"王伯埋怨他。

"不上房不好！椽桁和檩条都沤烂了，等天晴，要换檩条和椽桁。早看到早好！再下，雪重经不住，早早晚晚死人，你要信我——眼前我将就搭架子铺几块瓦，免得今夜又漏。"

隆庆下梯子去找细杂木棍子，王伯在屋里扫床抖铺盖，岩弄正嬉皮笑脸在院坝对着狗狗和"达格乌"吹什么牛皮，踩得满院坝雪印子。

"岩弄！"王伯叫，"到岩洞里头端几块瓦来！"

"'几块'是几块？"

王伯好笑，"好！十块！"

岩弄带着狗狗和"达格乌"进洞端瓦，好久不见出来。

"岩弄！岩弄！你瓦呢？"

不见回应。

"岩弄！岩弄！你瓦搬到哪里去了？"

仍没有回应。

"岩弄！岩弄！狗狗！咦？……"

坡上岩弄叫起来："羊！羊！不见了！羊不见了！"

隆庆和王伯赶到洞口，里里外外搜查一遍。查看了雪上的蹄印，王伯昂着脑壳上下四方嗅了几回。

"会不会是豺狗咬了？"

"不会！'达格乌'会晓得……看蹄子印，是自己走的。"隆庆问岩弄，"你昨夜几时喂的草？"

"老样子，天天老样子，天天吃过夜饭。"岩弄说。

隆庆检查栏栅上那段咬融的闩子。

"是自己走的……唔，怕是'走草'[1]了。"转身让"达格乌"过来闻闻那根断闩，对岩弄说，"快！顺着蹄子印跟下去！"岩弄和"达格乌"远远地从后山走了……

"是呀！羊骚今早上就没闻到，怎么这时候才想起？我魂到哪里去了？……你看房里的碎瓦片也忘记扫，喔！我还要搬瓦下去……是呀！羊怎么自己开的闩子呢？……"

"莫说羊，哪样东西'走草'都不要命！都聪明。"隆庆说。

"狗狗！你跟在伯后头，莫挡路，伯要是忐着怕压着你，你慢慢下坡！……"王伯话没说完，听到院坝有人。

----

1 发情。

"喂！人呢？人到哪里去啦？"

王伯有点慌，"狗狗！像是你幺舅的嗓子——有人！在坡上，在搬瓦，雪融了，屋漏了，羊跑了，狗狗在我后边，这就下来了。"

三个人下到坪坝，王伯放下瓦，后头的隆庆放下棍棍，狗狗偎在王伯身边，都傻站着。

幺舅带了三个人，下了鞍，却是五匹马。

"收拾东西，马上带狗狗走！"幺舅说。

"我烧水泡茶，你坐坐，我收拾东西！"王伯说。

"不喝茶，要快！你也一齐！"

"那好！"王伯牵狗狗进屋了。

剩下隆庆一个人站着。

"这场雪，你看会有东西吗？"幺舅问隆庆。

隆庆摇摇头。

"我看也是。听人讲，廿七那天'千拱坪'有人打了只豹子，百多斤……"幺舅说。

"不是打的是夹子夹的。这时候草都干，要是落点雨，粘脚，人不喜欢，豹子也不喜欢，困在窝里舒服，不上树了，没叶子不好躲，不好扑东西。这回怕是饿肚子逼的。没听见这时候打到豹子……"

"唔！怕是你讲的这样……"幺舅说，"咦？狗狗快点！"

"狗狗不肯走！"王伯伸了个脑壳在门边说。

"你做哪样的？对付个伢崽都没有办法！"幺舅沉住气说，"快！"

王伯进去了一阵又出来，"幺少爷，你有办法你来！狗狗后门上坡了。"

隆庆马上穿进门去跟上了坡，一会抱着又捶又打的狗狗来到院坝。

"讲！为什么不走？"幺舅问。

"……"狗狗。

"走！"幺舅对王伯说，"你上马抱着他！"

王伯提着大包袱说："我好久没骑马，我跟着走。"

"骑上去！"幺舅嗓门大了，转身示眼色隆庆，把狗狗递给她。

就在这时，狗狗一口咬住隆庆左肩膀不放。好一阵子才松口，狗狗就在隆庆和骑在马上的王伯之间来回纠缠。

幺舅也上了马，偏着脑壳含着"吹吹棒"，欣赏这三个人无声的战争。

隆庆肩膀上的血流到手肘子背，流出了衣服。狗狗也满嘴是血。

"你讲！你讲！做哪样不肯走？"王伯把狗狗拥在前胸，"你讲呀！……"

老远听到岩弄回来了。

"好啦！好啦，岩弄回来了。"

岩弄从屋后山上下来，一见到这阵势，傻了！想到有大事发生，大哭起来。

"哇！哇！狗狗呀！哇！哇！羊，羊，羊找到了！哇！哇哇哇！狗狗，羊找到了……"

狗狗坐在马上也哭。

"哇哇，哇哇哇，岩弄！羊找到了！哇哇！羊，羊羊……我晓得，我晓得！哇哇哇哇……"

这两人一辈子就这样分开了，他两个哭得多么词不达意……离

马上的王伯之间来回纠缠。

放。好一阵子才松口，狗狗就在隆庆和骑在

就在这时，狗狗一口咬住隆庆左肩膀不

上马回家　岳森玉

别的语言"天籁"得很。

这段永生难忘的甜美结束了……

日子一过就成历史。留给你锥心的想念，像穿堂风，像雷，像火闪[1]。世上没一个回忆是相同的。之所以珍贵，由于留它不住……

在马上，狗狗安静了。王伯就说："你看你，人和人哪能不分开呢？有时是人分开心不分；有时是人不分心分了。世上人不分、心也不分总是少的，是难遇的。'达格乌'，岩弄，他们若果找羊回来见不到你，也会哭，也想你，挂牵你。总算见到你了，也就好了，有什么法子呢？……"

狗狗抽泣起来……

"你有你的日子，他们有他们的日子。各在各的日子里长大，这是没有法子的事，是命定的，天老爷定的。哭一下就行了，不要总哭总哭！你看王明亮去当号兵，出门那天我也哭，哭了好久好久，眼睛都哭肿了，想通了，就不哭了——你也不是爱哭的人——看哪天，我让岩弄带'达格乌'进城看你好不好？"

"来了还走不走？"狗狗问。

"走是要走的，多来几盘就是……喔！你看你咬隆庆那口好恶！你想不想他？"

"想。"

"想，你还咬他？"

"我总总想他。"狗狗说，"我想岩弄，隆庆，我想木里，我现在就想，我要回木里……"狗狗又轻轻哭起来。

---

1 闪电。

"咦! 怎么又来了? 赶紧搞干, 到时候见到家婆、舅娘, 眼睛红红的不像样——你要高兴, 还有更好的事等你。"王伯说。

"我不要更好的事, 我要岩弄、隆庆, 我哪样都不要……"狗狗说。

王伯抱住狗狗: "崽呀! 崽。等你长大就晓得了, 世上好多伤心事啊! 也怨不得你蠢, 怨不得你小, 你是头一盘想人, 头一盘伤心……咦! 你怎么不想你爸? 你妈? ……你看你看那么好的雪景致你都不看? 那雪在树上, 雪在山上, 透亮, 透亮……"

"我没空想妈想爸……"狗狗新鲜雪景都不顾。

"哈!"王伯搂住狗狗, "看你这伢崽好心硬……"

一路上大家都憋着气, 顾不得看风景。天真蓝, 太阳暖暖和和地照着满树满山的雪, 发着金光, 发着紫光蓝光。

绕过得胜营的荷塘, 进了城门洞, 好长一段石头坎子, 路上的雪融了, 马蹄响得好脆, 再上右边的石坎子, 家婆大门前停下来。下鞍进屋。

"狗狗, 认得家婆屋吗?"王伯问。

"我认得门口, 我晓得家婆、舅娘、二舅在里头, 我认得得很!"

狗狗自己进门, 过石门槛, 石天井右首边再上两级坎子, 进大堂屋, 家婆住在右边屋里。

幺舅娘不笑, 过来抱住狗狗!

"崽呀崽! 你总算来了。妈! 你看, 狗狗壮成这副相, 也黑了……"

"在乡里山里, 野生野长, 怎么不黑? ——过来, 不香, 不臭,干干净净的，亏了你王家妹……"外婆说。

王伯原本站在狗狗背后，狗狗挨近了家婆，王伯孤零零地拎着大包袱好一会才醒过来，将包袱轻轻放在门角。

家婆说："王家妹，你坐呀！你看你，精皮细骨的样子，我们家男人的枪都让你缴了……也亏得你，把狗狗当亲生儿……"

听了这话，满屋空气才笑起来。

"是呀！是呀！"幺舅娘说，"四城让你缴过枪，一辈子都直不起腰杆……你以前是做哪样的？"

"打流！"王伯说。

"婆娘家还'打流'？"幺舅娘奇怪。

"年月苦，不打流难活。"王伯说。

"有男人，有儿吗？"幺舅娘问。

"有过，给人砍了；儿子在连上吹号。"王伯说。

"叫你儿来跟我们，也有个着落。"幺舅娘说。

"不！他长得不好，他麻。"

幺舅娘急了，"麻怕哪样？人好就是！"

"不用管他，他活得好好的！"王伯说完这句话就去拉狗狗，给他掸身上的灰，扯抻抖衣服。

家婆看出王伯该讲的都讲了，便说：

"我看王家妹的脾气像你，你服她是不是？"

幺舅娘哈哈大笑，"我哪里像得了王家妹？做徒弟都不够格，我欠的是她的胆，做梦都没梦过。"

"也不容易啊！亏你这二三十年怎么过的？好！你跟滕妹带伢崽到染翠园上房去，狗狗熟，他住过。二舅娘在高头等你们。"家婆说。

人都上后头去了，剩下家婆和幺舅。

家婆心事重重，"哪个讲送你听的？三姐和幼麟回朱雀了？"

"确确实实。四哥到老西门倪家去过，三姐夫的姨父倪简堂是'老王'的先生，问得清清楚楚。'老王'下令杀共产党很糊涂后悔，说上了何键、许克祥的当。老王讲三姐夫和三姐都是读书人家，老实人，还问他两个到哪里去了？找不找得回来？还讲，朱雀城原本读书人就少，请回来还当他们的校长……四哥讲，两个人瘦得认不出。"

"他们回来手头上松不松动？"家婆问。

幺舅笑出来了，"要不然朱雀怎么会有人当笑话讲？两口子溜的时候，顾了逃命，身上只块把光洋，听说在益阳松桃那些地方讨过饭，这下回来反倒很积攒了一笔钱。"

"那就算是好笑的了。这好笑也来得不易。有空给你云南四姐去个信，让她放心。"

"娘，我会的。"

……

还没上后院的坎子，那群狗就跟上来了。前呼后拥，有多少狗？不清楚；只看见大大小小背脊蹿动。后头也撵上来二舅，"狗狗儿，我想你，梦见你——下雪，下雪，雪融了，梦打湿了，醒了，是我流的泪——我填了阕《临江仙》讲这因果，题是《雪湿梦》——王观堂就是王国维，他说冯延巳比温飞卿好，冯延巳干，没飞卿的

419

润……"二舅话没说完，来到染翠园院坝，没人有心思摘的"花红"[1]还铃铛似的一个个挂在树上，连狗狗也都只瞟了一眼……

进得上房，二舅娘已经收拾打扫妥当了。见狗狗进来，抱起就亲，就落泪，说不出一句话；晓得狗狗从小跟着爹妈落难……

二舅还要和狗狗论词，让么舅娘挡了："二哥，狗狗刚到，洗脸完了还要下去吃午饭，娘等着，你莫谈了。"转身告诉二舅娘："这是王妹，都亏得王妹娘一样地照顾狗狗——"

王伯欠身跟狗狗一样叫了一声："二舅娘！"

"王妹一路上累了，帮狗狗洗完脸，你自己也收拾一下，等会下来吃饭。"二舅娘说完话，拉一拉二舅的袖子，出去了。

么舅娘对狗狗说声："好！狗狗，你等会就来！"又"就"的一声，十来条大大小小的狗跟着她一呼隆走了。

那群狗拥着么舅娘出房门的阵势原应很好看的，狗狗这时候什么都不想，不看，琼枝端洗脸水进来叫"狗狗"，他不理；王伯给他洗脸洗手，他也像桌子板凳一样，一声不出。

"狗狗，你在想哪样？"王伯说，"你晓不晓得你爹妈回朱雀了——"

"唉！狗狗呀！狗狗，你看你这人好冷！……

"你累就睡！不累就和人说话……"

狗狗咽咽地哭起来，接着大声地号啕……

王伯放他在板凳上，自己也挨边端张板凳等他。

孩子感受到一些不自在的东西却说不出理由；王伯能感受到狗

1　类似苹果而小，北方叫沙果。

狗感受到的不自在的东西也说不出理由。不过，苦涩的聪明告诉自己，灾难有时候并不通俗易懂。你得熬着、忍着，等到哪一天你明白过来，觉得，唉！真是，唉……

狗狗小，他不适应太快的变化；揪心大人的安排令他烦躁不安。他混沌而未初开，他不晓得人一辈子所追求的就应是这种适应的本事。

两个人各自坐着，过后，狗狗伏在王伯的膝上睡着了。

王伯垂着手，也不抚摩狗狗的头发。她脑子里正演着一番山山水水……南华山远远的钟声……轻轻地笑自己这一辈子……姜家水碾子坝里优游的长头发似的水草……那么清的水……呜！哪块地方，哪一天，哪一回的好太阳，布谷叫，杜鹃叫……还有一层一层的山……

狗狗不是她的儿；要是，他应是只狼儿，狼，忍得住心疼。唉呀唉！眼前这只嫩嬷嬷的"人"啊！

这顿饭吃得很没有颜色，很不生动。不是高兴，也不是不高兴。谁也没有对不起谁！谁也没有想到该多谢谁！这场饭像玻璃缸里的金鱼，光动嘴巴，没有声音。

狗狗爹妈回来让大家不开心吗？不是！

一桌人都各想各的心事，却只有一个前不知、后不知的题目——因为认识恐怖各有各的水平——所以哈姆莱特说："使我们这些为造化所玩弄的愚人由于不可思议的恐怖而心惊胆战，究竟是什么意思呢?"[1]

恐怖就是恐怖,谁想到什么意义不意义!不然,某种祭祀宰杀牺牲的时候,主持人口中都念念有词,那就是意义。告诉牺牲者为这场祭祀付出生命是值得的。在另一种场合,这种意义甚至由牺牲者自己嘴巴里念出来,那就更有虐杀情致了。

吃完中饭,大家坐在火炉塘边。家婆抿着普洱茶,幺舅用铁夹拨着炭火,幺舅娘搂着狗狗坐在膝上,二舅娘纳着鞋底,王伯低头一声不出,只有二舅不时从门外探一下头,看看狗狗眼前是否有空和他继续探讨晚唐、南唐,温、冯到底谁当得起"深美闳约"这个称赞的问题……

忽然幺舅石破天惊地"咦"了一声:"我说狗狗!我倒把你忘记了!你爹妈转来,怎么没看到你一点点高兴的意思?大半天不声不响,你看你,笑都不见你笑过……"

"是呀!是呀!大家一心挂在他爹妈身上,把狗狗晾在角落里了,是呀!狗狗你讲你,哪家孩子听到爹娘转来不笑不跳?就你……"家婆也醒悟过来。

"我妈我爸转来了。"狗狗说。

"是呀!是呀!转来了你怎么样?"幺舅问。

狗狗说:"我跟王伯也转来了!"

"哼!"幺舅瞪着眼睛看狗狗,"小小年纪,就冷荡荡子,没有情分!"

"哈!外甥种舅,你看像不像你这舅?"家婆笑起来。

1 《哈姆莱特》第一幕第四场。

王伯插上来说：“这孩子就是这样，尺寸在心里，话少，动作不多——”

幺舅娘也笑起来，“——动作少，真动起来就缠人，王妹，我看是你教出来的。”

“我教不起这孩子。我喜欢这孩子……”王伯说到这里，二舅报信说门口来了人。

两个人都挂着驳壳进屋，向家婆请了安。

幺舅邀他们上堂屋讲话。

“田三爷要我们来的，这是信。”

幺舅把信揣进荷包。

“马呢？”

“在城门口。”

“有什么话？”

“‘可以了’！”那人说。

“嗯！”幺舅回答。

“那我们转去了？”

“不吃饭了？”

“那我们转去了！”两人出去了。

“嗯！”

幺舅进屋看信。

家婆问什么事。

幺舅说：“田三杆子搭信来，‘可以了’！这是来信。”

家婆接信看过，“唉！这下子总算真好了！”

二舅又在窥探。

幺舅火起，"又哪样？总是鬼头鬼脑！"

二舅乞求地看着幺舅说："弟！我看狗狗忙完了没？我想他，我和他有好多话讲……"

家婆对幺舅说："他想狗狗得很，让他跟狗狗坐一坐去吧！他盼狗狗多年，讲他发梦仲都叫狗狗……"

"是是是！我填了一阕《临江仙》，题为《雪湿梦》，我要和狗狗论一论……"二舅赶紧补充。

王伯听家婆如此说，看幺舅一眼，把狗狗连忙送到房门口二舅身边说："我去把狗狗的脏衣服洗洗……"

便也跟着上染翠园去。

狗狗紧拉着二舅的衣袖，东走西走，转来转去。狗狗问："二舅，你带我到哪里去？"

"找个好地方，找个好地方，嗯！找个好地方。"

狗狗笑了，"二舅，二舅！你团团转，你找不到好地方。"

"莫吵！莫吵！快有了！就快有了！"

好地方，好地方，还是大门口石头门槛上。

狗狗说："'现'[1]地方，'现'地方。"

"我儿！我儿！'普天之下莫非王土'，夫王土之滨也，远车马，远尘嚣，远小人，远干戈。'诸侯大夫，各安分地，无相侵夺，古之制也。'[2]'谨烽燧，严斥堠。'[3]'国子先生晨入太学，招诸生

1　老的，原来的。
2　方孝孺文。
3　苏洵文。

立馆下。'[1] 这里大门口就是我招你入太学立馆下之处。我几天天几夜想你，怕你无爹无娘成沦落之孤儿，'吾不及见魏公，而见其子懿敏公。'[2] 我夜夜泪流满枕地想我儿，我为我儿填了阕《临江仙》，名《雪湿梦》，跋之如下：'三妹伉俪远游未归，雏儿失处，小令记之。'词本，请听我朗吟——

> 梦中湿我相思枕，
> 断魂零落山深。
> 洞庭千里雪纷纷。
> 孤雏身小，
> 归思与归程。
>
> 几曾得见亲亲否？
> 伤心难叩湘灵。
> 愁云翻遍页千层。
> 双鸿三匝，
> 唤白了双鬓。

"说的是双鹤，其实是写你爹娘，写你，写我。写洞庭湖，写眼前下的雪，都是衬情之物。古时写雪的人多，大家讲'谢庭撒盐空'好，其实不好。一院坝都是盐，不算景致，想想也咸。屈原夫

1 韩愈文。
2 苏轼文。

二翁吟诗　黄永玉画

「说的是双鹤，其实是写你爹娘，写你，写我。

写洞庭湖，写眼前下的雪，都是衬情之物……」

子《招魂》上有：'增冰峨峨，飞雪千里些。'那好。简文帝的雪也写得入境：'同云凝暮序，严阴屯广隙。落梅飞四注，翻霰舞三袭。实断望如连，恒分似相及。已观池影乱，复视帘珠湿。'裴子野写雪的两句也有点意思：'……若赠离居者，折以代瑶华。'何逊说'凝阶似月夜'，让人静思。

"一笭笭、一串串搬古话，我结不起感想，我就生气，我不喜欢……"

狗狗一边看远处屋瓦上的雪，一边听二舅讲话。

"你讲了好多，尽讲尽讲，一点都不好听！我一点都不懂！"

"不懂不要紧，你长大就懂！唐人写雪不光写雪，写雪背后那些意思，你听过柳宗元的'千山鸟飞绝'吗？虞世南是个大书法家，诗也好：'天山冬夏雪，交河南北流……'他晓得天山上不分冬天夏天都是有雪，高山两边融的雪各流各的，变成大河。陈子良写雪也写别的事，让人跟在后面越跟越有意思，'光映妆楼月，花承歌扇风。欲妒梅将柳，故落早春中。'古时候下雪天，臣子被招到宫里去陪皇帝喝酒吟诗，这些诗大多作得情不是情，景不是景，境没有境，又怕丢官杀头，都勉强得很。一怕，好句子就出来不了。卢照邻为雪写景的诗，意思是前人没有动过的：'……雪似胡沙暗，冰如汉月明。高阙银为阙，长城玉做城……'"

"我不想听你乱讲乱讲了！"狗狗说。

"这才讲到唐咧！我儿乖！听二舅慢慢讲来，二舅满肚子书，都馊了，要是你不听，倒了就可惜，你是我儿都不理，谁理？"

卖"料糖"的提着篮子刚上坎子，忙说："二少爷，我有'料糖'，没有'酥糖'！"

"'料糖'不好吃，我跟狗狗不吃！"

"好吃！"狗狗说，"好吃！二舅我有钱，我们买！"狗狗指着荷包。

"你有钱？你怎么有钱？快把我看看！让我给你买——是'花边'！好家伙，我们拿'花边'买'料糖'。你把'花边'交我，我是舅舅，舅舅买'料糖'给外甥吃，外甥买给舅舅吃，舅舅不好想，你懂这个道理吗？"二舅伸手要过来一块"袁大头"刚要交给卖"料糖"的，王伯出来见了，"二少爷，我这里有零钱，不要拿'花边'买！"连忙掏出铜圆，给舅甥二人各买一根。"狗狗，'花边'是压荷包辟邪的，不可拿来买东西，听见了啊！"

王伯看着舅甥二人认真吃"料糖"，满嘴巴粉粉嫣嫣，正想笑，二舅对王伯说："王妹听说你姓王，王静安王国维是你家什么人？他的词话总调别人侃子，讲的那些好处自己都做不到，也不比别人好……"

王伯抱起狗狗往里走，"是啊！是啊！二少爷，你是对的。你人好，我信你。"

二舅转身对卖"料糖"的说："听见吗？她说我'是'！"

卖"料糖"的点点头，转身叫卖着往坎子上走了。

石坎子下看得到些些瓦屋顶上的残雪，一下黄一下紫地闪着太阳。二舅像舞台上剩下的最后一个人慢慢起身转进后台去了。狗狗走的时候没人告诉他……

第二天，他找狗狗，晓得狗狗走了，"喔！喔！"

走进房里，又"喔！喔！"两声："戚戚忧可结，结忧视春暮……"[1]念着念着，一切都化解成诗意——过去了……

是幺舅的意思：下午三点钟动身回城，过跳岩进北门城门洞正好七点多天麻麻暗，没人看得清。三匹马，幺舅带四城两人，王伯坐轿子抱狗狗，不走文星街，不跟人打招呼，北门右首一拐进后门子。要有事，回旋得开！……唔！这不好！为什么怕人见？堂堂皇皇地回去！不进后门，走文星街进大门，开中门迎接……就这么办！

四十五里路，足足走了六个多小时，是四城快马提前到北门城楼子上打的招呼，接着进文庙巷报信。

正月初一哪里来的月亮？雪衬得周围一片白，比十五出的月亮还亮。

只有幺舅跟灰色马娘走在跳岩上，像踩"梅花桩"！其余的都走在河上。马蹄踩在河底鹅卵石上响得乱七八糟，一点拍子都没有。马可能开心，可能冷，也可能想快又办不到——王伯说："狗狗，你可别困，要不然掉下冷水河。"狗狗说："我不困，我就怕掉下河；我喜欢这样子骑马过河……"

王伯问："马上就到家了，你喜不喜欢？"

"我忘了想'达格乌'，我要回木里，我忘了想'达格乌'！……"王伯不理他了。

马群上了岸，各抖各的水。没有人骂马抖水，一身湿，不抖你让它们怎么走路？那么冷天！热天它不也是过了河抖水！它是马嘛！

马进城门洞，像敲"乌木梆子"，好响好脆！

四城点燃了马灯走在前头，沿北门内城墙转文星街进文庙巷，

1　江淹句。

四处多事的狗跟着嗥叫起来。

城墙上守卫的小喽啰们一见马队过河就赶回文庙巷去报信。大门开了，中门也开了，美孚打汽灯早就点燃。

马队停在门外“文武官员至此下马”的石板坪上，喽啰们吆喝欢呼，幺舅冷冷地说了一声：“这算什么？别吵醒人家睡。”

大伙领教过幺舅的厉辣，都不响了，转身簇拥着王伯和狗狗进大门、中门、院坝、堂屋。

“看看！哪个回家了？叫你婆，叫妈叫爹啦！你们的狗狗我捡回来了。”幺舅大声嚷起来。

狗狗连忙躲在王伯身后，哪是婆，哪是爹妈，一个都不管。

“你看，你看！到妈这里来，让大家看看！”柳惠说着就去拉狗狗。

狗狗犟在王伯背后，谁都不认。

“狗狗！你吃了哪样苗药，爹妈都不认了！”幼麟说。

王伯挪着步子，把狗狗送到婆身边，“叫婆啦！你看，你妈，你爹！”——婆呵呵直笑。

柳惠把狗狗搂在怀里，“崽啊！崽啊！你长大到妈都认不出了。你看你，胖得像个苗崽崽！”

一个不小心，狗狗又闪回王伯后边，抱着王伯的腿不放，头埋着不看人。

“别理他，过一下就好。吃饭吧！”幼麟说。

院坝一桌，堂屋一桌。

因为狗狗回来，那些表哥表姐、大哥小叔又得以重聚，找到了归宿；此刻陪着得胜营来的四城他们吃得正欢。

屋里这一桌，婆旁边是狗狗，狗狗下首夹着个有点尴尬的王伯。

"王妹，"柳惠说，"你莫只管狗狗，吃你的饭！"

狗狗懒洋洋地对着饭碗。满碗大家给夹的菜也不动心，有一口没一口的，好像是想一口木里，吃一口饭。

幺舅问幼麟："三哥，听人说，这两年来，你跟三姐到处讨饭？"

"那怎么可能？两口子一齐讨饭，引起人家问个所以然有什么好处嘛？我们躲都来不及。地方是走过不少，大部分在有关系的熟朋友家、同学家，这里住住，那里住住……倒是写了不少曲子……"

"找到顶头上司？"

"哪里还有人坐在老地方等人找？"

"那你两个怎么会合的？"

"在益阳！"

"各跑各的，怎么会在益阳？……"

柳惠听来烦了，"弟呀！你又不是小孩子……"

幺舅闪了一笑，"唔！是的……"

狗狗对婆说："我都不晓得到处跑哪样？好久好久，我跟王伯在木里没空想人了。"

"你狠！"幺舅鼓狗狗一眼。

"狗狗！你小，你不懂得想。"婆说，"你不懂一个小孩子没有爹妈好造孽。"

"乱世，最是造孽孩子！杜诗说：'遥怜小儿女，未解忆长安。'小，哪懂得伤离？"幼麟说。

柳惠说："我狗狗有福气，幸好有了个王伯，是不是？狗狗。你长大养不养王伯？"

"唔，王伯，王伯带我走了。好远好远，好多好多山，还有岩弄、'达格乌'、隆庆，还有羊，还有'芹菜'，还有'狗屎'，还有河……我总总跟着王伯，我哪个都不要，我总总要王伯……"

王伯笑着说："我狗狗'朝'，我狗狗长大要做好多大事情，总总跟王伯做哪样？是不是？"

"这种天，叫厨房搞一钵子胡葱酸菜汤喝一喝，提提神就好……"幺舅说。

"喔！我去！"王伯起身。

"多加干辣子！"幺舅关照。

"晓得！幺少爷。"王伯答应。

"听说让三哥三姐回来是'老王'的意思，确不确？"幺舅问。

幼麟顿了一顿，"喔！唔——明天要我们上西门坡公馆去，该是有那么一回子事。"

"三姐也顺便向楚玉英楚太太问得细一些，若果顺便的话……"

"喔！"柳惠应了一声。

汤来了，大家喝得满身热。

幺舅说："明天你们俩上西门坡，紧要听听老王讲话背后的意思。他这位老人家不像蒋介石有三民主义，共产党有共产主义；凭自己一个时候的好恶，阴晴圆缺，只有主意没有主义，什么时候变卦，哪个都不晓得……"

"他有他儒雅的一面，不能忘记他是个大文人。军阀混战，湘西偏安了二三十年也不容易……"幼麟说，"原先许克祥、何键他一直是看不起的……怎么又连在一起……"

柳惠不耐烦了，"你那个同学顾大少爷可不是这么打算的！"

饭吃完，撤了饭桌，原先还要喝茶，幺舅说要去办点事，带着人走了。堂屋一空，院坝那一伙人都拥进来看狗狗。

沅沅姐过来拉狗狗，正好王伯要去厨房帮忙收拾，顺势捧着碗筷走了。

沅沅姐蹲下身子抓着狗狗肩膀，"狗狗呀！你长高了，肥了，黑了，头发剃了个'马桶盖'，是赶场让苗剃头师傅剃的吧？"

"不是剃头师傅，是隆庆。"狗狗说。

沅沅姐转过脑壳，皱着眉头看大家，又回头问狗狗："隆庆是哪个？"

狗狗说："是人。是木里人，是岩弄那边山里头的人。打野猪，扎灯笼，做关刀，做车子，做手枪，他有'毛弄'，有'达格乌'。"

沅沅姐更糊涂了，"你在木里吃哪样吃得这么胖？"

"吃饭，吃苕，吃肉，吃野猪肉，吃鱼，吃菜，吃板栗，岩弄吃好多板栗，吃好板栗就放屁，放好多屁，王伯就骂岩弄，岩弄就讲是我放屁……"狗狗没讲完，大家就喧嚷起来："嗬！嗬！狗狗在木里放好多屁啊……"

"你卵屁！你卵屁！你们都卵屁！"狗狗生气了，还用脚踢人。

"吓！吓！狗狗在乡里学会骂野话？哪个教的？那么痞！那么痞！"爸爸妈妈也让狗狗住了，"你看！你看！狗狗回家变成个痞子了！这怎么得了？快拿张黄草纸来擦嘴巴！快，快。"

毛大对这类事最是热心，马上拿来张黄草纸在狗狗嘴上擦了几下。狗狗气老火了，骂是不敢骂了，就用嘴巴做出咬人的架势，东一口西一口，还用脚四处乱踢。

爸爸倒是欣赏伢崽从苗乡带回来这么一点苗劲。"好啦！好啦！

我狗狗雄得很咧！哪个欺侮老子，老子就踢他，咬他。不过咧！我狗狗是书香子弟，不兴骂丑话的。以后不骂了，晓不晓得？"

狗狗让王伯一把拉了过去，"狗狗在乡里从来不骂丑话，都是那狗日岩弄卵崽崽教的。"

晚上，狗狗仍然跟着王伯睡，没想过跟另外的人睡。

清早起来妈妈就叫王伯给狗狗换衣，这一身似乎是紧了点，胀鼓鼓的。

"狗狗，你看你像个皮球，家婆刚才让人给你做的衣服就赶不上'长'了。"妈妈说，"今早上要带你去见人，你可不要乱讲话，问一句答一句，不问不答，你晓得不？"

"不晓得。"狗狗说。

"你怎么说不晓得？听了妈妈的话，就要晓得。"妈说。

"我不晓得你带我去哪里。"

"你去了就知道。"

爸爸穿了件薄丝绵上衣，外头罩着蓝灰色直贡呢长袍；妈妈穿了件绛紫色漳州剪绒长袄，黑呢子长裤。这时候，老师长的侄儿子陈之光进门了。

"大伯娘叫你们把伢子也带去，她要看看。"

"你看你看！昨天我们还讲，把伢子带去见见的，这么巧，你看，不都在准备吗？"

陈之光是个摩登人物，时常在上海、南京、北京、广州、汉口大地方打转。戴金丝边眼镜、博士帽[1]，拿文明棍，像个外国洋人样子。听说他念过北洋大学。顺口来两句英文，一下又来两句京剧道白，非常非常之自得其乐。

"幼麟，你看你们两个，好好子美术家、音乐家不做，搞什么'党'！奔波两三年，不见你们惊天动地，差点子丢了性命。我这个人，哪样'党'都不信，就信我自己……"

他今天穿的是"霍姆斯本"英国绛黄色西装上衣，咖啡色呢子高尔夫球裤笼在长筒花袜子里，捷克"拔筛"黄皮鞋，来回走动打圈，旋着他的文明棍。

柳惠说："之光呀之光，看这副派头，眼前你还是不准备讨嫁娘了。"

之光一侧身，腰半弯，右手一摊，京剧道白似的说："那个自然，'想当年，在洞庭，何等、逍遥放荡。'——柳三姐呀！这边厢请啦……"

柳惠带孩子走在前头，之光与幼麟慢慢后头跟着聊天，往西门坡进发。

别说朱雀城地方偏僻，倒是看惯了外头来的新鲜事。陈之光这身打扮，在汉口、长沙说不定人见了会有些谈法。朱雀不会。过去朱雀人出外闯荡，做大官、当兵吃粮、读书赶考有的是，带回的外来文化早就积习成癖；反而因为地方小，再与传统文化结合，形成一种珍贵的凝聚。所以外头来客不免产生诧异，朱雀人之爱美，文化之坚实，从何而来？

---

1 呢礼帽。

戴金丝边眼镜、博士帽，拿文明棍，像个外国洋人样子。

听说他念过北洋大学。顺口来两句英文，一下又来两句京剧道白，非常非常之自得其乐。

陈九三丑画个摩登之物

这仅仅是半个方面。

朱雀人因为战争，二三百年来牺牲在外的子弟太多，所以穷；穷则傲。耳朵和眼睛容不下轻浮；论理和处事看不惯刁鄙。生活简简单单，对外来人讲究信用礼仪，只是不要碰到他们如彼如此之惹火棱角上，那"来事"可就不含蓄了。在你面前啐一把口水是常事，有如洋人所谓决斗拿一只手套扔在你面前。你千万不要以为自己在忍无可忍，是他见了你而忍无可忍。那当口，你用不着花时间装模作样去打听向你挑战的理由，怪只怪你来朱雀干吗。你心里明白。

至于你的随身行头、穿戴、容貌、气味，英国的威灵顿、美国的华盛顿、法国的拿破仑，香烟三炮台、军火克虏伯、红眉毛绿眼睛、大风车、洋婆子，跟朱雀人有卵关系……朱雀人从不为此平白红眼生气。

朱雀人满足于自己的辣子、大蒜、酸菜汤而见怪不怪。

三大一小继续走他们的路，过了陈家祠堂，名医刘子猷先生家，一口太平井，学生李承恩家，绕右首屋背后下去，沿常平仓面前小池塘边走——这小池塘也算朱雀一个景致。塘面上看得见浮着不经意的菱芰和《诗经·鲁颂》里提到的"思乐泮水，薄采其芹"的芹藻；还有些疏疏落落开小紫花的荇菜夹在里头。远一点菖蒲丛间可以见到几只路过歇停的白鹤、灰鹳和野鸭子——上一条斜斜的路。

"哎呀！这陡陡坡的岩板也该修了……"柳惠说。

"老头子不让。"之光说。

"不让，不让，他上下也不方便。"

"那是！就是不让。"

楚太太楚玉英不住公馆而在公馆左首边自己修了一小座讲究的

塘面上看得见浮着不经意的菱荇和《诗经·鲁颂》里提到的「思乐泮水，薄采其芹」的芹藻；还有些疏疏落落开小紫花的芡菜夹在里头。远一点菖蒲丛间可以见到几只路过歇停的白鹤、灰鹳和野鸭子。

二层楼。四个人就进了这座楼的堂屋。

楚太太坐在火炉膛边矮太师椅上抽水烟，人没有起身。

"坐吧！怕是有两年多没见了。"

这女人温顺，讲话带点点子鼻音，穿着家常，一对小小眼角朝上飞，像是京戏里"娘娘""头面"打扮。

"有，两年多了。"柳惠说。

"幼麟，那时候其实你们是不用走的。"楚太太说。

"哈！不走哪行？砍脑壳的事。"之光说。

幼麟说："那时候急，来不及打听，我们都是党员。"

"说的也是——玉公找你们怕就是说说这类事。你们是艺术家；他也没什么兴趣搞什么党争。家乡还是家乡……"看到狗狗，"这伢崽长得蛮卡卡的……"

"叫楚姨咧！"柳惠对狗狗说。

狗狗没叫。

"他刚从木里接回来。"柳惠说。

"我还以为你们带着他跑的——也是，逃难怎带得伢崽呢？——在木里，哪个人管他？"

狗狗连忙说："王伯。"

楚太太开心了，"啊！王伯是哪个？"

"王伯带我住在木里，嗯！王伯煮饭我吃，还有'达格乌'、岩弄、隆庆，我们在河里洗澡……"

"喔！平平安安，那就好了——桃源省二师范同班，你晓得还剩下哪些同学？只是邓霞飞前几年给我来过一封信。"

柳惠低头想了一想，"怕还不少，杨代成，贾一芳，简玉兰，舒芬，朱致、朱睿两姐妹，蹇务真……不少不少，不少人唔！都活泼得很。"

"同学们里头，唉，怕是我最没出息的了……"楚太太生了感慨。

柳惠沉吟地说："这要看怎么说的了。鸿鹄天飞，各有所至；这是天理中最悟不透的东西。"

楚太太看了一下手表，对之光说："看大伯起来了没有？说柳惠一家在我这里等着咧！"

之光走了之后，狗狗问楚太太："刚才你看你手上哪样？"

"手表。"楚太太伸过左手，让狗狗看，"看到了吗？手表！"她拉过狗狗到身边，"晓得手表有哪样用吗？"

狗狗摇头。

"一天到哪个时候，看一看就晓得了。不看，不晓得哪个时候该吃饭，哪个时候该睡觉……"楚太太很耐烦地对狗狗说。

"我不看也晓得！王伯叫我吃饭就吃饭，叫我困就困，不用看你那个……"狗狗说。

楚太太听了笑起来，"柳惠啊柳惠，要是世界上的人都像你家伢崽，天下就不忧不愁了……唔！我该找点吃货给你，你等着——"楚太太转身到几个柜子边又转回来，"真是不好意思，吃货让高头几个伢崽扒光了，下一盘你来，我给你好多东西吃。"

"我走都走了。没有下一盘了。"狗狗好失望。

楚太太大笑起来，"柳惠！你看你这个崽，对我一点都不客气。我喜欢这伢崽一肚子直话。"又对狗狗说："好，好，好，老子等你转屋里，马上叫人给你送两包'稻香村'点心去,你等着呀！你——我不喜欢怩巴巴的伢崽，一天到晚黏着大人。这伢崽持重，心怎么想就怎么讲，一句是一句——喂：你听我讲，我喜欢你，叫你妈以后常常带你来，陪我摆龙门阵……"

"——我告诉你，我们家也有你手上戴的那个了，比你的还大，挂在墙上，还会响。你手上这个不会响吧？是不是？不会响吧？……"狗狗得意起来。

"你想起来啦？"

"嗯！我家的比你手上的大好多，好多！我家的比你的好！大家都看得见。你那个小，只一个人看，不好！"

"那，我们两个人换一换吧？"

"不换！"

柳惠、幼麟也笑个不停，就在这时，之光进楼来说："可以了！我看，让伢崽留在这里陪大伯娘吧！"楚太太连忙说："让你大伯也见识见识这伢崽吧！啊！慢点，差点忘记给你压岁钱……"连忙从衣服口袋里掏出个红纸包塞在狗狗手上。柳惠忙说："依不得这么多，依不得这么多！哎呀，初一都过了……"

四个人走了，欢喜还留在屋里荡漾。

老师长客厅里没有人。之光说："你们坐下，我到后头看看。"

一会儿，人出来了，跟着之光。幼麟和柳惠站起来，"玉公好！"

玉公坐到太师椅上，摆手势叫"坐"。

狗狗两只眼睛一直盯在玉公脸上。他从来没见过人是这样长的。黑平头，眯眯眼，高颧骨，鼻子底下浓浓翘起一撮两个尖尖钩的黑胡子。像是在笑，其实一点也不笑。嗓子"谔！谔！"叫得像鹅。

"令尊镜民先生在芷江还好吗？"

"得秉三先生关顾，一直都好。"

"听人说，谭复生谭先生六君子的殡殓是镜民先生料理的？真可谓是我们湘西人侠义的遗行了！"

幼麟礼貌地回答："学生也是听来的，纵有，怕也是遵循秉三先生的交代……"

"……所以众人尊称镜民先生是'湘西酒侠'了，哈哈哈……"玉公这一笑，浓雾变成烟霞，空气不那么局促了，"老人家还喝吗？"

"没看见有停下来的意思……"

"酒这个东西，是最能检验人的分寸了。人总爱说'酒量'如何如何，其实这算不得什么要紧，要喝出个优雅格调是比较难的。之所谓'酗'，以酒为'凶'，那是坏酒的极致了。古话说'合乐为酣'，'醉而觉'我以为这种境界是好的……我一生得意之处是不碰酒。听说镜民先生酒前是位要求严厉的人，酒后从不责人，那是有这种事情的了……"

幼麟微微欠身一笑。

"玉公！幼麟的四弟紫和却是'家学渊源'的高阳酒徒。"柳惠忽然冒出这么一句。

"喔！这我倒是没听说过！"玉公开心了。

"紫和四弟与爹爹总是'参商之隔'，永远得不到教诲。"柳惠说。

"参商其实是一颗星廿四小时的两度出现。一在刚夜，一在天亮前。令家翁与紫和的晨昏距离，也只是一个酒性的太极图，说不上谁教诲谁了……哈哈！那么——"转身对之光交代，"两位在这里用午饭了。叫她们都一起来吧！"玉公今天是着实地开心了。他的生活大部分陷在"战况"和批示公文汇报上。他是读书人，却几乎多年疏远了文化。这两个年轻人给他带来了新鲜空气，让他开心。

"还有我咧！你怎么不请我吃饭？"狗狗大叫。

"喔！'还有我'，你那个'我'是谁呀？我怎么不认得呀？"玉公兴趣来了。

幼麟和柳惠非常尴尬，不知如何是好。

"过来！过来！让我看看这个'我'。"玉公弯腰伸出双手迎接狗狗。

"我狗狗，你都不认得？"狗狗说。

"唔！是的，我们朱雀城出了个大方的狗狗！"玉公抱起了他。

"我喜欢你的样子！你好雄，有个大胡子——我长大也要有这个大胡子！"狗狗摸着玉公的胡子。

"那朱雀城岂不是有两个大胡子了？"

"嗯！你是大胡子，我是小胡子！"

"哈……哈……哈……"玉公大笑起来。

门外进来了一伙男女。楚太太也跟着笑进来，"你们想想！一二十多年来西门坡老头子几时笑得这么快活？"

"嗳！这伢崽！这伢崽！刚才你们没听见，嗳！这伢崽！……"玉公放下了狗狗。柳惠和幼麟惶恐之至。

柳惠这才想到跟大徐、徐太太、金姑娘、银姑娘和楚太太大家问好。

"刚才在我那里，这伢崽就惹我笑了半天。好！我们吃中饭去吧！到饭厅再边吃边讲……"楚太太拉着狗狗跟着玉公走在前头。

"狗狗，要是我没请你吃饭，你怎么办？"玉公问。

"那就回去啰！"狗狗坦然得很。

"你一个人不认得路怎么办？"玉公又问。

"那就坐在门口等啰！"

玉公边走边想，这孩子脾气像谁呢？朱雀城有这类型号的人吗？长大能当兵打仗？秘书长？军法官？财政局长？教育局长？进黄埔？进北大？都不像……

"听我问你，狗狗！长大想做什么？"

"我不晓得长大做什么。"

"你可以想想哟！"

"不好想，我长大才想！"

这孩子怪！他究竟代表朱雀哪种人？朱雀人热烈的"仗火"？不像。冷漠的反叛？朱雀从未有过。既不偏处一隅认命，也不坦怀赴难就义，这脾气是内外交汇之物？还是我从未发觉的朱雀古老根苗？玉公跟狗狗接触中，兴趣盎然地拈出一两线思绪……

这顿饭吃得纷乱，没有个章法。妇女们夹七缠八的闲话和碗筷的交错纵横搅乱了情绪，拾掇不起来了。

告辞的时候，玉公对狗狗说："你时常来跟伯伯摆龙门阵好不好？"

"楚姨也叫我和她摆龙门阵。"狗狗又附在玉公耳边轻轻地说了一句，"我走了，回家了，我总总想你。我会上西门坡看你，到时候叫你的兵别骂人……"

这两三句告别的无忌童言，将成为朱雀城的百年谶语。

下西门坡的时候，幼麟轻声地问柳惠："有没有注意到玉公提到我们的事？"

"那还提吗？不是'都付笑谈中'了吗？你这人！老头子'王顾左右'，应是最好的安排了。"

回到文星街，一进屋，两大包"稻香村"点心赫然在堂屋方桌上。

夜晚西门坡公馆里，玉公大部分时间一个人睡在会客厅左首边卧室，床边上有张沙发靠椅，沙发后一排书柜，有普通的《六法全书》《辞源》《辞海》《康熙字典》《六书通》《四库备要》《步兵操典》，"四书五经"，曾国藩，王船山，唐诗宋词杂七杂八的集子；几部佛学经典之外，还有几册属于罕有的刻本，周围幕僚不知哪里弄来讨好他的，翻一翻，记下名字就搁进柜子里了。若果有外来文士客人谈起刻本掌故时没有涉及他的所藏，心中油然抖擞出一点欢喜，浮现出庄重的笑容令客人不知就里。

不收藏古董字画，不搞轻薄的文人游戏，料理军务之外，就是读书。世人知道他是个勇猛的武士，不知他是个饱览群书的文人，有哲理修养而蛰处山乡的雅士，历经沧桑的苦行者。

狗狗所说的"长大了才想"的话，他听起来新鲜有趣。他可不是"长大了才想"的角色。人的一生虽然像古人所云"始于胎格"，世道的变化令你的"胎格"要不"从善如流"就是"从恶如流"；长大以后的学问终究还是要懂得顺应天道，做到"至人能变，达士拔俗"的境界才行。

他有自知之明。《魏都赋》所提的"繁富夥够"偏安一方的这点满足算是做到了。湘西这一二十个县都装备上烽火碉堡；国民党来就打国民党，共产党来就打共产党。间或在这个小局面里也采用点苏秦、张仪的手段，收购一些贵州、四川流散的小师长、小旅长暂充势力。

近处何键把守在湘西大门口，远处老蒋在磨刀霍霍，只要稍不小心，伸出脑壳就给砍了。老蒋不是不想马上动手，眼下哪能腾得出手？

"只把杭州作汴州"，就是三十多年来湘西的局面。他并非是个闯天下的人。他不像毛润之，有大抱负，忍得住小羞辱。他会"掀"，到处"掀"，"掀"完这个"掀"那个，视家小于不顾，闯天下而不顾家小才是大气概。

他不行，他就写过《军人良心论》，做军人而讲良心，是很难成就根本的。他不是掉在湘西这个陷阱里，是心甘情愿住在自挖的土窝窝里。他晓得时序有涯，论不定哪天说完就完。

为什么毛润之打得天下而他打不得天下？就因为他在自挖的暖窝窝里挣脱不开；毛润之打得出"替天行道"的旗帜，有"操纲领、举大体"的口号而他却只有"良心论"。他的"操"和"举"虽然实际，三十多年来把湘西局面调理得平平安安，有文明，有文化，有温饱……到底只不过是狂风怒号中的扁舟一叶而已……

萧县长派人送帖子来，邀幼麟、柳惠今晚到县衙门花厅晚餐小叙。其实是替他们两个向教育局那帮贤达宣示一下上头决定好了的意思。"男女小学校长回任视事。"让他们晓得晓得，所以不宣示不好。不宣示就显得朱雀城没有教育局。

萧县长县政府请客，照例意思是不大的。想想看，教育局六位精人——季局长、刘副局长、陈科长、田科长、唐科长、包议事，嘴巴子都是刁矜到家的人。面前罗列的东西由县政府大厨房主催。扣肉，青辣子炒牛肉片，蒸鸡蛋羹，茭白炒猪肉丝，鸡蛋炒黄花菜，炒萝卜丝，酸白菜炒辣子，再加一海碗蛋花汤。酒是"苞谷烧"。在他们的心理活动无疑是复杂的，仿佛在一群兴高采烈的小女护士面前脱光全身做健康检查那么不知如何是好。

柳惠和幼麟则浅浅地微笑，礼貌地沉默着，等待县长一声令下启动筷子。

萧县长的性格和他的长相一样，大而厚的嘴唇，宏阔的嗓门，大而微黄的眼珠和饱满的泪囊，浓眉毛，上嘴唇一撮不大的短胡子，下颌则只是一些须根。

"哈，哈，来吧！请、请、请，欢迎各位！"举起酒杯四方打了招呼一饮而尽。然后夹满满一筷子扣肉送进嘴巴，又举杯向周围敬酒，"来吧！请、请，我先干这一杯。"接下的是满满一筷子炒萝卜丝……"我先干这一杯！"……

宋人李纲《江城子》有云："……笃尽云腴，浮蚁在瑶卮。有客相过同一醉，无客至，独中之……"和他的神色，是很相近的。

客人来不及欣赏，战战兢兢地行动起筷子来，举着的杯子也显得十分迟疑。萧县长每次举杯都说个"先"字，其实是在跟自己不停地干杯。客人们在他面前施展不开手脚。论县长也算不得什么大官，再大的官也有人见过，犯不上如此拘谨。要害是那副风度背后的学问。外头人问到贵朱雀城有位萧某人对秦汉魏晋南北朝诸子很有点名堂时，指的那个姓萧的就是他。他又不露。和康梁的交往不浅，跟黄兴也是朋友。碰巧会试得中"进士"的时候，正逢张之洞、袁世凯会奏停止科举得到批准，"进士"没有号上。没号上也不在乎。民国"革"成功了，做了几任有口碑的县太爷直到今天。

这时，还兴"站笼"，兴"打屁股"。出巡的时候还鸣锣开道，前头举着"肃静""回避"的牌子，五色国旗……忽然一下子在他任上不流行了。

萧县长每次举杯都说个「先」字，其实是在跟自己不停地干杯。客人们在他面前施展不开手脚。

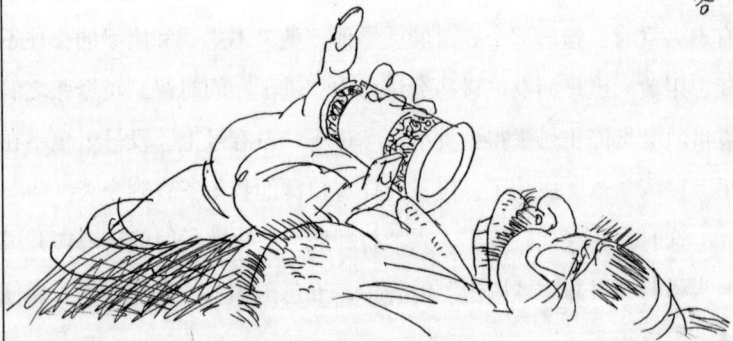

萧县长宴客

你见不到他流露文气、朗吟诗赋这类活动。书是看的，大多是藏书家的珍本，看了就还。家中不留书。来往的朋友不少；像字典分了纲目：有苗把总，庙里头的和尚，道观的道士，有读书人，有吃粮的军人，有河面上的龙头大哥，戏班子打板鼓的，卖草药的，老中医，账房先生，新学堂毕业的学士……他说"与各界之交往有益于吏治"。二十世纪有一位大作家的笔名就是他取的。

他还喜欢小孩子；不过对自家屋里头的小孩子严、别人家的小孩子宽。有一次在家门口见到小孙子摊子边"掷骰子"，"嗯"了一声延长符号，孙子回头一看见是爷爷，拔腿就跑回家，从此，见到"骰子"担都绕着路走。

一生爱好的就是这个"酒"字。对于酒，不分贵贱，鼻子一闻定案；说是天天用的东西，哪能专拣贵的买呢？只要是个酒的意思就行。

阔人家请客席上用上等名牌酒他也开心；送他两坛也不拒绝，也会道谢。要自己买可觉得划不来。

酒归酒，菜归菜，饭归饭。喝完酒到时候吃饭，吃得很认真，很专一。没有那种"喝多酒不吃饭"的讲究。真正达到"酒醉饭饱"的踏踏实实的境界。

有时候酒饭正酣的时候，在喧闹的划拳声中坦然入睡甚至呼声大作。热心人搀扶他离席也随和之至，"喔！喔！"连声，上轿也记得道谢。大家都说这种酒德算是可敬的了。

他一生最得意的政治措施是取消"站笼"。

他对用刑之有"站笼"十分痛恨，"夫子有云：'士可杀，不可侮。'士不可侮，难道老百姓就可侮吗？"于是，朱雀城最后一架"站笼"他叫人劈了!

"站笼"这种刑法最侮辱人。把人关在笼子里露出颗头,衙门左右两边一摆任人参观指点。轻的半天,重的一天两天,屎尿都拉在里头,大热天苍蝇一闹,臭气熏天,过路人都掩着鼻子走,说不定累得软了腿,脑壳悬在枷板上头,也就吊死了。

进"站笼"的人有个层次讲究:占山为王,打家劫舍,强奸妇女,谋杀亲夫,图财害命……是押送赤塘坪挨刀剁脑壳的份,进"站笼"轻了;偷鸡摸狗,扒窃荷包,"赶场"调戏苗族妇女,夜半挖墙撬锁……按在堂上打二十板屁股完事,这类人进"站笼"又重了。有资格进"站笼"的大多是卖瘟猪、牛肉的,欺侮老百姓、假冒名目乱派捐款的土豪劣绅,开暗娼堂子的,拐卖孩子的人贩子,盗墓者……这类人堂上先挨板子再进"站笼"。也有自己打锣、押游四门之后才进"站笼"的,口里还念着:"我是某某某,做了伤天害理、违背良心的×××事情,对不起大家,敬告各界人士千万莫学我,好好做良民!"

刑具,只有做"站笼"需要犯人的配合,就像做鞋子、缝衣服尺寸度量要求准确一样。做高了,还可以在犯人脚底下垫一两块墙砖;矮了却非得重做不可。让犯人半蹲着搞那么一两天,大家看了会讲话的!

取消"站笼"之后就改成多打几板屁股、多坐几天班房的处分。比起站过"站笼"的人放出来之后总是阖家远徙他乡,没有脸面再留朱雀要好过些。

萧县长这次的宴会自娱的程度很浓。他根本没有想过要把群众发动起来。在座的客人也将就大口喝酒陪他,拼老命夹几筷子难以下咽的菜。大家都心不在焉,没有激情。

他晓得醉鬼跟醉鬼讲话最没有教育意义，也毫无乐趣；即使省里的教育厅、南京的教育部那帮醉鬼也都一样。"我不是怕你们不办教育，我怕你们真的去办教育！你们就搞你们的周末之宴好了！你们这帮子人办什么教育呢？中国教育之命运要靠你们这帮子人去领导岂不是见了鬼了！"萧县长心里这么想，当然不会说出来，不料想却溢出两个字："……庸碌！"

让包敬哉捡到了，"你说的'荣禄'是不是献计废光绪另立'大阿哥'的那个'荣禄'？"

"大概是……喔！我正想问你，字典里，笔画比较多的是哪个字？"萧县长问。

……"大概可能或者是'齾'吧！"包敬哉用小指头蘸酒慢慢写在桌面上，"三十五画咧！"

"何解？"萧县长问。

"是，是，是缺牙齿的意思吧？"

"还有多的吗？"

"唔……'齼'字算得上罢？四十二画咧！"

"还有吗？"

"这要去翻'康熙'了。"

"'靐'字，"萧县长用食指蘸着酒在桌面上写，"六十四画，音屑，话多的意思。你看你看！饶舌，多嘴，何必用六十四画来写？也算'龙纳'之极了！"

幼麟和柳惠看着萧县长摆布这些人，觉得他洒脱，宽阔，自身心胸松动才那么纵横捭阖。

"今天时间差不多了吧！要多谢诸位的光临，我还有些公事要办，就到这里了吧！哈哈哈哈！"起席的时候搭着陈家善的肩膀说，"要不要我这里派人送你回去？"

陈家善连忙摇手。

萧县长对季亚士招招手，"他们两位——"指了指幼麟和柳惠，"——就这样办了啊！"

"晓得、晓得。"季亚士像是自言自语。